小说月报原创版编辑部/编

小说月報

ORIGINAL FICTION MONTHLY

原创版
2015年精品集

天津出版传媒集团

百花文艺出版社

图书在版编目（CIP）数据

小说月报原创版2015年精品集 / 小说月报原创版编辑部编. -- 天津：百花文艺出版社，2016.1

ISBN 978-7-5306-6916-7

Ⅰ.①小… Ⅱ.①小… Ⅲ.①中篇小说–小说集–中国–当代②短篇小说–小说集–中国–当代 Ⅳ.①I247.7

中国版本图书馆CIP数据核字（2015）第295561号

选题策划：小说月报原创版编辑部　**装帧设计**：郭亚红
责任编辑：刘升盈　　刘　洁　　**责任校对**：魏红玲
　　　　　徐福伟

出版人：李勃洋
出版发行：百花文艺出版社
地址：天津市和平区西康路35号　　**邮编**：300051
电话传真：+86-22-23332651（发行部）
　　　　　　+86-22-23332656（总编室）
　　　　　　+86-22-23332478（邮购部）
主页：http://www.baihuawenyi.com
印刷：北京鹏润伟业印刷有限公司
开本：720×970毫米　　1/16
字数：285千字　**插页**：3页
印张：17.5
版次：2016年1月第1版
印次：2016年1月第1次印刷
定价：35.00元

目 录

暗　疾

川　妮

信

信写在淡蓝色信纸上，一笔一画，工工整整，像刚学写字的小学生吃力写下的。看第一遍，费丽虹心不在焉，习惯性地一目十行，目光一滑而过。有些字词组合的句子似乎很怪，它们绊住了费丽虹的目光，就像滑冰时遇到障碍物，费丽虹不由得打了几个趔趄，但是，速度太快了，没等搞清楚是什么障碍物，已经滑过去了。第二遍，费丽虹是用手指着一个字一个字读的，读完一个完整的句子，还要抬起头来想一想，就像读深奥的古文，要认真想一想才知道读到的文字是什么意思。读完第三遍，费丽虹终于明白，她多么轻率地低估了这些貌似工整的汉字，它们根本不是看上去笨拙的普通汉字，它们是伪装成普通汉字的超级病毒，青面獠牙的敌人。

费丽虹后来数过，不算标点，一共七百八十九个字，它们集合在一起，成为一支训练有素、装备先进的精锐部队，轻而易举地通过眼睛入侵了费丽虹。费丽虹来不及组织一次有效的抵抗，就彻底沦陷了。

这些入侵的敌人在费丽虹的身体里安营扎寨，修筑工事，霸道地占领了她的血管、她的骨髓、她的神经……这些心怀鬼胎的敌人，把她的身体变成了丧失主权的殖民地。她活着，但她做不了自己的主。

别人看不出来，费丽虹自己知道，时时刻刻都清楚地知道，她病了。她的病，说不出，看不见，躲在黑暗中，侵蚀她，损毁她。

信是罗兰写来的。二十世纪九十年代初期，手机是少数有钱人的奢侈用品，写信才是多数人的联络交流方式。罗兰当时在一所护士学校读书，护校在一个地级市的郊区，周围是大片的农田，同学基本来自农村，又土又没见识。罗兰无聊，幸好有一个在北京读大学的费丽虹可以写信、倾诉。

罗兰给费丽虹写信，真是用足了心思，信封的颜色和邮票，要根据季节变化来选择，里面的信纸，也要跟信封颜色进行仔细搭配。每一个细节，都要做得无可挑剔。罗兰小心翼翼地讨好着费丽虹，她跟费丽虹的关系，从一开始就是这种不平等的模式。

但是，罗兰的努力用错了地方，费丽虹对罗兰的这种小情小调没兴趣，她更看重信的内容。信写得好，哪怕装在邮局出售的那种老土棕色信封里，也让人期待。罗兰的信刚好相反，唯美的信封和信纸，配上精心挑选的邮票，内容却像一杯白得不能再白的水，翻来覆去就是她们护士学校那点事，加上她自己那点无事生非的烦恼。就像美轮美奂的糖纸里包了一颗发霉的玉米粒。

费丽虹总是把罗兰的信随手扔到一边，闲得无聊的时候才捡起来扫一眼。她很少给罗兰回信。给罗兰写信是一件头疼的事，对着信纸把干枯的感觉颠来倒去，像是努力把一团死面饼子发酵成蓬松的面包，无奈缺了酵母，怎么也发不起来。费丽虹细密缠绵的心思，从来不屑跟罗兰倾诉。一个人的心思，要写给读得懂的人才有意思。写给罗兰，就是浪费了，罗兰不懂。

费丽虹跟罗兰，从小就没有什么共同点。费丽虹是学霸，罗兰是超级笨学生。费丽虹爱看书，罗兰爱收罗各种小玩意儿，扎头发的皮筋、发卡、挂钥匙的链子、耳朵坠子、石头戒指……五颜六色，装了满满一糖果盒子。罗兰爱不释手的小玩意儿，在费丽虹眼里，就是一堆破烂。到了初中，罗兰不翻检她的百宝箱了，她弄了一个钩针，买了一本钩织图案大全，学着钩织各种各样的东西，杯子垫、小包包、沙发垫、床罩……那本钩织图案上的针法花色，什么元宝针、长针、短针……费丽虹看着头晕，罗兰倒是无师自通，一看就懂。罗兰不光会看图案，手也巧，就那么一根钩针，几团各种颜色的线，一边跟费丽虹聊着天，两只手飞快翻动，费丽虹都没看清她是怎么弄的，她已经钩出了一片葵花状的杯子垫。那是费丽虹第一次意识到，罗兰也有她聪明的地方。

有一次，罗兰钩了两个小包包，心形的奶白色主体，配了一朵黑色玫瑰花，两个人挎着小包包上街，居然有人追着问是从哪里买的。罗兰告诉人家，不是买的是自己钩的。罗兰的眼睛放着光，那个自豪的劲，甚至超过费丽虹考了年级第一名上台领奖的时候。

费丽虹心里仍是不屑。在费丽虹的印象里，研究院里只有那些没有工作的家属，没什么追求的家庭妇女才会整天手里拿着根针抱着一团毛线。费丽虹觉得罗兰好可怜，才十几岁，就提前进入了家庭妇女的行列。

燕雀安知鸿鹄之志。给罗兰回信的时候，费丽虹总要想起这句话。在费丽虹看来，罗兰就是一只在自家屋檐下飞来飞去的燕雀，看见地上几粒小米就欢呼雀跃。而她，是注定要翱翔天空的鸿鹄。两个人之间的距离，远到无法测量。

上大学以后，费丽虹已经清醒地认识到，小时候的友情有太多的局限，大多难以为继。那些跟不上自己节奏的人，终会被甩出自己的生活轨道。

罗兰信上一地鸡毛的护校生活和莫名其妙细细碎碎的烦恼，终于叫费丽虹失去了耐心。费丽虹决定终止跟罗兰通信的愚蠢行为，她写下了最后一封回信，态度坚决地叫罗兰不要再写信了，有时间写那些无聊的事，不如在学业上用点功。费丽虹毫不客气地写道：护士学校的课程，对你来说，一定不轻松。考到护士学校，你已经用了吃奶的力气。不要费劲巴力去考了，最后弄个考试不及格毕不了业。真要那样，谁也救不了你！！！费丽虹在最后一句话后面打了三个感叹号。她懒得再顾及罗兰的感受了。她忙得很，她忙着的任何一件事，都比看罗兰的信有意思。

费丽虹的回信，罗兰读着都有些脸红了。罗兰知道自己笨，知道自己踮起脚尖也够不到费丽虹的脖子，但她还是觉得委屈，拿自己热乎乎的脸，贴着一个冷冰冰的后背，还被推了一把说，你别靠过来。费丽虹的傲慢，真是难以消化。有一瞬间，她想把信撕了，不是一类人，就不要硬往一处凑了。堵着气把信撕开一点小口，罗兰就住了手，就像拔了气门芯，心里的气一下子全漏光了。她恨自己软弱，她更清楚，费丽虹可以没有她，她不能没有费丽虹。费丽虹一直是她的主心骨，为了她，费丽虹敢在课堂上跟老师叫板，为她主持公道。因为费丽虹，才没有人敢欺负她。在这个灰头土脸的护士学校，费丽虹是带给她光彩和满足她虚荣心的人。跟失去费丽虹的巨大空虚相比，受点委屈真的不算什么。

罗兰依然保持着每个星期写一封信给费丽虹的节奏。罗兰觉得自己患强迫症了,一定要写了寄出去才安心,不写,就心慌,六神无主。费丽虹觉得无聊,她就不写护士学校的事,她们有那么多美好的往事可以回忆,她突然醒悟,共同经历的往事,才是她跟费丽虹之间永恒的话题。你还记得有一回我们一起去吃烤串吗?就是赵普耀的嘴唇被烫起了泡那次?你还记得有一年下雪吗?就是赵普耀被自己埋在雪地里的绳子绊倒了那次?……头脑里电影镜头一般的往事,写出来总是干巴巴的,罗兰不满意,就一遍一遍修改。修改的过程,又一遍一遍重温了往事。那些往事里面,有一种让罗兰心里发软的东西,她简直迷上了往事。

读了罗兰的信,费丽虹吃惊地发现,那些年,她们差不多形影不离,有费丽虹的地方就有罗兰,还有赵普耀。研究院里只有他们三个同一年的孩子,他们三个,总在一起。罗兰翻动的往事,更叫费丽虹心烦。

不过,罗兰有她的好。费丽虹到北京读书,没过两个月就到了冬天,北京冬天刺骨的寒冷简直要了她的命。费丽虹的妈妈只会写信叫她穿厚点,妈妈对这些生活琐事向来不太在乎。罗兰却给她寄了一条厚厚的马海毛围巾,红彤彤的颜色,又大又长,起风的时候可以包住头,在脖子上绕两圈,围得严严实实,特别暖和。费丽虹一个冬天都围着那条围巾。

想起那条温暖的围巾,费丽虹的心软了一下,她后悔给罗兰写了那样绝情的信。费丽虹紧急采取了补救措施,给罗兰寄去了一张北京风光的明信片。

费丽虹阻止不了罗兰写信,只能寄希望于时间。时间终会冷却罗兰回忆往事的热情,抑或,时间终会消耗掉罗兰储存的往事。费丽虹不再给罗兰回信,只是偶尔寄一张北京风光的明信片。

又是罗兰的信。一个星期一封,费丽虹简直要绝望了。心情不好的时候,费丽虹甚至怀疑罗兰这么固执地写信,固执地把往事翻起灰尘,是一种不怀好意的计谋,一种伪装成巴结讨好的冒犯。这种时候不多,更多的时候,费丽虹是同情罗兰的,待在一个那么破的护士学校,不回忆往事又能干什么?但是,费丽虹真没时间陪罗兰回忆往事,她正要去阶梯教室参加年级辩手选拔。

费丽虹做了充分准备,她泡图书馆恶补了古今中外的辩术,看了能够找到的所有辩论录像,加上平日读书的积累,她有十足的把握在年级拿第一。费丽虹做事喜欢有把握,能掌控局面。唯有这样,她的内心才足够饱满,才能保持一种骄傲的状态。她喜欢那个内心骄傲的自己。

妈妈常说作为女孩子,心气太高不是什么好事。费丽虹不服气,女孩子怎么了?女孩子就该像罗兰那样笨得不可救药?妈妈只能摇头叹息。中年女人靠阅历积攒的人生感悟,岂是年轻气盛的费丽虹能够懂的?费丽虹不在乎,妈妈远不是费丽虹崇拜的人,研究院医务室的医生,躲在当院领导的丈夫羽翼下,过一份悠闲日子而已。妈妈聊胜于无的事业,当然是低于费丽虹心气的。

"遇见你我变得很低很低,一直低到尘埃里去,但我的心是欢喜。并且在那里开出一朵花来。"高三那年读到张爱玲,费丽虹大吃一惊,简直不敢相信,心高气傲才华横溢的张爱玲居然也会心甘情愿低到尘埃里去,还心里欢喜。费丽虹怅然若失,却顾不上探究。

费丽虹才不要低到尘埃里,她就要骄傲地站在高山之巅。从小学到高中,费丽虹跟赵普耀都是班里的学习尖子,费丽虹一直把赵普耀当成强劲的对手,门门功课都要跟赵普耀争个你高我低,总要超过了赵普耀心里才舒服。哪次被赵普耀超过,费丽虹心里就会发堵、憋气,像掉进沼泽烂淤泥里面,有一番不小的挣扎。低到尘埃里,还不把自己憋死。

上大学后,费丽虹心里起了一些微妙的变化。这一次的辩手选拔,她不想拿第一了,她要控制自己的表现欲,不露痕迹地屈居第二名,她想让赵普耀拿第一。她是心甘情愿的。想到赵普耀拿第一,她心里不再发堵。不光辩手选拔,班里的各种比赛、各科成绩,她都不想超过赵普耀了。想起以前那么多年,一直都在跟赵普耀争高下,她觉得自己有点傻。也许,妈妈是对的,女孩子不能一味要强。不妨把心气收一收,紧一紧,不要那么咄咄逼人。但是,要像张爱玲那样低到尘埃里去,似乎做不到。最好是比赵普耀低一点点,就像两个人站在一起的样子,赵普耀一米七八,她一米六六。这是最自然的样子。如果硬要踮起脚尖或者穿上高跟鞋比赵普耀高,那才不自然。

费丽虹在心里打着自己的小算盘,年级辩手选拔最理想的结果,赵普耀第一,费丽虹第二,第三第四不管是谁,就是个灯泡的位置。当然了,年级辩手选拔仅仅是个开始,接下来,她就要跟赵普耀一起面对一场又一场的辩论,他们要并肩作战,直到取得最后的胜利。想到跟赵普耀并肩作战,费丽虹心里升腾起一股黏糊糊的热气,鼻腔发胀,想流泪。

曾经,妈妈在研究院元旦晚会上的保留节目是跟赵普耀妈妈一起合作配乐诗朗诵,赵普耀的妈妈拉小提琴,费丽虹的妈妈用湿漉漉的声音朗诵舒婷的《致橡树》:

我必须是你近旁的一株木棉，作为树的形象和你站在一起。根，紧握在地下，叶，相触在云里……

朗诵到这里，赵普耀妈妈的小提琴声和费丽虹妈妈的声音总是激越起来，两位妈妈都泪光闪烁。那个时候，费丽虹不懂，这样一句诗，怎会让平时表情严肃的妈妈们流出眼泪？

现在，费丽虹突然就懂了妈妈们的眼泪，还有妈妈独自一人喝茶时空寂无物的眼睛。舒婷的那句诗，应该就是独立女人的爱情理想了。当妈妈们无奈只能在落差巨大的现实中安生，曾经有过的理想就像鲠在喉头的鱼刺，拔不出咽不下。

懂是懂了，却不像解开数学题那样明了、通透，反而陷入了混沌，仿佛闯进了一个神秘的领域。这片秘境，于幽暗隐秘中闪烁着诱人的光泽。费丽虹又是欣喜，又是害怕。心跳乱得已经不是自己熟悉的节奏了。怪不得同宿舍的秦晓谈了恋爱总是一会儿哭一会儿笑的，原来爱情是要让人混乱的。

费丽虹的心思，罗兰哪里能懂？费丽虹自己，也还来不及把这些前所未有的感觉理出头绪呢。

费丽虹叹口气，把罗兰的信扔进抽屉里。费丽虹没有任何预感。即使把罗兰的信捏在手里，敏感的手心跟携带致命消息的文字之间只隔着薄薄的信封，费丽虹都没有一丝一毫异样的感觉。那些携带致命信息的文字，并不比别的文字沉重，它们跟别的文字一样，待在信纸上安安静静、无声无息。

费丽虹后来想，如果当时看了信，她一定没有力气去参加辩手选拔。费丽虹庆幸自己延迟了读信的时间。

费丽虹急匆匆奔到教室，看了一圈，没有赵普耀，再看，还是没有。费丽虹心里咯噔一下，赵普耀不会出了什么事吧？随即又放松了。赵普耀这个家伙，说不定记错了时间。费丽虹跑去教研室打电话，电话打到宿舍的楼层，等了半天才听到赵普耀懒洋洋的声音从电话里传过来，谁啊？费丽虹说，赵普耀你干吗呢，还在睡觉啊？年级辩论会马上就开始了，你赶紧过来。尽管急，费丽虹的声音还是很柔和。赵普耀慢悠悠地说，你搞错了吧？我说过要参加辩论会吗？

我问过你，我记得你答应了。以我们两个的实力，一定能冲进学校代表队。费丽虹的语气强硬了一些。赵普耀笑了一声，然后说，你问过我不假，可我压根没答应你。你不要老替别人做主好不好?赶紧去吧,预祝你冲进学校代表队,冲出学校,冲出亚洲,为国争光。说完就挂了电话。费丽虹举着话筒,脑袋里一片轰鸣。

费丽虹你干吗呢? 辩论会开始了! 辅导员的声音像是从海底升起,被海水吸收了多半,只剩一星半点落进了费丽虹的耳朵,费丽虹吃力地捕捉到了。

费丽虹飞奔到教室,一路跑一路用力甩自己的头,进教室之前,她已经把脑袋里的轰鸣,以及在轰鸣声中沉浮的一切杂念,包括赵普耀令人费解的笑声,甩到了脑后。

辩论的题目居然是"女人,你的名字是弱者",这个题目刺激着费丽虹的神经。费丽虹是反方,反方四个全是女生。幸好是反方,反方的观点正好是费丽虹的立场。如果是正方,费丽虹辩论起来还真没有底气。遇到对手,费丽虹身上那种不顾一切要拿第一的劲头,立马给唤醒了。去他的收紧心气,她就要咄咄逼人;去他的低到尘埃里,她就要站到珠峰上去,俯视人间。

费丽虹坐在对手面前,血热突突地在身体里奔流,她的身体变成了高速灵敏的武器,充满力量,直击对方软肋的词句瞬间在脑袋里集合起来,自动排列整齐,只要费丽虹轻启嘴唇,它们就像子弹一样拼命扑向正方。正方四个男生组成的团队,根本抵不住费丽虹一个人的火力。正方的男生几个回合就落荒而逃,反方的四个女生跳起来拥抱。费丽虹获胜了还不忘补上一句,你们如此不堪一击,也是一个证据,证明女人的名字不是弱者。

费丽虹获胜了,却没有胜利的喜悦。赵普耀没参加辩手选拔,费丽虹明明记得他答应一起参加的。他什么时候改了主意,也没跟她说一声。这个没有赵普耀的胜利,不是费丽虹期待的。费丽虹从椅子上跳了起来。从小到大,费丽虹说什么赵普耀听什么,研究院的人都知道赵普耀怕费丽虹,连赵普耀妈妈都说,一物降一物,费丽虹降得住赵普耀。费丽虹喜欢这种降得住的感觉,换成当下的话语,这是女神的感觉。

赵普耀竟然没参加辩手选拔,费丽虹气鼓鼓地走到赵普耀宿舍楼下,她远远看见赵普耀跟几个男生抱着球往球场去了。赵普耀的背影那么挺拔,他不再是那个她降得住的小男孩了,他的腮帮子和下巴上长出了黑森森的胡子楂,他电话里懒洋洋的声音,看人时坚定的目光,都是费丽虹不熟悉的了。费丽虹想叫住他,张开嘴,却没有发出声音。

几股陌生异样的情绪涌进来,把费丽虹的心堵得满满当当,滋味混杂。其中一股酸酸地往鼻腔里冒,费丽虹辨认出来了,是委屈;还有一股,麻麻地往四肢扩散,费丽虹也辨认出来了,是惆怅;还有一股,咸乎乎的闷成一团抵在心窝,费丽虹努力辨认了半天,终于辨认出来,是胆怯。

费丽虹回到林荫路上,慢慢走着,不知道要干什么。不时碰到身体紧紧相拥的情侣,散发出浓浓烈烈的热气。情侣的气息干扰着费丽虹,她无法集中精力理清自己,只能不停地走,走出了汗,张开的毛孔被风吹着又紧缩起来。身体忽冷忽热,心情忽然放松又忽然一个激灵。更多陌生的情绪生长出来,费丽虹认不清,也掌控不住。她生自己的气,她不喜欢这个被陌生情绪主宰的费丽虹。她回到宿舍,她要让自己冷静下来。

宿舍正乱着,宿舍里的几个女生在换衣服,要去参加舞会。费丽虹他们这届,学生舞会已经很少举办了。女生恨不得武装到牙齿。房间摆满了各种颜色的裙子,镜子太小,照不到全身,她们互相充当对方的镜子。费丽虹挤过她们热气腾腾的身体回到床上。她坐在床上,双手抱在胸前,茫然地看着眼前忙碌的景象。秦晓穿了一条白色的长裙,一转身,裙底转成一朵喇叭花。秦晓对自己的裙子满意了,把摊在床上的衣服收起来。秦晓注意到费丽虹脸色不好。她说,费丽虹,你没事吧?赶紧换衣服,参加舞会去。另外两个女生咪咪笑着说,费丽虹才不像我们这样没有追求,只知道跳舞。人家胸怀大志,要当辩手为学校争光,还要考硕博连读。费丽虹,我们将来一定会以你为荣。费丽虹从床上跳起来,说,少说风凉话。谁说我不去?我偏去。费丽虹兴冲冲翻出箱子,几个女生帮她在箱子里找衣服。费丽虹的衣服,款式基本是牛仔裤搭衬衣T恤毛衣,颜色多是深色,没有适合舞会的裙子。女生们七嘴八舌批评费丽虹,要她买裙子,买鲜艳的衣服。费丽虹没吭声。要是平时,她只几句话就驳得她们哑口无言,现在没心情。秦晓找出一条黑裙子叫费丽虹换上,腰身还合适,胸的部分太大了。秦晓波大穿D罩杯,费丽虹才穿A罩杯。秦晓用别针处理了一下,才勉强合适。穿在裙子里的身体不自在,费丽虹要脱了裙子穿自己的牛仔裤,被宿舍的人拉住了。

女生们开始化妆,秦晓有整套化妆用品,男朋友送的生日礼物。一人一个小镜子,专心地描眉画眼线……费丽虹不会化妆,她不晓得别的女生怎么会无师自通学了这些,就像罗兰,没人教过,就会钩织,也会化妆。假期回去,罗兰要教她化妆,她没学,她看着罗兰咧着嘴忍着痛把好好的眉毛拔掉,画成细长的一条，很是不屑。她突然想到，不晓得赵普耀喜不喜欢女生化妆？要是喜欢，她也该学会才好。她们要是知道她喜欢赵普耀，会不会很吃惊？

秦晓化完自己，又来帮费丽虹化。费丽虹这次没有反对，她听话地闭着眼睛，由秦晓在她脸上折腾了一阵。化好了，秦晓让费丽虹自己看。小镜子里的人眉毛浓黑，嘴唇艳红，睫毛又黑又长，眼睛涂了很深的眼影，看着很怪异。费丽虹咧了咧嘴。秦晓解释说，你的眉毛太浓，又没有拔过，现拔来不及，只能画黑加粗，倒也适合你，你五官大，眉毛细了反倒不配。费丽虹不懂这些化妆心得，她只知道，自己不喜欢化了妆的样子。只是这会儿，把自己藏在怪异陌生的妆容里，正合了她的心意。

一帮人浩浩荡荡出发去跳舞，一路上，秦晓她们几个的笑声飞得比麻雀还高，赢得无数回头率。

跳舞的地方在别的学院，人很多。她们面对舞池站在一起，秦晓她们几个很快就被男生邀请走了，跳完一曲不见了踪影。费丽虹找了一个角落坐下来，邀请费丽虹的男生很少，有几个男生个子实在太矮了，费丽虹拒绝了。坐过了几首曲子，费丽虹勉强接受了一个高个子男生的邀请。男生个子虽高，却太瘦，费丽虹的手搭在他肩上，感觉直接搭在骨头上。男生跳起舞来更可怕，老往一边倾斜。赵普耀就不会这样，赵普耀任何时候都是稳稳当当的。想到赵普耀，那些陌生的情绪又冒了出来。费丽虹的脚步乱了，连着走错步子，踩到男生脚上。男生满脸不悦，不等音乐结束就把费丽虹带到了座位上，自己溜走了。费丽虹站在那儿，一时间不知身在何处，旋转的光，旋转的人，旋转的声音，好像一股强劲的风，要裹挟着她，把她卷向某一个可怕的地方。

费丽虹跌跌撞撞来到外面，在寂静中站立良久。柔软的风拂在脸上，舞会上热烈混浊的气息渐渐消散，她闻到了微凉的夜晚的气息，夹杂了槐花的香气。费丽虹的内心再次涌满各种陌生的情绪，如暗香浮动的夜晚。早些时候，女生们在宿舍里密谈，把班里的男生跟女生配对。在所有的配对中，从没有人把赵普耀跟费丽虹配成一对。费丽虹不晓得她们根据什么觉得某个男生跟某个女生是合适的一对。在女生们眼里，跟赵普耀般配的女生竟然是吴玉，一个看着傻傻的女生。费丽虹觉得吴玉一点也不出色，除了乳房。吴玉的乳房跟罗兰有得一拼，都是波霸，洗澡的时候费丽虹看见过，乳房很大，很饱满，穿D罩杯，两只乳房挤在一起，有一道很深的乳沟。

费丽虹当时只是轻蔑地一笑。她们知道什么呀，就在那儿瞎说八道。赵普耀才不会喜欢傻乎乎只有乳房大的女孩。

现在,她笑不出来了。原来觉得很有把握的一切,突然飘忽起来。她努力在过往的经历中寻找赵普耀喜欢她的种种证据,找到一星半点,就欢喜得喝醉了一样,晕乎乎,美滋滋。但是,很快又清醒了,找出更多无法判断的证据。就像诊断疑难病例,好像所有症状都支持确诊又似乎所有的症状都指向了另外的病情。

费丽虹不喜欢这种不明确的感觉。她要去找赵普耀,把一颗心举到他面前,任他温柔地接纳或者粗暴地摔碎。不管什么结局,要来个痛快。费丽虹下着决心,一会儿觉得自己很强大,就像被风鼓起的帆,被大海诱惑着,无所畏惧,内心激荡,敢去任何不可知的远方航行。一会儿又感觉自己那么软弱,就像一朵大风里飘摇的花朵,花瓣四散,低落到尘埃里,卑贱如尘。

费丽虹真去找赵普耀,是两天后。决心下了又下,才先打电话去约见面,说有事要问,赵普耀倒是很痛快地答应了。费丽虹按照约定的时间到了赵普耀的宿舍楼下,等了一会儿,赵普耀才下楼来。赵普耀往费丽虹面前一站,顿时挡住了一小片光亮。费丽虹心脏一阵猛烈跳动,她无法控制自己的脸发热发红。她仰头看着阳光从槐树的白花和绿叶间漏下来,努力去想赵普耀小时候的样子,一张瘦瘦的脸,两个黑亮亮的大眼睛,眼球一转,就是一个鬼主意。那个时候,赵普耀有再多的鬼主意,费丽虹都不怕他。费丽虹只要把眼睛盯住赵普耀几秒钟,赵普耀就会乖乖听话。

她本来想说,我们找个地方坐坐。可是,不晓得为什么就是说不出口。费丽虹的脸烧得发烫,突然闻到槐花香,她说,赵普耀,槐花开了。赵普耀吹了一声口哨,说,你没事吧?槐花早开了。费丽虹不好意思再仰望槐花,只得低下头来,一张发红发烫的脸,要隐藏起来还真是件困难的事。看见赵普耀穿着拖鞋,她脱口就说,你怎么穿拖鞋下来了?赵普耀干笑了一声,说,穿拖鞋怎么了?你还跟小时候一样,喜欢当太平洋警察。赵普耀声音里有一种嘲讽的腔调。

费丽虹心里恨着自己,本来是要告诉赵普耀自己喜欢他,一见面却指责他穿拖鞋。穿拖鞋又有什么关系。费丽虹的目光从赵普耀脚上的拖鞋慢慢上移,她在心里下着决心,等目光移到赵普耀脸上,看着赵普耀的眼睛,她就把那句话说出来,我喜欢你。四个字,多么简单。可是,她的目光刚刚移到赵普耀的脸上,就看见他黑森森的胡子,胡子楂上挂了一个嘲讽的笑容。费丽虹嗓子发紧,像是被谁勒住了,根本说不出话。

赵普耀说,你找我到底什么事?没事我上去了,宿舍正打牌呢。费丽虹挺直身体,昂了昂头。那句话明明就在嗓子里,你喜欢我吗?或者干脆用英语直接说I love you,do you love me?这几个字就像鱼刺卡住了嗓子,费丽虹咳嗽了几声,想要借助咳嗽把它们顺利地送到嘴边,送给对面这个人。可是,不能。咳嗽过后,嗓子似乎肿胀了,鱼刺卡得更深。

说出这句话,怎么就这么难呢?费丽虹心里委屈得不行,每一个细胞里面似乎都躲藏着一个软弱的念头,这会儿全都跑出来,千百条细流汇聚成一条汹涌的大河,在费丽虹的身体里奔腾,她站立不稳。在一个自己爱着的男人面前,低到尘埃里去,原来这么容易。

费丽虹怕自己哭出来,只得再次仰头看着高大的槐树。赵普耀说,你到底什么事啊?老看着那破槐树干吗?赵普耀已经很不耐烦了。费丽虹眯着眼睛,躲开了从树叶间漏出来的一束阳光,她突然找到了话题,她说,就是问问你,考硕博连读,你准备得怎么样了?这些无关痛痒的话,倒是珍珠一样顺滑,只消张嘴,它们就滚落出来,毫无阻碍。说完,费丽虹松了口气,脸上的热度降了下来。

赵普耀说,费丽虹,我太佩服你了,你当真还没有把书读够啊?五年大学,已经够长了。要不是我妈逼着我学医,我才不会读五年大学,四年就够了。还要硕博连读?饶了我吧。我想早点毕业,早点工作。赵普耀的声音大得有点夸张。

赵普耀什么时候改了主意?费丽虹记得读硕博连读还是赵普耀提议的。拿到通知书,她跟赵普耀和罗兰一起吃饭庆祝,赵普耀饭间说要一口气读到博士。还问费丽虹要不要读博士。费丽虹笑着说,读就读,谁怕谁啊。罗兰很崇拜地看着他们两个说,那我就有两个博士朋友了。三个人还为此干了一杯。

赵普耀微微上翘的嘴角上挂着一个含义不明的笑容。若隐若现的嘲讽意味,让那个笑容像一个造型别致的风铃,似乎发出了一串叮叮当当的声音。费丽虹好想伸手把它摘下来扔掉。

赵普耀嘲讽的笑容和不耐烦的表情是一堵墙,费丽虹骄傲的内心是另一堵墙。站在两堵无形却坚实的墙体中间,费丽虹不由自主把身体挺得笔直。

赵普耀还在说着什么,但费丽虹听不清,所有嘈杂的声音风一样吹进她的耳朵里,变成一团凉丝丝的感觉囤积在耳膜上。耳朵跟大脑的通道堵塞了,耳朵似乎成了一个堰塞湖。费丽虹有一种要决堤溃败一泻千里的恐惧。她打断赵普耀,说,我知道了。没别的事了。你赶紧上去打牌吧。赵普耀逃脱般跑了。

费丽虹一个人在校园里晃荡,漫无目的地走,脑袋空白,不想任何问题,她知道要面对一个重大的问题,但她不愿意面对,她刻意延宕再延宕。天黑才回到宿舍,宿舍没人,她不开灯,捧着脸坐在窗前,看着外面影影绰绰的灯光。赵普耀为什么不考硕博连读了?他为什么不参加辩手选拔?⋯⋯无数个为什么的追问之后,费丽虹艰难地想到了:赵普耀不喜欢我。想到这点,模模糊糊的一切都豁然开朗了。就像病情一旦确诊,原来似对非对似是而非的所有症状突然清晰起来,一起指向了这个正确的诊断。

　　赵普耀不喜欢我。费丽虹加重语气在心里重复了一遍。她像念出了一句神秘的咒语,突然有些措手不及。很久以来,赵普耀像一颗秘密的种子,被费丽虹养护在心里。费丽虹以为,只要自己决定了,给它施肥浇水,它就会按照自己的心愿成长。最早把这颗种子种进费丽虹心里的,是赵普耀的妈妈。赵普耀妈妈喜欢费丽虹,她不止一次对费丽虹说,可惜你不是我女儿,我没你妈妈的福气,但你长大了要给我当儿媳妇。

　　赵普耀不喜欢我。费丽虹舔了舔干裂的嘴唇,终于把这句话说了出来。说出来心里反而松动了一点。可是,为什么? 他为什么不喜欢我? 刚松动的地方又被费丽虹堵上了一块厚重的石头,堵得更加密不透风。费丽虹被这个问题绕来绕去,就像在迷宫里,筋疲力尽却找不到出口。她拍打自己的脑袋,她要把这个问题从脑袋里拍打出去,把自己从迷失的地方唤醒过来。

　　面对。费丽虹对自己说。她从凳子上站起来,腿发软,眼睛冒着星星,地和床都在旋转,好像要转成了一个旋涡。费丽虹稳住自己,从旋涡里逃出来,赶在宿舍的人回来之前,把自己搬到了床上。她拉起帘子,关了灯,用被子蒙住头。身体躲进黑暗中,脑袋却如黑暗影院里的屏幕,怎么都暗不下去。

　　一颗刚刚冒出嫩芽的种子,没等见到阳光,就被活生生捂死在黑暗里。费丽虹独自失了一场恋。她很庆幸从来没有对人说过什么,要是一宿舍的人都来安慰她,她真的会崩溃。向别人展览伤口,是她最不屑的方式。独自面对,把所有的痛压在心底,用骄傲和意志压碎它,压成齑粉。

　　第二天没去上课,宿舍同学都走后,费丽虹躺在被窝里,心慌气短。为什么? 赵普耀为什么不喜欢我? 她再一次陷落在没有出口的迷宫里,心里的某个地方出现一个空洞,泪水不知不觉流出眼角。费丽虹狠掐自己的腰,那是身体上最软最疼的地方,她要让疼痛止住心慌。她在心里喊,费丽虹,你不许哭! 她爬起来用冷水洗脸。身体发飘,要虚脱的感觉。她用滚烫的水调了一杯果珍,闻到橙子的味道胃里一阵绞痛,酸水冒进嘴里,差点吐出来。她强迫自己把酸水咽下去,把一杯很热的果珍喝光,还吃了几块饼干。

费丽虹挺着胸,端端正正地坐在桌子前,智力恢复了,脑子也清楚了。她想起宿舍里熄灯后的闲谈,除了她,其他几个人都相信一见钟情。就像秦晓和她男朋友,在火车上坐了相邻的座位,四目相对,电光火石。她们的理论是,爱情要有神秘感,两个陌生人才会有神秘感。青梅竹马不容易擦出火花,都熟悉得跟兄妹一样了,还怎么谈恋爱。她当时没说话,因为心里装着赵普耀,她认为她们都错了。可赵普耀证明她们对了。赵普耀不喜欢她,也许就是这个原因,他们太熟悉了。她跟赵普耀真比一般兄妹更熟悉。她终于为赵普耀不喜欢自己找出了一个理由。这个接受起来不那么难受的理由,让费丽虹的心里稍稍舒服了一点。

费丽虹的手指无意识地在桌子上画出赵普耀的名字。他最近很反常,辩手选拔不参加了,硕博连读不想考了,班里的公共活动,他也不积极参加了,说不定他已经跟某个女生擦出了火花。他喜欢谁?吴玉?小白?朱蓝蓝?……费丽虹把班里的女生从脑子里过了一遍,除了已经有男朋友的秦晓,人人都有可能。跟我相比,她们跟赵普耀之间,都有足够的距离感和陌生感。可是,她多么不甘心,急着从每个人身上找出一两个缺点,替赵普耀否定掉她们。

我是多么无聊啊。费丽虹在桌子上拍了一巴掌,拍得手掌生疼。她不能这么无聊下去,她拉开抽屉想写点什么,她一直有记日记的习惯,把她认为重要的事情记下来,有时候也抄写一些励志的话和有哲理的话。漂亮的日记本扉页上抄着海子的诗:"姐姐,今夜我在德令哈……姐姐,今夜我不关心人类,我只想你……"

抽屉里躺着罗兰的信。要是罗兰知道了,一定会跟我一起大骂赵普耀有眼无珠。罗兰做一个小跟班倒是最合格,从小,费丽虹叫她不理谁,她就不理谁。不过,她才不会告诉罗兰,这么丢人的事情,她谁都不会告诉。在罗兰面前,她要保持自己优越骄傲的形象。想到罗兰也要来同情她,她无论如何受不了。

费丽虹顺手撕开罗兰的信,匆匆看了一遍,她的目光被罗兰的信绊住了,用手一个字一个字指着看了一遍,又看了第二遍第三遍。

"丽虹,我要告诉你一个秘密。上个星期,我突然收到赵普耀的信,看完信,我都不敢相信,赵普耀说他中学的时候就爱上我了。我还以为他根本看不起我呢。你晓得的,我们三个一起玩,都是你们两个聊得热火朝天,我根本插不上嘴。其实,我一直在心里默默喜欢他,他要是不告诉我,我会一辈子把这种喜欢埋在心底,我觉得自己配不上他呢。我那么笨,他那么聪明。我怎么敢想,他居然爱我。天啊,我太幸福了!我的心跳得要蹦出去了。丽虹,我不是在做梦吧?你帮我拿拿主意,赵普耀不会是在骗我吧?你跟他在一起上学,他不会是在学校失恋受刺激了吧?……"

费丽虹的眼神变成了一条粗粗的直线,看着信纸,看不见文字,只看见一双手,这双灵巧的手放下正在编织的毛衣,隔着老远的距离伸过来,毫不犹豫地勒住了费丽虹的脖子。

费丽虹至少狂笑了一分钟,才挣脱了勒住脖子的那双手。大口吸了点空气,眼神弯曲了一些,重新看见了文字:"我们宿舍的同学说,男孩要辛苦追到手才会珍惜。丽虹,你说,我是要马上答应他,还是要端着点,让他追。可是,我不敢端着,他身边有那么多优秀的女同学,我怕被人抢去呢。我答应他了,即使他以后不爱我了,能跟他谈一场恋爱,也是我一生的记忆,丽虹,祝福我们吧……"

罗兰的信解答了费丽虹之前的所有疑问,随即产生了一个更加令费丽虹迷惑的疑问。赵普耀为什么要爱罗兰?他们两个难道不比亲兄妹还熟悉?

从小到大,赵普耀都在捉弄罗兰,小时候把鞭炮系在罗兰的辫子上点了,差点没把罗兰烧了,在学校读书的时候,罗兰成绩差被老师骂,赵普耀每次都跟其他男生一起起哄把罗兰弄哭,每次都是费丽虹充当罗兰的保护人,为罗兰仗义执言。他们三个一起玩,她是中心,是纽带,赵普耀是她的朋友,罗兰也是她的朋友,有她,才能把三个人聚集到一起。

他们两个居然相爱了。不是罗兰,而是她费丽虹一直充当了电灯泡的角色。

费丽虹真要怀疑自己的脑袋也跟罗兰一样,里面装满了不会思维的豆腐渣。

赵普耀爱上了罗兰。赵普耀爱上了罗兰!赵普耀爱上了罗兰?

这句话,反反复复,像鼓点一样敲击费丽虹的脑袋。

费丽虹把越来越多的时间用来坐在图书馆里看书。她没有地方去,不想待在宿舍,不想看见认识的人。看书是最好的躲藏。都知道她要考硕博连读,她正好假装用功。专业书一个字也看不进去。她的眼睛跟脑袋之间似乎脱了钩,连接不上了。她把专业书放到一边,找了一堆杂志看,试图在那些美轮美奂的图片和轻松自在的文字中寻找到一丝半毫的药剂。她知道自己病了,那些被骄傲和自尊强行压缩在心底深处的疼痛,像一块癌细胞,在暗地里吞噬她的健康。但她不能求医,她只能靠自己,她要治愈自己。

女孩子长到十二三岁,脱掉了女童的天真稚气,又没有少女的水灵舒展,身体和心理都处在了一个尴尬的时期。心智的成长和性别的觉醒让她们对身体的发育格外敏感,没来得及长开的身体处处显得紧巴、局促。她们感到别扭,表情不自然,手脚没处放,动作不协调。就像刚刚长出来的一枚花蕾,紧紧地包裹着,青涩,含苞待放许诺的是未来,现在的形态并不动人。身体的不自在,内心的不自信,自我的不确定……各种问题纠集到一起,拧成一股粗大的麻绳,时时勒着她们脆弱的神经,弄得她们无所适从。原本乖巧听话的女孩,变得乖张叛逆,满不在乎,像刺猬一样浑身长刺,恨不得把每一个关心她的人都刺得不敢靠近。她们需要一个幽暗的空间,把稍纵即逝的自信心保护起来,像蛹一样,努力修炼,渴望有一天破壳而出,化蛹成蝶。

青春期是女孩的第一个炼狱。女孩们一路磕磕绊绊,挣扎着长到十七八岁,局促别扭的身体舒展了,紧张不安的情绪消失了。经历了青春期的女孩变得光彩照人。青春期之后的三十年,是她们一生最美好的岁月……

这篇配了一张美女照片的文章,费丽虹几乎一口气读了下来。她合上书,呆呆看着窗外炽热的阳光,心里空虚到疼痛。

文章里写的那样一个青春期,一个化蛹成蝶的挣扎过程,她没有经历,或者说没有感觉到。直到现在,经过一场不为人知的失恋,她对自己的身体,才有了一个觉醒。她终于借助失恋这件事,看清了一个存在了很久的事实,她,费丽虹,一个从小被捧着,在赞美声中长大的骄傲女孩,居然是不漂亮的。

而他们,自己的身边的所有人,父母、老师、赵普耀、罗兰……他们一定早就看得明明白白了吧?就像她此刻回过头去,看那一段没有被她感觉到的青春期,那一段她觉得风平浪静的日子,其实发生了好多事情。

当时百思不得其解的种种问题,现在都豁然开朗了。一起长大的女孩,最早进入青春期,化蛹成蝶的,就是罗兰。

那一年,罗兰十四岁,刚刚进入初三。费丽虹回想起来,放暑假之前,罗兰还长着一张胖嘟嘟的娃娃脸,身材也是胖墩墩的,心智更没有脱开女童的懵懂。眼睛很大,但没有内容,显得有点呆。秋季入学的时候,罗兰就变得让人不敢认了。身体抽了条,个子高了,腰细了,胸饱满了,下巴颏尖了,婴儿肥的脸变成了瓜子脸。木呆呆的眼神亮了起来,大眼睛含了水,笑起来眼睛里的水会波动。原先白皙的皮肤变成了白里透红,好像有一束光从里往外照着,整个人都亮了起来。

　　罗兰的美丽,像一道春天的阳光照进了男生的心里,他们的心就像三月的土地,暖烘烘的,埋在地下的草籽草根蠢蠢欲动,压不住想往外生长,一直安静的身体喧嚣起来,像是干涸的河流突然涨了洪水,听得见血液在血管里奔跑。原来跟女生坐一桌都要划界限的男生们突然改变了态度,整天围着罗兰转,变着法子找罗兰搭讪,主动送上自己的学习用具,没事找事,哪怕说上几句废话,也要兴奋半天。男老师对罗兰的态度也来了个一百八十度大转弯,原先当着全班同学往罗兰脸上扔考卷的物理老师,上课的时候老是不由自主地把目光转到罗兰的座位上,说话的声音里恨不得放进一吨蜜,脸上的青春痘比灯泡还亮。

　　跟男老师的态度截然相反,那些上了点年纪又还没有彻底变老的女老师,对罗兰比任何时候都刻薄,罗兰的笨为她们的刻薄提供了很好的借口,假公济私,借着罗兰的烂成绩,她们把心里的嫉妒宣泄得理直气壮。再没有比骂一个漂亮的笨女生更痛快了。

　　本来敏感的女生倒是比男生迟钝了好些时候,才发现了罗兰的美貌。女孩的迟钝是一种本能,她们不喜欢比自己漂亮的同性,即使发现了,也假装没看见,要不是男生对罗兰那么殷勤,她们可以一直假装下去。但是,男生们的表现太过分了,就连班里那些优秀的男生都在罗兰面前变得低三下四的,跟罗兰说上一句话就两眼放光,好像罗兰是个了不起的大明星。

　　罗兰的美貌像一面镜子,这面镜子太清晰了,不仅照出了她们身体的不完美,还照到了她们的心里,照出了她们刻意要藏起来,不让人看,甚至不让自己看见的卑微。卑微的感觉最容易引发内心的嫉妒。作为同性的同龄人,她们没有能力欣赏罗兰的美丽,嫉妒却像火苗一样烧烤着她们,让她们坐立不安。她们一定要做点什么,但她们不能像女老师那样动不动就骂罗兰白痴,她们没有这个权利。共同的卑微使她们互相靠近,结成小圈子,把罗兰排除在外。她们对罗兰充满敌意，故意找茬，想挑起争端，只要争端一起，她们就有机会狠狠地收拾罗兰。但是，这招对罗兰不起作用，罗兰胆小怕事，从不敢与人为敌，哪怕是明目张胆的敌意，她也假装看不见。躲避危险是一种本能。很多时候，本能的反应总是正确的。

女生们无奈，只能在罗兰面前夸耀她们的团结，她们成群结队，叽叽喳喳，故意凑到一起小声嘀咕，好像她们有什么了不得的秘密。其实什么秘密也没有，她们就是要虚张声势，就是要抱成一团，互相借力，这样才能让自己好过一点。面对罗兰无敌的美貌，她们是无辜而弱势的一方。无辜和弱势的个体，最容易抱团取暖。

男孩萌动的青春，女孩幽暗的内心，皆因罗兰的美貌而彰显无疑。罗兰笨得不知所措，费丽虹竟然也无知无觉，被罗兰的烦恼弄得一头雾水。费丽虹竟然跑去责问赵普耀，问他男生为什么要欺负罗兰。赵普耀似笑非笑，吊儿郎当地说，你那么聪明都不知道，我怎会知道。赵普耀没看罗兰，他在班里也不搭理罗兰，但费丽虹记得赵普耀红了脸。费丽虹威胁说，赵普耀你要敢搞鬼，我饶不了你。

费丽虹坐在大学的图书馆里，想起这一切，就像被赵普耀当众抽了一个耳光，脸上火辣辣的疼，心里的屈辱冰山一样，让她寒冷发颤。

费丽虹从小受到的教育都是：只要努力，就能梦想成真。现实却是，罗兰凭借天生的美貌，赢得了爱情。美貌也可以成为制胜武器。费丽虹没有美貌，所有的努力都是白费。一个你爱的人，不会因为你努力，不会因为你优秀，就爱你。费丽虹万箭穿心。这是多么荒蛮无理的现实，这样的现实，彻底颠覆了费丽虹以前建构起来的基础。她站在高高的楼顶，眼看着地基塌陷，坠入了不可知的深渊。

也许，除了罗兰，赵普耀随便爱上哪一个人，哪怕那个人美若天仙，费丽虹都不会有现在这种大厦倾覆的灭顶之感。

偏偏是罗兰。

费丽虹受了致命重创，只有皮囊是完整的，皮囊里包裹着的一切，从有形的五脏六腑到无形的心灵智慧，都成了碎片。她整天待在图书馆里，把头埋在散发出尘埃和旧纸张味道的书里。只有在图书馆里，她用不着伪装，出了图书馆，在任何有第二个人的地方，费丽虹还得装成一个正常人，装成什么事都没有发生。她在消瘦,她在憔悴,她的目光是散的,要拼了命才能把目光聚集到某一个焦点上,坚持不了五分钟,又散了。她装不下去了,她祈祷生一场病,她需要一场看得见说得出口的病掩护自己不堪示人的真正的病。

费丽虹吃各种容易引起过敏的东西,用劣质的护肤品,也不晓得哪一样起了作用,她果然病了。过敏,皮肤瘙痒,发红疹子。费丽虹到处看病,医生问她吃过什么用过什么,她一概否认。医生做各种脱敏实验,查找过敏原,但是,找不到任何过敏原。医生开了外用药叫费丽虹涂抹,又开了内服的抗过敏药和地塞米松。地塞米松是激素,一般的过敏,用了差不多就好了。费丽虹偶尔吃一次药,控制一下病情,多数时候把药扔了。学校最权威的皮肤科专家亲自给她看病,开出了最权威的处方,依然无效。费丽虹不想治好自己。皮肤痒起来,她的身体就变成了敌人,她满怀仇恨,用尖利的指甲去抓去挠,抓出血,挠出一条又一条血道道,她感觉不到疼痛,只觉着痛快。

反复发作的过敏症,让费丽虹成为一个令人同情的人,这份对过敏症患者而不是对失恋者的同情,费丽虹坦然接受了。费丽虹有时候也疑惑,罗兰和赵普耀,他们那么心安理得地相爱了,他们难道一点没有发现过她的心思?她甚至有一种冲动,想试探罗兰,从罗兰那里确证他们是完全不知情,还是装作不知情。万一他们是装作不知情呢?这个想法让费丽虹的恐惧无处不在,恐惧让她的过敏症更加严重,不得不吃药控制。冷静的时候费丽虹认定他们是不知情的,她庆幸那天没有对赵普耀表白什么,庆幸没有扔掉罗兰那封关键的信,庆幸没有在同学那里流露任何蛛丝马迹……自己暗恋的男生跟自己身边最愚蠢的女友恋爱了,这是个多么狗血八卦的情节。当医生的妈妈似乎察觉了一些什么,几番用眼神试探她,她用坚硬的眼神顶住了热腾腾铺天盖地的母爱诱惑,同时顶住了内心要柔软坍塌的欲望。再没有人怀疑什么,没有人知道她真正的病,她终于安全地躲在过敏症患者这个躯壳里,任由学业一落千丈,心安理得放弃了硕博连读。家里和学校都让她休学一年,先把病治好,但她坚持不休学。五年读完,费丽虹勉强毕了业,没有人责怪她,大家都觉得她不容易,带着久治不愈的过敏症,居然毕了业。

罗兰已经早他们两年从护校毕业,在省医院外科当护士。赵普耀跟罗兰的恋情还没有公开,赵普耀不敢跟他妈说。以赵普耀妈妈的优越感,怎么可能接受罗兰当她家的儿媳妇,且不说罗兰的笨,单是罗兰的父母,接受起来就是一件难事。罗兰的父亲是研究院的锅炉工,母亲从农村出来,没有工作,就在研究院里做做家政,打打零工。他们一家人,从来没有入过赵普耀妈妈的眼。

费丽虹跟赵普耀都分到了省医院实习。赵普耀分到外科,费丽虹分到了内科。费丽虹不喜欢内科,实习的时候,她就发现自己喜欢外科。每一次看主刀医生手起刀落,一大坨血淋淋的组织就从身体里剥离了出来。费丽虹的心情总是为之一振,仿佛拥堵在自己身体里的诸多无用之物也被一同拿掉,清洁的光照进了身体,把每一个暗角照得通亮。可惜那时候她连助理都当不上,只能当助理的助理,拉拉钩止止血,偶尔才会让她切开皮肤。她渴望更深地割开身体,割掉病变组织和周边组织。她尤其想做乳癌手术,切掉丰满的乳房,连同周边的组织,有时候还要拿掉肋骨……她多么喜欢那种切割的权力,主宰的感觉。只有在手术室里,她才是手握武器主宰一切的女王。

手术室

你一定会以为,手术室是很严肃的地方,寂静无声,空气凝滞,分分秒秒都在跟死神赛跑。跟你想得完全不一样,医院的手术室,是一个玩笑开得最多,医生护士笑点最低的地方。外科医生和手术室护士,天天开膛破肚,看多了血腥,见惯了生死,都是些性格通透好玩的人。在手术室待过的护士都明白,越是医术高明的医生,在手术过程中的表现越是轻松幽默,仿佛摘肿瘤跟摘西瓜似的,移植器官跟搬个家具差不多。人家那叫举重若轻。

手术台上的玩笑开起来简单,只要把医学术语换成日常话语,玩笑的效果就出来了。仅仅一笑了之,显然过于浅显了,笑过之后,再笑,那就有意味了。任何玩笑,笑是次要的,笑过之后的意味深长才是重点。男男女女,笑过之后再回味,打情骂俏的意味就像是香水的后味,绵绵不绝地环绕、袅绕直至缠绕。

整个省医院,只有费丽虹在手术台上不苟言笑,除了下达指令,一句废话都不说,更别说开玩笑。只要她穿一身绿色手术衣走进来,肃穆与冷寂,立刻达到了一种饱和状态,让人担心任何一句废话和一个多余的动作,都是不合时宜的导火索,能引起空气裂变。

费丽虹往手术台上一站,人人都得绷紧了神经。器械护士递出的手术器械不对,她随手就扔到角落里,绝不给护士替换的机会。虽说费丽虹的要求是没错的,器械护士不熟悉手术程序,那是技术不过硬。但一般的医生不敢让护士这么难堪。只有费丽虹敢，她就是要给手术室护士穿小鞋。费丽虹的小鞋很有技术含量，穿着不舒服还没人敢脱下来。历任的手术室护士长派出来上费丽虹手术的护士，都是手术室的技术尖子。护士们手术前一定会做足功课，把第二天的手术程序熟悉再熟悉。手术室的老护士都会跟新护士讲，千万不能栽在费丽虹手里。

医院的人都知道，费丽虹跟手术室护士有仇。君子报仇，十年不晚。费丽虹的仇，报了何止十年。当事的于梅护士早就不在手术室了，她已经离开医院不知所终。但是，于梅护士走了十几年，还活在手术室。每一次上完费丽虹的手术，于梅护士的名字都要在手术室护士的舌头尖上碾压几遍。于梅，你个狐狸精，你勾引谁的老公不好，偏偏勾引费丽虹的老公。费丽虹是好惹的吗？

出事之前，谁也没看出费丽虹的决绝和厉害来。不过，要是认真回想，还是能发现一些端倪。那时候，费丽虹实习结束分到外科，只是一个普普通通的住院医生。在同年分来医院的大学生里面，费丽虹不怎么讨人喜欢，长得不好看，也不爱说话，除了跟科里的护士罗兰关系密切，跟其他人的交往不远不近。综合业务能力不是特别拔尖，在科里总是提不起精神的样子，但是，在同年毕业的医生中，费丽虹手术是做得最好的，她喜欢做手术，一进手术室，她就跟打了鸡血一样亢奋，她做手术有一种男医生都难以企及的果敢凶狠劲。尤其乳癌手术，费丽虹上手最快，她敢下刀，刀头精准，切得非常干净。科主任和科里的几个老医生觉得费丽虹是一个好苗子，有很好的天赋，就是不在状态。

罗兰积极为费丽虹辩护，她告诉所有的人费丽虹以前如何优秀，要不是得了久治不愈的过敏症，早就考上硕博连读了。科里的人都看出来了，罗兰总在巴结费丽虹。

年轻的医生护士到了合适的年龄，都忙着恋爱，恋爱成熟的忙着结婚，没对象的看到别人出双入对，也不甘落后，忙着找对象，喜欢做媒的热络络忙着当红娘……

费丽虹没有男朋友，医院里没人追她，也看不出她对谁有一星半点的意思，她从来不像别的医生那样死皮赖脸或者半推半就地拜托科里的老同志帮着介绍对象，喜欢做媒的老同志最得意那样的年轻人，豁出去一张老脸也要帮着介绍成。费丽虹不急不慌，还真没有人张罗给她介绍对象。谁都没把握，不敢管费丽虹的闲事，怕好心吃个闭门羹。费丽虹看着简单，却叫人看不透，大家都不晓得为什么，对她有些畏惧。虽然大家都觉得费丽虹其实是科里最值得同情的人,但她偏偏有一种仿佛天生的傲慢,压根没有那种让人同情的感觉。科里的人私底下都说,也不晓得费丽虹有啥可骄傲的,长得又不好,性格又不随和,皮肤病那么严重。哪个男人敢找她,还真得有胆量。这些议论,都不避着罗兰,罗兰在科里的人缘很好,罗兰的那点烦心事,科里人都知道,每个人都在帮她出主意,想办法。他们说,罗兰,你跟费医生那么好,你知道她要找个什么样的男朋友吗?她接不接受别人介绍对象啊?你倒是跟我们说说,我们也好想办法帮帮她,省得她落了单。虽然我们不喜欢她,我们也不愿意看见她形单影只。

罗兰说,我还真不知道,费丽虹从来不跟我说这些。但罗兰知道费丽虹的心气有多高。费丽虹即使落难了,考不上硕博连读,浑身长满治不好的红疹子,依然保持着骄傲的姿态。罗兰自然不敢劝费丽虹放下架子,务实一点,找个条件差不多的对象。罗兰自己还有烦心事呢,好在一个科室的护士都是罗兰的高参,她也用不着费丽虹出主意,费丽虹智商高,读书厉害,论这种事儿,还真不如科里的护士有主意。

同年龄段的人都相继结了婚,最难办的罗兰也奉子成婚了。罗兰要不是怀了孕,赵普耀的妈妈死活也不会同意他们结婚的,赵普耀妈妈一百个看不上罗兰。赵普耀妈妈多高的心气啊,她压根想不到,自己引以为骄傲的儿子,名牌大学毕业,前途无量的医生,会娶罗兰这样一个白痴样的女人。她想不通,罗兰这么个蠢女人,凭什么把赵普耀迷得神魂颠倒。想得通想不通都没关系,科里的老护士告诉罗兰,你只要怀了孕,老太婆没有不松口的。天大地大,孩子最大。就是最厌恶儿媳妇的婆婆,也喜欢孙子。罗兰正是听了老护士的话,才豁出去未婚先孕,铺平了结婚的道路。

谁都以为,费丽虹要把自己剩下了。但是,罗兰结婚不到三个月,费丽虹就不声不响地嫁给了从县医院上来进修的宋和平医生。宋医生除了说话一口县城腔,样子很正点,一米八的个子,高鼻梁大眼睛,脸部轮廓硬朗。宋医生一到医院就开展爱情攻势,他专门追求那些家在省城有一点家庭背景的医生护士,目的很明确,就是要留在省城。宋医生企图利用自己的相貌优势拼出一条路,却处处碰壁,未婚的医生护士都躲着他。宋医生绝望地发现,女人不看重男人的相貌,男人可以冲冠一怒为红颜,女人不会。在婚姻市场上,女人的美色是硬实力,男人的美貌连软实力都算不上。

宋和平医生心灰意冷,医院里的人却突然发现,宋医生把能追求的人都追求过了,独独漏掉了费丽虹。有那促狭的家伙就问宋医生是不是嫌弃费医生有病。宋医生说,过敏又不是什么治不好的绝症。那为什么不追费丽虹。你不是找有关系的吗? 费丽虹家的关系才是最硬的。宋医生哭丧着脸说,我也知道她家关系硬,可我不敢啊,别说追她,我跟她说话都紧张。费丽虹的眼睛,看人就像手术刀,能看到骨头缝里去。那帮促狭的家伙,也不是真觉得宋和平医生能追上费丽虹,宋医生跟费丽虹,就像两个星球的人,运转几百年都不可能撞到一起。他们就是想看热闹。他们使劲鼓励宋和平去追费丽虹,他们说,费丽虹就算是老虎,也不会吃了你。她可是你最后一根救命稻草,一咬牙一跺脚说不定就抓住了。不管他们如何起哄,宋医生始终哭丧着脸,不为所动。

就在宋和平医生绝望时候,费丽虹把宋医生约到外科大楼外面的喷水池旁。费丽虹盯着宋和平端正英俊的脸,心里平静如一潭死水,有过对赵普耀那种卑微得低到尘埃里的感觉,费丽虹在宋和平面前,气定神闲,收放自如。她不爱这个长相英俊没有气质的男人。这个男人也不爱她。在这个男人的心里,压根没有爱情的位置,他还在解决自己的生存空间问题。没有爱情,只有婚姻是他们两个共同的需求。宋和平需要婚姻来解决生存空间的问题,费丽虹需要一个婚姻的躯壳来躲藏自己。赵普耀跟罗兰结婚了。那天罗兰在科里发喜糖,罗兰那张洋溢着幸福的漂亮脸蛋,晃得费丽虹站立不稳。在赵普耀妈妈拼死阻拦他们的几年里,费丽虹的过敏症已经控制住了。她知道赵普耀跟自己没有任何可能,一纳米的可能都没有,但,只要不是罗兰。她抱着朦胧的希望,可惜赵普耀妈妈没有挡住他们。费丽虹吃完喜糖,舌根都苦了。那颗苦涩的喜糖,就像一个动员的指令,把驻扎在费丽虹身体里的敌人顷刻间动员起来,这些全副武装的敌人,因为短暂的休眠,变得更加凶猛。费丽虹仿佛又回到当初躲在图书馆里的时候,只有皮囊是完整的,皮囊里包裹着的一切,从有形的五脏六腑到无形的心灵智慧,都成了细小的碎片。过敏症汹涌地卷土重来,几乎将她击倒。费丽虹早就知道,她的过敏症不是皮肤病,是精神的疾患,吃过敏药没用。受过敏症的影响,她不得不停止上手术台。她要做手术。她不能再依赖过敏症了。过敏症已经不能给她安全的庇护,反而要影响她上手术台。她想到了结婚,她要躲在婚姻里面,把那个粉碎了的自己隐藏起来。她的过敏症可以退场了,婚姻是她的另一场过敏症。

费丽虹直截了当地对宋和平说,我们结婚,我可以帮你调进医院。宋和平白净的脸泛起一股红潮,他没想到,费丽虹这么直接。他不敢看费丽虹,站在费丽虹面前,他就像被剥光了衣服,毫无遮挡。费丽虹笑起来,说,是不是觉得我说话太赤裸裸了?真是,有什么好遮遮掩掩的?你在医院追了一圈,不就是想调进医院吗?反正也没有人愿意帮你,我呢,也想结个婚,省得医院的人当我有毛病。我们互惠互利,不是挺好吗?哦,对了,你不要担心我的皮肤问题,我会治好的。宋和平惊讶地看着费丽虹,想着自己像个女人那样打着爱情的旗号去骗人结婚,畏畏缩缩还失败了。而这个不漂亮的女人,思维方式如此霸气,如此磊落,如此强大,他简直要崇拜这个女人了。他慌忙点着头说,好,我愿意。

费丽虹伸出手,握住了宋和平医生的手。宋和平医生的手肥厚绵软,缺乏力度。费丽虹握了一下就放开了。不谈爱情,一切如此简单明了。不是唯一的那一个,换了任何一个都是无差别的。费丽虹说,等我治好了皮肤,就去登记。说完,转身走了。

宋医生那一口县城腔,叫费丽虹妈妈直皱眉头。费丽虹妈妈对宋和平医生的家庭背景十分不满意,宋和平担心过不了费丽虹妈妈那一关,费丽虹倒不担心,她要干的事情,谁也挡不住。除了爱情。爱情被赵普耀挡在了门外。

费丽虹结婚后,费丽虹妈妈和赵普耀妈妈更加亲密,两个同病相怜的老闺密,花更多的时间在一起喝茶养花,互相疗伤。

费丽虹的父母虽然没反对他们结婚,但也不积极帮宋和平调动。宋和平进修结束,恋恋不舍地回了小县城。费丽虹对这种分居的状态倒是很满意。宋和平心里没底,这个让他高山仰止的女人,他彻底弄不懂。宋和平没心思上班,三天两头请假来看费丽虹。给罗兰出主意的那帮人,给宋医生出的还是同样的主意。赶快让费丽虹怀孕生个孩子,费丽虹父母看在孩子的分上,没有不帮忙的。果然,费丽虹刚刚怀孕,家里的态度就积极起来,父母动用了一些关系,不到三个月就把宋和平调进了医院。医院分的筒子楼,费丽虹住不惯,又不愿意跟宋和平一起回家住。父母出钱在医院附近租了个两居室的房子,帮他们把家安顿好。

结婚后,费丽虹日渐显示出来的业务能力让大家都意识到,费丽虹是一个事业型的女人,而宋医生是绣花枕头,业务上不可能有多大的发展。宋医生会干家务,买菜做饭都是好手,费丽虹怀孕后,被他养得很滋润。费丽虹妈妈到他们家视察了几次,彻底改变了态度,高度赞扬费丽虹给自己选了一个最适合的丈夫。医院上上下下几乎达成了一致的认识,费医生跟宋医生的结合,各得其所。这样的婚姻,往往是最牢固的。

哪晓得宋和平会出轨。换作今天的话来表达，一个靠相貌上位成功的屌丝，居然敢出轨。在费丽虹休产假期间，宋和平医生跟于梅护士居然在手术室里抱在一起亲嘴，被费丽虹的闺密罗兰撞见。被谁撞见不好，偏偏被罗兰撞见。罗兰不光是费丽虹的闺密，还是典型的没脑子。不出一个小时，全院都知道了这桩出轨事件。罗兰跟科里的人一起愤怒声讨了宋和平还嫌不够，又急匆匆跑去告诉费丽虹。赵普耀听说罗兰去找费丽虹，放下正在开着的处方，以百米冲刺的速度去拦截罗兰。晚了，罗兰已经垂头丧气从费丽虹家出来了。赵普耀一把抓住罗兰，凶巴巴地问，你告诉费丽虹了？

罗兰脸颊气得通红，说，告诉了。就凭他宋和平，也敢在费丽虹坐月子的时候出轨，太不是东西了。我要不告诉费丽虹，让她蒙在鼓里被人骗，我还算什么好朋友。

赵普耀气得推了罗兰一把，说，你有没有脑子啊？人家两口子的事，你瞎掺和什么？你知道怎么回事，看见两个人抱在一起就是出轨了？

罗兰眼里汪起泪水，声音发硬，说，抱在一起亲嘴还不是出轨？我要跟别人抱在一起你没意见？我就不明白，你到底向着谁？我们可是费丽虹的朋友。你，我，费丽虹，我们三个一起长大的，你为什么站在宋和平一边？你们男人，都不是东西！罗兰索性哭起来。

赵普耀跺着脚说，你以为告诉费丽虹是在帮她？费丽虹有多刚烈多要强，你知不知道这样会出事的。别哭了。费丽虹什么反应？

刚才只顾着义愤填膺，血往头上冲。赵普耀这样一说，罗兰脑袋里的血一下子凉了。费丽虹刚才什么反应？好像没反应，听完就听完了，说要喂孩子，就让罗兰走了。罗兰这才吓坏了。以费丽虹的性格，她怎么受得了这样的委屈？她的反应太不正常了，坏了，要出大事。

罗兰抓着赵普耀的手说，我好怕，我们上去看看吧。

赵普耀觉得不该去，但他实在好奇，除了费丽虹，任何别的女人遇到这种事会有什么样的反应，他都可能猜得到，但是费丽虹，他真猜不到。他们两个敲开门，费丽虹已经叫保姆泡好了一壶绿茶，汤色嫩黄明亮，香气袅绕。她坐在沙发上，笑着给他们一人倒了一杯，说，就知道你们两个会一起来，喝茶吧。上好的竹叶青。罗兰哇的一声哭起来，说，丽虹，你想哭就哭吧，有我们呢。费丽虹挺直了脊背，宋和平出轨带来的伤害，还真不如这会儿，被赵普耀和罗兰居高临下俯视着。居然轮到罗兰来同情她，简直奇耻大辱。她咬着牙，把一腔就要喷薄而出的愤怒咽了下去,奋力地笑着说,不就是老宋跟于梅抱在一起吗?多大点事啊。我还连茶都不喝了?罗兰你真是太不了解我了,长这么大你见我哭过吗?何况为一个男人哭。罗兰抹了一把挂在脸颊上的眼泪,瞪大了眼睛还想说什么,赵普耀端起一杯茶递给罗兰,说,喝茶!自己也端起一杯一口干了。赵普耀拉着罗兰说,我们回去上班了。我就知道你没什么事。罗兰纯属瞎操心。你还不了解罗兰,她那智商,从小就让人着急。赵普耀说完就把罗兰拉走了。

费丽虹坐在沙发上,一杯接一杯喝茶。茶真好喝啊,一路烫着舌头口腔和食管,进到胃里还热乎乎的。被茶水烫过的舌头口腔,涩涩地,随即泛起一股甘甜。费丽虹放慢速度,让自己的舌头口腔和食管充分感受被茶水烫过的舒适与熨帖。保姆发现了,来夺她的杯子,保姆说,费医生你喂奶呢,不能喝茶。费丽虹笑了笑,说,你的职责是家务,懂吧?保姆讪讪地放下杯子,站在那儿欲言又止。费丽虹抬头看着她,问,还有事?保姆到底忍住没说出什么安慰的话来。费丽虹喝完茶,回到卧室,刚刚满月几天的儿子宋扬醋睡在小床上,粉嘟嘟的脸。费丽虹俯身抱起儿子,把脸贴在他的小脸上,满腹的酸楚溢出了血管,溢满了眼眶。这个小东西,他什么都不知道,他不知道他这么个小人儿,却有那么大的能量,正是在怀着他的日日夜夜,在他出生后的时时刻刻,费丽虹感觉到她的心在变软。她不止一次想到了,爱情的世界里,也许不是只有唯一一个那么绝对,唯一之外,也可能有平凡温润可以相伴一生的情感。对宋和平那种无所谓的硬邦邦的态度,像遇到暖洋的冰山,正在一点点消融。太可笑了,她差一点就要爱上宋和平,而宋和平根本没有爱上她。正是这一点,让费丽虹充满屈辱的感觉,她无法原谅自己。一个人一生不能两次踏入同一条河流,她却差一点两次踩入同一个陷阱。她把孩子放回床上,狠狠地抡起拳头砸在墙上,手指骨的疼痛撕心裂肺,疼痛成功击退了酸楚的感觉。

费丽虹站在窗户边,看了一眼蓝蓝的天空,刚才一杯一杯喝进去的茶似乎全流进血管里,它们替换了她黏稠的血液奔跑在血管里,那么清澈那么无牵无挂。费丽虹感觉自己被清洗了一遍,身体里黏糊糊浓稠的东西都被清洗掉了。这个轻盈的身体,是她可以做主的。脑袋里活跃的细胞,让她的思维快速、简捷、直达目的。婚姻不是过敏症,费丽虹一个人掌控不了。她不再需要这个为她提供庇护的婚姻。她要考研究生,回去读书,把被过敏症中断的学业重新完成,做一个追求事业的女人。事业,才是女人坚固的庇护所。

离婚的决定,只用了一分钟就做出了。既没有灭顶之感,又没有摘除了五脏六腑般的空虚。爱与不爱,的确天壤之别。除了孩子,这个无辜的孩子,他不幸做了费丽虹的孩子。但是,费丽虹想到要失去孩子,竟然也是可以忍受的。她必须要做自己喜欢的那个费丽虹。看起来完好无损,内心充盈着骄傲、自信,做得了自己的主,掌控得住跟自己相关的局面。

医院的舆论一边倒,都骂宋和平医生不是东西,于梅护士是个不要脸的狐狸精。人家费丽虹在家休产假呢,真是一对狗男女,连狗都不如。

继罗兰之后,费丽虹科室的医生护士一拨一拨跑到费丽虹家,安慰的劝解的帮她出主意的,忙得不亦乐乎。费丽虹一副跟自己不相干的神态,安安稳稳地坐在床上,一只手抱孩子,一只手拿一本厚厚的医学书,看得很专心。科里的医生护士挺没趣,满腔的同情像柔软的春风吹出去,原本指望吹到奄奄一息的花朵上,吹出些许生机,受伤的花朵再来一番梨花带雨。对于施舍同情的人,那是最美好的时刻。没想柔润的春风吹到岩石上,岩石岿然不动。遇到这种事,怎么可能无动于衷? 费丽虹就是披头散发跑到手术室拿把手术刀往于梅脸上划,大家都能理解。费丽虹哪怕爬到医院顶楼往下跳,大家都觉得不过分。一个女人,生孩子的时候老公跟别人搞到一起了,这是多大的不幸? 多没面子的事? 多让人崩溃? 可她居然不哭、不闹、不倾诉,还有心思看书。这就有点过分了。过分到超出了大家的理解能力。

宋和平在外面躲了几天,战战兢兢回到家,做好了被费丽虹盘问的各种准备,甚至想了好几套方案,痛哭流涕、赌咒发誓、推脱责任、下跪求情,只要费丽虹能原谅,啥办法都可以用。哪晓得费丽虹跟什么事都没有发生一样,提都不提,该吃饭吃饭,该喂孩子喂孩子。宋和平不相信费丽虹就这样放过他了,他始终觉得头上悬着一把没有落下来的剑,整天提心吊胆,跟于梅不敢再有一丝瓜葛。

费丽虹休完产假要上班,保姆被她辞掉了,孩子没人带。她主动提出让宋和平的妈妈来帮着带孩子。宋妈妈来了之后,费丽虹对宋妈妈非常客气。孩子晚上跟宋妈妈睡,宋和平终于搬回去跟费丽虹住一个房间,他迫不及待要用身体试探费丽虹。费丽虹什么话都不说,指了指床上另一边的被子,用眼睛的余光看了宋和平一眼,宋和平就偃旗息鼓,钻进另一床被子里。费丽虹靠在床上看大部头的专业书,好像在另一床被子里辗转反侧、唉声叹气的宋和平是空气。宋和平实在受不了,掀掉被子跪在床上,绝望地问,你要惩罚我到什么候? 不过是男人女人之间那点事,是个男人只要有机会都会出轨,打一打骂一骂哭一哭闹一闹,就过去了,该过日子还过日子,你至于这么不依不饶吗?我跟于梅,就是一时糊涂,没有经得住诱惑,我们再也没有接触了。你要觉得丢了面子,我明天就到医院的大楼顶上打一横幅给你道歉。我让全院的人看见我给你认错,行吗?你就原谅我,我们好好过,好好抚养儿子,我给你当牛做马……费丽虹手术刀一样的目光在宋和平脸上扫了一遍,用一根手指掩住嘴巴,嘘了一声,说,你要做什么,不用跟我商量。请不要影响我看书。宋和平跪着的腿只好放平了,拉过被子盖住自己,恨不得床上有一个洞,直接坠进地狱里。

第二天,宋和平当真爬到医院的楼顶上打了一条横幅:费丽虹我对不起你,请你原谅我。整个医院都轰动了。那些丈夫出了轨仅仅在家里口头道歉就原谅了丈夫的女人,羡慕死了费丽虹。好多人预测,费丽虹赚足了面子,肯定会原谅宋和平,她不是一直没说过离婚的话吗?费丽虹脸上波澜不惊,看不出任何迹象。没有人敢问费丽虹到底怎么想的,罗兰更不敢问。宋和平忐忑不安地回到家里,沮丧地发现,费丽虹对他的道歉无动于衷。他的行为,除了让自己变得可笑,根本不可能对费丽虹有任何触动。晚上躺在床的另一边,他杀费丽虹的心都长出好几颗来了。

费丽虹休完产假回去上班,手术室护士于梅的日子就不好过了。尽管护士长从来不把于梅派给费丽虹,尽管费丽虹一句话没说过,甚至看都没看于梅一眼。但是,费丽虹只要进了手术室,于梅那一天注定心神不定,频频出错。手术室护士都说,费丽虹的气场太强大了。于梅眼看着一天天憔悴下去,小脸瘦得剩一小巴掌。坚持了半年,于梅自己调走了。

宋和平这才知道,会哭会闹会上吊的女人,都是纸老虎。而费丽虹确确实实是一只真老虎。不,是比真老虎还吓人的怪物,杀人不见血,吃人不吐骨头。

孩子一岁半的时候,悬在宋和平头上的剑终于掉了下来。费丽虹起草了一份离婚协议,孩子归宋和平,她按规定付抚养费。房子是费丽虹父母掏钱租的,宋和平要住,就自己掏房钱,不住可以搬去住医院分给他们的房子,筒子楼里的两间房。费丽虹把离婚协议放到桌子上,叫宋和平签字。宋和平嬉皮笑脸地说,孩子为什么归我?我可听说孩子一般归妈妈。费丽虹抬了一下头,说,这是你母亲的意思,她舍不得孙子。不信你叫她出来问。宋和平拉下脸,说,你早就准备好了。我要不同意呢?费丽虹一点表情都没有,说,我律师都找好了,不同意就上法院。宋和平黑着脸,眼睛冒着火,说,你舍得咱儿子?费丽虹说,那是我的事,不烦你操心。宋和平差一点要扑过去掐费丽虹的脖子,但他不敢,他稳了稳情绪,口干舌燥地说,费丽虹,你真他妈狠啊!你让儿子一岁半就没了家,你让我带着孩子老妈搬去住筒子楼,你就不怕医院的人骂你?费丽虹依然毫无表情地说,签字吧!骂不骂是他们的事,我从来不关心。

离婚后,宋和平带着儿子和老妈住进了医院分给他们的两间筒子楼,他的工资加上费丽虹付的那点抚养费,要养活儿子和老妈,根本付不起那舒适的两居室房租。费丽虹果断退了房子,搬回父母家里,她不再需要房子。离婚不到一个月,她参加了研究生考试,以比第二名高出好几十分的成绩考入了母校。罗兰像是自己中了头彩一样,见人就说,我说得没错吧?费丽虹就是优秀。她读完硕士肯定还要读博士,这下她要飞走了。我们省医院这个小鱼塘,养不下她这条大鱼的。

费丽虹果然读完硕士又读了博士。但是,跟罗兰预测的不一样,费丽虹没有飞走,她又回来了。倒是罗兰和赵普耀先后离开了医院。先是赵普耀离职去承包了药厂,发了财,罗兰就辞职回家当了全职太太。

博士毕业回来,费丽虹成了医院最拔尖的医生,技术骨干。她对乳癌的诊断和治疗无人能及,她凭借触摸做出的诊断,准确率达到百分之九十多,她做过的乳癌根治手术,只要没有血液和淋巴转移,基本没有复发的,治愈率非常高。她被坊间称为神医,一把刀。她是病人的福音,乳癌患者慕名而来,排着队等着费丽虹做手术,费丽虹的手术安排,一般要到几个月之后。精湛的医术为费丽虹赢得了名声,媒体争相采访她。她在事业上一帆风顺,很快当了主任,四十岁刚出头,就是副院长兼主任了。

最不希望费丽虹回来的,要数手术室的护士。费丽虹一回来,手术室护士的小鞋又穿上了。悲催的是,穿了十几年,还得一直穿下去,随着费丽虹的职务越升越高,小鞋的号码只会越来越小。按照费丽虹目前的发展趋势,过几年说不定还能当院长,即使当不上院长,也是知名专家,医院的专家,七十岁都退不了休,医生越老越值钱。手术室护士算是倒霉到家,没有出头之日了。

另一个不希望费丽虹回来的,就是费丽虹的前夫宋和平医生。宋和平一直在医院,勉强靠资历混了个副主任医师,不到五十岁,头发白了,背驼了,看着就是一脸倒霉相。自己辛辛苦苦带大的儿子,也被费丽虹成功策反了。自打费丽虹掏钱让孩子出国读高中,宋和平想见儿子一面都难了,假期要不就不回来,费丽虹反正会给钱让他度假,回来也是在费丽虹住的院长楼待的时间长,到宋和平那儿也就点个卯。宋和平气不过,在科里发牢骚,说自己寒心,现在的孩子,有奶就是娘。科里的年轻医生意见一边倒,他们说,老宋,你别这么看不开,人家费院长本来就是亲娘,离婚也是因为你风流,费院长抚养费一分没少过,儿子要出国留学,你这当爹的没钱,要不是人家当妈的主动奉上,孩子能到国外上学吗?换了哪个孩子不都得乐颠颠回到这样的母亲身边。年轻医生都崇拜费丽虹,看不起宋和平。宋和平碰一鼻子灰,自找没趣。老一拨医生护士倒是比较同情宋和平,他们又有另一样的想法,孩子回到母亲身边,说不定是一件好事呢。你看你一直没有再娶,费丽虹也没有再嫁。孩子是你们两个唯一的孩子,有了孩子做桥梁,你们说不定还能破镜重圆。听到破镜重圆,宋和平差一点从椅子上摔下来。他哭丧着脸说,跳一次火坑就够了。宋和平的样子太滑稽,年轻医生们笑喷了。

发生在医院的事,大家都看到了。但是,发生在费丽虹心里的事,谁也看不到。

多少年过去了,费丽虹依然记得上班第一天,她独自去了位于外科大楼顶层的手术室,站在手术室的大门外,躁动的心突然安稳下来,就跟站在落雪的旷野似的,空旷,清冽,浑身有一种被寒冷激发出来的力量。

无影灯下血肉模糊的一团,在费丽虹眼里分明是一株经脉清晰的植物,花瓣突起,艳丽妖娆,吐着腥甜的毒汁,根茎深入到肌肤与血管里,结结实实,狠命要扎进去更深,把触须伸得更远,占领更多的领地。好一朵贪婪的毒之花,凶蛮强劲,敲骨吸髓,饮血吃肉。寄生之处,一切正常组织都变成养料和粪土,滋养它更强更壮。

手术室的空气被口罩隔离过,依然有一股复杂的气味,消毒水微微刺激黏膜的辛味,各种手术器械冷幽幽的金属味。最突出的是一股闷乎乎的腥甜气味。被切割的组织,裸露在空气里,就是这股味。

很多常年做手术的医生,在手术室待了太长的时间,嗅觉都很迟钝。费丽虹不。她的嗅觉高度灵敏,任何时候,她都能精准地分辨出游荡在空气里的各种气味。气味是个很有意思的东西,跟人一样,有不同的气质与脾气。有的气味总是单独游离,显出孤独高傲自信的气质,有的气味却喜欢相互混合缠绕,不自信的感觉,有的躲藏在别的气味里,像小孩藏在水里,偶尔露一下小脑袋,调皮可爱,有的霸气十足,总要把别的气味包裹覆盖,企图藏匿消灭,唯我独尊……

尽管隔着口罩,吸进去的各种气味还是在费丽虹鲜活热络的肺里乱窜。费丽虹一阵恶心。心脏摇摆慌乱,内里的器官翻转失控。吸气吐气,深吸,再倾力吐出。吸进去的空气加了温度,被费丽虹狠巴巴地吐出来。温热的气息被口罩阻挡,顺着鼻梁爬到眼睛里,像一团混浊的雾。费丽虹闭眼,睁开,恶狠狠地施力于薄薄的眼皮,将雾气阻挡。

经过一番无人知晓的暗斗搏击,费丽虹已经准备好了,可以投入战斗。没用的器官,没用的感觉,通通丢掉了,只剩下最有用的心脏、眼睛和手。心脏强劲稳定,像被某个螺丝固定住,不再摇摆。眼睛明亮,像接通了身体深处的某一处光源。双手更是灵活柔韧着了魔。费丽虹握紧手术刀,一股明晃晃的力量直抵指尖。手起刀落,出神入化,刀刀精准。

在这个战场上,费丽虹是唯一的女王,她手握武器,发号施令,掌控全局,决定成败。可是,有一点她无法掌控,每割一刀,都有一阵疼痛袭击她身体的相同部位。无法控制莫名其妙的疼痛,让费丽虹从女王的宝座跌落下来,她不是女王,她连自己都掌控不了,不管爬得多高,不管过了多久,她还是那个无法治愈的病人。那一瞬间,费丽虹沮丧极了。她像割韭菜那样一茬一茬割掉,又一茬一茬长出来的各种病变,不管长在谁的身上,都是自己的病,它一次次改名换姓,移花接木,在别人的身上发作出来。费丽虹只能一次次站在手术台上,一次次割掉它们。就像无法把石头推上山顶的西西弗斯,只能无休止地推下去。

荷塘月色

费丽虹是医院里知名度最高的女人,因为经常上报纸和电视,连医院的清洁工和护工都认识她。她出现在任何地方,都衣着整齐,精神饱满,腰板挺得笔直,脸上洋溢着自信飞扬的神采。可是回到家就不行了,她饱满的情绪只能保持到走进客厅,往沙发上一倒,腰就塌了,人也散了。空荡荡的房间,没有男人气息的稀薄空气,没有人间烟火气的冰冷厨房,没有热乎气的宽大双人床,没有男士用品的洗漱间,无人收拾的花草干死在窗台上……家里的一切,都在提醒着她作为女人的失败。她越来越怕一个人回家,尤其是刚刚结束一段短暂的恋情,一个人回到家,更像孤魂野鬼。

有一阵,费丽虹喜欢去罗兰家蹭饭。赵普耀不在家。热气腾腾的厨房里,费丽虹坐在高脚凳上,喝一杯茶,翻一本闲书,居高临下地看罗兰围着围裙在厨房里择菜,洗菜,切菜……罗兰的动作优美流畅,她干这些事,似乎有无穷的乐趣。这场景让两个人都有一种时光倒流,回到了小时候的感觉。只是,罗兰老多了,一张脸干巴巴的,眼皮周围的皱纹粉底都盖不住。当年湖水一样波光潋滟的眼睛,如今干涸得露出了河床。罗兰已经是美人迟暮、江河日下的光景了。费丽虹忍不住会想,自己要是嫁给了赵普耀,会过上什么样的日子? 她不可能成为罗兰这样的妻子。可是,难道生活不会有另外一个范本吗? 费丽虹到底不服气。

罗兰依然是愚蠢的,对着单身的费丽虹,她也忍不住要倾诉自己的幸福。择菜洗菜的空隙,她就跟费丽虹谈起了女儿和丈夫。女儿赵萝貌美如花,重点中学火箭班的前十名。丈夫赵普耀,挣钱,顾家,没有绯闻,是个模范丈夫。罗兰脸上的每一条皱纹都在放光。我就是个平庸的女人,有一个幸福的家庭,有这样的丈夫和女儿,还有什么不满足? 她站在费丽虹面前,十分知心地说,丽虹,你也不能光顾了事业,有合适的,也该成个家。

哪壶不开提哪壶。罗兰的知心体己话,总是起到诅咒一样的恶毒效果。费丽虹不得不借口上洗手间,离开了厨房。

罗兰的家,处处都是舒适惬意的。窗明几净的房间,摆放有序的家具,搭配合理的色彩,各种有趣可爱的小摆件,厨房里热气腾腾的食物香味,花园里修剪整齐的花花草草……只有心情美好的女人,才能把家打理得这么舒适。罗兰家里的点点滴滴,都在证实罗兰是个幸福的女人。罗兰的幸福,刺激着费丽虹,在这个别人的家里,她被强烈的孤独感包围了。偶尔碰上赵普耀回了家,一家三口温馨暖人的场面,更是刺得费丽虹的心血淋淋地疼痛。她再一次绝望地意识到,她是被幸福放逐了的人。她的爱情,刚刚发芽就被捂死在不见阳光的黑暗里。

费丽虹越来越少到罗兰家里去蹭饭,她总是想尽一切办法逃到外面,到公共场所去,到各种娱乐的人群里去。费丽虹在许多公共场所发现了赵普耀的身影。这个忙碌的男人,整天在外面推杯换盏,他真的像罗兰说的那样,结婚十多年,还一如既往地爱着罗兰? 费丽虹不相信,她的前夫和断断续续交往过的男朋友都没有给她这种信心。赵普耀是个例外吗? 她不相信,更不愿意相信。费丽虹怀着一种隐秘激动的心情,追踪着赵普耀的踪迹,她经常去赵普耀喜欢光顾的地方,她比罗兰更熟悉赵普耀家庭之外的生活轨迹。虽然一直没有发现什么,但她有足够的耐心。是狐狸总会露出尾巴,她相信。

差不多半年以前，费丽虹追踪到了赵普耀的狐狸尾巴。那个周末去湖边的会所，本来约了罗兰，罗兰临时却没去，说赵普耀出差了，赵萝感冒了。费丽虹只好自己去。一个人喝茶还是孤独，但比一个人在家容易忍受。费丽虹坐在临湖的地方，点了一杯花果茶。孤独的时候，她迷恋花果茶的缤纷色彩和甜腻滋味。等待上茶的时候，费丽虹看见郤米米在湖边散步，她犹豫着要不要打个招呼。

郤米米是都市晚报的头牌女记者，采访过费丽虹。采访之后没多久，郤米米麻烦费丽虹帮她堕过一次胎。郤米米跟一个有妇之夫怀了孕，本想利用怀孕逼人家离婚，无奈那人躲了起来，踪影全无，眼看胎儿一天比一天大，郤米米心力交瘁，不得不放弃奉子成婚的痴心妄想。堕胎过后，郤米米脸色蜡黄，精神萎靡，躲到郊区度假村里疗伤，邀请费丽虹去小住两天。费丽虹去了才知道，那个叫荷塘月色的度假村，是郤米米的。看到费丽虹一脸惊讶，郤米米咪咪地笑着说，这是我第一任男朋友的分手费。还是他最了解我，知道我总有一天还会需要这样一个疗伤的地方。郤米米年轻，坦诚，敢于把伤口亮出来给人看，敢于拿自己的伤口开玩笑。伤口亮出来，晒晒太阳，消消毒，也就愈合了。像费丽虹那么捂着，永不见天日，永远也好不了。但费丽虹没有勇气揭开自己的伤口，她跟郤米米是两代人，她把骄傲和尊严看得很重。费丽虹佩服郤米米，亮出伤口跟亮出旗帜一样坦然，谈论失败的恋情就像在炫耀丰富的经历。两个人散步，喝茶，赤裸着泡在温泉里看星星，聊知心话，大有要成为闺密的趋势。仅仅是趋势。郤米米的伤口很快愈合了，她马上投入了一场新的恋爱，新的男人带给她新的生活。她恢复过来，依然是一个红润饱满、妖媚迷人的美女。最让费丽虹不能忍受的，不是郤米米超强的愈合能力，而是郤米米当着费丽虹的面就毫不在意地把四十多岁的女人称作老女人。那种年轻女人的优越感，让费丽虹心里泛起恶毒的酸水。

费丽虹跟郤米米有一阵没见面了。郤米米不停地看表，似乎在等什么人。茶端了上来，费丽虹索性不跟郤米米打招呼了。她喝了一大口滚烫的花果茶，身体被温厚甜腻的茶水滋润起来，这样的时刻，孤独也成了一种享受。郤米米等的人到了，两人牵着手往茶室这边走，越走越近。

费丽虹瞪大眼睛。郤米米的新情人，竟然是赵普耀。

似乎猝不及防，其实等待已久。费丽虹拿起一本杂志遮住自己，趁他们黏糊着搂在一起鼻尖碰鼻尖地看一本茶水单，迅速离开了。

赵普耀果然不是那个例外。费丽虹像一个追踪许久,终于追到了猎物踪迹的猎人,心脏狂烈地跳动着。她告诉自己要冷静,她开着车在湖边会所周边的路上乱转,居然迷了路。很久,才开出会所,开到了回城的高速路上。她把车开到了罗兰住的别墅区,但她在门口调头开回了自己家。费丽虹躺在自己家的沙发上,不开灯,任黑暗笼罩了全身。罗兰自欺欺人的幸福泡影,只要她轻轻一戳,就会破灭。她想笑,却在黑暗中哭起来。

费丽虹又开始去罗兰家蹭饭。她发现,罗兰家的幸福场景,已经刺激不了她。她坐在厨房里,看罗兰动作熟练地择菜洗菜炖汤……她跟罗兰谈笑风生,哪怕赵普耀回家,她也不再有那种刺痛的感觉。她安心地做着一个旁观者。这个美轮美奂的家,这个假模假式的模范丈夫,这个幸福的妻子,这些温馨美好的场面……It's a magic,而她,手里掌握着magic key。只要她对着手里的魔法钥匙吹一口气,说一声over,就一切都结束了。

她握着那把魔法钥匙,不急于说出那个结束的口令,就像一个观众,不希望舞台上的戏马上结束。但她知道,戏总要结束,魔法钥匙的光总会熄灭。Magic is over,也许,她只是在等待一个时机,让戏结束得精彩一些,结束在一个华丽的地方。

赵普耀请费丽虹开会,他的新药想卖到医院来,费丽虹有关键的一票。自从当了主任,费丽虹就上了各个药厂的公关名单,经常被各个药厂邀请去开会。赵普耀把开会地点选在邰米米的荷塘月色,说明费丽虹是赵普耀这次会议的公关重点。荷塘月色被邰米米接手后,引温泉水入户,并且在主楼的顶楼修建了一个豪华的女洗浴中心,可以白天晒太阳,晚上看星星。荷塘月色的女洗浴中心,是荷塘月色最富特色的地方。

接完赵普耀的电话,费丽虹的心变得躁动不安。荷塘月色。要是她把罗兰叫上,就所有人都登场了。赵普耀搭台,费丽虹导演,没有剧本,戏会往哪个方向发展,谁也不知道。太有悬念,太刺激了。荷塘月色,简直就是另类版本的梦想剧场。想一想,费丽虹的血液就有要沸腾的感觉。

周末,罗兰起得比平时晚,晚上追一部半夜三更播放的韩剧,看到三点才睡。即使不追韩剧,她也睡得越来越晚。

赵普耀不在家,说是开会去了。自从赵普耀承包了药厂,邀请各个大大小小医院的院领导、科主任到风景区开会就成了一项重要工作。他们是药厂的客户,赵普耀的财神爷。说是开会,其实就是把这些人找来吃吃喝喝,打打牌,唱唱歌,泡泡温泉,娱乐娱乐,送点礼品,拉近感情。赵普耀告诉罗兰,感情拉近了,生意就好做了。这种会一般都安排在周末或者节假日。

罗兰在家待久了,闷得慌。她非常希望赵普耀开会的时候带着她。罗兰知道,朱副厂长的老婆每次都跟着朱副厂长,其他几个副厂长和销售经理的老婆,也偶尔会跟着去玩。

罗兰不奢望赵普耀每次开会都带她去,她只是希望偶尔有那么一两次,赵普耀主动提出来,带着她去散散心,她保证不会影响到赵普耀的工作。但是,赵普耀从来没有提过。罗兰也不提,不管心里多想去,她都不提。她牢牢把握着一个婚姻中的原则,不做赵普耀反感的事。她跟赵普耀的婚姻,当初遭到了赵普耀妈妈的激烈反对,在赵普耀妈妈眼里,她是个一无是处的女人,她嫁给赵普耀,只会拖赵普耀的后腿。

所以,罗兰宁可处处委屈自己,也要让赵普耀幸福,让赵普耀妈妈的预言落空。她竭力要证明自己不是一个一无是处的女人,她可以做一个好妻子,做一个让赵普耀幸福的女人。她不能在事业上帮助赵普耀,但她在生活中对赵普耀无微不至,她做到了让赵普耀心无旁骛去奔事业。家里的事情,大大小小,无论装修房子还是赵萝半夜生病,她从来不给赵普耀打电话,好多次半夜独自带着赵萝去医院输液,以前的同事还以为她发生婚变,成了单亲母亲。就是现在,小区里的住户,家家都有钟点工保姆,她依然坚持自己干家务。不是不想请人,两百多平方米的房子,每天光打扫卫生就要半天时间,她经常有力不从心的感觉。但她知道一旦请了人做家务,赵普耀妈妈会怎么说。赵普耀离开医院去承包药厂,赵普耀妈妈怪她贪图享受,钱迷心窍,嫌赵普耀当医生挣得少,逼赵普耀去挣钱。赵普耀妈妈痛心疾首,从此拒绝接受他们的任何礼物,不花赵普耀一分钱。赵普耀的药厂做得再好,他妈妈也不认为那是事业。在赵普耀妈妈眼里,只有当医生才是终生的事业。好多次,罗兰白天刚动了请个保姆的心思,晚上就梦见赵普耀妈妈。梦里,她是个小女孩,赵普耀妈妈是她小时候见到的年轻样子,小女孩罗兰抱着洋娃娃在院子里哭,为什么哭记不得了,好像是洋娃娃被赵普耀那帮男孩弄脏了。赵普耀妈妈走过来,冷冰冰地看着她说,罗兰,你为一个洋娃娃哭得这样伤心,你还真像个公主。说完,院子里很多人都笑起来。罗兰就在众人的笑声中醒过来。

一个人要是跟另一个人较着劲,活得就很辛苦。这份辛苦是她自找的,她不能说。罗兰跟任何人都不能抱怨,一旦有一句半句抱怨的话传进赵普耀妈妈的耳朵,她所有的努力就白费了。遇到别人问她,怎么没跟赵普耀一起去玩玩。她就说要照顾赵萝。这是最好的借口。这个借口,不光说给别人听,也说给自己听,让她的心里不那么波澜起伏。赵萝是她的女儿,她的最爱。有了女儿她才明白,一个母亲对孩子的爱,要远远超过一个女人对男人的爱。母亲对孩子的爱,是任何时候都不会计较得失的。女人对男人的爱,或者男人对女人的爱,只有情感最浓烈的时候可以做到不计较,情感的浓度一旦不够,立马就会打自己的算盘,哪怕嘴上不说,心里也会盘算。

吃过早饭,赵萝回她房间写作业去了,罗兰坐在厨房的椅子上,头昏沉沉的,想着中午给赵萝做什么吃,煲汤来不及了,牛肉和骨头都没有化冻。只能简单点,做个虾仁炒饭,煮个黄瓜清汤。罗兰把冰箱里的虾拿出来解冻,顺便把牛肉也解冻,晚上炖罗宋汤。

手机在客厅里响了好半天,罗兰才听见。打她手机的,不是各种课外班培训机构、商场、卖房子的,就是推销理财产品的、卖保险的……接不接都无所谓。罗兰慢吞吞擦干手。电话却是费丽虹打来的,费丽虹说,半天不接电话,在搞什么鬼?费丽虹在电话里咻咻笑,说不定又有了新的恋情。罗兰懒懒地说,给赵萝准备午饭呢。

费丽虹说,别忙了,我去开个会,你跟我一块儿去玩两天,就在郊区一个叫荷塘月色的度假村。

电话里,费丽虹的语气听上去很平淡,实际上,她有一种抑制不住的兴奋感。

罗兰自然没有任何疑心。自从费丽虹当了医院的副院长,各种会议多了起来,有些药厂和医药机构邀请的会,没什么正经议程,就是打打牌唱唱歌泡泡澡,费丽虹对娱乐活动没兴趣,一个人泡澡又很无聊,就经常邀请罗兰一起去,两个人有个伴。费丽虹对别人介绍罗兰是她的助理,都知道费丽虹是单身,没有老公带,带个助理也正常。罗兰乐意冒充助理,省得身份不明,她穿着价格不菲的职业装,帮费丽虹拎着包,脸上挂着得体的微笑,还真像那么回事。还真有急于推销药品的销售主管来贿赂她,送的礼品相当有档次。罗兰倒不在乎人家送什么东西,她喜欢被当成有能力的职业女性,被人捧着敬着的感觉。

跟费丽虹开了几次会,让赵普耀知道了。赵普耀很生气,板着脸说,你好好在家待着,管好赵萝就行了。你跟费丽虹混到一起干什么?你要想玩,假期带着赵萝去国外玩。谁知道费丽虹脑子里有什么鬼主意。再说，费丽虹接触的那些人，好多是我的同行，你最好不要掺和。

罗兰不反驳，她不习惯跟赵普耀争论，但心里并不认同赵普耀的说法。在费丽虹的生活中，罗兰根本就是一个没有用处的人。费丽虹跟她能玩什么鬼主意？她顶多可以充当一下费丽虹生活的旁观者。就像罗兰那些地区卫校的同学，她们大多在县医院当护士。她们在罗兰的生活里，也是彻底没用的人，但是，她们是罗兰生活最好的旁观者。不管哪一个到省城来了，罗兰都要热情地开车迎接，请吃饭，陪逛街，送礼物，好像彼此是多么亲密的朋友。罗兰并不喜欢那些乡下的同学，她喜欢的是她们艳羡的目光，在那样的目光里，罗兰确认自己的生活是令人羡慕的。这就是旁观者的作用。女人的生活是需要被人看见，让人羡慕的。赵普耀不懂这些，也不懂她内心的烦闷，他满脑子都是药品开发、市场拓展。

罗兰承认赵普耀的担心有一点道理，都在争夺市场，同行是冤家。她也想过，不要跟费丽虹去混了，但是，只要费丽虹叫她，她还是去了。那种被人捧着敬着的感觉，在罗兰的生活里太稀缺了。尽管那一点点被巴结的感觉，是从费丽虹那儿偷来的，罗兰也很着迷呢。她管不住自己，只能瞒着赵普耀。

想起赵普耀对这种事的态度，罗兰犹豫着说，赵萝没人管呢。费丽虹说，我已经在路上了。赵萝还不好办，一会儿顺道送到你妈那儿。找什么借口，我还不知道你想去。是不是你家赵普耀给你洗脑了，叫你不要跟我混。怕我把你卖了？你们两口子自我感觉真是超好，也不看看卖不卖得掉。费丽虹说完就挂断了手机。

费丽虹总这样，一句话直戳戳抵到罗兰心窝里，也不管罗兰爱听不爱听，受得了受不了。费丽虹就是霸道惯了，难怪宋医生要在外面乱来。罗兰举着电话，被自己的想法吓了一跳，原来心里还藏着这么恶毒的念头。

呸呸呸！罗兰朝着窗户吐了三口晦气，快速脱下身上的旧睡衣，从衣帽间找出一条宝石蓝色的裙子穿上。罗兰有一柜子各种款式各种质地的宝石蓝裙子。宝石蓝裙子是罗兰的最爱。罗兰瓷白的皮肤跟丰腴高挑的身材配宝石蓝裙子，既彰显典雅高贵又暗藏妩媚妖娆。和赵普耀恋爱的时候，罗兰每次穿着宝石蓝的裙子跟赵普耀去跳舞，都会成为舞会的焦点。紧俏的腰身后背，落下来多少热辣辣的目光啊。罗兰深吸一口气，拉上了侧身的拉链。身材不如以前紧实，裹到裙子里，还勉强说得过去。昨晚熬得晚了一些，脸色就不能看了，跟旧睡衣匹配的陈旧脸色，被宝石蓝衬托得越发陈旧泛黄，如隔了夜的菜叶子。难怪赵普耀现在看见她，跟看见房间里的一件家具差不多，甚至不如一件家具，看到喜欢的红木家具，赵普耀的眼睛还会流露出欣赏的目光，看见罗兰，眼睛里基本没什么内容了。罗兰抓紧时间对着镜子化了一个淡妆。化完看着镜子，还是觉得不好，怎么看怎么别扭。罗兰醒悟，不光是脸色，自己的整个精神状态，都跟华丽丽的宝石蓝不搭调了。罗兰叹口气，换下宝石蓝的裙子，找了一条休闲款的白色棉布裙穿上，又收拾了两件职业套装装进箱子里，把宝石蓝的裙子也放进了箱子。宝石蓝裙子晚上穿，化一个浓一点的妆，效果肯定比白天好。罗兰每年都会给自己买几条价格不菲的大品牌宝石蓝裙子，挂在衣帽间里，挂旧了也没有机会穿。衣帽间里的华美衣服，只有在跟着费丽虹开会，冒充费丽虹助手的时候才有机会穿出来见见光。赵普耀现在每次回家，她都穿了一身旧睡衣在忙碌。她的生活里，已经没有宝石蓝裙子的位置，更没有宝石蓝夺目绚丽的光泽。

费丽虹是个急性子，车刚开到罗兰家门口，就按响了喇叭。罗兰收紧心情，关好箱子，去赵萝房间帮赵萝收拾书包。罗兰告诉赵萝自己要跟费阿姨出去两天。罗兰顿了顿，声音提高了一点说，我们去办点事，一会儿把你送到外婆家。赵萝嘟嘟囔囔地说，你能有什么事办？不就是跟费阿姨去混吃混喝吗？赵萝说话的腔调跟费丽虹一样，都是直戳戳往罗兰心窝上抵。罗兰平日里不怎么在意，甚至还挺欣慰，觉得自己的女儿聪明伶俐，不像自己这么笨。这会儿，心里却翻涌起一股黏稠幽暗的情绪，搅得她心烦。吼叫声已经冲到口腔里了，又被她生硬地压了回去，像吞进去一根带刺的仙人掌，刺得她内脏哪儿都不舒服。她不能跟赵萝喊，赵萝不吃这套。

费丽虹又按了一遍喇叭，罗兰才磨磨蹭蹭拎着一个箱子出来，赵萝噘着嘴跟在后面，显得很不高兴。费丽虹不管那么多，没等母女两个在后座上坐稳，就把车发动起来。车速很快，见车就超，见人就过，在大街上像好莱坞警匪片那样狠狠地炫了一把车技。罗兰吓得死死拉住车窗上面的把手，赵萝倒不怕，大喊过瘾。车开到赵萝的外婆家，赵萝已经眉开眼笑了，下车还不忘夸费丽虹车开得炫，对费丽虹竖起两个表示胜利的手指。

罗兰换到副驾座上，把安全带系好了，把头靠在座椅上，说，你还真把赵萝给镇住了。她就吃这套。你们两个当母女倒蛮合适。费丽虹说，你不觉得我们两个更像姐妹？说完一阵嘎嘎大笑。费丽虹的笑声肆无忌惮，畅快淋漓，好像真跟赵萝是一辈。

罗兰看着费丽虹,合身的蓝白格子衬衣扎进牛仔裤里,头发扎成一束马尾,用的也是一根蓝白格子的发带,戴着一副宽边太阳镜。费丽虹的身材一点没走形,年轻时候的A罩杯看着寒酸,到了这个年纪却成了优势,不下垂不松弛。紧实的身材配着这身小清新的打扮,离得稍远一点,说是二十几岁都能蒙混过去。即使面对面看着,也比实际年龄要年轻。都说女人四十岁以前的长相是爹妈给的,四十岁以后的长相是自己塑造的。女人到了四十岁,拼的是身材和气质。费丽虹恰恰在这两个方面显出了优势。费丽虹年轻时候不漂亮,现在却是一个有魅力的女人。罗兰觉得,费丽虹已经彻底走出了离婚的阴影。现在的费丽虹,从容优雅,成熟知性,拿捏有度,难怪总跟一些比她年轻的小伙子传出绯闻。

罗兰心里不舒服,但装得不在乎地撇撇嘴,说,那就让赵萝叫你姐姐好了。我白赚一个辈分。

车出城上了高速,罗兰问,这次又是哪个医药公司请你去?

费丽虹用眼角的余光扫了一眼罗兰的侧面,这个被幸福泡影遮蔽了眼睛的傻瓜,就让她保持住悬念吧。

费丽虹淡淡地说,你猜。

罗兰哪里猜得到,只好不吭声。

费丽虹说,荷塘月色的女老板我认识,顶楼的温泉洗浴中心特别好,可以泡着温泉晒太阳、看星星。

罗兰说,你可是越来越会享受了。

费丽虹笑了笑,说,我整天在手术室开膛破肚,也该慰劳自己一下。作为富婆,你也该好好享受享受。

两人有一搭没一搭说着闲话,车子就下了高速,刚刚拐进度假村那条小路,安排在路边的工作人员就用手机通知了赵普耀。停车场在主楼一侧,费丽虹停车的时候,看见赵普耀从主楼往停车场这边走了过来,迈着大步。费丽虹对罗兰说,你老公还挺殷勤的嘛,亲自出来迎接我们。罗兰心里咯噔了一下,原来是赵普耀组织的会。她庆幸自己没穿那条宝石蓝的裙子。

赵普耀老远就对着费丽虹伸出手去,身体呈前倾的姿势,脸上的笑容从嘴角荡漾开来,像涟漪一样在脸上扩散,到了头发里才不见了。赵普耀的声音紧随着笑容飘了过来,累了吧?叫你坐我的车,你偏要自己开。你啊,从小就爱逞强,现在也改不了。下午叫小杨陪你泡个温泉,好好放松,好好休息两天。赵普耀跟费丽虹说话,语气里有一种亲昵,这种亲昵的语气,似乎要达到一种暧昧的效果。这种语气让罗兰心里很不舒服。费丽虹笑吟吟地看着赵普耀,说,哟,什么时候变得这么会关心人了?罗兰真是会调理人。都说女人是一所大学,你这所大学看来上对了。赵普耀干巴巴笑了一声,说,我这就叫自找没趣,从小就说不过你。赵普耀伸出的手终于握到了费丽虹的手,握得紧紧的。罗兰在车里坐不住了,只好硬着头皮下了车,关车门的声音听上去很大,把罗兰自己吓了一跳。

正午的阳光很刺眼,赵普耀眯了一下眼睛才看清楚从车里出来的人是罗兰。赵普耀的脸暗了一下,时间很短,却被罗兰和费丽虹同时捕捉到了。罗兰低了头。费丽虹马上转过去,挽住了罗兰的胳膊,说,赵普耀你别不高兴,罗兰是我叫来的,你们这种会,一点意思都没有,你们男人打牌喝酒,不晓得我们女人多无聊。我叫罗兰来陪我。罗兰也该出来换换环境。罗兰嫁了你,生了赵萝,简直就是卖给你们父女两个了,大门不出二门不迈,都成旧社会的妇女了。罗兰就是耳朵软,几句好话就哄得她心甘情愿当你们父女两个的老妈子。

赵普耀打着哈哈,说,我真是比窦娥还冤。在我们家,我就是那孺子牛,给她们娘儿俩当牛做马。

罗兰抓着费丽虹的胳膊,一直不敢放松,手心里都是汗。费丽虹潇洒地用遥控器把后备箱打开,说,你还冤,谁信啊。站在这儿说话,也不怕晒着我们。我倒无所谓,不晒也黑,你家罗兰白瓷样的皮肤,你也舍得晒?赶紧,帮我们把行李拿到房间去。我们可不陪你晒太阳。

罗兰轻声说,我去帮拿行李。费丽虹紧紧地挽住罗兰,大声说,你就安安心心叫你家赵普耀服侍你一回吧。我们走。说完就挽着罗兰走进了主楼。

门口负责登记的女孩笑容灿烂地看着费丽虹说,费院长,我们不知道您带了助手,我先领您去房间,您的助手我们马上安排房间。

费丽虹看了看女孩胸前的工作卡,说,你是小杨吧?你看好了,这个助手我可用不起,她是你们赵总的太太。

小杨显然没想到赵太太会来,一时有些慌乱,结巴着说,不好意思,我请示一下赵总,看怎么安排。费丽虹说,不用请示了,赵太太是我请来的,我跟赵太太住一间,不影响你们赵总工作,我们正好聊聊私房话。

小杨殷勤地把费丽虹和罗兰领进了二楼东头的一个大套间,窗户对着一个很大的湖,湖的边上长着一些芦苇,中间一大片荷,还没开花,只一片碧绿的荷叶。费丽虹兴致勃勃地打开窗户,站在窗口吹着风说,这个地方好,我喜欢荷叶,晚上还能听到青蛙叫。费丽虹努力压制着亢奋的心情,让青蛙叫得更响亮些吧。

简单洗漱完就到了中午,去饭厅吃饭,见到好几个熟人,费丽虹忙着打招呼,顾不上罗兰,赵普耀也很忙,倒是小杨对罗兰比较殷勤,不时关照着,罗兰心神不定,没吃几口就先回了房间。费丽虹吃完中饭回房间,见罗兰已经收拾好自己的东西,要回去。费丽虹按住罗兰的肩膀,问她怎么要走,是不是赵普耀叫她回去的。罗兰极力解释是自己有事。费丽虹抬了抬眼皮,盯着罗兰的眼睛。罗兰垂下了眼皮。费丽虹说,这个赵普耀,我跟他说。我们温泉还没泡呢,走什么走。

罗兰怎么能走呢,费丽虹刚才问了,邰米米在报社有点事,要晚上才能过来。罗兰要是撤退了,这个戏还怎么继续?

费丽虹马上拨了赵普耀的号码,按下免提,说,赵普耀,你叫罗兰回去的?赵普耀支支吾吾的。费丽虹板着脸说,该不是你有什么见不得罗兰的事吧?赵普耀赶紧否认,没有,哪能呢。费丽虹说,没有就好。你要叫罗兰走,我就跟她一块儿回去了。赵普耀紧张地说,你别走呀,会还没开始呢。叫罗兰留着陪你吧,正好也没有女嘉宾。费丽虹冲罗兰做个鬼脸,说,你跟罗兰说。费丽虹把电话递给罗兰,只听见赵普耀在电话里说,你到底有没有脑子啊。罗兰赶紧把电话按了。

费丽虹拍了拍罗兰的肩膀,说,不理他,我带你泡温泉去。罗兰表情讪讪的,跟着费丽虹去了位于主楼顶层的浴室。赵普耀包下这儿开会,请的客人除了费丽虹,都是男人,浴室自然没有人。洁白的月牙形浴池,周边布置着高大的绿色植物和白色的躺椅,阳光从玻璃顶棚照下来,蓝莹莹的水面泛着波光。

在更衣室里,费丽虹很快就脱光了自己,她的身材保持得真好,皮肤还紧绷绷的,她快速冲过淋浴,像美人鱼一样滑进水里,温暖的水漫过身体,她舒服得叫了一声。罗兰在更衣室里犹豫着,她已经很多年没有在任何人面前裸露过自己,生孩子之后,身材变形得厉害,乳房下垂,大乳房就是容易下垂,平时穿了衣服还看不出来,脱了衣服,简直不忍看,她自己都懒得看。听到费丽虹叫她,只好脱了,用浴巾裹着走了出去。

费丽虹眯着眼睛坐在水里说,有什么不好意思,我当医生,看了不晓得多少丑陋不堪的身体。罗兰在费丽虹探照灯一样明亮的目光中,拿掉浴巾,快速滑进水里。她站在水中,水正好到了乳房下面的位置,两只下垂的乳房浮在水面上,像两个难看的葫芦,罗兰急着蹲下去,把乳房埋进水里。费丽虹突然叫道,慢,你最近没什么不舒服的感觉?你没发现乳房上有个包块啊?你平时洗澡也不看看自己?亏你还当过护士。叫你每年体检你说没事。说着,费丽虹的手已经摸到了罗兰的皮肤。费丽虹的手冷冰冰的,手指灵活,柔韧有力。罗兰被费丽虹的话惊得动弹不了,像个木雕一样任由费丽虹检查。费丽虹仔细触摸了罗兰的整个乳房区域,还有颈部、腋下的淋巴组织。检查结束,费丽虹把手放进温泉里洗了洗,说,应该是二期了,周边的淋巴没问题。回去马上住院检查,马上安排手术。费丽虹恢复了医生的冷静、果断。罗兰木呆呆站着,没有任何反应,费丽虹看见罗兰流了一脸的泪水。费丽虹把罗兰拉到靠池边的地方坐下,水淹到了两人的脖子,乳房埋进水里依然清晰可见。罗兰双手在水里抱住了自己的乳房,问,都要切掉吗?费丽虹说,要根据检查情况,当然最好是做根治手术。罗兰咬着嘴唇,黑眼球定在眼睛的正中间,被周围的白眼球包围着,一动不动,像一座孤岛。

　　费丽虹在水里拉住了罗兰的手,罗兰的手在发抖,身体也在发抖。费丽虹搂过罗兰,抱住了她,轻声说,不怕,我给你做手术。费丽虹长叹一口气,在心里说,终于结束了。她仰头看着玻璃顶棚,阳光已经西斜。透过眼泪,她看见深远的夜空,星星在眨着眼睛。

【作者简介】川妮,本名刘春凤,1966年生于四川,1995年毕业于解放军艺术学院文学系,2012年曾在鲁迅文学院第十七届高研班就读,曾在部队话剧团任编剧。出版长篇小说《时尚动物》、中篇小说集《谁是谁的软肋》。在《收获》《当代》等杂志发表中短篇小说百余万字,中篇小说《玩偶的眼睛》《谁是谁的软肋》《杰西卡回家吃饭吧》《我和拉萨有个约会》《我不是你的哪根手指》等作品被《小说月报》《小说选刊》《中华文学选刊》《新华文摘》《中篇小说选刊》等刊物选载。中篇小说《雾月霜天》获解放军新作品奖,《谁是谁的软肋》获《小说选刊》首届年度大奖。另创作有话剧作品《回到拉萨》《被放逐的人》。中国作家协会会员。现居北京。

酒席上的颜色

普 玄

一

故作镇定的时间已过。刘背头连续看了几次表,他显然沉不住气了。剩下的时间煎熬着他。一个开泥鳅火锅店的老板,你婚外搞个女人也就算了,你还敢生孩子;你偷偷生个孩子也就算了,你还敢请客。酒席即将开始,该准备的都准备好了,客人却一个也没来。我叫刘蝌蚪,今天我满月,我母亲的男人请客,他叫刘背头。

酒准备好了吗? 刘背头问。

已经准备好了,十年洞藏老窖,我母亲说。她今天穿着一身红,旗袍布扣,暗黑色的花纹横七竖八。她一脸的喜气,因为她的愿望终于实现了。她简单而伟大的愿望就是我能出生,能从她肚子里出来,和这个世界见面。为我这个法律不允许的、见不得阳光的孩子能出生,她费尽心机。在我之前,我母亲打过三次胎,其中第三次,已经四个月了,她不想打掉,她哀求刘背头要生下来,但刘背头不同意。刘背头找了一家私人医院,杀猪一样摁住她,把她制服了。轮到我,她怀着我逃跑了,不见刘背头。她怀着我四处躲藏,躲避熟人和那些社区里面管计划生育的人。有七八个月的时候,她挺着大肚子,去医院找熟人诊断,说是一个儿子。刘背头接受了。他没有儿子。他老婆给他生了一个女儿,他心里很想要儿子。

十年洞藏老窖拿得出手吗？刘背头沉着脸说，你总是那么小家子气，今天是什么场合来着？来的什么客人？

我母亲赶紧去换酒。她先换来十五年的洞藏酒放在桌上，看看刘背头的脸色，又赶紧去换成二十年的洞藏酒。她看刘背头的脸色看惯了。她原来是刘背头泥鳅店的迎宾小姐，每天招呼进门和出门的客人。她长得很漂亮，刘背头就勾引她。她明明知道刘背头有老婆还是被他勾引了，这是她的弱点。当然，她没有这个弱点也不会有我。

刘背头再次看表。晚上六点。全城下班都五点，预定的请客时间已经到了。客人们却一个都没来。

现在这个社会，搞了个婚外女人，生了个孩子，能不能请客？刘背头此前也犹豫过，做过分析和评估。他一开始不想请客，但是我母亲想。她给刘背头说，别的孩子有的，我的孩子也要有。别的孩子都办满月酒，我的孩子为什么不办满月酒？

刘背头先说我母亲不懂事，但是我母亲为这事纠缠多了，他最后同意了。他给自己找理由说，第一，我不是美国的奥巴马和法国的萨科齐，到他们那个份上，多搞一个女人是不行的，很多人都盯着；第二，现在城市这么大，一个省城，上千万人口啊，每个人都忙乎乎的，谁管谁啊；第三，这是一个儿子啊；第四……

找了一大堆理由之后，刘背头决定请客。他得了儿子，心里高兴。肉不能埋在碗里吃，那不是刘背头的风格。尽管找到请客的理由，他还是有所克制。我母亲拉了一个请客名单，长长的一串，有五十几个人，五桌，刘背头审核名单，请客的名单精减了又精减。先减去两桌。我母亲的那些亲戚们基本上都减掉。他只同意我母亲的姐姐和妹妹，也就是我大姨和小姨参加。

后来刘背头想一想，又把三桌减去两桌，只请一桌酒。这一桌酒以刘背头的核心朋友圈为主。有市政府的一个处长，一个酒厂厂长，一个矿老板，一个建筑老板，一个给他送鲜鱼鲜肉的生鲜老板。外加我大姨和小姨。这个名单刘背头比较满意。用他的话说，第一是朋友范围，这些人都是他酒店的常客，多年的朋友；第二是结构合理，政界、商界、亲友界都有了；第三呢，保密，这些人他都仔细掂量了，都是口紧的人。

还有章虫草。请客的地点不在刘背头的酒店，他认为自己那个泥鳅店档次不够。地点在一家高档虫草酒店,主要以炖虫草滋补汤为主。开店的老板章虫草原来是刘背头的合伙人。

菜呢?菜点好了没?刘背头假装镇定了半天,客人还没来,他煎熬不过,边看表边问。刘背头最担心客人不来。别的东西丢了,捡得起,面子丢了,捡不起的。

我母亲还没看到刘背头的表情变化,她乐滋滋地把菜单拿来。

怎么一个都没来?会不会都不来?刘背头想。

刘背头没有心思看菜单,他的目光从菜单上面跳过去,看着窗子外面的夕阳。夕阳从落地窗滚进来,一只大狮子一样跃在酒席桌上。这只红狮子在酒桌上舞动。桌子是仿古的红木桌,椅子是红木太师椅。器皿和盅碟都用金器和青花瓷。墙面挂着万里长江的巨幅图。这样的场面,这样的安排,如果客人不来,怎么办?

刘背头有点慌。红狮子在酒桌上舞得更欢。火锅里、筷子上、盘子里、盅碟上,四处都闪动着红光。桌子上一片红。你一个开泥鳅店的老板,你婚外搞个女人也就算了,你还敢生孩子;你偷偷生个孩子也就算了,你还敢请客。

会不会一个都不来?如果都不来怎么办?

刘背头现在泥鳅店开出名了,来的客人三教九流。刘背头逐渐结交了一批有身份的,有钱有势的。刘背头甚至也动了心思,想和他们中的一些人一样,混个人大政协的什么代表委员,混商会协会的什么理事会长。这就是多年的面子和圈子。

面子丢了,捡得起来吗?

你看这些菜行不行?我母亲在问。

再加几棵虫草,少了,小气!刘背头并没有看菜单,语气越发焦躁地说。

又看一次表后,刘背头问我母亲,糖呢?糖在哪里?

我母亲把装有糖的礼品袋拿过来。

刘背头找到了出气的理由。他在礼品袋里看到了一条毛巾。在我们这个城市,办红喜事不用给毛巾,只给喜糖就行;办白喜事才给毛巾。我母亲不懂。她到这个城市打工当酒店迎宾小姐才几年,她年纪只有二十多岁。

晦气!

晦气!

刘背头连说了几声晦气,一声比一声高。我母亲正准备解释,空气中突然传来一声震响。

发生了什么事呢?

我大姨小姨以为是跳闸断电的声音。但是看一看,电火锅煮得正欢呢! 红狮子般的夕阳在桌子上继续蹦跳,酒席上持续着一片红。那么是地震了吗? 还是谁不小心碰掉了价格昂贵的青花瓷花瓶了?

我母亲嘴角冒出了一股蚯蚓般的东西。我看清了。以后我知道,那是血。这是我第一次看到血。我以后上学,课本上说血是殷红的。我不相信。我看到母亲嘴角流的血是黑色的。那么人的血是黑色的吗?红狮子般的太阳晃在我母亲脸上。她脸上的喜气停顿了一下。她愣了一下,似乎也在判断声音的来源。

只有我看清了。那是刘背头打的耳光。很长时间我才明白,刘背头打人耳光是不用手的,他要借用一个东西抽扇。那样打人耳光才响亮,才有气魄。现在他用的是苍蝇拍,他把苍蝇拍打断了。

怪不得客人到现在都不来,刘背头的苍蝇拍子停在空中说,原来是你搞这么晦气的东西! 办白喜事,死了人,才送毛巾,你明白吗?

我母亲侧对着刘背头,正对着酒桌和窗户。她慢慢往下蹲。从窗户里射进来的阳光沙子一样朝她眼里涌。那头跳跃的狮子跑进她眼睛里去了。我大姨小姨站在我母亲正面对,她们还没弄明白怎么回事,她们还在问怎么了。但我母亲已明白这是刘背头的耳光。她想哭,但她极力忍着。她想蹲下去,蹲到桌子下面去哭,但是她蹲不下去。夕阳湖水一样托住她,她飘在半空中,沉不下去。桌子上,她的四周,都红红的一片。

我就是在这个时候决定要杀刘背头的。

二

我四岁过生日那天,第一次刺杀刘背头的行动开始了。

当时刘背头在桌前布菜,整理火锅和青菜筐子,桌子边上放着一个四层的宫殿建筑般的水果蛋糕,我在这只蛋糕上发现了机会。

还是一桌客人。这桌客人基本上都是我母亲的家人,我姥姥、姥爷、大姨、小姨,还有大姨夫、大姨夫的孩子,都来了。只有一个外人,那就是章虫草。

我发现刘背头的大肚子和蛋糕挨得很近,几乎碰上了。他在那儿边整理火锅边和章虫草说话。我认为刺杀刘背头的机会来了。

我找了一把水果刀,我想把切蛋糕的塑料刀换成水果刀,我想好了变换刀刃的角度和让刘背头中刀的方法。周围没有人注意我,一屋子人都在寒暄。电视里的人和屋子里的小朋友都在咯咯笑。在宫殿般的蛋糕上面,铺了一层水果片,苹果片、猕猴桃片、山楂果片。上面插着四根蜡烛。蜡烛边上插着塑料刀。我爬到椅子上,转过蛋糕,把塑料刀换成水果刀之后,跑到桌子对面。我装着若无其事的样子,静等刘背头中刀。

我干爹章虫草和刘背头说话的时候泪光闪闪。我每跑到他边上一次,他就摸一下我脑壳。他长得瘦,和刘背头相反。我喜欢他。

我撑不住了,真撑不住了,这"腐败"再反下去,我马上关门了,章虫草泪光闪闪地说。

他们在谈论大事,我还听不明白。章虫草开的高档虫草酒店,因为遇上政府"反腐败",没人来高消费,快关门了。历来"反腐败"都有一个规律,就是先从吃开始。

我当时不让你搞这么高档,你不听,刘背头说,你看看,还是开我们这泥鳅店可靠些,管他"反腐败"不"反腐败",老百姓泥鳅照吃。

这"腐败"还能反多久? 章虫草问。

我不耐烦了。我的刀怎么了? 我认为刘背头会有一声惨叫,水果刀刺进他肥厚的肚皮。我从章虫草身边跑过去,他又摸了一下我脑壳。我假装沿着大桌子转。头顶上的桌子上火锅热气腾腾,火锅边上,放着各种配菜和香料,一屋子香味。

我发现有人把蛋糕上的水果刀换了个方向。我刚才是把刀尖向上向外,正对着刘背头的肚子,现在有人把刀尖刀刃换成了向蛋糕里面的方向。

是谁?

我有点紧张。我假装在屋子里玩耍,大人们都摸我脑壳。我发觉没有人注意我,也没有人注意蛋糕,我才放下心来。

我再次爬上椅子。这一次是姥姥和姥爷,蛋糕在他们旁边。母亲在陪他们说话。他们三个都摸我的脑壳。我看见姥姥和姥爷面色发青,忧心忡忡。他们在为我母亲的处境和前途担忧。

我长到四岁,见姥姥和姥爷不到十次。每次他们从遥远的鄂西北农村赶来,主要为了看我,每次他们一见到我,都紧紧抱住我。每次他们都会流泪。都说我是可怜的孩子。他们一开始坚决反对母亲这么跟着刘背头,后来我出生了,他们不得不接受了。人的头是一寸一寸地低下的。他们慢慢也和刘背头见面,说话,坐在一起吃饭。只是都避免称呼对方,因为刘背头比他们小不了多少。

我听到姥姥说,他家"大娘"还不知道吗?

我母亲说,什么"大娘"不"大娘",他老婆还不知道呢!

姥爷说,如果知道了,怎么办?

我母亲说,到时候再说。

姥姥流了泪,不过她赶紧抹掉。

你将来怎么办? 她对我母亲说。

烦不烦?! 我母亲说。

我姥姥和姥爷不说话了。他们这样的对话我听多了,每次他们来都少不了这几句,都这么忧心忡忡。

他对你好吗? 姥姥又说。

不好,我抢过来说。

怎么不好? 姥姥和姥爷紧张起来。

我姥姥和姥爷的脸色再次发青。他们脸色一发青脸就显得小,老鼠一样挤在一块。我母亲从乡下来的亲戚们都像老鼠一样挤在一块说着话,脸上都泛着青色。

怎么不好? 我母亲从来不说,她只说刘背头好。

他打我妈,我说。

你胡说什么? 我母亲拦住我,不让我说话。

我姥爷咳起来。紧接着我姥姥也咳起来。他们的腰弓成虾米,虾米吃泥巴。虾米咳得连泥巴都吐出来了。虾米咳出来的泥巴都是青色的。我姥姥赶紧拍姥爷的背。他们互相拍对方的背。

我母亲瞪我一眼,埋怨我不该说。

但是我要说。我不单说,我还要杀刘背头。我四岁了。我不知道我是怎么长到四岁的。我长到四岁,刘背头没在我们屋里过一个夜,他总是白天来。偶尔晚上来,深夜再晚,他都要回去。一回到家里,他马上关掉手机。无数个夜晚,我母亲和我,我们厮守着度过。

有一回我母亲病了,刘背头来看看,夜里他还是要回,我母亲就和他哭闹,拖住他衣服不让他走。刘背头软磨硬泡,我母亲不依。后来夜太晚,他挣脱我母亲的双手跑了。我母亲追出门,在门口摔倒了,手掌疼得抬不起来,后来诊断是骨裂。那天晚上母亲发烧不止,大喊大叫刘背头的名字,一遍一遍说要杀他。我一直在旁边哭,跟她一起说要杀刘背头。

我在说话中再一次调整了蛋糕上水果刀的方向,我认为神不知鬼不觉,突然有人一把抓住我的手。

是母亲。母亲一把抓住我,把我拉到包房外面。

包房外面到处是人,母亲把我抱起来,下楼,穿过酒店大堂和人群,到酒店外面一棵树下。

你为什么这么做?你想杀你爹吗?她严厉地说。

我想狡辩,但是我看见她的眼睛,我就知道她什么都明白了。我哭起来。

他打你,我哭着说。

我母亲摸摸我的头,她没想到我醒事这么早。她说,他是你爹。他对我不好,你知道他对你有多好?别的先不说,最近为你上幼儿园,上城里人的双语幼儿园,不上民办的幼儿园,他四处求人,喝了多少酒?吃了多少锅泥鳅?

我看见姥姥和姥爷青着一张脸下楼,弓着虾米样的身子,相互牵着急匆匆穿过院子往外走,那天他们再没回来。

我还在哭。

我母亲叹口气,说,孩子,谁让你是二娘生的呢?

三

现在回来。满月酒席上,我母亲被刘背头抽了耳光,她含着眼泪,她想蹲到桌子下面,却蹲不下去。

我母亲的妹妹,也就是我的小姨,她很快明白了,她被吓哭了。她不到二十岁,个子比较小。我大姨正抱着我,她也吓着了,但她没哭。

她问,怎么回事?

刘背头说,你说说看,满月酒有送毛巾的吗?办白喜事,死了人才送毛巾啊,这不是晦气吗?

我大姨说,噢,为这啊,我们老家,办红喜事送红毛巾,白喜事送白毛巾,不一样的。

你们老家你们老家,刘背头说,这是省城,明白吗?

我大姨不再吭声，她开始把礼品中的毛巾都扯出来。我离她最近，我能看见她满眼全是泪水，但是她强忍着。她也像只气球一样，想沉下去，钻到桌子下面或者地缝里，但是红色的湖水般的夕阳托住她，她沉不下去，坚持站着。

我干爹章虫草进来。他现在还不是我干爹，过一会儿就是了。他说，时间都到了，怎么客人还不来？当初怎么说的？

刘背头很尴尬，说，每个人都答应了啊。

章虫草说，那可能是堵车了。

他坐下来，按照名单一个一个打电话催。果真都是堵车了。

我就是从这个时候喜欢上我干爹章虫草的。我从我大姨的怀里看他。他坐在桌前，先是一个一个打电话，问这些人在哪里，告诉他们怎么走，又估算着前后的顺序，一一告诉刘背头。

名单上有一个政府的处长，公务员，接电话时支支吾吾，章虫草马上告诉刘背头，他可能来不了。政府官员，别看他平时和你亲热，现在要他参加一个民营老板小老婆生的孩子的满月酒，他是不会干的。后来所有的人都到了，那家伙果真没来。

客人陆陆续续来了。我看见了一个高大平头的人，他是一个矿老板。我看见了一个黑脸板寸头的人，他是一个黑道人物，搞拆迁的，兼做矿老板的保镖头目。我看到一个搞生鲜配送的人，转业军人，目光闪烁。我看见了一个衣着严谨的建筑老板，进来后就四处张望，看我，看我母亲，观察大家的表情，充满好奇。他们有一个共同点，就是目光散漫。真的，我长大之后，慢慢认识了很多这样的人。他们和电视里面开会坐主席台的人目光明显不同，和大街上按时上下班的人目光也明显不同。目光散漫的人胳膊和脚也散漫。

酒席开始前大家散坐在沙发和椅子上，围着茶几聊天，嗑瓜子，抽烟，很响亮地吐痰和毫无顾忌地哈哈大笑。人物头儿是矿老板。他最有钱不说，他还是人大政协的什么代表委员，还是很多个商会的会长副会长和理事，当然还有义气，这是他们的圈子和江湖。更重要的，他老婆的堂兄是市公安局局长。

我看出这个矿老板的秘密。他和他老婆关系不和。一个人和老婆关系不和有什么呢？要么和好，要么离婚。到他这里就不行。第一，他无法和好；第二，他不能离婚。他的老婆不能生育，他想要一个孩子。儿子女儿都行。他是我们这个城市的矿产大王，他却没有孩子，那么多财产传给谁？他想要孩子他老婆就防着他管着他，他老婆的公安局长堂兄经常敲打他。他很烦躁。

这个矿老板有一种天赋,就是在乱山冈里看矿脉的本事,地质专家都佩服他。有一回,另外一个矿老板废弃的矿井转让给他,他相信有矿。他带人来探矿,第一钻头下去,一条蛇缠住了钻头,他吓住了,找人卜了一下,顺着蛇尾的方向又钻,结果出来一个很大的富矿。这些江湖传说增加了他的神秘感。

他原先是一个矿老板的军师,专门看矿脉的,那个矿老板为争矿脉被杀了,他变成了矿老板。他最注意的是安全,走到哪里都带一个保镖,还感觉不够安全。黑道找完他,国有矿产企业也找他,要兼并吃掉他,他没有办法,就找了公安局长的堂妹当老婆,没想到麻烦更大,更不安全。

菜上齐了,酒摆好了,人也坐上酒席了。怎么开场呢?

开场就是第一句话,一般是主人说。为什么事来,主题是什么。大家望着刘背头,等他说。

我的大姨、小姨,她们都低着头,屏住呼吸。我小姨望着自己的脚尖,她的脚尖漏了几滴夕阳红,她以为上面落了一只蝴蝶。她去捉这只蝴蝶,这让她轻松不少,因为她在桌子下面看的只是众人的脚而不是脸。我大姨原想下去捡个什么东西,不料我小姨抢了先,她只好去看桌子上的一只茶杯。茶杯上面的瓷画上两只鸟在接吻。我母亲最紧张,她脸色发白,手紧紧地按在凳子上,不停地发抖。她的手一抖桌子上的红光也抖,纷纷扬扬。刘背头他原先准备了热情洋溢的发言,这时候全派不上用场。你一个开泥鳅店的老板,你找个小老婆,你还生个儿子;你偷偷生个儿子,你还请客。他忽然明白了一句话,叫"上不了桌面",面前这件事就叫"上不了桌面"。

这是一个什么主题的酒会呢?这些老板们原先也没想这个事,开席后一想,我们公开喝一个泥鳅店老板小老婆生的儿子的满月酒,毕竟不是一个事,说出去都不好。

最后章虫草救了场。

他举起杯,说,来,为我们的孩子出生,干杯!

众人一愣。

章虫草说,这是我们的孩子,啊,我们的孩子……他发现自己越说越不明白。

他看大家不明白,便把我抱他怀里,说,来,我干儿子今天满月,干一杯!

噢,众人都兴奋起来!

为我们的儿子,干杯!为章总的干儿子干杯!

满月酒就这么开始了。

酒喝完客人都散了之后,刘背头抱住章虫草哭,他们两个喝醉了,刘背头用拳头使劲捶章虫草背,说,兄弟,今天开始,你是我儿子干爹!我们就是兄弟!

四

我四岁周岁宴过后不久,就被刘背头老婆找到了。刘背头老婆策反了泥鳅店的一个供应商,就是我满月酒席那天客人中的一位给刘背头供应生鲜猪肉的那个家伙。他常年给刘背头供货,刘背头压了他很多货款没付,刘背头老婆承诺让财务提前付他货款,他就说了实话。

刘背头老婆第一次见到我是在郊区我们租的农家院子里。三间农舍,一个红砖墙院子,门口是一片一片的湖塘。我母亲在这里包了一口湖塘替刘背头养泥鳅。她养那种不喂避孕药的真泥鳅,长得慢。刘背头用真泥鳅招待贵客。

我一个人在院子里玩耍,我坐在红砖墙下面,对着太阳玩自己的唾沫。刘背头老婆一进门,我立即哭起来。尽管我们此前没有见过面,但是她一进来,我就知道她是谁。她和刘背头长得很像,说不清哪里像,像一对生气的姐姐和弟弟。

她围着我看,嘴里嘀嘀地叫,像母鸡呼喊远处的鸡仔那样。

嘀嘀,嘀嘀,嘀嘀嘀,嘀嘀嘀嘀……

她这么连续叫了几十声,没有唤来鸡仔,倒把我母亲从房子里唤出来了。我母亲看见她,脸色大变,本能地扑向我,她跑得太急,摔倒在我脚下。

好哇,看来是真的了!刘背头的老婆说,儿子都这么大了。

紧接着我参加了一次奇怪的酒席。参加酒席的有刘背头、刘背头老婆、我母亲、我。这次酒席从中午吃到晚上,却没有人动筷子。这次酒席的内容是决定我的归宿。

刘背头老婆发现我以后要和他离婚,刘背头不干。

一张茶几横在中间。左边的高椅子上,坐着刘背头老婆;右边的椅子上,我母亲紧紧抱着我;刘背头坐在中间,他一开始颤抖抖地吸烟,后来居然蒙住脸哭起来。

我第一次看见这个肥胖的牛×烘烘的人哭,他哭得如同一团面,如同一块泥巴一样,松松软软。

我从四川跑出来,我没有饭吃了,我的一只鞋被小偷偷走了,我流落街头,我饿得咬不住米粒,你收留我,我会忘记吗? 刘背头喜喜喜地哭着说。

他老婆面如寒霜,说,哦,你还记得这些吗?

我帮别人下牛肉面别人都不要,我当小工的资格都没有,没有你,我会有工作吗? 刘背头继续喜喜喜。

他老婆说,哦,有这回事吗?

怎么没有? 刘背头说,还有,我刚开酒店的时候,你把家里的椅子全部搬过来支援我,把私房钱全部支援我,我这时候要离开你,我还是人吗?

我听明白了,我母亲也听明白了。这是刘背头的创业史。他从四川流浪过来,进入这个城市,他饿倒在街头,他想帮别人下牛肉面换口饭吃别人都不要。他老婆接济了他,给他饭吃,帮他找工作,嫁给他,拿出全部家当给他创业开酒店。现在,他敢离开他老婆吗?

他老婆说,我也想问,你还是个人吗?

刘背头老婆嘴上说离婚,心里并不真想离婚。刘背头想出了很多种办法,他老婆都不同意。比如,要我母亲带着我离开这个城市;比如给我母亲一点儿钱,让她再嫁。他老婆一心一意想要我。

我四岁的时候那场酒席真是漫长啊。先是我哭,我知道了,这场酒席就是为争夺我,我就开始哭。后来刘背头哭,他像一块泥巴一样松松软软地哭完之后,刘背头老婆和我母亲分别断断续续哭。

酒席上出现了新的颜色。我母亲和刘背头老婆,这两个女人一会儿你哭,一会儿我哭,她们哭的颜色不同。人的哭是有颜色的,我从小就知道这个秘密。刘背头老婆的哭是墨绿色的,我母亲的哭是墨红色的。

我把孩子带走,我带回老家,我带到南方,带到广东、深圳去打工,行不行? 我母亲哭着说。

这是一种办法,刘背头对他老婆说,她带着孩子远远离开,好不好?

想得美,他老婆哭着说,她带着孩子,走到天涯海角,能隔得开你们吗?

孩子是我的,凭什么给你,我母亲最后说。

好,你带走,你带走试试?! 刘背头老婆说。

刘背头老婆早有准备。她此前早已找到了刘背头和我母亲以夫妻名义同居的证据,他们拍的合影照、邻居证明等,她都交给了律师。此前律师已找到刘背头和我母亲谈,告诉他们说,他们已经犯了重婚罪,如果告到法院,刘背头要坐牢,我母亲也要赔偿。

我母亲似乎已经无路可逃,她只有紧紧地抱着我。

除了把我给刘背头老婆,她还有什么办法?

你放心,我会对他好,像我自己亲生的一样,刘背头老婆说,你看,我和他长得多像,是不是?

大块大块的墨红色从窗口流进来,这种颜色像红色的蛇一样在桌子上乱窜。火锅里炸出一连声响。不,分明是一块一块的墨红色在爆炸。盘子上面,碟子上面,筷子上面,空气中,墨红色气球一样一个一个爆裂。桌子上的菜从中午摆到傍晚,冷了又热,热了又冷。铜火锅里面装着红色的炭火,不停地沸腾。夕阳如此之冷,我母亲抱着我在瑟瑟发抖。

我母亲趁刘背头老婆上厕所的时候抱着我逃跑了一回,不过没有成功。她逃出院子的时候有两个黑道人物拦住她。她不可能跑出去。这个院子、酒席,都是经过精心安排的。她退回院子,中间有一棵皂荚树,罗网一样枝枝蔓蔓。刘背头追过来了。

孩子长这么大了,交给她养,怕什么,长大了还不是你的孩子吗?刘背头说。

我母亲望望我。

你生的永远是你的,她替你养着,你怕什么?上完小学中学,你再领走,多好!你这么带走,边打工边养,你怎么养得活?刘背头又说。

一片树叶刚好掉下来,落在我脸上。我记得这片树叶,它并没有枯黄,怎么就落下来了?我看见羽毛状的纹路,夕阳在上面闪闪发光。

我母亲没有再回到酒席上,她抱着我在小院子里望着夕阳和皂荚树发呆。天快黑的时候,她同意了。

那天晚上,我母亲给我洗澡,不停地说,然后亲我,亲完了身上每一个地方,包括脚丫子、小鸡鸡。她不知道流了多少泪。她一遍一遍要我背她的手机号码,背她的名字、姥姥姥爷的名字、大姨小姨的名字、姥姥姥爷在老家的家庭地址。反复背熟了,她还说个不停。但她和我说话的中心,却是要我听刘背头老婆的话,和她搞好关系。

你一定要听她的话,嘴巴甜一点儿,喊她妈,听到没?我母亲说。

我不去,我不喊。我说。

那怎么行?我母亲一遍一遍教育我,好汉不吃眼前亏,你要学精明一点儿,喊她妈,让她高兴,听到了吗?

五

满月酒进入一个新环节,我母亲抱着我给客人敬酒。按照座次顺序,依次是矿老板、黑道老板、酒厂老板、建筑老板、刘背头、章虫草、送鱼肉生鲜的供应商。中间建筑老板旁边那个政府官员没来,位置空着。我母亲抱着我给他们每个人敬酒,这是规矩和风俗。

我看见了一种颜色。这种颜色由红、黑、绿组成,来自他们的目光。我今天满月。我是一个男孩。我有着好奇的大眼睛、高额头、藕节一样的白腿。我在笑。我一笑就露出黑洞洞的嘴巴。我看得清清楚楚,他们眼中的光芒,红、黑、绿。这是一种羡慕之光。

那个矿老板,他摸我脸,说,刘背头,我羡慕你啊!

还有黑道老板和生鲜供应商,他们也说,羡慕羡慕。

我干爹章虫草说,刘背头啊,你做了一件我们想做却不敢做的事啊。

那个建筑老板和那个酒厂的老板,他们看着我发呆,陷入沉思之中。

我很早就明白羡慕是有颜色的,大体上由红、黑、绿组成。农村的老人们大抵说得不错,眼红心黑,别人有好事你眼红,你的心却不红,心是黑的。眼冒绿光,颜色绿的。大体上他们都有这三种颜色,比例多少不同而已。

那个矿老板太羡慕刘背头了。他比刘背头有钱有势,但他没有孩子,他老婆不能生育。他曾经找了一个女孩子,怀了一个孩子,他老婆发现了,把孩子打掉不说,那个女孩子也从此消失了,到哪里去了他都找不到。他老婆想抱养他堂兄的一个孩子,他却不同意。他太想要一个自己的孩子了,又偷偷找了一个女孩子。他老婆的堂兄曾用枪抵住他脑壳警告过他,再发生此类事情注意后果。他一直在评估,偷偷生一个孩子风险有多大,会不会真掉脑壳。如果掉脑壳,值不值得。

那个酒厂厂长,他这个酒厂原来是国有企业,后来通过改制才变成民营企业。他前妻是政府的一个分管经济的处长,酒厂改制成民营企业,他前妻帮了忙。他后来又找了个女人,和前妻离了婚,前妻就问他要企业股份。前妻要她的弟弟来当他酒厂的大股东,慢慢把他挤出去。他用尽智慧和办法抵制,但他前妻最近警告他,如果不配合就把他改制中的违法事宜举报,让他坐牢。他现在也在评估,是不是真会坐牢,如果去坐牢,值不值得。

另外几个说羡慕的,也都发自内心,关于他们的故事,一言难尽。

大家都说羡慕,刘背头就牛×烘烘。他喝了几杯酒后,话多起来。儿子,这是传宗接代的儿子啊。他不停地重复这一句话。

刘背头这时候接到一个电话。这个电话一来,牛×烘烘的刘背头立即变了一个人。他像被抽了脊梁一样,身子发软,腔调也跟着软。

刘背头说,我没在哪里啊,我今天在外面喝酒啊!

在哪里喝酒?——在章老弟这里啊,他一紧张,把地址说了。他还把电话递给章虫草。章虫草也有点紧张,言语哆嗦着,说,对啊,几个朋友,在我这里喝酒。

放下电话,刘背头和章虫草脸都白了。

别人还没明白怎么回事,我母亲先明白了。

刘背头老婆要来了!

我母亲的脸色在发白,她一紧张,一受气脸就发白。她佯装继续敬酒,但已经心不在焉。她差一点儿把我抱失手了。我从她胳膊上滑落,脑壳斜着向下。她最后脚也勾,手也抢才把我护住。旁边的人都尖叫。特别是我大姨,她立即把我抱走。

我闻到一股湿甜的酒香。我母亲那一杯酒泼到我脸上了。我从此与酒结下不解之缘。小学就开始偷着喝酒,长大后开酒店,卖酒喝酒,结交了千千万万的酒徒。酒是一个好东西。

我母亲重新开始敬酒,但她已经定不住神了。她的耳朵伸到了刘背头的手机上。她生怕刘背头老婆再打来电话。她一生中最怕这个女人。她为刘背头打过三次胎。每一次都和这个女人有关。她们从认识的第一天开始,就成了冤家,她们打打闹闹,纠缠了一生。

刘背头的电话又响起来,他老婆开车赶过来了。好在他老婆忘记章虫草这间酒店的准确位置,打电话过来问。她其实并不知道我今天满月的事,但她从刘背头的语气中听出了问题。刘背头每次说谎她都能听出来,她是刘背头的克星。

刘背头准备跑。他关了手机，悄声和章虫草商量，是不是结束酒席。章虫草电话响了，刘背头老婆打到他手机上。章虫草装着没听见，和刘背头商量办法。他不同意结束酒席，酒席气氛正热烈，现在结束，客人怎么想？

我母亲吓得发抖。她的酒杯掉在地上，立即捡起来，又掉下去。她非常害怕刘背头老婆。她觉得她有二郎神的第三只眼，你怎么变化都逃不过她的眼睛。

我母亲第一次怀孕，就是被刘背头老婆发现的。当时她在刘背头的酒店里传菜。她本来是迎宾小姐，但是那几天传菜员有人请假，人手不够，她临时顶上来。她怀孕了，但还是端着几个盘子从厨房朝包房里跑。刘背头老婆那天带人在包房里吃饭，她从包房里出来上厕所，经过走廊，看见我母亲端着几个盘子在走廊里跑。刘背头老婆发现问题了。

我母亲传完菜往厨房里返的时候，被她喊住。

你站住！她对我母亲说。

我母亲站住。此前她并不认识刘背头老婆，刘背头老婆来得少，每次来了都像客人一样在包房里。我母亲站着，刘背头老婆上上下下打量她。她的目光刷子一样上下刷动。

你不对，你走几步我看看！她说。

我母亲不知道怎么那么听话，她就开始在走廊里走。走了几个来回，刘背头老婆让她停下，说，你还传什么菜，你怀孕了！

我母亲吓住了。这个女人是谁？她简直太厉害了。我母亲正为怀孕在忧愁，她刚开始连自己怀孕了都不知道。

刘背头，刘背头！女人在走廊里把刘背头喊出来，指着我母亲说，这个女孩子都怀孕了，还在跑着传菜，不要命了吗？

六

我被刘背头老婆抱到她家大约一个星期后的一个下午，我在她家的窗口看到了我母亲的身影。当时刘背头在床上呼呼大睡。他在午餐收工后经常回家睡觉，他老婆到美容店去了，我趁这个空当爬到窗户上给我母亲打电话，我看到了母亲的身影。

我从茶几爬上沙发，跪在沙发沿上拨窗台上的电话。我打了一个电话，不是她；再拨一个号码，是忙音。原来我把我母亲的手机号码中间有两个数字记颠倒了。我急得直哭，我以为我再也找不到我母亲了。我哭的时候不敢出声，我怕刘背头听到了。我跪在沙发沿上想手机号码，想那一串数字。我像一条小狗那样跪在沙发沿上睡着了。我在梦中听到我母亲在喊我。

蝌蚪蝌蚪，蝌蚪蝌蚪……我听到夏天里遥远的青蛙般的鸣叫和呼喊。

我一下子醒了。我差一点儿从沙发沿上摔下来。

我爬上窗户。我真的看到我母亲了。

我母亲把我交给刘背头老婆后，她原来想远远离开刘背头和他老婆，离开这个让她伤心之地，离开这个省城去南方的深圳市打工。她坐着夜间的火车往南走，火车刚启动她就后悔，她就开始想念我，她就开始恨她自己不该扔下我。火车随着铁轨每震动一回，她的心就抖动一回。火车进入湖南地界，开始穿一个一个的隧洞，这一个个隧洞犹如无边无际的阴间世界，弥弥漫漫全是黑暗。她感觉到她永远不可能再见到我了。她急躁地站起来，在车厢过道上快速地走动，她看着窗外晃动的黑影，似乎每个黑影里面都有我。有几回，她急得恨不得跳窗而下。她找到列车员要求停车，引来诧异的目光和训斥。火车刚到衡阳站，她就跳下来，但是夜里再没有列车返回，她在火车站蹲了一夜，第二天早上转车北上。

她找我找了一个星期。她不知道刘背头家在哪里，她通过酒店的姐妹们辗转打听才找到。

这一个星期，也是我最煎熬的一个星期。刘背头老婆把我抱到她家后，我走进一个陌生的世界。沙发、茶几、地板、玩具，所有的一切都是陌生的。我在这个陌生的世界里除了哭就是睡。哭累了睡，睡醒了又哭。

第一天晚上我就吓哭了。我从来就没有看见过一个女人脸上覆着东西，鬼一样睡觉，后来知道那叫面膜。刘背头老婆被我的哭声吵醒了，坐起来，问，你哭什么？我说，鬼。她说，什么鬼？后来她明白是她脸上的面膜。她撕下面膜，奇怪地问，你没见过吗？我摇摇头。她说，你妈不敷面膜吗？我点点头。她叹气说，这个小妖精不敷面膜怎么都那么好看？

第二天晚上，我憋了一泡尿，却不敢上厕所，因为刘背头老婆土堆一样横在床边，我不敢爬过去。我只好朝秋裤上尿。我不敢大尿，只敢一滴一滴地朝裤子上面注，像抱着一只水壶朝一个杯子里小心翼翼地倒，前面还匀称，后面控制不住,失了手,杯子也破了,壶也破了。

我大哭起来。

刘背头老婆尖叫起来,刘背头,你儿子尿床了! 这么大还尿床,还是人养的吗?

第三天更可怕——夜里我做梦,梦见我母亲了。我走之前,母亲不知道哭了多少次,但最终不得不同意了。走的时候,母亲问我,你去了喊不喊妈?

我说,不喊,她不是我妈。

母亲说,儿子,一定要记着,每天要喊她妈,亲亲热热地喊,听到了吗?

我就梦到这里的时候醒了。我醒的时候看到了吓人的一幕——刘背头老婆正在昏黄的灯光下,头发散乱,嘴里念念有词,说,这个小妖精,怎么一生就是个儿子呢? 她的目光,正盯着我的小鸡鸡!

我一把捂住小鸡鸡,发出一声尖叫。刘背头老婆还没有从发呆中清醒,刘背头从隔壁房里冲过来了。

你要干什么? 他一把推开老婆,又扒开我的手,看我的小鸡鸡受伤没有。

刘背头,他老婆说,你说说,那个小妖精怎么一生就是个儿子?

我把母亲哭来了,我不敢相信。我站在四楼窗户上面的架子上,下面是一个天井式的回廊。我看见我母亲了,她穿着一件红色的风衣式的外套,在下面探头探脑地往上看。

我喊,妈。她也看见我了。她准备答应,却出不了声,呜呜呜地哭开了。我喊,是你吗妈?她说,是我是我,蝌蚪,蝌蚪。她忽然意识到我站在窗前的铁架子上,紧张得结结巴巴,说,儿子,快下去,当心摔下来!

我其实没事,我只有四岁,身子轻。我在铁架子上猴子一样弹跳一下,她更紧张了,赶紧往上跑。我站在铁架子上可以看到她上楼的身影。她边扶着扶手跑上楼边喊我,我也喊她。

她一声一声地喊,蝌蚪,蝌蚪,蝌蚪,蝌蚪。

我一声一声地喊,妈,妈,妈妈,妈妈。

我忽然意识到刘背头在旁边睡觉,我怕惊醒他。我尽量控制着音量喊我母亲,我的声音随着她上楼和我的距离而变化。我想让她听到我在喊她,但我却不想让刘背头听到。

但是刘背头醒了。

刘背头不敢让我母亲带走我,他要他老婆同意。他要他老婆赶来。

我母亲紧紧抱着我,哭得已经不成人形。

你让她来! 我死给她看! 死给你们看! 我母亲说。

七

满月酒席上的客人们还在闹酒。我母亲在地上捡酒杯,她连一只酒杯都捡不起来。她一边捡酒杯,一边在听刘背头和章虫草说话。刘背头老婆要来了!

他们现在就想结束酒席逃跑吗? 我母亲想。

刘背头手机只关了一下,马上又打开了,他不敢关时间长。他刚一开机,她老婆电话就打来。他赶紧俯首软腔,解释说刚才没有电了。刘背头想结束这场满月酒逃跑,这是很明显的。但是母亲敬客人的仪式酒都没完。按照我们这里风俗,满月酒要敬到位,每敬一个人酒,客人要摸我的头祝福,主人要赠礼物,喜糖和红饮料。敬完一圈才有基本的福分,没有这个礼节,孩子一生会坎坷多灾。现在这个仪式都没有完,刘背头却想逃跑!

你让她来!

我母亲突然锐叫一声。她的叫声里蹿出一股墨红的颜色,桌子上突然红起来,火锅燃得更红,亮出噼啪的声音。客人们都停住筷子,不明白我母亲怎么回事。刘背头和我干爹知道我母亲听到刚才的电话了,他们起身要过来打圆场。

你让她来!

我母亲又大叫一声。这一次她冲向刘背头,用刺客头撞宫廷梁柱的姿势,朝刘背头撞去。

你这个没用的男人! 你除了欺侮我,你还会干什么?

这是我母亲第一次在刘背头面前发狠。此前,她已经打了三次胎,最痛苦最难受的时候,她都没有在刘背头面前发过狠。

第一次打胎,也就是刘背头老婆在走廊里看见她传菜端盘子那一次不久,刘背头让她打胎,她找她的母亲,也就是我的外婆来照顾她。我外婆把她臭骂一顿,最后还是买上母鸡煨汤给她喝。她当时觉得无所谓,身体没有多难受。但是她手术第三天后在卫生间小便,拉了一大摊血,一下子把她吓住了。

第二次打胎是一年以后。她跟了刘背头三年,每年打一次胎。当时是冬天,快过年了,刘背头的泥鳅店过年给员工放假。刘背头让我母亲回家过年,顺便打胎。他给我母亲买了一件仿貂皮大衣,外面是一团一团白色的绒毛,里面很暖和。这件貂皮大衣让我母亲回家乡过年很荣耀,全村的女孩子都围着她羡慕。

我母亲在乡镇卫生院找了一个熟人帮忙打胎,打完胎出来的时候,天快下雪了,风吹到脸上硬硬的。她开始头疼。寒风怎么像一颗颗冷石子。她脸上头上的毛孔都打开了,去迎接吸进那些石子。她把衣服朝上拉,刘背头给她买的那件毛茸茸的仿貂皮大衣抵挡不住那些石子。远处的河边,白色的雾气里面,仿佛有人在喊她。她睁大眼睛去看,又不见人影子了。她觉得自己丢了一件东西。她站在寒风中发愣,想自己丢了什么东西。她朝雾气深处走,风越来越大。她的头疼得要炸裂开来。她忽然明白,有一件不该丢的东西丢了。她流着泪,哭出声来。

第三次,我母亲说什么都不打胎了。她要生下来。这时候刘背头老婆已经发现他们的关系了,把她从酒店赶出来。刘背头老婆开始严管刘背头,亲自当酒店的出纳员,把所有的财务抓在手里;管住刘背头的手机,不让他和我母亲通信息。我母亲在城里没有住处,只好到另一家餐馆去打工,怀着孕给客人端盘子。我母亲和刘背头不能联系,就跟泥鳅店的其他服务员联系,让他们转告刘背头。刘背头得到信息以后,委托中间人给我母亲另租一个地方,刚住下来不久,又被他老婆发现。刘背头老婆举报到社区管计划生育的人那里,那几个人找到我母亲,逼着她到医院去。我母亲当时已经怀了四个月了,她哭着不打,没有人同意。她被众人按在病床上引产的时候,要求见刘背头,见一面她再打。但是刘背头老婆不同意。一切都由她代为处理。这一回我母亲疼得最厉害,她把内衣都疼湿透了,眼泪也哭干了。

现在,她终于生下我了。好容易办一场满月酒,她又杀上门来了!

你让她来!你这个没用的东西!

我母亲一头朝刘背头身上撞,她太激动了,撞着了刘背头侧胸,也撞着了椅子。刘背头连着椅子侧翻在地。我母亲额头也出了血。我在我大姨怀里大声哭起来。

你让她来,我死给你看,我死给你们看!我母亲说。

八

我小学快毕业的时候,刺杀刘背头,被刘背头发现了。

当时刘背头在郊区喂泥鳅。他在郊区包了一口湖塘，给他的泥鳅店养泥鳅，也养鱼。我们几个小兄弟，开着摩托车，从市区出发，一直开到郊区，沿着郊区的土路一直往前开。我们看到一片一片的湖塘。每一片湖塘旁边，都搭着一个棚子。棚子是养殖人的临时看护房。我们在一片湖塘中间，找到了刘背头。他的湖塘边除了搭建有棚子，还有一棵树。墨绿色的树冠伞一样罩着他红色的汽车。他在湖塘的田埂和棚子间来回走动。他从棚子里一会儿拿饵料和麸糠，一会儿拿青菜叶子，他朝那片湖塘里面撒饵料和麸糠，丢青菜叶子。

我和高年级的几个中学生混在一起，我们很早就开始抽烟、喝酒和逃学。我们有一个共同的特征就是仇恨父亲。我们中的一个兄弟，他爹打他妈，他拿了一块砖头照他爹头上砸，他爹躲开了，背后的树却被砸了一个坑。还有一个家伙，他爹搞情人，整天不回家，住在情人家里，他趁他爹不在，跑到他爹的情人家，把情人的衣服全部烧光。

我想杀刘背头，小兄弟们都来帮忙。我们六七个人，开着三辆摩托，埋伏在刘背头附近一个湖塘边上的一个灌木丛里。我们躲在灌木丛里边抽烟边研究杀刘背头的办法。旁边一个养殖人，看着我们一伙流里流气，很奇怪，但他不敢吭声。我们商量了几种杀刘背头的办法。都否定了。比如冲过去用砖头砸他，但这里找不到砖头。比如冲过去把他推到湖塘里，又怕他发现。刘背头长那么壮，我们怕不是对手。

我们远远地看着刘背头在湖塘埂上来回走动。给泥鳅喂完饵料和青菜叶子之后，他撒豆一样往湖塘里撒一种东西，我知道他在干什么。他在撒避孕药。刘背头经常和我母亲说这事。他开泥鳅店已经买不到好泥鳅了，到处都是避孕药喂的泥鳅。他说他这是没有办法，也只好用避孕药喂泥鳅。不光泥鳅，这一片一片的湖里，鱼、鳖、黄鳝，都是用避孕药喂的。真正的泥鳅要半年成长期，他的泥鳅两个月就膘肥体壮。

我当时想杀刘背头至极。四岁那年我和我母亲被刘背头赶出来之后，我们换到一个远离刘背头的城区，母亲把手机号都换了，决定和刘背头断绝来往，重新做人和生活。她四处打工，挣钱付房租，供我上学读书。我爱母亲，母亲爱我，我们寄宿在这个城市里，一天一天往前活着。

我没有想到我母亲后来又和刘背头搞在一起。她不是换了手机号码吗？是她先联系刘背头还是刘背头找的她？我不知道。

有一天回家，看见刘背头在我家里。我母亲给他煨了藕汤，他正大口大口喝。我母亲身上又换了一件新的仿貂皮大衣,外面的绒毛跳动着白光,像白老鼠一样在她全身乱窜。她脸上跳动着幸福的光芒,她这几年老了许多,鬓角一簇簇白发,脸上呈青绿色。一股红晕在她青绿色的脸上飞动,她的脸上真像一幅水彩画。

我气得脸都变色了。我故意把小屋子里面的东西搞得叮当作响。我母亲把我拉到一边说,你怎么不喊爸爸?

我说,我没有爸爸。

母亲说,说的什么话! 没有爸爸你怎么出生的?

我拿我母亲没有办法,她离不开刘背头,这是她的弱点。

我必须尽快杀了刘背头,让我母亲没有念想。

我实在不理解我母亲。她四处打工供我上学,我们在城中村租那种便宜的小房子,我们经常没有饭吃的那些日子她难道忘了吗? 那个时候,刘背头在哪里呢?

我的整个小学时期我母亲的主要工作是卖菜,她一开始是给酒店当服务员,后来她当不下去了。一个服务员的工资养活不了两个人,还要付房租。最后她只好到城中村去卖菜。每天早上到郊区的大市场买菜,运到城里的社区门口,中午卖完收工,这就是她的基本生活。下午和晚上,她辅导我做作业。我只能读郊区那种为农民子女们办的简易小学,那种小学不教普通话和英语,我母亲就四处求人,花钱给我转学,要我读双语小学。

别的孩子有的,我的孩子也要有,这是她挂在嘴边的一句话,但是别的孩子有爸爸,有爸爸去开家长会和接孩子,我有吗?

她发誓离开刘背头,自力更生,发愤图强。她在墙上写了几个大字:刘背头! 然后打了一个大大的×。但是,她怎么又让这个家伙在屋里喝藕汤?

避孕药为什么能让泥鳅长肥? 一个伙伴问。

避孕药喂的泥鳅和真泥鳅有什么区别?

我们想不明白。我们中间有一个瘦子,吃什么都长不胖,我们就建议他吃避孕药,买一罐子避孕药,糖果一样一颗一颗朝嘴里丢。

我们坐在湖埂上,背靠着灌木丛,眼前是一口湖塘,湖塘外面是大片大片荒芜的农田。种田不赚钱,农民都不种了,养鱼养泥鳅比种地赚钱,有人想挖地变塘,结果养鱼养泥鳅也不赚钱,什么能赚钱? 给猪喂化肥,给鱼和泥鳅喂化肥,喂避孕药,猪、鱼、泥鳅长得快,所以都一窝蜂来喂。结果猪拉的粪把田地都烧坏了,湖塘喂鱼和泥鳅水都变臭了。四周飘荡着一股难闻的味道,这是化肥和避孕药的味道吗? 我们被这些气味包裹,晕晕乎乎。

我给小兄弟们讲刘背头,讲他打我妈。我说我满月那天就发誓要杀刘背头,讲我四岁过生日想在蛋糕上用计。他们都相信。我们都有一些很奇异的灵感,我们经常在一起交流分享。

我们想出一条杀刘背头的妙计,那就是趁他离开要上车的时候杀他。把他的车推到湖塘里,他反抗不及。

刘背头忙完返回,一上车那会儿,我们开始动手。我们冲上去,把他的车推到湖塘里,想把他闷死在车里。但是我们把车朝湖塘里推的时候,发现他并不在车里。我们正在诧异,树根下面传来刘背头的吼声。原来,他在我们朝车这儿跑的时候,下车撒尿去了。

刘背头在树下撒尿,他年纪上来了,撒尿缓慢而悠长。他感觉身后有响动,回头看看汽车被一群孩子朝湖塘里推。汽车在朝湖塘里滑动,想拉住已不可能。他大吼一声扑过来,这时候一声巨响,汽车掉进湖塘里了。我们像一群狗一样沿着湖埂四散逃开。有一个小兄弟跑的时候掉进湖塘,很快又爬出来,湿漉漉地接着跑。

刘背头发现我了,他不敢相信是我。他大声喊我的名字,我跑得更快了。

刘背头发现我想杀他,他非常吃惊,也非常痛苦。在他的印象中,我是个不爱说话的孩子、成绩不好的孩子。但是他认为他是最爱我的,现在我却要杀他,他怎么都想不明白。

他为什么要杀我? 他问我母亲,我对他哪点不好?

我母亲知道为什么,但她认为我只是孩子,说着玩玩,没想到我搞真的。她认为刘背头打她骂她,那是她的事,她能忍受。她也想不通,想问我为什么。

我们几个兄弟逃跑了,后来我们重新跑到郊区的湖塘,想搞明白我们此前没搞明白的问题,看避孕药喂的泥鳅和真的泥鳅到底有什么区别。家长们四处找不到人。最后警察把我们找到了。

警察认为我们犯了罪,虽然是未成年人,但也要劳动教养。我们中年纪最大的读初三,我年纪最小,读小学六年级。刘背头和我母亲为了我能放出来,四处奔波求人。最后我被放出来了。主要是我年纪太小了。

我回家那天,我母亲哭病了。她这几天每天以泪洗面,从白天哭到黑夜。那天晚上,刘背头破天荒住下来。这么多年来,晚上他从来没在我们家里住过。

这个晚上他没有走,他一会儿进房哄我母亲,一会儿到客厅抽烟,想和我说话。我坐在客厅里,刘背头几次催我睡,我都不去睡。

我十三岁。我已经能吸烟,能喝半斤酒。我平时在学校里一言不发。我的心像一只马蜂窝,全是孔洞。有几次,他准备开口,向我解释,或者与我和解,但是他张了几次嘴,最终没说。他有几次准备给我倒杯水,或者给我拿条毯子盖在身上,但是他站起来几次后,最终放弃了。客厅里灯关了,刘背头试着递给我一根烟,我居然接了。一根烟吸完后,又点一根烟。我像一个男人一样和刘背头对峙。刘背头感觉到了我作为男人的姿势。他一言不发。他只是一根一根猛烈地吸烟,猛烈地咳嗽。他喀喀喀地咳,肺部都要咳破了。后来他安静了,被水一样的夜淹在那里,一动不动。他在思考什么?一棵树,一条狗,一个人在他面前异样地生长出来。

九

发生了什么事?矿老板问。

酒席上突然冒出一股黑烟,这股黑烟来自矿老板的身体。他的身子仿佛古代的烽火台。敌人要来的时候,远处冒出一股黑烟。

现在是眼前冒出一股黑烟,远处来了敌人。

发生了什么事?酒厂老板也问。

刘背头和我母亲从地上爬起来,章虫草连忙把摔倒的椅子扶正。刘背头提一提裤子,我母亲抹去额角碰出的红色。发生了什么事?刘背头、我母亲、章虫草三个人相互望望,他们不知道该不该说和该怎么说正在发生的事。

桌子上刘背头的电话还在持续响。

矿老板的身子现在成了一座烽火台,一股一股地往上冒黑色的烟气。他身材魁梧,像烽火台的台基;他的小平头像烽火台的台座。

大哥,刘背头喊矿老板叫大哥,其实矿老板比他小,但他习惯了喊他大哥。大哥,对不起……

按说矿老板这个层次的人刘背头是攀附不上的,但他爱吃泥鳅,刘背头就结交上了。矿老板爱吃刘背头的泥鳅,到了什么程度呢?他三天不吃嘴里都寡淡。他吃泥鳅要用黄瓜炖,加上魔芋、粉条、烤辣椒,味道要重。每次他去吃泥鳅,刘背头都要亲自下厨。刘背头一勺子红油、一勺子盐、一勺子烤辣椒往锅里面丢,旁边的其他厨师看得目瞪口呆。

发生了什么事?你大老婆要来吗?矿老板说。看来是,他大老婆要来,酒厂厂长说。另外几个老板也都明白了。她怎么知道在这里?矿老板问。是不是有人走漏了风声?酒厂厂长说。谁走漏了风声?矿老板问。

夕阳的光已经消失了,城市全面暗下来,房间里的灯光亮起来。灯光被屋子里的酒气烟雾气阻挡,变得一截一截。酒席上的每个人不自觉地挺直胸膛,证明自己不是走漏风声的人。那个给刘背头送猪肉蔬菜的生鲜老板去上厕所,厕所里传来哗哗的水声。矿老板等了他很久,出来后问他,他发誓他没有走漏消息。

她应该还不知道,刘背头说,她只是感觉到不对,她想过来看看。

众人似乎又明白了一些。

现在怎么办?矿老板说,刘背头,看来你怕大老婆,你想立即结束这场满月酒,让我们滚蛋?是不是?

酒厂厂长明白了矿老板的态度,说,刘背头,你想让我们像老鼠一样悄悄溜走?我们这些人,是你想请我们来就来,想让我们走就走的吗?

刘背头说,不,不不,大哥,哥哥们……他眼泪快出来了。

不,不不,哥哥们,不是这个意思,章虫草连忙跟着打圆场。

不是……不,我母亲想说什么呢?她半天说不完整。

我最恨那些蛮横霸道的大老婆,矿老板说,他伸手摸我脑壳。他身体里的黑烟气传到我头上,我成了一个小烽火台。我的头上开始冒阵阵黑烟,慢慢点燃了我的身体。我是事情的源头,我这里应该冒烟。

我顺着摸我脑壳的胳膊看过去,矿老板虽然面目很黑,但是他的目光里面却明亮如镜,充满着忧伤和绝望,有一种冰凉的死亡之气。真的,人要死了,几年前身上就会冒冰凉的死亡之气。

这个矿老板现在面临生死关口,他正一步一步走向冰凉的死亡。他太想要自己的孩子了,又找了一个女孩子,怀孕了,他找医院的熟人检测是个儿子。他找了一个隐秘的地方藏住她。他老婆和堂兄四处寻找,抓了他很多朋友和黑道兄弟,用国家的技侦手段监控了他们的手机,但找不到那女孩在哪里。她藏到哪里了?只有我知道。我从矿老板的目光中看出了他内心的隐秘。他的一个黑道兄弟,为了保护他这个孩子,和他那个已经怀孕的女孩子结了婚。外人都以为是那个黑道兄弟的孩子，其实是他的孩子。

他老婆的堂兄消灭了他的第一个孩子和女人，却四处找不到这个女人和孩子，只好和他谈判，让他想想后果。他每天都在想后果，想一支枪抵住自己脑壳。他每天保镖不离身，枪不离身，但他知道，那有什么用呢？

几年后出了一件震撼全市的事件，矿老板被押赴刑场，执行枪决。他的罪名是黑社会的保护伞和私藏枪支。他强烈要求离婚。他老婆的堂兄在打黑运动的大形势下，亲自带人将他抓获，力主判他死刑。

我也最恨那些蛮横霸道的大老婆，酒厂厂长跟着说。

我顺着他的声音看过去，他长着一张马脸，下巴很长。他的目光里面，也有和矿老板相同的东西，忧伤和绝望。他们这些被普通人羡慕的有钱人、老板，眼睛怎么都如此忧伤和绝望？我多年以后才慢慢明白。他现在也遇到了极大的困难，他改制不久的酒厂即将被他前妻夺走。这个酒厂有四五十年的历史，和城市解放的时间相当。他十三年前开始当这个酒厂的厂长，他上任的时候，酒厂正处在历史上的最低谷，职工有半年发不出来工资。他上任的第一天开干部会，他往主席台一坐，椅子垮掉了。这么一个企业，成了当时政府的老大难，政府派不出干部去当厂长，只好请他这个民营酒厂的厂长去当国营酒厂的厂长。十三年过去了，他把企业带到年销售两个亿，他们的产品覆盖了这个城市的每一个商店和酒店。政府却说这个企业从头到尾都是国有的，那只好改制，刚改制完毕没一阵，他离了婚，惹怒了他那个当政府处长的前妻。现在他前妻要揭发他，即将把酒厂夺走。

这个女人，她让我连一顿酒也喝不顺，矿老板说，可我今天就想喝这顿酒！怎么办？

我今天也想喝这顿酒，怎么办？酒厂厂长说。

矿老板说，这些大老婆都该杀了。

酒厂厂长说，对，该杀。

众人也都附和着说该杀。

屋子里烟气缭绕，灯光被阻挡得一截一截。灯光下面，晃动着一张张红色的酒脸。这种气氛适合同仇敌忾，适合起哄、插科打诨。但是谁真把酒话当真呢？

没想到矿老板当真。

矿老板说，既然你们都说该杀，那就杀。

矿老板让旁边的黑道头目给他取来提包。众人注意力聚过来。众人都看着他一层一层缓慢地打开，取出一层黄铜纸。他又一层一层打开黄铜纸，露出一支枪来。

屋里的人们都吸了一口气。

这是我第一次看到枪。这支枪躺在黄铜纸上，发出黄油般的光泽。这种光泽发冷，向四周波动着寒意。它有耳朵一般的手柄，放在桌子上看，精致而美丽。

黑道头目站起来，伸手去拿枪。

刘背头跑过来，抱住矿老板胳膊，说，大哥，大哥……

其他几个老板看见枪，也都吓变了脸，知道玩笑不能再开下去，都跟着喊大哥，求矿老板。

包括我母亲。

矿老板问我母亲，你不想杀大老婆？

我母亲说不出话。

矿老板叹口气，说，看来你是个好女人，那你只有吃一辈子苦。

刘背头赶紧上前，说，继续喝酒，我来处理好，行不行？

那支精致的手枪就躺在桌上，一直到满月酒结束。它仿佛成了桌子上的一道菜。一盘黄色的豆饼、烤馍或者煎黄的糍粑，又像是一只黄亮的土鸡蛋。酒继续喝着。有几次矿老板真把它当成菜，拿筷子去夹。他喝多了。

十

我对枪有兴趣就是从我满月酒那天开始的。这影响了我一生。但我没办法得到一支枪。我从小学就爱和高年级的坏孩子混在一起。到我上中学的时候，我和社会上的黑道小混混玩，我得到一把旧枪。我和他们揣着这把旧枪刺杀刘背头，出了大事。我因为这件事、这把枪坐了牢。

我没有忘记我的仇恨。随着时间推移，我对刘背头的仇恨与日俱增。

我当时读初二，我们三个人，另外两个一个读初三，一个读高一。我们都是想杀父亲的人。读初三的那个兄弟，他母亲三十多，父亲快六十了，他母亲是他父亲的学生，他母亲是在读研究生时被他父亲搞上手的。他父亲每一届都会搞一个女学生上手。他一直叫他父亲老流氓。读高一那个兄弟,他爷爷是个大富豪,轮到他父亲却是个败家子,先是玩电视台的女明星,后来又炒基金、赌博,把钱挥霍空了,搞得他们上顿不接下顿。

那天我看着刘背头开车回家,赶紧叫来我那两个兄弟,但是等我们敲开门,刘背头却不在家。只有他老婆在家。

他老婆正在敷面膜。这个女人给我的印象就是一有时间就敷面膜,好像她一生就在敷面膜。她认出是我,有点诧异,说,你来干什么?

我找刘背头。

刘背头不在,她要我们走,我就生气了。我把对刘背头的仇恨转移到她头上。刘背头和我母亲重新搞在一起,又被她发现了,她又追到我们租的房子里去大闹了几场。

这个女人现在想把我母亲嫁出去。她认为我母亲如果不嫁人,一直会是个祸害,说不定哪天她自己得重新嫁人。她像个媒婆一样,四处给我母亲张罗人见面。

我母亲她就在刘背头这棵老树上吊死了,真是奇怪。她一开始还去相过几次亲,见过几个男人,后来就不再去见面了。

刘背头老婆不放弃。她像一个年迈的纤夫一样,拉着刘背头这只破旧的帆船,坚持往前走。但是她明显地体力不支,疲惫不堪。

她曾经和刘背头商量,准备把我母亲嫁给刘背头的一个穷徒弟。那个徒弟跟刘背头打了几年荷,人也还老实,长着一个地包天嘴巴。我母亲一开始居然同意了,她纠缠不过刘背头和他老婆。结果那天晚上,面对着刘背头喜得发昏的地包天徒弟,她后悔了。那个徒弟抱住我母亲想亲热,我母亲不干,他就动粗,扯我母亲的衣服。

我在后面给了他一板凳。

他被打昏了。我母亲却以为他被打死了。但是时间不长他就缓过劲来。他挨惯了刘背头的打,习惯了快速苏醒。面对我冷冷的目光,他非常害怕。他问我母亲到底什么意思,我母亲说不同意,他就离开了。

刘背头老婆要赶我们走,她真是找死。我拿出枪对着她,其实我枪里没有子弹。她吓得尿了裤子。我们几个打碎她家的东西,茶杯、食品、冰箱、电视,屋里的东西碎了一地,临走的时候,还照她屁股捅了一刀。

我们捅完一刀看见鲜血才开始害怕。我们往外面跑。我们跑出小区门口的时候怕人被我们捅死了,我们给门卫说,有人在里面受伤了,让他打120急救。

我们跑到大街上,不知道往哪里去,我们决定出城,去过流浪的生活。但是我们出城的时候,看见路卡有警察,我们以为封了城,赶紧往回跑。我们跑到一个废弃的建筑工地的顶上,商量该怎么办。我们给另外几个兄弟打电话,大家商量来商量去,都不知道该怎么办。我们不知道,在我们打电话的时候,警察早已通过刑侦手段把我们锁定。现在,警车和成群结队的警察早已在下面把我们包围,只等我们落网。

我们坐在建筑工地的顶上,天空红红的一片。夕阳快落山了。夕阳像一摊血,黑红色的血。这时候我突然想到我满月那天,母亲嘴角的血、额头上的血,也呈黑色,黑红色,和眼前的颜色一样。这似乎是预兆和暗示。我们这些野孩子,我这个名分不正的孩子,一出生就是一摊血。我们这些兄弟,很早就开始冲杀,出生入死,我们早晚都会是一摊血,黑色,黑红色的血。

十一

有一支枪摆在桌上,给酒席带来了新的变化。酒席上除了几个女人之外,都开始放开大喝,兴奋至极。接下来的满月酒席,开始进入高潮。这是什么原因呢?我一生都没搞明白。

按照座位顺序,矿老板和酒厂厂长喝,酒厂厂长和黑道头目喝,黑道头目和刘背头喝,刘背头和章虫草喝,章虫草和我母亲喝,我母亲用饮料和生鲜老板喝,生鲜老板和我大姨小姨喝,我大姨小姨和矿老板喝。一轮一轮往下赶。这叫赶麻雀。一轮麻雀赶下来,每个人接近二十杯酒。当然是那种一两三杯的小酒杯。

麻雀赶过之后,开始找共同点喝。胖子和胖子喝,瘦子和瘦子喝,商会会员之间喝,开餐馆的之间喝,同过窗同过乡的喝,共同扛过枪的人喝。

酒席上出现一个停顿的瞬间,酒喝多了,时间喝长了,大多会出现这种瞬间。这种瞬间会产生幻觉。这个热闹的酒席,一群迷醉的人,这一瞬间变成最安静之地、最沉寂之地。人们在这个瞬间会清醒,仿佛都没有喝酒。这个瞬间似乎每个人都在思考问题,走入一个迷境。这个时候的酒席,犹如梦境和故乡。

我母亲在这个停顿的神秘的瞬间恐惧至极。她希望一直喧闹,喝酒,说醉话,吹牛,天南地北。她害怕停顿和安静。她害怕有一点点空隙和瞬间。她紧紧抱住我，我能感觉到她全身在颤抖。

那支精致的手枪仿佛成了一个新的客人，它的周围埋伏了二十多个小酒杯，每一个都满满斟上酒。在建筑老板旁边的座位上，没来的政府处长的席前，也埋伏着二十多个小酒杯，每一个也都斟满了酒。一边是枪，中间是几十个小酒杯，另一边是一个空席位，一把红色的椅子。

我母亲身子继续在抖动。我也跟着抖动。今天我满月。我希望永远在我母亲怀中。我不希望长大。如果我长大，我也会和这些酒席上的人一样，喝酒吃菜说话，也会面对这静寂而令人恐惧的瞬间。

我们害怕有任何事情发生。

果真有了事。

这是谁的酒？酒厂厂长指着枪周围的一串酒杯问。

很快他又发现另一个问题。

这是谁的酒？他指着没来的政府处长席前问。

矿老板眯着眼——他也在研究。

众人都从刚才的幻境中清醒过来，都觉得奇怪。对啊，这个政府的处长，人都没来，桌前怎么会这么多酒？枪呢，谁在给枪敬酒？

只有我看清了。他们每个人都给政府处长的席前敬过酒，都给枪敬过酒，还说过热闹调侃的话。只不过那时候热闹，醉了，现在清醒了。

这是谁的酒？酒厂厂长继续问，声音大起来。

刘背头笑着说，都是我的酒，都是我的酒。

众人哄笑，说，可不都是刘背头的酒？今天的酒都是他的酒！

又有人对酒厂厂长说，谁的酒？都是你们厂生产的酒！谁的酒？不都是你的酒吗？

酒厂厂长说，好，既然是我的酒，为什么给他喝？他指着没来的政府处长的空位子说，人都没来，凭什么有酒喝？

刘背头说，你怎么当真？不就是喝酒吗？

酒厂厂长说，那怎么行？没有到场的人凭什么有酒喝？

酒厂厂长分明喝多了，舌头有点大，面色发紫。他往起站，晃晃悠悠，几次才站稳。大家都知道他为酒厂改制和前妻闹的事，只是不知道详情。他前妻和这个没来的处长是同僚，都在政府供职。

全城谁都能喝我们的酒，只有一种人不能喝，酒厂厂长好不容易站起身子后,大着舌头说。

谁不能喝你们的酒,是我吗?矿老板笑着说。

就是那种不到场也能喝酒的人,酒厂厂长说。

众人哄一下笑了。

这个厂是我喝出来的,你们信不信?全城的商超酒柜和酒店,都是我一杯一杯喝出来的,你们不相信?他眼睛红红地对众人说。

我们信,众人说。

我专门跑到四川去进基酒,每一吨我都亲自尝,我每年都把舌头尝烂好几回,你们相信吗?酒厂厂长说。

我们信,众人说。

我大年初一,左手拿酒杯,右手拿筷子,我在厂职工家属区里,我挨家挨户给每一个职工家里拜年,到一家喝一杯酒,用这样拢住人心,才一步步扭亏为盈走到今天,你们相信吗?

我们信。

桌上的每个人都听到一声巨大的爆裂声。好像水泥管破了,不,钢管破了。酒厂厂长脑壳伸过来,上面全是酒,还有瓷器的碎片。紧接着,血淋淋的夕阳从脑壳里面渗出来,一片片血。

我母亲、大姨、小姨都尖叫起来。

酒厂厂长把剩下的酒瓶砸在自己脑壳上了。

我这酒砸了也不给他们喝!刘背头,酒厂厂长说,我这一次和他们拼了,我就这个脾气,哪一天我坐牢去了,你要记着给我送一盘泥鳅吃!

这句话后面应验了。

酒厂厂长在随后的深度改制中,带着全体职工抵制他前妻派来的参股收购者,他前妻把他原来的事举报到市里,市里派纪委查他,把他查到牢里去了。刘背头也兑现了诺言。酒厂厂长坐牢后,他烧了几回泥鳅,送到监狱里面看他。

十二

我从监狱出来的时候,母亲和刘背头去接我。

上午的阳光很细碎,我看到母亲头上有细碎的阳光久久不离开,走近了才知道那是白发。我一下愣住了。我站在路边一棵槐树下抽泣,阳光像狗背上的花纹。母亲也站在那棵树下抽泣,她头上身上,洒满了斑驳的狗背花纹。

刘背头默默地一长口一长口地吸烟,他的背驼了许多,身上那种牛×烘烘的气息不见了。树影晃在他脸上,驳驳杂杂一片,像老年斑一样。

叫爸爸,母亲对我说。

我别着头看远处的田野。我不会叫谁爸爸。我是一个野种。

不为难孩子,刘背头说,以后慢慢来。

他给我一支烟,我接住了。我想吸烟极了。远处白茫茫一片,田野和更远处的城市都笼罩在烟雾中。

我们从监狱门口走过长长的一段路才到公交车站。路上母亲一只手臂挽着我,另一只手臂挽着刘背头,像个孩子一样快乐。

现在好了,她说,我们一家人可以住在一起了。

她紧接着给我解释,我慢慢听明白了。刘背头的老婆出国了。她当然没有被刺死,她只是受了伤。她的丈夫有了小老婆,她还被小老婆的儿子带人刺了一刀,她不仅害怕,还羞耻绝望。她变卖了所有的家产,包括刘背头的泥鳅店,去国外陪女儿读书。

刘背头成了穷光蛋,他现在和我母亲住在一起。这就是为什么他没开车来接我,我们要走很长的路去搭公交的原因。我觉得我的母亲很奇怪,她得到了一个穷老头子,她居然还那么高兴。

刘背头现在重操旧业给一家酒店当厨师,他要我去给他当徒弟打荷。本来我最不愿意走刘背头的路,跟着他混,但我现在没有饭吃,我不能让头发过早花白的母亲养着。我想学一门手艺自食其力,我只好跟着刘背头去打荷。

我们在一家酒店里承包了一个炉头。刘背头在前面炒菜,主要是炖泥鳅和烧泥鳅,我在后面给他备料打荷。

站在炉子前面的刘背头特别自信。他像一个将军,而锅里的泥鳅,成了士兵。在他的指挥下,泥鳅们按秩序编队,移动穿梭。刘背头烧菜简直是一门艺术,完全可以当杂技看。其他炉头的师傅,没事的时候,都过来围观。

刘背头对荷台要求特别严,有几个徒弟都被他打跑了。在厨师界流行一句话,叫徒弟像狗,都是打出来的。我一开始不习惯。刘背头把炒菜的勺子反着向后伸,他不转身,也不说话,你必须知道他要什么,要多少;要油,要盐,要葱姜,要辣椒,要八角五香桂皮;要半勺,要一勺,要三分之一勺,要不知分量地多少勺。

刘背头带了几十年的徒弟,他打人打惯了。有一回我放错了料,他回身就是一勺子,打在我脸上。他打完之后才明白是我,站在那里发愣,一会儿之后,又返身去炒菜。

我被打愣了。我慢慢往下蹲。我前面有几十个炉头,厨师们都晃动着屁股在炒菜。每个人面前都飘动着几尺高的炉火。整个厨房里红晃晃一片。我一瞬间产生了幻觉。我看见了我满月酒席那天的母亲,她和我一样往下蹲。她蹲不下去,夕阳湖水一样托住她。我也蹲不下去,红晃晃的炉火托着我。我一下子明白了刘背头为什么打人耳光不用手,明白了我满月酒席那天他为什么用苍蝇拍子打我母亲耳光。

我母亲事先有交代,说要想学到手艺,不挨打是不行的。但我的愤怒还是爆发了,我大吼一声扑向他。但是还没等我扑到他的面前,我旁边另外的荷台徒弟们都过来抱住我。厨师们有的扭身过来看,有的身子都不扭。大家都习惯了,都是打出来的。

我站在那里,冲上头顶的血一寸一寸往下降,一直降到脚板上。我的眼泪流下来,我把它含住,吊针瓶子一样,一滴一滴往下落。

我决定杀他,但现在必须忍住。

我再一次咬牙发誓,我要杀死这个刘背头。这个念头重新燃起,就再也遏制不住。什么时间杀他?怎么杀?很多很多次,我站在刘背头身后,菜刀就在手中,我想冲上去照他后背来一刀,我都忍住了。

过了一段时间,我母亲高兴地对我说,你爸爸说你打荷打得不错,可以在炉头上当师傅了。

好,那就等我当上师傅以后再动手杀他。

我当师傅,刘背头站在我边上看我烧泥鳅。我把泥鳅倒在锅里,看着一飘几尺高的炉火,心里发怵。我把勺子像他一样反弓着伸给后面的打荷徒弟,心里不自信。加盐!再加盐!辣!辣得不够!刘背头在旁边不停地提醒我。一段时间以后,我的两只胳膊圆圆滚滚,肌肉隆起。我母亲到酒店以客人的名义点了泥鳅吃后,对我大加称赞。

母亲建议我们重开泥鳅店。开泥鳅店,由厨师变成小老板,可没那么简单。开店第一要选址;第二像一个公司那样要和工商、税务、城管、消防打交道;第三要会算账和管理员工。前厅有大堂经理,管服务员、迎宾小姐,后面有厨师长管厨师,还有水电杂工。刘背头从选址开始,带着我每一道程序过关,手把手教我。我杀不了他。

泥鳅店开张,刘背头才教我夜间点卤和敬神。夜间很晚,熬卤汤的师傅走了,打荷的徒弟也走了。刘背头把我留下来,教我点卤。

在一丈开阔的大锅里,用长勺子朝里面点卤,他点一回搅一回,均匀而耐心。

同样是泥鳅,配料同样是黄瓜、魔芋、烤椒,有人做得好吃,有人做得像狗屎,为什么?刘背头说。

全在一锅汤,他得意地又说。

一锅红红黄黄的汤沸腾的时候,他打开神橱。里面有灶王爷、祝融火神。我们趴在那里给神像磕头。

神仙不帮你,你天高的手艺都不行,刘背头又说。

泥鳅店开张以后,应该杀刘背头了。但是我看到母亲活得这么滋润,我又有点犹豫。从我出生到现在,我从来没见她这么高兴,这么舒畅过。那就缓一阵再杀他吧,反正他跑不掉。

开一个小饭店,最重要的是厨艺。用一句现代管理学的话说,这叫核心竞争力。我们的泥鳅、魔芋、黄瓜、烤椒,我们的一锅汤,迷倒了很多人。我们经常翻台,前一桌人还没走,后一桌人又来了。我们逐渐有了固定的回头客。我们赚来的钱,先还了借款。再赚了一阵子钱,又开了一家小店。

黑道来了,他们占住台子,来了十个人,每人占住一张台子,点一盘菜吃一个中午、一个晚上,怎么办?给钱摆平,请他们吃泥鳅;红道也随后来了,消防队来查,说消防不合格;城管来了,不让挂条幅……怎么办? 花更多的钱,吃更多的泥鳅。因为开泥鳅店,我结识了分管工商税务城管消防这一类的官员。我认识了很多爱吃泥鳅的老板,我结交了红黑两道。

我结了婚,爱了一个老实女人,生了一个女儿。我慢慢把泥鳅店开顺了。

有一天刘背头正在烧泥鳅,看见锅里千万条泥鳅往起跳。他烧了一辈子泥鳅,泥鳅要造反了。他吓得勺子掉在地上,仰面倒地,口吐白沫。我们把他送到医院。他中风了。

刘背头瘫在床上了。我再次想到杀他的事。我要杀一个瘫在床上的人吗?但是,如果我再不杀他,他一死,我就再也没有报仇的机会了。怎么办?

十三

这场满月酒好漫长啊,在我的感觉中,它有一生那么长。我一生中所过的生活,我的童年所见,青年经历,我的苦难和创业,我的历险和磨难,在这场满月酒席上全都看见了,我看见了黑色的血,黑红色的太阳,白色的酒和黄色的精致的手枪。我还看见了各种颜色的经历和色彩复杂的心情。

现在我看见黑色的烽火台般的矿老板拍着酒厂厂长的肩,痛惜地问,兄弟,你为一个酒厂要和他们拼命?对,酒厂厂长说。兄弟,你说你为这个厂宁可去坐牢?矿老板又说。对,酒厂厂长说。你怎么这么傻兄弟,矿老板说,他伸过手来摸我脑壳,说,只有孩子才是真的,你明白吗?

他望着我,目光忧伤而绝望。

其他几个也都望着我,目光忧伤而绝望。

我长大以后,我慢慢明白了他们这几个人,这些在别人眼中都有些钱而且目光散漫、牛×烘烘的人。那个穿着整齐立领装的建筑老板,多年以后破产了,他常去我开的泥鳅店蹭泥鳅吃,我经常不收他的钱;那个搞拆迁的黑道在打黑中被抓住,不知下落;那个给刘背头送猪肉生鲜的人,因政府"反腐败",大面积酒店破产,他的账款变成呆账坏账,继而破产。

刘背头居然是他们中唯一一个善终的。

现在矿老板在望我,我张着黑洞洞的嘴巴,和他对视。我看见了他不远的命运。他的命运颜色驳杂,黑色,红色,白色,还有枪的黄色。

我看见他被抓的直接原因是私藏枪支,黄色的精致的手枪成了铁证。

我看见他的罪名是黑社会保护伞,银白色的手铐戴在他的两腕上。

我看见他临刑前一晚,他身上的颜色急剧变化。

矿老板已经被判了死刑,临刑的前一天晚上,他妻子的堂兄去见他。堂兄说,如果你后悔了,把那女人的地址告诉我,你还有机会!

矿老板说,你们对我都下了判决书了,怎么还有机会?

堂兄说,你还可以立功。

矿老板说,我没有功可立啊。

堂兄说,我想让你立功你就有机会。

矿老板身上这个时候呈现了多种颜色。黑色,白色,黄色,紫色。谁不想活下来呢? 但在最后,他笑起来。

堂兄说,你笑什么?

矿老板说,出卖我的女人和孩子去换一条命,是人吗?

据说矿老板一直笑到人生的最后。刘背头、章虫草、在座的几个老板、这个城市的上百个老板,开着车为他送行。

故作镇定的时间已过,惊慌失措的时间已过,喧哗哄闹的时间已过,今天我满月,我母亲的男人请客,他叫刘背头。

首先我得有一个名字。

孩子叫什么名字? 这是矿老板在问。感谢这个矿老板,大家终于想到我要有名字了。一个孩子满了月,一个生命来到世上,首先要有名字。

刘蝌蚪,刘背头说。我这么大年龄得儿子,儿子这么小,像蝌蚪一样,小,好玩。亲爹却这么不负责。

那怎么行? 我母亲说,你烧了一辈子泥鳅,水里游的动物,现在要给孩子取这么一个名字,也是水里游的动物。

那你说叫什么名字? 刘背头说。

矿老板想了一下,说,我给你改一下,音不变,两个虫去掉。刘科斗。科是什么? 科举啊,儿子黄榜高中,好不好? 斗是什么? 用斗量金银,有钱啊。但是说心里话刘背头,我真觉得叫蝌蚪好。小动物有什么不好? 小动物好啊!

我有了名字,我笑起来。我一笑就露出黑洞洞的嘴巴,几个老板都笑起来。

十四

刘背头中风后,我母亲以为他很快会好起来,她每天给他煎中药,一勺一勺喂他,还在他床头供了观音菩萨和药王爷,都没起作用。刘背头的病一天天严重起来,他不敢闭眼入睡,一睡觉就会被噩梦惊醒。他的脑壳现在成了一个巨大的湖塘,只要他眼睛一闭,马上就有千万条泥鳅穿梭着在里面游来游去。

刘背头瘫在床上后,我每天中午开餐结束后都赶到母亲那里,我在那里帮母亲干家务活,睡下午觉。厨师大都睡下午觉。刘背头当年爱在下午睡觉,我觉得奇怪,现在我和他过着同样的生活,中午烧泥鳅,下午睡觉。

我去那里睡下午觉,寻找机会杀刘背头。

刘背头,杀不杀?杀一个中风瘫在床上的老头子有什么意思?如果不杀,我怕以后没机会杀他了。

有一天下午,我被窗前的鸟叫醒了。省城已经很难听到鸟叫了,但我母亲住在郊区,居然还有鸟叫声。我醒过来,黄色的阳光一片一片从窗户落进来,树叶子一样。这一片片阳光带着羽毛,飞飞落落。我突然想到我四岁那年,刘背头赶我母亲走,落在我面前的那片树叶。那片树叶现在飘到我面前了吗?一片树叶都没忘记历史,我会忘记历史吗?我的仇恨遏制不住,我必须要杀刘背头了。

其实杀刘背头,现在是一件很简单的事,不需要动刀动枪,完全可以神不知鬼不觉,但是我要考虑我母亲,这又是一件极不简单的事。

我点上一根烟,泡一大杯浓茶,穿过一片一片的阳光,朝刘背头和我母亲房间走。走到门口,我停住了。我听到我母亲和刘背头说话。刘背头也刚刚睡完下午觉,我母亲叮叮当当地给他洗完脸,给他点一根烟,他像一颗石头一样躺在床上,斜着脑壳叼根烟。

我刚才做了一个噩梦,刘背头说,我梦见我死了。

梦到死是好事,我母亲说,梦到死就是生,就是长寿。

他们两个你一句我一句,说死说生。那天下午的阳光有万千片叶子,在屋子里飞飞停停。我仿佛站在一片树林里,公园里,我的身上,眼前,脚下,全是一片一片的树叶。

我死后别埋在省城,我想埋在我老家,刘背头说。

不能说死,我母亲说。

刘背头说,我家乡没有亲人了,只有一个堂弟。

我母亲言语突然哆嗦,因为她接下来的话让我吃惊。

我有一个想法,我母亲说。

你说吧,刘背头说。

我将来想和你埋在一起,我母亲说。

你还年轻,刘背头说,你比我小二十多岁。我死之后,你可以再……

不许胡说!我母亲拦住他说,我不会再找男人,我不年轻了,我真这么想的,我和你埋在一起,到你们老家也行,要不到我们老家,鄂西北山多,行不行?

刘背头没有回答,他把烟斜着吐出去,剧烈地咳嗽起来。我母亲赶紧给他捶背,用卫生纸让他吐痰。

我嘴里一口茶突然喷出来,我在他们房门外也剧烈地咳起来。

我母亲喊我进去。

刘背头靠在床头,床头边插着香,香气缭绕,床上干净利落,他的头发梳得很干净,还是朝后面背着。这足见我母亲照顾他多么精心。但无论多么精心照顾,都掩不住他的暮气。他的鼻涕往外流,每几分钟我母亲给他擦一次。后来干脆把毛巾塞到他胸前,像一个婴儿一样。

我知道你恨我,刘背头说,如果你现在还想杀我,你就下手。你母亲也不会说出去。

我母亲脸色吓变了,说,这是什么话,哪有孩子杀父亲的?再屈再辱也是自家人,是不是?那么困难的时候都过来了,现在还说什么?

我不吭声。

我可能快死了,刘背头说。

我母亲赶紧拦住他,说,胡说什么?过一阵子服了好中药,还要站起来的!

听说你生意还顺,气色为什么不好? 刘背头问。

我母亲也说,对啊,这一阵子没管你,你气色好差,怎么了?

我不说话。

沉默了很久之后,刘背头说,你不想说也罢,但是我今天找你来,有一句重要话要说。

我母亲说,说吧,磨磨叽叽这么久。

刘背头擦了一下嘴,说,孩子,记住,无论你多有钱,都别找小老婆。让小老婆生孩子,那样,孩子会吃苦一生。

我开始四处给刘背头找医生。我找到全城最好的中医西医,向他们咨询,请教。我从另外一个地市的山里找来一个退休中医,我开车到山里去接医生,又连夜送医生回家。我把刘背头抱到轮椅上,把轮椅推到外面,我让他接受风,接受阳光。我和母亲推着轮椅在院子里散步,在街上看街景,在花鸟市场看兰花,听各种鸟叫。我像一个孝子一样干各种该干不该干的事。我要让母亲高兴。我要好好想一想刘背头的话,想一想过去和未来的生活。当然也在考虑是否杀他和如何杀他。

有一天,母亲打电话给我,让我赶到江边。我赶到江边,母亲正在那里放生。她买了几条红尾巴鱼,想把它们放到长江里去,但是长江的左岸这边全是淤泥,她走不到水边去。如果跑到长江桥上去,她又怕桥太高,鱼扔下去摔伤了。天有点冷了，我赶到江滩上时，看到母亲一个人坐在一块石头上，周围没有一个游人或行人。我看到母亲背后大片大片白色的芦花在江边飞舞，天地间，江和岸都一片苍茫。

母亲居然穿着刘背头给她买的那件仿貂皮大衣。我走近她，我看见她头上飘着点点芦花，我去帮她摘，芦花和白发分不清，无法摘下来。我没想到她会有这么多白发，她看起来比刘背头还要衰老。

我心里忽然很难受，抱住她拍她的肩。

你怎么要到这里来？我问。

母亲说出来的话让我吃惊。

我来放生，我心里堵，在这里好点。你能找到刘背头老婆在哪里吗？她说。

她看我表情诧异，连忙给我解释。她在寻找刘背头的"大老婆"。直到这个时候，我才知道，刘背头和他的大老婆并没有离婚。

你帮我找到她，一定要找到，她望着一片白亮亮的长江说。

她在国外，怎么找？找她干什么？我说。

我要她回来和你爸爸离婚，她看我不明白，继续说，只有他们先离婚，我才能和你爸爸结婚。

结婚？

对，她说，我们在一起这么多年，但是我们却不是法律上的夫妻，我不能一辈子都没有身份，是不是？

我说，别说找不到，就是找到了，她不回来，怎么办？

就是找到了，她不回来，怎么办？我和母亲互相看看，又都沉默起来。

母亲头上的白点在抖动，千万个白点像一个白色的蜂窝。她站起来，在大石头前面走来走去，空空落落的。大片大片白色的芦花在她身后，长江和江岸都苍茫茫一片。

【作者简介】普玄，原名陈闯，出生于湖北谷城县，毕业于华中师范大学，后读北师大作家班。中国作协会员，湖北省作协文学院签约作家。曾在《当代》《收获》《清明》《钟山》《小说月报·原创版》《长江文艺》《芳草》等刊发表中长篇小说二十余部；曾获《当代》《长江文艺》《芳草》小说奖，湖北省新屈原文学奖，湖北文学奖。作品被《小说月报》《小说选刊》《中篇小说选刊》《作品与争鸣》等刊选载二十余次。

纪录片

詹政伟

你是雷双虎叔叔吗？一个怯怯的声音在我的背后响起。

那时候我正准备开门，钥匙还插在锁孔里。我转头一看，是一个陌生的女孩，十八九岁的模样，背着一个式样陈旧的白色双肩包。

我就是雷双虎，你是？我有些惊愕地问。

女孩理了理被汗水粘住的那一绺头发，突然露出笑脸来，呀，雷叔，你认不出我来了？我是陆小萍啊，就是你拍的片子里的那个陆小萍。她冲上来，紧紧地握住了我的手，不停地摇晃着，我总算把你给找着了，我找得好苦哇……

她的语速很快，叽里咕噜地说着，虽然我听不清楚，但大概意思我懂。

你是陆小萍？我仔细地看着眼前这个女子，竭力要把那个梳着羊角辫，茫然无措的大眼睛紧紧盯住你不放的女孩从脑隙里挤出来。

你——还——好——吗？我困难地问。

不好！雷叔，你救救我！陆小萍突然给我跪下了。

我吓了一跳，连忙开了门，把陆小萍拉进了家里。

陆小萍号啕大哭，边哭边说着一路上找我的艰难。

……我从家里出发，一直往南走，我只知道你在杭州，可到底在哪里，我什么都不知道。我把你留给我们的地址弄丢了……我就一个一个地问，我想你会拍片子，我就去电视台找，可别人说你早就离开了。我后来又到文化局找，别人也不清楚，后来有个人告诉我你的地址，我就找来了……俺村里的人都说让我找你,我把屋都卖了……

我爸爸,你是看着死的,我妈妈,你也是看着死的。你拍片后,我两个双胞胎弟弟也不行了。去年春上,我的小妹妹也走了……雷叔,你一定得帮帮我,我没有什么亲人了,你就是我的亲人了……

你说过的,要我以后碰到困难了就找你,你对我爸说,你会好好照顾我的……陆小萍伏在沙发扶手上,泣不成声,瘦弱的双肩耸动得像惊涛中的小舢板。那凄凉味很重的哭声,水一样在客厅里流来流去。

我浑身一激灵,又一次看着她,她还在肆无忌惮地哭着,就像一个受了委屈的孩子在回家以后,终于找到了一个可以倾诉的对象。

我的眼泪一下子涌了出来,陆小萍,你留下来吧。我轻轻地说。

我萌发拍摄《生命》这部纪录片的念头,纯粹是一个意外。我的一个朋友到了弥留之际,我到医院去看望他。他只有四十多岁,正在人生的黄金季节,可他要走了。生命就是这样无常。站在他的病床边,他没有我想象中的那样伤心欲绝,相反,他的脸上露出了一种满足。

幸亏……幸亏只是我一个人得这病,我的家里人都是健康的,要是像我隔壁病房的那个陆宝法,那就惨了,全家六口人,染上了五个!他气喘吁吁地说。

看他说话的那个累劲,我要他休息。他摇摇头,双虎,你就让我说说吧,现在不说,以后就没机会说了。隔壁那个宝法,惨啦,最小的孩子只有四岁多,也得这个病!不可思议!不可思议啊……

一个生命以天为计的人,居然还认为自己比别人幸福。那么,这个别人是怎样的?我不忍心看瘦得皮包骨头的朋友继续说下去,于是找借口说,让我瞧瞧那个叫宝法的。说完,我就跑到隔壁去了。

本来我丝毫没有做片子的想法,我只是想看个稀奇而已。但一走进去,我就被眼前的情景给惊呆了,一个护士正在给一个看上去最多不超过五岁的女孩抽血样。她伏在床上,手里紧紧捏着一个麻饼,那麻饼被咬去了三分之一,她垂着手。针头一进去,她就号啕大哭,等抽好了血样,针头一出来,她又破涕为笑,津津有味地啃嚼着麻饼。她的父母,一对老实巴交的农民,连看也不看小女孩一眼,他们一个蜷缩在床上,失神的眼睛望着天花板,一个则摆弄着地上的一些杂物。护士看我一眼,以为我是探病的人,便说一句,不要抽烟哦,就出去了。

那个男的我看不出他的实际年龄。他警惕地问,你找谁?

我说找你聊聊,是我朋友要我过来的。我朝隔壁努了努嘴。

哦,你说是老杭,他活不过这个月的。他平静地说。

情况怎么样? 我问。

我们? 宝法说,迟早的事,不是今天,就是明天,也许半年,也许一年,谁说得清呢?

我肯定走在他前面。躺在床上的女人突然插嘴说,她的脸上没有什么肉,脸颊就这么凹下去,那本来就很高的颧骨越发突出了。看上去有些阴森森的感觉。

放屁,要走也是我走在你前面。想让我替你收尸,你没这个好福气! 陆宝法的声音陡然提高上去,他龇牙咧嘴地骂着。

女人没声响了,但一会儿,她就跪在床上,双手合起,朝着东南方向念念有词。在这过程中,她不停地咳嗽着,好像喉咙口让什么堵住了似的。

怎么得的病? 我摸出烟,递一支给陆宝法。

陆宝法又一次警惕地瞄了一眼,接过了,但不抽,放到鼻子底下闻了闻,然后收起来了。我想到护士的叮嘱,将烟重新塞回袋里。

我老婆生孩子,因为是双胞胎,人虚,医生说要输点血,输了,就得这个病了,后来一验,说是我那双胞胎儿子也感染了。我么? 医生说是同房同出来的。妈了个×,杀千刀的病啊,把我害惨了! 他起先是平平淡淡说着的,但后来说着说着,他的情绪就恶劣起来。他掏出那支我递给他的烟,点燃后,一口就吸去了大半。我操他妈个×!

啊! 一声尖厉的喊叫猛地响起,是陆宝法老婆的。我一看,她整个人像发癫痫一样地剧烈抖动着,她的嘴极大程度地张开,那恐怖的喊叫正一声接一声地发出来。我全身立马暴起一层鸡皮疙瘩,心好像也要被她喊出来一样。

我催陆宝法过去,陆宝法轻描淡写地说,没事。

女人好像怕影响我们,把头钻进了被窝内,但那声音还是让我坐立不安,她抖动得更厉害了。大幅度的扭动,使整张床都在晃动。陆宝法抱着头,一动不动,我看不下去了,赶紧叫来了医生。医生看后,吩咐护士给她打了一支镇静剂。女人平静了,我不敢朝她看,那脱形脱相的瘦叫我无法面对。我背对着她和陆宝法说着话。

家里还有什么人? 我问。

一个女儿,十六岁,两个男孩,是双胞胎,都八岁。女儿领着男孩。陆宝法说。

都好的?我忍不住问。

陆宝法的眼泪下来了,他狠狠地抹了一把,女娃是好的,男娃,医生说也保不住……他顿住了,一点也说不下去了,他站起来,狠狠地扇了自己几个巴掌,然后飞快地跑出了屋。

我暗暗责怪自己多嘴多舌,不该戳人家的痛处。一时我呆住了。那个小女孩好奇地看着我,后来她怯生生地问,叔叔,你会给我买麻饼吃吗?我说一定给你买。我摸出一百元钱给她,你想吃几个就买几个。

女孩欢天喜地地走开了。想到这么小的孩子就和死亡沾上了边,我一阵心酸。

我等了好久也不见陆宝法转回来。我明白他是避着我了,我只得重新踅回到了朋友的病房。那一刻,我忽然产生了一种从没有过的冲动,我要帮帮陆宝法,虽然我和他素不相识,但那一家子的惨相,叫我无法自持。

朋友紧紧地盯着我,我朝他竖起了大拇指,是的,朋友说得没错,他确实要比陆宝法幸运得多。

雷叔,那片子后来得奖了?得了多少奖金?陆小萍笑盈盈地看着我问。

我说奖金数额倒是不小,但都让我捐献给了得艾滋病的人。我不想把具体的数目告诉她。这个我连我女儿雷洁尘也没和她说起过。

人家说有好多好多,你一辈子吃穿都不用发愁了。陆小萍认真地盯着我说。

你听谁说的?我不解地看着她。陆小萍来了不到两个月,她已经好几次有意无意地把话题往《生命》这部片子上拉。我不知道她在想什么。

我也是听人家说的,好多人都这么说。陆小萍说。

没有这回事,别人清楚还是我清楚?都是乱嚼舌头。我不经意地挥挥手说。

雷叔,那多可惜,留着自己花,不是挺好吗?干吗要捐出去?陆小萍不解地望着我,你拍片子不就是为了挣钱吗?

这个……这个你可能不大懂。我知道在这个问题上是无法和陆小萍达成共识的,无论她的年龄和学识,都很难正确理解我的一片苦心。既然说不清楚,那我就不说了。其实,在这个世界上,又有几个人能理解我的行为呢?

陆小萍千里迢迢赶到杭州来找我,她在电视台是不可能找到我的,因为我现在已经不是一个专业电视工作者了。在那部给我带来风风雨雨的纪录片后,我选择了躲避。惹不起,还躲得起。我离开了杭州市区,跑到下边一个城市开了一个工作室和一个小影楼。我还是钟情于纪录片的拍摄,因而有大量的时间一直在外面拍片,寻找我感兴趣的题材。我对国内的一些纪录片有些不屑一顾,他们的浮光掠影和蜻蜓点水,总让我有一种隔靴搔痒的感觉,因此,拍出好的纪录片成了我梦寐以求的事,我对它的热爱已经远远超过了我当初喜欢的摄影。我把小影楼交给我的老婆打理,这样我就可以有更多的时间到处跑。

对于陆小萍入住我家,我的老婆方敏敏很有想法。你想让她怎么办?你总不能一辈子叫她待在这里吧!

我对方敏敏的小家子气很不满,人家刚来,你就有这个想法,什么意思?我说陆小萍多可怜,小小年纪就成了一个孤儿。我当时答应过她父亲我会好好照顾她的。我不能毁约,我得说话算话。她到这里来,不是挺好吗?瞧她多能干,把个家弄得井井有条。和我们洁尘也处得不错,现在洁尘跑出跑进都是陆姐长陆姐短的,你没看出来?再说,以后帮她找份工作,她有了意中人,再成个家,我们也算对得起陆宝法了。

你啊,像是欠了那个陆宝法的!方敏敏不满但又无可奈何,她向来是听从我的。

我欠了陆宝法吗?当然没有。我只不过是一个软心肠的人,看不得别人的眼泪,每每看到别人遭遇不幸,总惦记着给别人一点安慰,我的古道热肠让我有着极好的人缘,我也努力地维护着自己的形象。

凭空又让你多了一个女儿,你不高兴?我搂住方敏敏的肩问。

哪里?我只是觉得心里不踏实。你看不出来,这个陆小萍很有自己想法的,你不见她只要一空下来,就反复地看你拍的那部片子,她好像在琢磨着什么东西。方敏敏不无担忧地说,其他的我倒是不怕,就怕她并不是因为走投无路才到这里的,你想想,她为什么不在她的父母和妹妹死后,就带着她的双胞胎弟弟投奔你?一直要到现在才来,这事都过去三年多了。

我拍拍她的肩,说她多虑了,有些事情不能多想,多想就复杂了,一复杂,做人就累了。但我又说,我会注意她的举动。救人一命,胜造七级浮屠,我总不能把她从我这里赶出去。要是我这样做,那就不是我雷双虎了。

方敏敏叹了一口气,她什么也没有说就走开了。

我明白方敏敏的心思,家里突然多了一个人,她的心理一下子还承受不了。我想随着时间的推移,她会慢慢习惯的。幸亏她知道我拍那个片子的全过程,否则,她说什么也不会答应让陆小萍留下来的。

陆小萍初到我家有些拘束,但慢慢地就活跃起来,接着,她就灵活得像一条鱼,她爱说话,嘴巴也甜,这和我女儿洁尘形成了鲜明的对比,洁尘是个闷葫芦,性格也内向,所有的心思全在书本上。陆小萍进进出出,一口一个方姨,一口一个雷叔,一口一个洁妹,把我们全家叫得心花怒放,原来我们家是有点沉闷的,方敏敏不爱说话,洁尘不爱说话,我因为忙,在家里也不多开口,但陆小萍一到,屋子里就经常飘着她脆朗的声音。

陆小萍嘴勤,手脚更勤。方敏敏忙着工作室的事,她主要是忙图片和婚纱摄影这一块;洁尘忙着她的功课,她念高一了,每天都在扳着手指算她参加高考的日子;我忙着走南闯北,追踪我感兴趣的题材。家里往往是很凌乱的。这个状况在陆小萍来了之后,就不复存在了,每次进家门,我都有一种住到了宾馆里的感觉。看到家里的洁净,我和方敏敏都不好意思了,这算什么?陆小萍成我家的保姆了? 我和方敏敏便商量着要替她找个工作,她也老大不小了。

我问陆小萍想要个什么样的活儿? 陆小萍说随便。我想陆小萍学历不高,高中都没上完,但做个营业员还是绰绰有余的,于是托人把她弄进了一家大型超市。但陆小萍干了不到一星期,就回来了,红着脸说,雷叔,还是让我在家里收拾收拾好了。

我问她为什么不想干了。她还是红着脸,但不肯说原因。我电话所托的人,他也讲不上原因来,说,好端端的,她就不去上班了,没有任何纷争,也没有什么口舌。

后来,我又让人帮她找了一家宾馆做服务员,她不是喜欢干家务吗? 这个活儿应该是适合她的。但出乎我意料的是:两星期后,她又不去上班了。

方敏敏私下里和我嘀咕,这个陆小萍也真是的,她心里到底想的啥? 她总不会想和洁尘一样去念书吧。我心里一动。莫非她真有这样的想法?于是便悄悄地问她。

陆小萍满脸窘迫,手摇得比电风扇转页还要快,不不不,我不念书,打死我也不念!我看见那些书就头晕!我被她的慌乱逗笑了,不念就不念,那你想干什么呢?

陆小萍好像有点犹豫,她忸怩了好长时间,才吭吭哧哧地冒出一句:雷叔,我想跟着你学！跟我学？跟我学什么？我如坠五里雾中。学拍片子,我也要拍纪录片！

我像是不认识地盯着她,她却勇敢地把目光对上来,我要学,我真的想跟你学拍片！我想了好长好长时间了！

那部片子开拍后,我把全部精力都投入了进去。我也不知道为什么会乐此不疲。片子在开始的时候,进展得很顺利。也就是说,在陆宝法他们住在医院里的那些日子里,我把他们病中的一点一滴都拍进去了。

我动用卫生局朋友的关系,租住了这家医院的一间病房,离陆宝法他们只有十来米远。可以这么说,他们的一举一动,全在我的眼皮底下。

陆宝法挺佩服我的,说,这一层楼全都是艾滋病人,你敢住下来,你是一个好汉。

但当我追随陆宝法到他的家里——H省某乡下时,我的工作节奏就缓慢下来。原因很简单,村里不让我拍。村长是个五大三粗的汉子,额角上有着一个硕大的疤,他冲着我说,你不能拍,你拍我就把你的机子砸了。

我说为什么不能拍？

就是不能拍,我说了算数的！你不能往我们村上抹黑。村长青筋直暴。

我据理力争,说我是记者,我是有任务才到这里的。我甚至还给他看了我的记者证。不行不行,你要拍,把宝法拉到你们浙江去,到杭州城里去拍。

我说我看一看宝法的家总可以吧。

你只要不拍,随便你看！村长抚抚额头的那个疤说。

看得出来,村里的人都挺忌讳陆宝法一家,和他们保持着足够远的距离。他们家的周围虽然有几间和他们家一样低矮的房子,可那里根本不住人了,都用铁锁紧锁着。

宝法家的寒酸在我的意料之中,在农村,一个病人就足以使一家人陷入困境,又何况,他们家有五个病人。去杭州治疗是因为一个专门研究艾滋病的教授出于同情和研究的需要,把他们接过去的。当他们的病情进入晚期以后,教授和医院都无能为力了,只能重新把他们送回到老家,慢慢地等待着死神的光临。在那样的一种情况下,我尾随他们来,我的心情压抑得很。

在他们家里,我看到了一双眼睛。那双眼睛从我一进入陆宝法家后,就死死地盯着我,盯得我全身的汗毛全都竖了起来。

叫叔叔,这是我的大女儿陆小萍。陆宝法介绍说。

陆小萍努动了一下嘴巴，我根本没有听到她的声音，因而我也不清楚她是不是叫了。但我认识了这个尖下巴、大眼睛的女孩。她像陀螺一样忙着，从屋里到屋外，全都是她的身影。一家人数宝法的老婆病最重，她只能躺着，陆宝法还能走动，可步履蹒跚，像个七八十岁的老头子，走几步就喘上几分钟。

陆芳——那个啃麻饼的小女孩，到家后立即和两个双胞胎哥哥玩到了一起，好像把一切病痛都忘记了。我看了，唏嘘不已，到底是孩子，不谙世事，要是她懂了，她还会玩得这样忘乎所以？我的眼睛不自觉地湿润了。当我偷偷擦去眼角的泪水时，我又觉得有目光盯住了我。不错，是陆小萍的。她在我和她的父母聊天时，她一边手不停地干着活儿，一边注意力非常集中地听着我说。

你拍这个干什么？后来，她就这样愣愣地问我。

我说我想帮助他们家，拍这个片子一方面是想让更多的人知道他们的困难，从而伸出援助之手，另一方面，也想提醒更多的人，珍惜生命，有效地防止传染艾滋病。

你拍了，就会有人给我们家钱，帮我爹妈弟妹治病？陆小萍用力地用铡刀切着猪草，长长的草在铡刀下一点一点地变短。她仰脸问道。

我说是的。

她清瘦的脸露出了一点笑容。

你怕他们吗？我背着陆宝法问陆小萍。

陆小萍摇摇头，不怕，上次接我爹妈去杭州治病的医生伯伯说过，这种病是血液里传染的。

你去查过吗？我不无担心地问。处在一个艾滋病家庭，她能保证健康吗？

陆小萍忽然激动起来，你放心，我查过的，查过好几次了，我没病。有病还能干得动活儿？

我有些歉意地说，我不是这个意思，我是说你应该经常查查，要防微杜渐。

她咬住嘴唇不说话了，但眼里分明流露出了一丝恐惧。但这恐惧一晃而过，转眼她就平静了。她说，雷叔，你赶快拍，拍完了，让他们快点给我们拿钱来，陆根、陆发、陆芳都等着治病呢！那钱够不够治病啊？！陆小萍焦灼地问。

我本来想说，治这种病不是钱不钱的问题，而是根本没有药，可我为了宽慰她，用十分肯定的口气说，够的，当然够！

那你快拍啊！陆小萍再次露出了焦灼，她颤着声催促我。

我摸摸自己的鼻子，我发现无法再和她对话下去了，我一迭声地说，我会抓紧时间拍的。

雷叔,你把拍片的东西留在这儿,我保证替你保管好。你人假装走开,等你明天过来,就不用带东西了。陆小萍压低声音说。原来她也知道村里不让我拍片的事。

我点点头,认为这主意确实不错,就依言而行了。

等我次日再次进入陆宝法家,我发现村口居然有人站着岗。他把我细细检查了一番,看我是空身一人时,才准许我进去。这时候我不得不承认陆小萍想得比我周到。

我在陆家开始拍摄,陆小萍鞍前马后地替我忙着,我理解她的一番苦心,她把希望全寄托在我的片子上,只有片子成功,才会有人寄钱来,她的一家才会有希望获救。她按照我所说的推断着。

在以后的日子里,为了我顺利拍片,陆小萍想方设法帮助我,活像我的一个助手。有一回,不知有哪个多事的人,把我正在拍片的事报告给了村里,村长居然带着几个村民来堵我。是陆小萍把那台袖珍摄像机藏进草筐里,装作是去割草,自己背着出了门,她走后不到三分钟,村长带人赶到,里里外外搜一遍,没有发现他们要找的东西,才悻悻然地离去。

事后,我对陆小萍的机智赞不绝口,陆小萍一直严肃着的脸第一次很和顺地舒展开来。她一笑,我才发现,其实,她是一个挺漂亮的女孩子。

我看得出来,陆小萍学拍摄很用功。她拿出自己的所有心思在学这个东西。这让我惊奇不已,这个女孩,放着现成的活儿不干,偏要来学这个吃力不讨好的活儿,学这个,对于就业可没多大的用处。它的面狭窄多了,又何况她是一个女孩子。

我问过她,她笑笑说,就是因为喜欢呗,当年看雷叔扛着摄像机拍片,很威风的。她甚至还和我说起了一个细节。当年她为了帮我逃过村长的搜查,用装草用的筐背着摄像机出去,她怕弄坏了这个东西,在出去后的那段时间里,把那个草筐一直背在身上,连地上也不敢放一放。

摆弄摄像机,关键在于实践。于是在往后的很多日子里,我带着陆小萍到处走。她的拍摄是从拍街面人物开始的,由拍街面人物转而拍新闻。这年月,多的是社会新闻,陆小萍每次出去,总会有收获。她把拍到的东西,以投稿的方式快递或传输给了电视台,电视台越来越多地播出她的新闻作品。

对于这一点,不但我钦佩,就连方敏敏和雷洁尘也开始对陆小萍刮目相看。方敏敏说,看不出来,这孩子还是这么一块料。我也为自己的鲁莽遗憾,幸亏她坚持要学这个,否则叫她当营业员,那不是亏了她?

洁尘悄悄跟我说,小萍姐的基础其实很不错的,稍微一点拨,她就懂了。初中的课程她攻克了,高中的课程她也跟上来了。我笑着对洁尘说,呵呵呵,你瞧瞧陆小萍,你得更加努力了。

洁尘不以为然地说,她再怎么赶,也不至于考得上名牌大学吧。她白了我一眼,嫌我伤了她的自尊心。

有一天,我收到了一个电话,是省电视台打来的。说是要找陆小萍。我问是什么事?对方警惕地问,你是陆小萍?我说不是。那请你转告一下,让陆小萍来一趟。对方和我说了见面的时间和地点。当我陪着陆小萍到省电视台十八楼的一个会议室里时,那里已经有了三四个人。他们和我们寒暄了一番,问了陆小萍的一些近况,当他们得知陆小萍待业在家时,便直截了当地问陆小萍有没有兴趣到电视台做一名摄像?不要说陆小萍大吃一惊,就是我也深感意外。

电视台的两位摄像记者跳槽去了这个城市的另外一家电视台,他们面试了几个都不理想,于是有编辑便想到了经常给他们投稿的陆小萍。他们认为陆小萍拍的新闻画面感清晰,很有自己的想法。

你是陆小萍的什么人?电视台的一个人问我。

我张口结舌。

陆小萍说,是我的叔叔,也是我的师傅。他是谁你们不知道呀?他就是在国际上获过奖的纪录片《生命》的作者雷双虎。

电视台的那帮人你看看我,我看看你,一副茫然的样子。雷双虎是谁?纪录片《生命》又是什么玩意儿?

陆小萍说,《生命》是专门记录艾滋病病人生活的……

我打断了陆小萍的话,这一段历史已经过去,我不想再翻开它,因为每翻一次,我总要悲恸一回。

好在电视台的那帮人并没有就这个话题深究下去,他们关心的是,陆小萍什么时候能上班,他们真的火烧眉毛了。

方敏敏很感慨,有多少人想去电视台却去不成,一点没有思想准备的陆小萍却捡了个大便宜,这等天上掉下来的大好事,哪里去找?虽然只是一个临时工,但足够维持生计了。哎,老雷,看来你这个徒儿是带出山了!

我心里也暗暗得意,不是咱自吹自擂,这摄像上的事,本大爷还真有一二绝招,平时也不着力去教,只是指点指点,想不到这陆小萍领悟力这么强。看来,这女子天生就是搞这块的料。

陆小萍正式上班那天,我为她摆了一桌酒,邀上几个朋友以及方敏敏、洁尘他们,好好地庆祝了一下。酒喝到一半,陆小萍突然一下给我跪下了,雷叔,从今天起,我不叫你叔叔了,我叫你爸爸了,雷爸!

我吓了一跳,这使不得。陆宝法的音容笑貌还在眼前晃呢!我想扶起她,陆小萍却发了誓,你要不答应我,我就不起来了!

我看着方敏敏和洁尘,不知如何是好。方敏敏倒很坦然,脸上笑眯眯的,陆小萍如此有出息,方敏敏早就改变了以前对她的看法,她不止一次地说,陆小萍的成功,对我们洁尘也很有帮助呢,有志者事竟成,可以促使她悬梁刺股。

洁尘那时候却很紧张,拿筷子的手在微微地抖动。

陆小萍突然把跪的方向对准了方敏敏和洁尘,妈,妹妹,你们帮我说话啊!

陆小萍说,这个世界上,我没有亲人了,你们就是我的亲人!

席上的朋友都劝我,说多个女儿不是很好嘛,他们想要也要不到。

方敏敏把陆小萍扶了起来,嗨,叫爸、叫叔还不是一个样?

不一样!陆小萍拧着脖子说。

我笑了,我喜欢倔强和有个性的人,于是我说,我答应你还不成?

陆小萍一把抱住了洁尘,好妹妹,以后我就是你的姐姐了,让我们俩比翼双飞!

陆宝法的老婆终于没有挨过这个冬天,离这一年的冬至日还有三天,她撒手西去了,这个每天都要狠狠地诅咒老天一番的女人,睁着一双混浊的眼睛,龇牙咧嘴,一副狰狞相地走了。

陆宝法一遍又一遍地抚着老婆的眼皮,想让它们闭上,但无论他做怎样的努力,它们依然大睁着,有几次,它们已经让陆宝法给抚合上了,但一会儿工夫,它们又重新睁开来,而且比先前更大。陆宝法哇地哭出声来,玉秀啊玉秀,求求你把眼闭上啊,你不闭,我睡不着觉哩,玉秀,你放下心去吧,孩子我会照顾好的!

看着陆宝法眼泪鼻涕齐流,悲恸欲绝的模样,在家的所有人忍不住都掉下了眼泪,他们齐齐地给玉秀跪了下去。我平时是很坚强的一个人,这时候,受环境感染,眼眶里蓄满了泪,也重重地跪下去,宝法,你不要去抚了,让玉秀看着也好,要不然,她什么也看不见。我劝着陆宝法。

陆宝法用衣袖狠狠擦着不断淌出来的泪,呜咽着说,玉秀只有三十七岁啊,以前,她可以挑起一百多斤的担子!你看你看,现在都瘦成一把骨头了!都是那杀千刀的血啊,把我家玉秀夺走了!

我背转身,尽量不让陆宝法看到我的失态。想到若干日子后,陆宝法也会像玉秀一样,平展展地躺在床上,成为一坨毫无生气的泥巴,我的心里堵得厉害,有一种喘不过气的感觉。

我不敢和她对视,尽管我手中的摄像机在她身上不断地移来移去,可我清楚,那不过是我的机械动作。如果说不是想到我在完成一项工作,我会立即丢下摄像机走人的。你想想,对着一个曾经活蹦乱跳,现在却一动不动的死人拍片,那会是怎样的一种滋味。我无法按照我的意愿来摆布姿势,我所做的只不过是对着她做着忠实的记录。我从来没有过这样的经历,因此,在拍的过程中,我的手颤抖了,心也慌得像是要跳出来。我告诫自己,我这是在工作,不能意气用事。我这样做,是为了陆家还活着的人,为了更多的患者不重蹈覆辙。我是一个记者,我有责任这样做!

一家人都在哀哀地哭,只有陆小萍,一滴泪也没有掉下来,她无助地看着,好像不相信眼前发生的是真的。我怀疑她是不是把眼泪都哭干了,所以才变得如此的冷静,我劝她哭几声,否则会把自己给憋坏的。

陆小萍摇摇头,她的牙齿咬住了下嘴唇,雷叔,求你救救他们! 她幽幽地说。

我郑重其事地说,我会尽我的一切努力的。虽然我清楚我的话有些苍白无力,和那些念佛的老太太们的祈求没有什么多大的区别,但我想,我不能在陆小萍面前露出怯意来。为了解除她的恐惧,我装作轻松地说,不要想得那么多,你现在要做的,就是把弟弟妹妹照顾好。

陆小萍使劲地点着头说,雷叔,我会听你话的。她忽闪着大而黑的眼睛说。

那段日子,我抓紧时间拍摄着,我明白,陆宝法和他的三个子女时日无多,谁也说不清楚他们什么时候会离开,可每拍一次,我都有一种刺痛感。我想我都在干些什么呀,为什么要拍这个片子? 就为了忠实地记录下那些痛苦? 记录下那些痛苦又有什么意思呢? 有好几次,我都想停止这项工作。但理智告诉我,我得拍下去,至少我得告诉人们生命的可贵和艾滋病的可怕,有谁会想到艾滋病病人是怎样生活的？

陆宝法因为病痛，嘴里嗞嗞嗞地吐着冷气，但是他一丝不苟地给他的双胞胎儿子削树枝做皮弹弓，教他们如何打麻雀。弓要往下一点，瞄麻雀的中间身子。哎，就这样，手臂平抬，眼睛盯住不放！……那份细心和耐心，真的叫人很感动。

我悄悄地劝他别这么认真了。

他纠正我说，教孩儿嘛，开心。我愿教，孩儿愿学。他们也得意着哩。

我看着眼热，但看着看着，我的背心里就沁出了一层冷汗。这么活生生的人，用不了多久，都会像浮土一样被风刮走。我难受得要死。

当日后的某一天，陆宝法气喘吁吁地对我说，兄弟，谢谢你，谁都把我当鬼，只有你把我当人。我要走了，这是没有办法的事。我的大限到了，我只是放心不下我的孩儿，求你以后要照顾他们，我会在阴间保佑你的！他话未说完，胸前全是泪了。

我明白陆宝法熬不过去了，他就像一盏烧完了油的灯，再也点不亮了。我说你放心走吧，我会尽我的努力帮你的。我只能反复地说着这么一句话。陆宝法勉强笑了一下。兄弟，你是一个好人，好人会有好报，我祝你以后大富大贵。

陆小萍哭得死去活来，这与她送她母亲上路时大相径庭。我很诧异，不清楚她为什么会如此。她哭着喊着，爹哟，你走，叫我怎么办？我索性跟着你走好了！她用头狠劲地向墙壁撞去，血呼啦一下冒了出来。我扑过去，使劲把她抱住了。

陆宝法痛苦地说，萍呀，你不要这样，爹走了，还有雷叔，雷叔会照顾好你的，我的好兄弟，你说是不是？

我用力地点了点头。

陆小萍在我怀里哆嗦着。

我的心沉甸甸的。

雷叔，你的片子什么时候能拍好？她仰脸问。

快了快了。我说。

我娘走了，我爹走了，接下去要轮到我弟弟妹妹他们了——陆小萍喃喃自语。

我捂住她的嘴巴，我说我会尽快拍完的。我理解她的心情，她想片子拍完了就有钱了，有钱了，就能治病了。她固执地以为爹妈的死是因为没钱看病了。

陆小萍很快地融入这个城市,她仿佛生来就具有这种本事。她身上的那股乡土味随着时间的推移消失殆尽。我时常可以从电视上看到她扛着摄像机跑来跑去的身影。慢慢地,她由一个专业摄像转换成了一个记者,她握着话筒采访的情景叫雷洁尘也好生羡慕。

想不到雷洁萍会这么出彩!这是她经常挂在嘴上的一句话,同时她也埋怨我说,爸,你是不是给她开了小灶?要不然她哪来这么大的本领?

我笑笑。

雷洁尘继续说,爸,不是吹,你不肯教我,你要教我,我也会很优秀,也省得我啃书本了!

哦,对了,这时候的陆小萍不叫陆小萍了,她改名叫雷洁萍了。她义正词严地说,我是雷洁尘的姐姐,怎么能和雷洁尘叫得相差十万八千里呢?

我说,洁尘,你别嫉妒她,她有今天,完全是她自己努力的结果。

哼,她不到我家,能有这能耐?雷洁尘醋意十足地说。

我乐了,难得看到雷洁尘有坐不住的时候。看来榜样的力量就是无穷的。我希望她们两个比翼双飞,共同进步。

方敏敏也喜笑颜开,她私下里和我开玩笑,老雷啊,我看雷洁萍怎么越来越像你了,可能她真的是你女儿?现在回来找你来了!

我哈哈大笑,要是真女儿,你还会容她住在这里?

雷洁萍有事没事喜欢和我待在一起,在许多时候,家里常常会飘着她略带沙质的爽朗笑声。原来她和雷洁尘住一起。雷洁尘升入高三后,因为功课繁忙,她就搬到学校里住宿去了,星期天才回来。于是那个房间就成了雷洁萍一个人的。

我印象里的雷洁萍一直是安安静静的,但不知道从哪一天起,她开始变得喜欢大呼小叫,动不动就听她喊,雷爸,我的包放哪里了?雷爸,我的手机忘记充电了,你帮我充一下!有一回,她洗完了澡,突然娇音袅袅地喊,雷爸,我忘记带替换衣服了,你帮我拿一拿,在我房间的衣柜里,裤衩、胸罩,还有裙子!

起先我没多加注意,但随后雷洁萍接二连三地要我拿这拿那时,我猛地意识到了什么。这个雷洁萍在干什么?当初,陆小萍要改名,我就不大赞成。好端端的改什么名,叫陆小萍不是很好吗?都叫顺口了,但她说的有她的道理。可她一改名,我还是感觉出了一点不同,叫她陆小萍,我心理上的感受是,她是我的一个远房亲戚的孩子,是暂时寄住在我这里的,有朝一日,她会搬出去的,但一叫雷洁萍,我的心里就自然而然把她看作了我的一个女儿,尤其是雷洁尘搬到学校去以后,那种感受就更加强烈了。我也在不知不觉中消除了一些戒心,把她当作了雷洁尘的姐姐。然而我马上就哑然失笑了,雷洁萍失去了父爱,她渴望这份情,现在她有了依靠,自然会把这种依赖转移到我身上。谁叫我认她做了女儿呢?她在我面前爱撒娇,这也是正常的,我宁可把她看作是小孩子的举动,千万别想歪了。

有一天下午,我正在书房里看一部纪录片,突然听到雷洁萍又在喊了,雷爸,雷爸,我的手机放在哪儿啦?我走出去,嘴里嘟哝着,你没见我正在看片嘛。

我找来找去找不着。你帮我找找嘛。她又高声说。

我走进她的房间,帮她找起来,就在我弯腰东寻西找时,雷洁萍在背后抱住了我,我调头一看,不禁魂飞魄散。雷洁萍全身赤裸着,她把头伏在我的背上摩擦着,雷爸,雷爸——她轻轻地叫着。

我想推开她,可奇怪的是,居然没有一点力气。我唇焦口燥。她柔软的声音像一团水草那样把我全身上下裹得严严实实。我的脑子里一片空白……

雷……洁萍,你不要这样! 我困难地咽了一下口水说。

雷洁萍不说话,她的双手搂住了我的腰,她把整个身子钻进了我的怀里。她的唇堵住了我的嘴……

《生命》终于拍完了,我犹如大病一场,人瘦得像一片纸,走在路上,时时刻刻像要被风刮起来。整个片子的素材稿长达十多个小时,但经我剪辑后,只留了大约九十三分钟。分上下两部,我把我认为最精彩的部分留了下来。让我始料不及的是,这部片子得到了空前的成功。在我被感动的同时,它打动了许多人的心。它先是在国内,然后又传到了国外。因为艾滋病是一个全球性的话题,它在国外也受到了欢迎。特别是得了美国圣丹尼纪录片长片奖后,它的影响力得到了空前的提高。

我为此感到欣慰,我对纪录片的钟爱,在这部片子里得到了最大程度的显现。这部片子的成功,让我觉得有一个好题材是多么珍贵。我恪守的纪录片注重人和故事的观念得到了比较完美的体现。

我收到了很多的捐款,热心的观众纷纷要求我把这些款子送到陆宝法的家里,因为这个家庭还有三位艾滋病患者需要接受治疗。有些医院甚至想方设法找到我这里,希望我动员那三个病人到他们的医院。我把这些捐款全都转给了陆小萍,并把她的弟妹送进了当地的一家医院。

陆小萍热泪盈眶,她多次呜咽着说,雷叔,谢谢你了。我原本想努力地用轻松的口吻跟她说说话的,但话到喉咙口又咽了回去,吐出嘴的却是一番劝导,陆小萍,你自己也要照顾好自己,在这个家里,就只能靠你了。

有一段时间,我看陆小萍医院家里两头忙,就劝她住在医院,她不肯,说家里还养着猪,养着羊,养着鸡,它们离不开她的。我听了鼻子一酸说,总归是照顾人要紧,哪里还顾得上畜生。陆小萍说,我总不能连家也不要了,等弟妹们好了,我要带他们回家的。

看着倔强的陆小萍,我无言以对。我不忍心把她的弟妹基本没救的真相告诉她,那太残酷了,对她不公平。

随着《生命》的火热,我的生活也开始了急剧的变化。这主要是来自单位及一部分对这部片子有看法的人。单位里认为我挤占了大量的工作时间,专门用来拍摄这部台里不列入计划的片子,而本该完成的作品却拖拖拉拉。

我辩解说,我是在完成本职工作的情况下拍这部片子的。

台里说,《生命》得奖了,其余的没有得奖,这怎么解释?

想当初,我是作为重点选题报上来的,问题是你们最后没批准,认为没有多大的意思。

台里个别领导勃然大怒,说雷双虎,你也太目中无人了,如果整个电视台都像你一样,那电视台可以关门了。

我错在哪里呢? 我心里很恼火,可再恼火,也得上班。再有,就是《生命》在国际上获了一个奖以后,我变成了众矢之的。最主要的原因恐怕还是在奖金的分配上。我把那笔奖金全捐给了艾滋病防治基金会,但没有人相信我把奖金全捐了,他们一致认为,我所捐的款子只不过是其中很小的一部分,而大头却让我放进了口袋。我如此做,完全是在作秀,欲盖弥彰!

那段时间,找我借钱的人特别多,什么样的人都有。我只有解释,但越解释越糊涂,到后来我都不想解释了。我站到了许多人的对立面,成了风口浪尖上的一棵草。

这时,台里找我谈话,要我去总编室上班。我一听就火了,我说我去总编室干吗? 我不喜欢待在办公室里,我喜欢拍片。

领导说,你得服从组织分配。

我说至少你得给我一个让我去总编室的理由。

领导恼羞成怒,你跑得太多了,该让你学会坐办公室。

我说我不干了还不行吗？我当场就写了辞职报告。

领导说,你有种,以前人家说你雷双虎挣了大钱,我还不相信,现在我信了,你果真是有钱了,有钱了才会想到辞职!

我没有耐心和他说下去。我想我终于解放了自己,我一直想彻底解放自己,却总是临阵脱逃。这回好了,我终于有了这份勇气。

辞职后几天,陆小萍给我打来电话,说她的双胞胎弟弟情况很不好,让我有空去看看他们,他们一直念叨着我。我从辞职后的茫然中醒过神来,我想我和那些碌碌无为的人争什么争,吵什么吵,我为自己无端地浪费时间感到痛心。我想也没想,就跳上了前往H省的火车。等我赶到那里时,那对双胞胎却都死了,看到两个模样、个头差不多的孩子并排躺在一起时,我的眼泪哗啦一下流了出来。

雷叔,我弟弟他们一直在叫你的名字!陆小萍低低地哭泣着说。

我用手背抹着不断涌出来的泪水,无声地点点头。我想我能做什么呢？我到商店里买来了几十把做工考究的皮弹弓,摆放在他们的枕边。孩子,到天堂里去打鸟吧,天堂里的鸟一定比人间更多,因为它们不怕人!

陆小萍扯了扯我的衣角,问我拍不拍片子？

让她这么一提醒,我想和她说我辞职的事,但想了想,最后还是没有说。和她说这些干吗,她还是一个不谙世事的小姑娘。我淡淡地说,不拍了。事实上,即使不辞职,我也不会再拍这部片子的续集了,那个片子让我一点也无法平静下来,我不想再有那种刺痛感了。让那些逝者安稳地离去吧,反正我想达到的意愿也已经达到了。

雷叔,我要回家去。我怕。陆小萍的妹妹冲着我说。

雷叔,让陆芳回家去吧,我会照顾好她的。陆小萍也说。

我知道双胞胎的死,让不谙世事的陆芳也感到了恐惧。因为她看到朝夕相处的哥哥突然不见了。她哭着向姐姐要哥哥,但姐姐只会流泪,因此她只能哀求姐姐让她回家,家给了她一种踏实感。

我答应了,但叮嘱陆小萍必须带陆芳定期到医院里来检查。

从陆小萍那里回来后,我立即着手搬家的事。我考虑好了,我得搬离杭州,我在杭州肯定是待不下去了,因为我不想看到那些我所不喜欢的人。我选择了杭州下边的一个区,那里是我母亲的家乡,周边环境相对来说比较适合我。我决定开一家影楼,因为我的老婆方敏敏原来就是搞摄影的,这样做起来就比较得心应手。还有我的工作室,我不想放弃纪录片的拍摄,然而做这些工作是需要时间和金钱的,为了生活,我必须这么做。于是与陆小萍的联系越来越少,可是我总是定时地给她寄去一些药,或是告知她一些治疗的方法,记得很清楚的是一种叫"鸡尾酒疗法"的,是我从网上搜索到,然后下载下来快递给了她。

起先陆小萍还打电话来,向我报告一些家里的情况,特别是她妹妹陆芳的事。她说陆芳吃了那药后,全都给吐出来了,吐了她就再也不要吃了。她跟陆芳说,妹啊,你要吃哩,不吃,会死人的。陆芳拧着脖子说,宁可死,也不吃那鬼药。她说她哭了。

我的心里也酸酸的。一激动,就想上她那儿去,但想想去了又能解决什么困难呢?我又放弃了。

后来,她告诉我陆芳死了。我的心一震,我的眼前浮动着那个啃着麻饼的小女孩。我对陆小萍说,我马上过来。但陆小萍说,雷叔,你别来了,陆芳已经埋了。那你怎么办?我着急地问。别人约了我一起到深圳打工去。陆小萍幽幽地说。

我无言以对,于是悄悄地给她寄了一笔钱。可是不知道为什么,那钱居然给退了回来。说是查无此人。我很纳闷,不清楚这到底是怎么一回事。再后来,关于她的消息就渐渐地少了,我也没有专门去打听,层出不穷的事务搞得我焦头烂额。当然,最主要的原因还在于我认为我离那个事件已经远了,我不可能永远惦记着这个片子,说心里话,我得为下一个片子呕心沥血,而且每个人都有自己的活法,陆小萍既然把我那笔寄给她的钱给退还了,那就表明她要过一种新的生活了。我不能强求她怎么生活,因此也就不能过多地介入她的生活。

那天以后,一直昏昏沉沉,我都不知道干了什么,一回想起那一幕,我就有一种羞耻感,我想我都成了衣冠禽兽了,我怎么能和陆小萍干那种事呢?

我担心死了,我想这天终于塌了!这是我的一个心病。可以这么说,从陆小萍走进我家的那天起,我就有这种担心。这种担心是来自骨子里的。陆小萍并不妖冶,但不知为什么,我就觉得她比谁都要妖冶。她身上有着让人害怕的东西,而且这东西越来越强烈。那是我初见她时所没有的。有时候,我也常想,陆小萍见的世面多了,她自然也老练了,成熟了。她毕竟在外面打过工。她不可能再是那个居住在贫穷村庄里的陆小萍了。但在我眼里,好像又不仅仅是成熟和老练的问题。究竟是什么,我也说不上来。我发现我在潜意识里拒绝着她,排斥着她。陆小萍成了雷洁萍,我的担心少了一些,我慢慢地愿意接近她了,因为我是把她当作我的女儿看待的。我想她既然乐于做我的女儿,我就让她有雷洁尘一样的待遇,我不能亏待了她。

我悉心教育着她,培养着她,让她有一个展翅的机会。尤其是当她成了一个小有名气的记者以后,我甚至萌发了一个念头,我要把她培养成一个名记,继承我未竟的事业。我是从这行里过来的人,我清楚哪条路该走,哪条路不该走。我想陆小萍若能接我的衣钵,那她的天地也狭窄不到哪里去。

但陆小萍最终还是让我的担心变成了事实。这个事实把我逼到了一个很尴尬的境地。如果陆小萍不是我女儿的话,我的良心也不会这么受谴责,问题是她是我的女儿,虽然我们没有任何血缘关系,但那名分还是在的;如果陆小萍不住在我家,我还能掩饰一些,问题是我们朝夕相处,说话吃饭时,唾沫星子能溅到彼此的身上。如果我们只此一回,从此不再有任何瓜葛,那也是好事,问题是这是绝对不可能的。因为陆小萍总是追着我,她寻找一切机会要和我亲热。

我选择了逃跑,我借口要去搞一个纪录片,然后便像一只候鸟那样逃离了这个城市。我在许多地方停留,不断地去会一些朋友,想借此忘掉一些令我汗颜的东西。但我做不到,只要一有空闲,陆小萍白白的裸身就在我眼前晃。她那带点甜腥气的汗味搞得我喘不过气来。雷爸,我喜欢你! 她的俏皮的声音让我无法自控。

我这是怎么啦? 我不能这样,我这是在乱伦啊! 我告诫着自己。可我也清楚,这实在是很苍白无力的,只要陆小萍一站到我眼前,我一点也不会想到这是在乱伦。

雷爸,你现在在哪里? 陆小萍的电话追到了我。

我说我在济南。

我想你了,我要你回来陪我。陆小萍悠悠地说。

我在济南怎么回来? 我气不打一处来。

你不来,那我去! 她说。

你别来! 我大声说。

但我话音还未落,那边已搁了电话。再打,已关机。

等我再次打通她电话,她说她已经在路上了,要我去火车站接她。我气急败坏,可我一点办法也没有。我只有生闷气的份。然一俟见到陆小萍,我的阴霾一扫而光,身体上便有了冲动。我想自己是无可救药了,理智想逃避,可精神和肉体却是想靠拢,矛与盾斗争的结果便成了纠合在一起的一团矛盾体。

雷爸,我离不开你了!陆小萍温情脉脉地盯着我说。

我不知羞耻地说,我也是。

于是我们不顾一切地抱在了一起,然后,到房间,痛快淋漓地做爱。我不得不承认,年轻的陆小萍很快就把年老色衰的方敏敏给打败了,或者这么说,一比较,我就觉出了陆小萍的好。这个好也不仅仅体现在床上,而是全方位的,最主要的一点就是,陆小萍和我有着共同语言。她对纪录片的许多看法,颇有见地,这使我在惊讶之余,充满了欣喜。和她在一起,我把什么都丢光了。

你还要工作,你可以回去了。我催促陆小萍。

陆小萍莞尔一笑,我要像你这样,做一个自由职业者。

你以为自由职业者是那么容易做的?我不满她对这个问题的轻描淡写。

陆小萍可不在意,你能做,我也能做,我就想和你在一起。她口齿伶俐地说。

我说不过她,于是劝她说,现在还不行,以后等有机会再说吧。我千方百计要把她哄回去。

陆小萍泪水涟涟地说,雷爸,你快回来,你一直不回来,我会受不了的。

我让她以后不要叫我雷爸,听着怪别扭的。

陆小萍却说,叫你雷爸,我们的事就不会露馅。她淘气地说。

陆小萍一走。我顿时又有了罪恶感,我想我都干了些什么呀。你想把陆小萍怎么样?她还年轻,以后还要做人。你怎么对得起方敏敏?方敏敏为你付出已经够多了。你不能往她身上捅刀子。还有雷洁尘,要是她知道她一直钦佩着的爸爸在和她的"姐姐"相爱,那叫她怎么面对?一想到这一大堆问题,我不寒而栗。我暗暗下定决心,回去以后一定要与陆小萍一刀两断,再也不能放任自流了,我得为自己和陆小萍着想。

我走出杭州萧山国际机场,看到前来接机的陆小萍的额头上裹着绷带。我吓了一跳,不清楚发生了什么。问她,她笑嘻嘻地说,没什么,让摩托车撞了一下,跌破了一点点皮。我没有看到雷洁尘的身影,不禁狐疑地问,不是说好了你和你妹妹一起来吗?

本来是要一起来的,可她来了同学,所以不来了。陆小萍挥舞着手说。说完这些,她就像一只蝴蝶那般扑了上来,在我的脸上胡乱地啄一阵,雷爸,想死你了,你再不回来,我又要追过去了!因为我又饿了!

我轻轻地把她推开,这里你得注意。

陆小萍呵呵地笑着,可我憋不住啊!她笑容可掬地说。

我的心一动,那份憨态我瞧着也心疼。我狠狠地在自己的大腿内侧捏了一下,你得坚持住,不能又让那个计划破产。

回到家,却不见方敏敏和雷洁尘。这是一个星期天,雷洁尘呢?你不是说有同学来了?我问陆小萍。陆小萍故作镇静地说,我不清楚啊,我出来时她们还在的。我打方敏敏电话,电话却关机。这是怎么回事?她正在暗室或者给人拍摄?我打电话到影楼,店员小刘说方老板今天没来。没来?那她到哪里去了?我又打雷洁尘的电话,电话是通了,可她没接。这是怎么回事?后来,我看到陆小萍心不在焉的样子,便猜家里发生了什么变故。

我盯着陆小萍的脸说,你告诉我,到底发生了什么?

没——陆小萍说了一个字,就把后边的字咽回去了。她看到了我阴沉的表情,她耸了耸肩说,我和她们吵架了。

吵架?吵什么架?我的心提到了嗓子眼。

她们逼着我说我和你的事。我不理睬她们,她们就联合起来打我,把我的头都打破了。

我的脑袋"嗡"的一下,我想这颗定时炸弹终究还是爆炸了。

你是怎么说的?我一把抓住了陆小萍的肩,左右摇着。我真是急坏了。

陆小萍拨开我的手说,既然她们都知道了,我也不想隐瞒了,我告诉他们,我爱着你,一直在爱,从进这扇门的第一天起就爱你。我是为爱才到这里来的……

你怎么能这样说?我怒吼道。

你叫我怎么说?就说她们知道的都是假的,你从来没有和我睡过觉,从来没有亲吻过,也从来没有相爱过。和我上床的是另外一个人,抱着我的也是另外一个人……陆小萍突然就发作了,接着她的泪就吧嗒吧嗒地直往下掉。掉了一阵,她把头往墙上猛撞。我受不了了,受不了了!这场景我太熟悉了。我吓得连忙扭住了她,把她甩在了沙发上。她大口大口地喘着粗气,像一条被拖上岸的美丽红鱼。

雷爸,你真的不爱我?陆小萍哭了一阵,又像水草一样缠住了我。

我呆若木鸡。我不清楚等待我的将会是什么。和方敏敏结婚近二十年了,我们从来没有红过脸,在别人眼里一直是一对恩爱夫妻。现在遭遇这么大的变故,她会怎么样?我忐忑不安,对于陆小萍的温柔也不十分地放心上。

陆小萍又问了我一遍,这回我听清了。这个小女子,现在我哪有心情和她说这个?于是我说,陆小萍,你不是小孩了。

你叫我什么?陆小萍警觉地问。

我也发现自己把她叫成陆小萍了,我完全是下意识的。

我掩饰说,我叫你名字难道错了?

陆小萍发脾气地说,雷爸,你要向我道歉,这里没有陆小萍,陆小萍早就死掉了,这里只有雷洁萍!

我心力憔悴地附和她说,对,这里只有雷洁萍。

陆小萍看我魂不守舍的样子,拎着她的小坤包走开了。我原来还想和你一起去吃披萨,现在不吃了。她气鼓鼓地走了。

我坐立不安,像一只陀螺似的在屋里旋来旋去。

天黑以后,方敏敏和雷洁尘回到了家里,看到我,她们的脸一下子就变青了。

我装作什么也不知道地说,嗬,都失踪了?打你们电话都关机!

是吗?刚才我和洁尘在逛街。方敏敏说。

接下来是做饭吃饭。她们都没有提陆小萍,连她为什么没有回来吃也没有问,好像有意识在避开她。我想活跃气氛,说了几个笑话,但她们都没有笑。雷洁尘还摇了摇手,让我别说了。

我的心一阵难受。

吃过饭,方敏敏朝雷洁尘挥挥手,示意她到自己的房间里去,然后叫上我,到了书房里。

老雷,开诚布公地说吧,这些年,我待你不薄对不对?你要做的事,我基本上都满足了你,连从省城搬到老家来,我也依了你。但我搞不懂,你怎么会和陆小萍搞在一起。她不是你女儿吗?你这样做,叫我和洁尘的脸往哪儿搁?你叫我们怎么在这里生活?我想问你,你和陆小萍到底是什么时候搞上的?是不是她到我家来以前就已经有了这层关系?我摇头否认。我说了那个下午的事。

方敏敏将额头的刘海儿往里捋了捋，老雷，你别不好意思，我只是考证一下，因为陆小萍把什么都对我说了。

陆小萍怎么说的？我心虚地问。

方敏敏说，我没有必要重复，那叫我恶心。

陆小萍说是陆小萍说的，至少你总得听我说。我慌了。

没有必要，真的没有必要。老雷，我们是多年的夫妻，很少看到你慌乱，你一慌乱，我什么都明白了。方敏敏说得很平静，除了刚开始时的青色，现在又恢复了，她好像在说一件和她毫不搭界的事。

我错了，我以后不这样了。有些事并不像你想的那么简单……我嗫嚅着说。

方敏敏突然笑了，我算开了眼了，想不到你老雷也会说这种话。免了吧，你没有必要这样做，真的没有必要，做了就做了，你应该响当当才对。因为陆小萍有才气，你们俩确实很般配的，有共同语言，而且她年轻，能激发你的灵感。

我"扑通"一下给方敏敏跪下了，我想这事完完全全是我的错。方敏敏是无辜的。我乞求得到她的谅解。方敏敏也哭了，泪水顺着她脸上的皱纹胡乱地淌开去。她说不出话来，只能一把接一把地抹着泪。她轻轻地晃动着双肩。我清楚她内心的苦楚。我忍不住想去抱抱她，但她坚决地阻止了我。她仰起头，沙哑着喉咙说，老雷，我今天找你说，有一件事你得答应我，从明天开始，你和陆小萍要搬出这里，我和洁尘不想再看到你们。为了我和洁尘能活下去，你们必须走！你的东西我全收好了，就放在陆小萍的房间里……

方敏敏说完，就像一只猫那样轻手轻脚地出去了。我的手脚一片冰凉。那时候的我，大概和一名接到行刑通知书的死囚一样，内心里一片茫然。

当我走出书房时，我听到了方敏敏和雷洁尘在我和方敏敏房间里的哭声，时高时低响着。我的心抽搐着。

我在陆小萍的房间里坐了一会儿，抽了一支烟。我看着墙角那几包属于我的东西。后来，我叫了一辆出租车，带着那些东西，离开了家。

在出租车里，我想和陆小萍打个电话，但按了几个号码后，我又放弃了。叫她来干什么？让我一个人静静吧，我需要一个人好好地想一想。

我和方敏敏离了，我觉得很对不起她，因此，我把一切财产都给了她。方敏敏深感意外，说老雷，你不能意气用事。我苦涩地说，方敏敏，就让我给你赔罪吧,谢谢你陪我走过了这么多年。方敏敏哭了,她说老雷,你怎么会贪图陆小萍呢?你是个经过大风大浪的人,怎么会在陆小萍这样一个小妮儿身上翻了船呢?

我不想说这个,也不愿方敏敏说这个。这个问题不是一句话能说得清楚的。

在走之前,我特意找雷洁尘谈了一次。我说我是一个不称职的爸爸,让你蒙受了不白之冤。本来你该安安静静生活的,现在不能了。爸爸对不起你,希望你忘记这些不愉快。

雷洁尘哭得双眼通红,一个美满的家庭就这样分崩离析。这叫已经是准大学生的她无法理解,但不理解也得理解,生活就是这么残酷。

陆小萍她是知恩图报吗?雷洁尘这样问我。

我说不上来。对于这。我曾经问过陆小萍。陆小萍也说不上来。

她没有想到你是她爸爸吗?雷洁尘继续问。

洁尘,你千万别这样说,这个过程你应该清楚的。我有些难堪地说。

我不清楚,我什么都不清楚。我就清楚她拆散了我们家,夺走了我爸爸,我恨她,她是一个臭不要脸的婊子!雷洁尘歇斯底里地叫起来。

我像一个罪犯站在她面前,我语气虚弱地说,洁尘,你还小,等你长大以后,爸会告诉你真相的。

现在都解释不通,还以后,哪里还有以后呢?从今天开始我和你没有任何关系了。她头也不回地走了。我连叫了她几声,她也没有理睬。

我苦笑笑,众叛亲离,这就是我的下场。其实,雷洁尘说错了,不管她怎么恨我,我永远是她的爸爸,出身是不由她选择的,就像陆小萍的那些已经死去的弟弟妹妹,他们能想到一出生就患上了艾滋病?

我们暂时栖身在一个出租房里,我和陆小萍的故事正在这个并不大的城市里到处传播,理由很简单,我和陆小萍都是公众人物。我如坐针毡。因为每天一出门,总会有人在我的背后点点戳戳。晚上睡觉,总会有人在我们的窗前探头探脑。陆小萍很恼火,说长期这样下去,肯定会得精神病的。

我做好了远游的准备。我不想再在这个叫我伤心的城市里待下去了。但我怕陆小萍反对。从住出租屋的那一天起,陆小萍宣布,她又恢复叫陆小萍了。陆小萍在电视台如鱼得水,虽然有绯闻缠身,可这并不影响她的工作,相反压力越大,她干得越起劲了。有一天她对我说,出租房环境太差,得想着买套房子。我一听以为陆小萍想在这个城市里待下去了,于是便放弃了那个出走的念头。但没想到的是,陆小萍有一天突然赌气地说,走,我们走,此处不留爷,自有留爷处!我后来才搞清楚,原来她和分管他们新闻的副台长闹翻了,那个副台长想和她上床,结果被她连掴了五个耳光。

副台长说,陆小萍,既然你能和你爸爸上床,那么和我也上一下床吧,毕竟,我比他年轻得多!

陆小萍破口大骂,你小子算个屁,连雷双虎的一根毛也不及!

我高兴极了,我脱口而出,好啊,就等你这句话呢!可我清楚远游的代价是什么。陆小萍辞了工作,我们两个人都成了自由职业者,我们开始为电视台和影视公司制作一些片子,从而靠它来养活我们自己。

那段时间,是我和陆小萍最为快乐的时光。我们像两头精神抖擞的麋鹿,在全国各地奔走,我们到处寻找着合适的题材,也到处拍着片子。我们像大多数的自由职业者一样,为自由快乐着,为面包而努力着。原来我们的想法是继续开一家影楼,可陆小萍反对。陆小萍说她不喜欢待在一个地方。她喜欢满世界跑。我和陆小萍开玩笑,说如果没有避孕套的话,我们可以在中国的每一个大中城市都留下一个儿子!

陆小萍说,现在看你美得屁颠屁颠,当初还不肯上我的身,原来你也是一个伪君子!

是你诱惑了我。我说。

雷爸,我不是要诱惑你,而是要报答你,像我这样的穷人,报答人只有自己的身子。陆小萍慢吞吞地说。

我听了心里一咯噔,不知怎么,我有一种如鲠在喉的感觉。她报答我什么?就因为我拍过她的一家子?就因为我帮她家募捐过一些钱?

我怏怏不快,陆小萍好像并没有注意我的不快。她一如既往地忙着拍片。她对工作的专注到了废寝忘食的程度。我劝她悠着点,她说她得和时间赛跑,不能白白浪费了生命。这不是你说的吗?

我惭愧极了,只得含糊其词地说,我是关心你的身体。

陆小萍伸了伸胳膊说,不碍事不碍事,我是乡下人出身,结实着哩!

我也清楚自己的生存状态,从严格意义上讲,自从拍完《生命》,我好像被掏空了。所有的精力和才气都追随《生命》而去了。我多次在梦里看到陆宝法,陆宝法的老婆玉秀。他们一遍又一遍地对我讲，兄弟，你不能这样，你在糟蹋我们哩。现在我们走到哪里，他们都说我们是病人。我们怎么办？这虽然是梦，可我觉得好像这是他们在枕边和我说的话。想到我夜夜抱着他们的女儿入睡，我就有罪孽感。但这罪孽感还抵不上我内心的恐惧。我的恐惧在于我越来越不喜欢拍片。我只想什么事也不干地待着。经历了辞职、离婚等变故后，我顿时变得有些心灰意懒。但陆小萍对拍片越来越有兴致，她对此几近痴迷。

有一天，她抱着我的脖子说，雷爸，我们把《生命》的续集拍出来吧，肯定会吸引人的。

我摇头，我说我不想再重新体验痛苦，那种痛苦，我体验一回就够了。

陆小萍说，我现在采访到了一个艾滋病家庭，三个小孩全感染上了。

我不置可否。

陆小萍看到我情绪不高，便说，让我一个人来拍吧。你做指导。雷爸，你得帮帮我，我这是在走你走过的路。你说过，假如对艾滋病群体有所帮助，我们就得努力。

我沉默了。是的，我是说过这些，可……

陆小萍开始了她的那部片子的拍摄。她不停地征求我的意见。我没有办法不做出我的反应。因此，她基本上是按照我的思路在拍那部片子。片子断断续续拍了有三个多月。等到她拍完，陆小萍央求我帮她剪辑。在剪片的过程中，我虽然没有看到死亡的场景，却从那三个艾滋病患者的身上看到了死亡的阴影。我心悸得差点呕吐。我眼睁睁地看着他们像溺水者一样在水里挣扎，我却无能为力，根本无法救他们上岸。那种生死离别，我的心就像有刀在割似的。我把她几次拍摄的六个多小时的素材片剪出了五十分钟的样片。

陆小萍看了片子，抱着我连转了几圈。雷爸，姜到底还是老的辣。你这一剪，片子就出奇的好。陆小萍求我把片子往我熟悉的人那儿寄。我说你寄还不一样？陆小萍闪着黑黑的大眼睛说，雷爸，其实这片子还是你的思路，我是为你打工的……再说，这片子是我们以后生活与事业的基石。

我拗不过陆小萍的软磨硬泡，其实在片子拍摄前，它已经申请到了美国圣丹尼纪录片基金的一笔资助，这个提案，我也向荷兰阿姆斯特丹国际纪录片（IDFA）基金会做过申请资助，但没有成功。我于是决定先把那片子推荐给我先前的一些朋友。朋友们看到片子，都很激动。他们问陆小萍是谁？我说是我妻子。他们说，你们真是夫唱妇随啊！原先陆小萍想采用《生命》续集的叫法。但我不同意,说这是两部没有多大关联的片子,各成思路。应该有一个新的片名。我的意思是叫《痛苦中的快乐》,因为片中有一个细节很感人——病孩的爸爸为了让孩子忘却病痛,就每天给他们表演节目,他一会儿演小丑,一会儿又是顶天立地的英雄,一会儿又扮大灰狼,把孩子逗得哈哈大笑。有一次,他从高处跳下,不小心闪了腰,跌在地上爬不起来了。孩子们让他爬起来。他说爬不起来了,因为小熊赖皮。他问他们怎么办?大家一致认为应该打他。三个孩子用扫帚抽爸爸的屁股。他们快乐地叫着,爸爸却在流泪……这部片子一出来,虽然不像我当年拍的《生命》那样轰动,可还是惊动了不少的人。特别是它后来在白玉兰国际纪录片评奖中获社会类唯一的一个奖后,它更是赢得了无数的赞誉。片中的人物和故事,像一把无形的刺刀,刺伤了很多人的心……不多久,各种各样的捐款来了,主动找上门来的医院也来了,他们希望把爱心播撒到故事中的艾滋病病人身上……

陆小萍笑不拢嘴,她反复地和我说,雷爸,我成功了!

说句心里话,我也替她高兴。这部片子花了她不少心血,尤其是不少细节的处理,那真的是太精彩了。没有她的认真、执拗和感悟,这片子不会获得这么大的成功。

雷爸,谢谢你,没有你的指点,我至今还在黑暗中摸索。陆小萍由衷地说。

从现在开始,是不是可以不叫我雷爸了,那叫法太别扭了。我说。

陆小萍淘气地点了一下我的鼻子说,雷爸,我就是喜欢这样叫你,一直叫,一直叫!

其实,我早就觉出陆小萍对钱财看得比较重。比如我在拍《生命》的时候,她几次问过我片子拍完了,能得到多少钱;比如她刚到我家时,就一次次地问我片子得奖最后拿了多少奖金;又比如,我和方敏敏离婚后,我把家产一股脑儿给了方敏敏,为此,陆小萍大发脾气,说你风格再高,也不至于自己喝西北风,让别人吃香的喝辣的。我说我得到了你,我还在乎一点小财干什么?所有的这一切,都在我的劝解下化解了,但我从不放心,因为我理解一个出生于贫穷家庭的人对于钱财的饥渴,同时,我还是把她看作是一个小孩子的想法,小孩子总有许多他们自己的想法,它们只还过是情绪激动时的产物,不值一提的。

但我绝对没有料到的是,在《痛苦中的快乐》获得成功后,她对钱财的攫取到了一个疯狂的程度。我莫名惊讶。

某地一个专为艾滋病服务的基金会,打算把此片当作他们的宣传片。在和陆小萍商量时,陆小萍满口答应。片子播放后,基金会按照惯例给了陆小萍一笔酬金。但陆小萍坚决不收,不收的理由是嫌少。她要收人家十万元。对方火了,说我们是民间组织,这是带有慈善性质的。我们付费从来都是象征性的,怎么能狮子大开口?他们和陆小萍谈判不成以后,就把那个宣传片撤了下来。陆小萍二话没说,把对方告上了法庭。那个基金会的领导跟我很熟,当初还是我推荐他们看陆小萍的片子的。他打电话来要我和陆小萍谈谈,我和陆小萍说了。

雷爸,这事你别插手,和你没有关系。是我和他们的事。陆小萍一下把我推开了。

都是老朋友了,何必伤感情呢?我劝她把酬金额度降下来。

她却横眉冷对,雷爸,朋友是朋友,生意是生意,怎么能放在一起? 让他们付钱!

虽然这场官司最终并没有打起来,双方通过庭外调解了结。基金会后来给了陆小萍八万元钱,那片子却给撤了。我带怨恨地说她,你看你看,片子撤了,那不是大损失吗?捡了芝麻丢了西瓜,只有你才会干这样的傻事!你知不知道,那个基金会在民间很有影响力的。

陆小萍轻蔑地笑了,我怎么会不知道,可我还知道的是,类似这样的基金会多如牛毛,我难道还会在乎他们?

我恼怒地说,可你知不知道人家怎么说我?

怎么说你? 她直视着我。

人家说,都是朋友,何必如此斤斤计较?他们让我管管你,不要忘记,你是我的老婆,你不要脸,我还要脸呢! 我气不打一处来说。是的,我做事历来讲究分寸,讲究温文尔雅,讲究规则,讲究信用! 想不到这一切对我来讲至关重要的东西,全让陆小萍给破坏掉了。

陆小萍一撇嘴,嗬,我还以为说什么呢,就这? 说得挺轻嘛,有本事叫他们跟我来说,欺侮你一个老实人有什么意思? 不是我说你,你就是死要面子活受罪,一点名气,就把你美得像当了皇帝,你以为你是谁?

陆小萍的话戳到了我的痛处,我一蹦三尺高,陆小萍,你说话注意点分寸,我雷双虎想怎么做是我雷双虎的事,用不着你来指手画脚!

陆小萍拉长调子说,哟,雷爸,你和我发什么火? 你的事就是我的事,不要忘记我是你老婆! 我有什么不对吗? 别人播我的片子,自然要付钱。不付钱,那算什么？现在是什么年代？都是市场经济，一切得跟着市场走。

可你得注意一下自己的形象！我怒其不争地说。

我什么形象？一个自由职业者！一个无业游民！她停顿了一下，突然笑起来，哈哈，我明白了，雷爸，你是在说得注意你的形象，你是一个名人，一个得过国际大奖的人。其实，想那么多干什么？当你住在出租房的时候，谁会想到你是一个名人。

我承认她说到点子上了。是呀，我是一个把名声看得很重的人，要不然，我也不会抛弃那么多而来顾及我的面子。但陆小萍不在意，她似乎一直随心所欲地活着。我恼怒她的口齿伶俐，更恼怒她一点都不肯顾我的面子。于是我只能用沉默来表示我的不满。所以越来越多的日子，我习惯了陆小萍的所作所为。我总是想，陆小萍也不容易，她也是为我好，我在许多方面确实跟不上形势，有些落伍了。

在我们的经济条件得到改善后，我旧话重提，想购置一套属于我们自己的房子，与陆小萍一说，陆小萍把头摇得像个拨浪鼓，雷爸，算了吧，我们居无定所多好，何必要守着一个地方？等我们真正有了钱，我们想在哪儿生根就在哪儿生根。她说得有道理，可我心里总是不踏实，就像人在飞机上，充满了悬浮感。现在买了，以后想走，也可以脱手，毕竟目前投资房地产还是合算的。我辩解说。

陆小萍笑了，雷爸，你的观念太陈旧了。你的定位在这里，我的定位却不是在这里。我想应该是你跟上我，因为我年轻，这个世界是年轻人的。

我承认她说的对。可有时候我觉得陆小萍太张扬，太张扬是要栽跟头的。我时时注目着她，防止她栽跟头。她这么年轻轻地跟着我，我得对她负责。

《痛苦中的快乐》的机遇就是那么好，它在获得了白玉兰纪录片奖以后，又参加了荷兰阿姆斯特丹国际纪录片电影节处女作单元的竞赛，获得了短片奖。

陆小萍得知这消息，快要乐疯了，她拉着我的胳膊，一迭声地说，雷爸，我们成功了，我们有钱了。

是的，《痛苦中的快乐》为陆小萍带来了一笔不少的收入。她把这笔钱悉数揣进了自己的腰包。我的意思是让她拿一部分出来，捐给专门帮助艾滋病患者的组织，陆小萍不答应，她冷笑着问：凭什么？

我说你得注意自己的形象。

又来了,你怎么把形象看得那么重?既不能当饭吃,也不能当柴烧,何苦这么吃力呢?这是我的劳动所得,我不想捐。等我是富翁了,我自然会捐。后来,她瞅着我的脸笑得意味深长,哦,雷爸,你当年就是这样作秀的吧,把很少的一部分捐出来,为你赢得荣誉,多的部分供你享受。你真会算账。可惜,这也成老套了。我不想这么干,我是我! 我陆小萍就是不喜欢来虚的! 也绝不会成为第二个雷双虎。雷爸,你说对不对?

这个时候听她叫我爸,特别刺耳,我不高兴地说,你以后别叫我爸了,我听着别扭。

陆小萍盯了我一会儿,她嬉皮笑脸地说,我就叫,我一直要叫你到死,你能怎么样,因为我喜欢! 喜欢! 喜欢!

我很难受,这是我和陆小萍最大的分歧,她把物质看得太重,在她眼里,只有见得着摸得着的东西才会引起她的兴趣,其余的对她来讲都是扯淡。我说过她,一个人的钱财只要够花就行了。陆小萍吻了吻我说,雷爸,正是因为我觉得不够花,我才拼命地在挣。

我很难说服她,她总是有一千一万个理由证明她所做的是正确的。雷爸,我得为我和你今后的生活着想,你就放手让我去搞吧,不要把我再当孩子,你要搞清楚,我是你的老婆,不是你的女儿,和你一样,是个有行为能力的成年人。

这样的争执,对我们来讲成了家常便饭,但最后却没有结果。当然,也不是完全没有结果,结果是我生闷气,我率先打退堂鼓,我总是想,我应该让着点陆小萍才对,毕竟她还小。

但是接踵而来的事实,让我大发雷霆。《痛苦中的快乐》一片播出后,受到了国内外观众的一片同情,他们在抛洒热泪的同时,纷纷给陆小萍寄款寄物,希望她能将这些东西转到那三个亟待救治的小艾滋病患者手里。起初,陆小萍是转了几次,但等那三个患者先后辞世后,她把那些钱物全都据为己有。这让我很不安,我想这样下去陆小萍会身败名裂的。而且,那些捐款是有增无减,观众根本不知道那个片子中的小患者已经死了,看到片中他们奄奄一息的凄惨相,他们忍不住要伸出援助之手。这样,陆小萍手中的钱物也越来越多。

我让陆小萍在报纸上发个消息,向观众做个说明,让他们以后不要再寄钱寄物了,如果想帮助还活着的艾滋病患者的话,可以将钱物直接寄给有关的基金会。陆小萍像是不认识似的看着我,她用非常怪异的声音说,雷爸,我想你不

109

是老糊涂了吧,写这个声明干什么? 观众寄来的东西越多,那表明我的这个片子越受欢迎,也很成功,至少是它深深打动了观众,这就是我们拍纪录片的目的,当然,我会用他们赠予的钱物,购置更多的设备,随后我也可以有能力拍更好的片子,省得老是像以前那样,每拍一个片子,老是想着怎样得到哪一个基金会的资助,这有多麻烦,又是申请,又是报告,又是审批,有时,搞了半天,还会计划落空……哦,对了,雷爸,你老是让我退退退,可这些东西你让我怎么退?

我说那不是给你的,是给患者的。我提醒她。

她撇撇嘴说,没错,是给他们的,但他们用不着了,如果不是我,会有谁给他们钱物呢?

那你也不能这样做,你这样做,算什么呢? 那就是贪污,要是叫别人发现了,会让你吃不了兜着走。我耐心地劝着她。这不是小事,千万不能贪小失大。你以后如果想有更大的成就,你就得注意自己的形象。

陆小萍将双手抱在胸前,她的口气里还是很轻飘,雷爸,这有什么,这又不是偷来的,也不是抢来的。我也没有想占为己有。我只不过是暂时保管而已,等到有一天,我会把它们送到基金会去的。

我将信将疑。

雷爸,你连我也不相信? 我是你的老婆啊! 陆小萍搂住了我。

她把话说到这个份儿上,我还有什么话可说呢?

但后来我发现陆小萍并没有遵守自己的诺言,那些钱物还是让她收着。这时候,有人发出了疑问,质问这么多的钱财陆小萍都用到哪里去了? 本来陆小萍只要把那些钱往上一交,就可以一清二楚了,但陆小萍不,她装聋作哑,好像压根儿没有听到这些风言风语。

我看不下去了,说,陆小萍,该交出去了,既然有人发问,那就表明有人注意你了,不要弄得太被动。

陆小萍没好气地说,雷爸,你是怎么回事,胳膊肘子往外拐? 我不想交他们能拿我怎么办? 这些东西本来就是我的,我付出了心血,他们知道不知道?

我一听顿住了,原来陆小萍压根儿就没打算交那些东西。我火了,陆小萍,你什么意思? 骗我也不是这么骗的!

雷爸,我不是骗你,我只是让你慢慢明白一个理,那就是这年月,得为自己着想。陆小萍慢条斯理地说。

陆小萍,你太过分了,其余的钱都可以拿,唯独这钱不能拿,你不想想,那些艾滋病患者有多可怜,你拿着他们的钱会心安? 我尽量用和缓的口气说,但我还是听出了我的激愤。

陆小萍一扭身说,雷爸,你讲得太严重了,那三个小孩都已经死了,他们不可能用这钱了。不用就是浪费了。

我不允许你这样做! 我觉得在这个问题上不能妥协,那确实关系到我的名誉,陆小萍的荣誉。那是原则问题了,绝不能再这么得过且过。

陆小萍吃惊地望着我,我估计她从来没有见过我如此激动,一刹那,她呆住了。但很快她就咬着嘴唇说,这件事和你无关。

怎么说无关,你陆小萍是什么人? 你陆小萍如果和我一点关系都没有,碰到这种事,我也要管一管的,何况你是我的妻子! 几乎圈内的人都知道这个事实。我一字一顿地说。

陆小萍清了清鼻子,她不情愿地说,要退,我也得有个时间过程。

你赶快退,越快越好! 我催促她。

雷爸,你真是一个活雷锋。陆小萍不无讥笑地说。

我就这脾性,否则也不是我雷双虎了,我想清清白白做人! 我反唇相讥。

你和我夫妻做的时间长了就会知道的。我又补充道。

陆小萍哀怨地白了我一眼,然后跺着脚,拖着长音喊,雷爸——

我装作没有发觉,内心却是偷偷一乐。陆小萍生起气来还是很吸引人的。

我在微博上发了一条消息,让关心艾滋病患者董家三兄弟的观众不要再寄钱寄物给《痛苦中的快乐》一片的导演陆小萍了,因为那三个患者因病重已先后辞世。如果要寄钱寄物,也请直接寄有关单位,给真正需要帮助的患者,以免延误。

陆小萍看到这个消息,脸都白了,她当时正在北京郊区拍片,她立马打电话给我,冲我大发脾气,这是谁干的? 谁干的?

我平静地说,我想帮你挡掉那些麻烦。

呸,雷双虎,你有什么资格这样做,你浑蛋,你胡扯! ……她暴跳如雷。那咆哮的声音震得我鼓膜发痛。我像是不相信自己的耳朵了,因为这是她第一次对我直呼其名,一时,我还怀疑自己听错了。

我莫名其妙,这有什么不对吗? 我问。

你真是老糊涂了,你怎么能这么干,这么干,我的事全给你弄砸了!陆小萍急得都快哭出来了。我猜想得出她气急败坏的样子。

我还想跟她解释,她啪地把电话挂了。当晚十二点多,她蓬头垢面地出现在我面前,这事你得给我说清楚。她瞪着双眼,像只发威的母老虎。我感到很奇怪,平时她在我面前一直是很听话的。

你到底想怎么样?她咄咄逼人地问。

我想不通陆小萍发火的原因,我说这是很简单的事,我看你忙,就替你代劳了,难道错了?我摊开双手,显得非常无奈。

错了,当然是错了,你是大错特错,你堵了我们的财路!陆小萍像条被渔钩钩住的鱼,不停地扭动着身子,她向前倾,尽量靠近我,手指一戳一戳,唾沫星子雨一样飞过来,我想出国,我想住别墅……你给我啊,你什么都不能给我,我只有自己挣。可你居然不让我挣钱!你——你——你——她不能完整地表达她想说的话了。

我犹如被枪击中一样地傻站在那里,嘴巴微微张开,眼睛直直地看着陆小萍,这个我自认为我已经非常非常熟悉的女人,她怎么会这样说!她怎么会是这样的!霎时,我幡然醒悟,雷双虎,你这个大傻×,你上陆小萍的当了,一直以来,她一直在把你这个家伙当作挣钱的工具!如果不是陆小萍气急败坏说出她的心里话,我还真的蒙在鼓里,因为我确确实实是把她当作一个不谙世事的小女孩来看待的,哪怕是她成了我的妻子,我也是这么想的。这确实出乎我的意料,我心里升腾起一片苦涩,陆小萍啊陆小萍,你这样做算什么?我虚弱地说,陆小萍,你靠这个敛财,就不怕遭报应?那些人肯定不会放过你的。我警告她,玩火者必自焚,不要机关算尽,到头来一场空。到时候,你陷入官司里,我可帮不了你的忙!

处于盛怒中的陆小萍根本听不进我苦口婆心的劝言,她固执己见,她认为她没有错,她在收获她该得的东西。别人不阻挡我,倒是你来阻挡我,我想不通,为什么你要挡我?我这样做还不是为了我们?我身败名裂,你高兴,你得意了对不对?以前人家说你阴险、狡猾,我不相信,我现在相信了,怪不得你和谁都合不来,你是伪君子,装得倒挺像,口口声声为艾滋病患者,那你为什么不把所有的钱都捐出来?我不像你,老是为一些大而无当、虚无缥缈的东西活着,什么正义,什么主义,什么事业,什么理想……通通与我无关,我得为自己活。我的一家全死了,只有我还活着,我不是一个人在活,我在为一家人活,我在为他们活,我得活出本钱来,你懂不懂?你懂不懂!

我的头一下晕了,陆小萍的那些话像鞭子,拼命地抽打着我,我也激动起来,陆小萍,你是忘本了,如果没有观众的帮助,你能走到今天这一步?如果我当年没有来拍那部片子,你还是那个一无所有的乡村小姑娘。你得感谢生活,感谢生活给你的馈赠。我们得讲良心,生活待你不薄,你何必钻进钱眼儿里出不来呢?钱,当然重要,该你得的你也应该得,问题是这些钱你不该得,你得了,你的良心就会不安,你会一辈子睡不着觉的。

陆小萍胸脯一挺,振振有词地说,你放心,我一直问心无愧,你说这些话是不是想说,没有你,就没有我,也就没有我的辉煌?不错,你确实帮了我不少忙,可这些东西,都是我换来的,你知道不知道?我用我的身子换来了这一切!

陆小萍!我恼羞成怒地喝道。

陆小萍一偏头,我就是要说,这些话我早就想说了,你为什么要阻止我?你既然不承认是伪君子,你就不要拦我,说穿了你是怕我有钱了,翅膀就硬了;你是怕我有出息了,超过你了!你表面上装得大大方方,实际上处处算计人家。你当年拍片就是有你目的的,你并不是来帮助我家,而是为了达到你名利双收的目的,我们一家,都是你成就名利的跳板,也是你的道具!你成功了,你就隐退了,你落得了一个好口碑,你是光明磊落的大写的人!

我受不了陆小萍的奚落,我在目瞪口呆一阵后,甩手就给了陆小萍两个狠狠的耳光,你说够了没有,你给我滚!

滚就滚,你以为我愿意伺候你啊!你不要搞错了,我只不过是怜悯你!陆小萍像得了解脱似的一溜烟跑开了。

陆小萍像一只断线的风筝从我身边飘走了,她走得干脆,走得彻底,把一切属于她的东西都带走了,连挂在卫生间的洗脚毛巾也摘走了。她走时我不在家里,等我回来,屋里已经空空如也,就像小偷光顾过似的。

桌子上压着一张纸,陆小萍告诉我还有哪些费得交了。

我心里空落落的,对于陆小萍会走得这么决然,我还是有些意外,因为在此之前的许多日子,我们也曾吵闹过,她也曾赌气离家出走过,但用不了多久,她就会像一只燕子一样飞回来,躲进我的怀里,给我无数的热吻,然后哭着说,雷爸,我错了,我以后不再耍小孩脾气了。

我的心一软,我通常会说,以后不许这样啦。以后再这样就打你屁股啦。随后，我们会痛快淋漓地做爱。做爱是我们解决矛盾最好的润滑剂，我们屡试不爽。我期盼着会出现以前的一幕，但这回不了，这回，我们把脸面都撕破了。

天要下雨，娘要嫁人，这是一点办法都没有的。陆小萍要走，我无法阻拦。当年陆小萍走近我，我就有一种预感，我们不会相处得太久。这个我基本上是看着长大的女孩越来越让我猜不透。她到底在想些什么，我一点都无法把握，我自诩也是一个老江湖了，可以说是阅人无数，但我的经验到了陆小萍那里却一点也不管用了。我的预感总是很准确。陆小萍在，我忙忙碌碌，因为我得为我和她的起居生活负责。在陆小萍拍片繁忙的日子里，我成了她的后勤部长或者说是保姆。但我忙得很舒心。朋友们都说我是老牛吃嫩草，这我承认，和陆小萍这样年龄比我小上几十岁的女人在一起，我的心柔软得像豆腐，时时刻刻惦记着她，用含在嘴里怕化、抱在手里怕跌来形容，真是一点也不为过，只要她脆脆地带有一点撒娇意味的声音一响起，我全身的骨头就酥了，雷爸，我饿啦！雷爸，给我擦擦背！……我仔细地品咂着她每一声叫唤中的蜜意。对她言听计从，那是一点办法也没有的。谁叫我是一个感情细腻的男人呢？

有时候我也很羞愧，觉得自己在玩一场游戏，玩得尽兴了，就把其余的全都丢在脑后了，有一点令人不安的是：我很快就忘记了方敏敏和雷洁尘。在刚离婚的那段日子，我还会想到她们，但我和陆小萍像两只蝴蝶在全国到处跑时，我的脑子里没有一点点她们的踪迹。有时，我也会茫然，我怎么啦？但很快，我就会为我的茫然找到心安理得的理由，天下所有的男人都是这样一副德行的，没有谁比谁好到哪里。

陆小萍不在了，我的眼前全是她的音容笑貌，她对我的种种好处，顿时像绚丽多彩的烟花一样爆开来。我叹口气，我想我雷双虎终究还是没福分享受陆小萍这道美餐。

虽然惦记着陆小萍，但我坚持着不给她打电话，我还记恨着她，到底还是小家子气，这么贪财，和方敏敏比起来，那还差着老大一截。想当年，方敏敏不顾一切和我从省城搬到一个小城，陆小萍能做得到？我一直认为君子爱财取之有道，陆小萍把这个道理都破坏了，我有些瞧不起她。说实话，我还真不把她当作什么，认为她贱。她投入我的怀抱了，我也觉得她贱。成了我的妻子了，我还是这种观点。当然，这只是我的内心活动，我不会在脸上表露出来，我不知道相当敏感的陆小萍是不是感觉到了？但至少表面上她还是镇定自若的。但陆小萍离开的时间一长，我的心理生理上都有了需要她的意味，我想我是不是太意气用事了,应该在她离开后马上给她打电话。我强压不快打了她的电话,但对方说,您所拨打的号码是空号。

我明白,陆小萍这回真的拒绝我了,她把手机都换过了。我有些恼火,仿佛被她耍了似的。你这个贱女人,有什么了不起的,你不理我,我还不想理你呢!我决定不去理睬她。她这人就这样,你不理睬她,她把你当回事,你越理睬她,她倒爱理不理的。

为了让自己不去想陆小萍,我自告奋勇替一个小年轻的拍的一部长达一百一十分钟的纪录片剪片,想借此忘却她。但奇怪的是,她却不时地在我的身后左右钻出来,怎么赶也赶不走。叫我沮丧的是,一想到她,我的身体就有反应,怎么压也压不住。那种需要像潮水一样澎湃。我想不要自欺欺人了,我必须承认我想着陆小萍。于是我决心去寻找她,我不相信找不到她。

然而事情并不像我想象的那么轻松,我走遍了陆小萍可能去的地方,但没有她的消息。我一下子便慌了神,就像一个在大山里迷路的孩子,面对崇山峻岭,想不好该从哪里出去。我当然不会就此罢手,我动用一切力量寻找着陆小萍。到后来,我想自己真的像陆小萍所说的老糊涂了,怎么会轻而易举地放陆小萍走。那天的争吵其实也算不得什么,只不过是一个内部矛盾,只要用心去呵护一下,矛盾就会迎刃而解,但我却把最佳时机给错过了。

和陆小萍在许多看法上有分歧,那是很正常的,她毕竟涉世未深,在许多方面需要我这个老前辈指点,她一时可能听不进去,但我相信只要随着时间的推移,会证明我说的是多么的千真万确。我一遍遍地在内心自省着,我想自己当时是不是太冲动,有点过分了。在这种念头驱使下的我,越发想尽快找到陆小萍。

我打算好了,找到陆小萍,一定要向她赔礼道歉,当然不是说赞成她将别人的钱物据为己有,而是赔不关心她的礼。这是我作为一个丈夫应尽的职责。

我花了很大的工夫还是无法寻觅到陆小萍,她就像一颗露珠,消失在广袤的土地里。我有些疑惑,她一个拍片的人,怎么会丢弃摄像机呢?丢弃这个东西,意味着她真的不想干这个了?但照陆小萍的脾气,她是不会轻易放弃的。

没有了陆小萍在身边,我觉得生活了无生趣,我猛地觉出了她对我的重要。生理和心理上对她的渴望,使我像一个疯子一样找寻着她。我的亲戚朋友都劝我,犯不着为陆小萍这样的小女子焦头烂额。我失神落魄地说,你们不懂的,你们不懂的。他们看我可怜,都纷纷加入了寻找陆小萍的行列中去,有关陆小萍的蛛丝马迹,全都汇总到了我这里。遗憾的是,它们无一有用。我觉得自己的精神都快崩溃了。但愿她不要遭受什么意外,这年月飞来横祸是那么多,一不小心就碰上了。一筹莫展以后,我跑到了派出所,请求他们帮我寻找。

你和陆小萍是什么关系?我说是夫妻。他们要我出示结婚证。可我拿不出。和方敏敏离婚后,我和陆小萍没有办理这个手续。主要是我怕麻烦。你们没有结婚证就不能算夫妻,只能是同居关系。警察说,她为什么要离开你?我说我也不清楚。她失踪有多长时间了?我说有好几个月了,差不多快一年了。警察睁大了眼睛,你哄人啊,几个月前你不来报案,你现在来报有什么意义?她恐怕都变成灰了也说不定。我一听就和警察扭打在一起,我最不想听的就是有人和我说,陆小萍死了。

警察把我制伏后,狠狠地教训了我一通,说,既然你那么爱她,你就不应该撵她走。

我心虚气短地说,我也不知道她真的会一去不复返。

就在我六神无主时,我的一个远在北京的朋友给我打了一个电话,说他最近看到了一本新出的书,上面说的全是你和你老婆的事。还有这样的事?我问他是谁写的。朋友说是两个人写的,一个叫马立早,一个叫马莉。我奇怪极了,这两个人我根本不认识。这是怎么回事?在电话中一时又还说不清。我让他立刻把书寄特快给我。

书寄来了,我一看书名就吓了一大跳——《我成了我爸爸的妻子》。看了封二上的介绍,我恍然大悟,原来马莉就是陆小萍,她现在改名叫马莉了,那个马立早是他现在的丈夫。他是一个挺有名的作家。我为自己的幼稚感到好笑,人家已经改名换姓和别人结婚了,我还巴巴地寻找着她。这不是天大的笑话是什么?我给自己狠狠一个耳刮子,叫你贱,叫你贱!

看到陆小萍和马立早笑盈盈地靠在一起眼神温顺地笔直向前,我恨不得把书撕个粉碎。我赶紧一行一行地看下去。看完书,我义愤填膺,我用尽全力拍打着,好像要把它拍死似的。这个陆小萍也太无耻了,怎么能这样写呢?她都写了些什么啊。她把投奔我后的经历事无巨细全都说了出来。包括我认她做女儿,包括我和她的情爱故事,我和方敏敏离婚的经过,我和雷洁尘吵架的事情……如果她完全照实写的话,那也无可厚非,因为这些都是客观存在,问题是她完全歪曲了事实。比如,她认我做爸爸,完全是她主动,我被动。但在书里却变成我为了便于和她接触,用认女儿这个做幌子。再比如,我和她生情,完全是她诱惑我,书里则成了陆小萍找我学拍片技术,我趁机提出性要求,她在无可奈何之下只得答应我。再比如,我和方敏敏离婚,陆小萍劝我不要离,但我一意孤行要离。离婚后,她看我穷困潦倒,孤独无援,不忍心看我受苦,于是抛弃了一切,顶着巨大的压力,毅然投向我,和我结了婚,成就了一段旷世情缘。书里还说,陆小萍看雷双虎整天沉溺于肉体的欢乐中不能自拔,多次劝他重振雄风,继续未竟的事业,可雷双虎充耳不闻,在这种情况下,陆小萍开始了她自己的追求,她拍摄出了像《痛苦中的欢乐》这样震惊中外的好纪录片……

我如遭晴天霹雳。长这么大,还是第一次看到有人这么胡说八道。我还没死,她居然就造谣了,而且这个造谣的人不是别人,就是曾经和我同床共枕的陆小萍。

陆小萍,你为什么要这样做?! 我百思不得其解。

这时候看到这本书的人越来越多,有熟悉我的纷纷给我打电话,询问情况。我的手机都让他们打爆了。老雷,怎么回事呀? 这个马莉是不是就是陆小萍? 怎么还冒出个马立早来? 我发现自己的心在滴血。我想我真是瞎了眼,怎么会把陆小萍这样一只披着羊皮的狼迎进了家门,我从来都是把她看作一只嗷嗷待哺的小羊来对待的。这是一只多么可怜的羊啊,它犹如寒风中的一只刚刚出生的羊羔,爸爸死了,妈妈死了,弟弟妹妹死了,只剩下了她。我不照顾她,谁照顾她? 她做我的女儿时,我把她和雷洁尘一样看待;她做我妻子时,我全身心都扑在她身上。我做错了什么?

那个怯生生看着我拍片的陆小萍呢? 那个母亲死时一滴泪也不流,父亲死时却号啕大哭的陆小萍呢? 那个小心翼翼呵护着弟妹们的陆小萍呢? 那个向妹妹雷洁尘讨教问题的陆小萍呢? 那个藏在我怀里,爱舐我耳垂的陆小萍呢? 那个扛着摄像机,专注拍片的陆小萍呢? ……霎时,我的脑中涌满了陆小萍的身影。我想得痴然,但想得一片痴然还是不明白。我的眼泪哗哗哗地流下来。

打我电话的人有增无减,我招架不住了,赶紧关了机。我想我不能蒙受这不白之冤,我得找陆小萍,我要和她说说清楚。

我通过出版社联系到了陆小萍。听到电话中那个曾经熟稔无比的声音,我感慨万千。众里寻她千百度,她却在灯火阑珊处。陆小萍跑到上海去了。

陆小萍问我是谁?

我说我是雷双虎。对方吧嗒就把电话搁了,后来任凭我怎么打,就再也打不通了。

陆小萍,你也太小孩子气,你不接电话,我就找不到你了?我冷笑不已。

我特意赶到了上海,特意找上门去了。那是位于松江区的一个高档住宅。当我按响十二幢8808的门铃时,一个细胳膊细腿的女孩拉开防盗小门,问我找谁?我说找陆小萍。她摇摇头说,你找错了,这里没有陆小萍。我赶紧说,哦,就是马莉。对方警惕地看我一眼,后来她说马莉出国去了。

正说着,一个戴眼镜的中年男子也出现在防盗窗口,你找马莉有什么事?

我说我叫雷双虎,我找马莉是想和她说说那本书的事。

对方说,那你过几天再来找她吧。他给了我一个电话号码。来之前,你可以打个电话。

我试着问,你是马立早吧?

对方爽朗地笑了,对,我就是马立早。

我想和他谈谈,但他拒绝了我,你和马莉谈吧。

虽然没有见到马莉,但我想,马莉,你是无法再逃避了。过了几天,我按那个电话号码拨过去,是小姑娘接的,她说马莉阿姨还没回来。隔几天,我再打,这回是马立早接的,马立早说,真不巧,马莉拍片去了。我问什么时候回来?他抱歉地说,那说不准。你到时候再打电话吧。我觉出马莉不想接我的电话,于是我往后天天打一个过去,而且不断地变换号码,但马莉从来没有接过电话。我明白了,马莉是躲着我了。

我把马莉告上了法庭,我告她诽谤,告她侵犯隐私。我想这回看你还往哪儿躲?!法庭正式受理后,来我处的记者一拨接一拨。我坦诚地向他们说了经过。我把什么时候认识陆小萍,怎么帮她一家,她又怎么来到我家,在我家又是怎么生活的……所有的来龙去脉全都说了出来。你有矛,我有盾,我一定要弄个水落石出。陆小萍,既然你不要脸面,我成全你!我恶狠狠地在心里说。

记者们大喜过望,他们中有些是和我打过交道的,并且知道我是一个很内敛、很低调的人,这回我这么配合,实在出乎他们的意料。一个老记者说,老雷,这次被咬痛了吧,狗急还跳墙呢!这个陆小萍,也太过分了,恩将仇报。

一时间,在全国无数的大小媒体上,雷双虎和陆小萍的名字出现率达到了一个空前的程度。我很痛心,原先我不想这么干,我从电视台辞职后,我就打算过清静日子。是陆小萍逼着我这么干的。就在舆论倒向我的时候,陆小萍也不甘示弱,她抛出了更重磅的炸弹,她说雷双虎是一个五毒俱全的人,在拍摄《生命》的过程中,他贪污了好多捐款,因为得到的钱太多了,他装模作样地捐出了一部分钱,为他赢得了较好的声誉,他则心安理得地大肆挥霍着那些钱。他为什么要辞职?他就是为了避人耳目。她到雷双虎家的当晚,她就被他奸污了,为了怕罪行暴露,他故意认她做女儿。以后,他变本加厉地残害她,为达到长期霸占她的目的,他许诺教她拍片,并带她四处奔走……

这个狗娘养的,我终于忍无可忍。

我气愤,但社会舆论一下子倾向了她。她是一个女子,一个家破人亡的孤儿,我是一个小有名气的编导,有良好的社会地位和经济地位,她是以一个落难者的身份到我家的,她曾经是我的养女……这一系列事实充分说明,我欺侮她的可能性大多了。

这个时候,我的女儿雷洁尘跳了出来,她大概也无法忍受陆小萍强加给我的许多莫须有的罪名了。她在博客、微博、微信上发文,把陆小萍到我家后一直到我和她一起走出家门的那段历史详细地描述了一遍。她说,陆小萍没有必要为自己贴金的,如果真像她所说的那样,我们会容忍她住在我家吗?她在我们的眼皮底下,她的所作所为,能逃得过我和妈妈的眼睛吗?

我暗暗激动。雷洁尘那时候已经是研究生了,她学的是导演。自从与方敏敏离婚后,雷洁尘就一直不愿意和我见面。她不肯与我妥协。这次是不是给了我一个和好的信号?我打电话给她,想约她谈一谈。但雷洁尘冷冷地说,我没有必要见你。我是为自己的名誉而争辩,并不是为了你,因为陆小萍污辱了我和我妈妈。

我失望极了,当年离开方敏敏,把雷洁尘彻底得罪了,现在连与她说句话都难。

雷洁尘的文章一出,陆小萍又反击了,说的是和雷洁尘截然不同的故事。她在文章中很暧昧地说,雷洁尘有恋父情结。此文一出,顿时让我感到了陆小萍的歹毒。她好歹也是雷洁尘的后妈,怎么能这样?

记者闻讯赶到,我抨击陆小萍的做法太阴损。记者如实把我的激烈言辞做了反映。

在相当长的一段时间内,我和陆小萍你来我往地争执着。我们都想告诉别人,自己说的是真的。

法院迟迟不开庭。我每天都在为这件事奔波。我得捍卫自己的名誉,更得捍卫雷洁尘的名誉。

这个时候，陆小萍又推出了一本新书，题目是《在我拍艾滋病人的日子里》。作者还是马莉、马立早。书中又大大地把我贬损了一番，主要是讲陆小萍在拍《痛苦中的快乐》一片时，雷双虎大加阻拦，因为他不想让她超过他的《生命》。她后来是怎样冲破他的阻拦，成功地将片子拍成。她把自己描绘成了一个天使，宁肯自己吃稀饭，也要让艾滋病人吃鸡蛋。此书一出，立即引起了较大的反响，拥戴、吹捧陆小萍的文章泛滥成灾。

我又一次成了众矢之的。

我催促法院尽快开庭审理，我只有靠法律来维护自己了。我终于想明白了一个道理，我越气愤，陆小萍越高兴。她巴不得我跳脚。我跳，就意味着她有戏可唱。我怎么这么傻，居然被她牵着鼻子走了。她用无赖的手法对待我，我却用君子的办法应付她，我不败才怪呢！

在往后的日子里，我谢绝了所有记者的采访，我和他们讲，我会和陆小萍在法庭上见的。

陆小萍让马立早打电话给我，说愿意和我庭外和解。我不答应。我不想这么便宜了陆小萍。马立早说，何必呢？你们到底是做过夫妻的，陆小萍愿意一次性赔四十万元，已经够爽快了。

我说，你以为我没有见过钱吗？

马立早不解地说，你和我生气干什么？你真是一个倔强的老头，我明白马莉为什么要离开你了。

但法庭就是迟迟开不了庭，一会儿陆小萍说要拍片，一会儿又说要到国外去做讲座。总之，她忙得脚不沾地，因而无法前来。她的那两本全是胡说八道的书出来以后，使她的名声大振。

我耐心地等待着。

在我多次的催促下，我终于盼来了开庭，但前来的是马立早。我和马立早在法庭上唇枪舌剑，但最终并没有什么结果。这在我的意料之中。

陆小萍又让人找我要庭外和解。我还是不答应。前来的说客恼羞成怒地说，你雷双虎也太固执了，你现在是什么人，陆小萍现在又是什么人？你以为你是老几啊！

我淡淡地说，我是老二，家里还有一个哥哥，可惜早死了。

就在我还在为案子东奔西跑时,突然有一个消息传来,陆小萍移居澳大利亚了。我像一个找人搏斗的人,猛地失去了方向。我暗暗惊讶,我想这时候的陆小萍的确已经有了非凡的本领。在造假造得这么厉害的情况下照样洒脱得很,这令我对她刮目相看。

陆小萍第三次要我撤诉,我坚决不答应。我说哪怕你到了天上,我也要找你打这场官司的。我不相信这个世界就没有公理了。

现在我一直在整理有关陆小萍的材料,是的,把她拍成一个纪录片那该是一桩多么有意义的事。一个经历过那么多生生死死的人,怎么还会念着钞票?有时候,我会在电视或报纸上看到她,她现在是香港一家艾滋病基金会的形象大使,整天抛头露面。这符合她的性格,也能满足她的虚荣心。那时我就会想,你别高兴得太早,有你掉眼泪的时候,我为自己能碰到这么鲜活的题材感到兴奋。有时候,我会闷闷地想,陆小萍来到我的身边,真的是为了实现自己的这个梦想吗? 如果她是有备而来,那我就算是白活了。

我曾经想过去陆小萍远在河南的那个家看看,但这个念头稍纵即逝,我想,看了又怎么样,那个陆小萍当然不会是假的。

在那段时间里,我最悲哀的两件事是:方敏敏嫁人了。她嫁给了一个死了老婆的出租车司机。雷洁尘到国外念书去了。事先我一点都不知道,那些事全是由别人来告诉我的。我欲哭无泪。我想我真浑,有一天,我甚至产生过打一个电话给方敏敏,乞求她和我重归于好的念头,幸亏没打,否则我会无地自容的。

有时候我像一个得了艾滋病的患者一样,会长时间地坐在太阳底下,一动不动,我在想什么呢?

【作者简介】詹政伟,男,中国作家协会会员。1965年元宵节生于上海,祖籍浙江绍兴。已在《中国作家》《钟山》《山花》《天涯》等发表小说五百余万字。作品多次获奖并被各类选刊转载。中篇小说《斑斓》《战争》《风在水里》《李红旗的期冀》《轻轻对你说》等作品被译介到法美日德等国。《恐惧隐私》《左手矛、右手盾》《风水》等作品被改编成影视剧。部分作品入选中小学教材。主要作品有长篇小说《沿着大路走》《天空》《我爱陈三波》,中短篇小说《斑斓》《数年一现》《恐惧隐私》《花篮里花儿香》等。现居浙江嘉兴。

亲亲,我的宝贝

王可心

　　一个女人上了四十岁,一般来说有三个方面的事情,父母有没有病,丈夫省不省心,孩子听不听话。按百分制算的话,如果这三件事都能打六七十分,这女人基本是个幸福的女人。如果有两件事不及格,这女人被叫作操心的女人。如果三件事都不及格,这女人就实在是走背字儿了。丁大露就是这样一个三件事都不及格的女人。她爸是老年痴呆,不认识她,管她叫大妹子。她的丈夫看着挺好,是个医院的副院长,收入不菲,可丁大露高度怀疑他有外遇。女儿任小米正读初三,不学习不听话,不服任何人的管理,人送外号"女阎王"。除了这三件事之外,丁大露自己的工作也不怎么样,四十出头了还是储蓄所的前台柜员,还得听二十几岁小主任的吆喝,活得没有一点儿尊严和滋味。

　　人的精力,甚至人的愁苦都是有限的。老爹痴呆,丈夫疑有外遇,以及没有尊严,加在一起挤在丁大露内心一个不起眼的角落里,而占据她内心更多空间的是任小米。

　　唯有任小米。

　　就是说,一个任小米就闹腾得丁大露无暇顾及其他了。何至于此?任小米到底是个啥样的"阎王"?这从近半个月里丁大露两次被老师叫到学校的原因便可见一斑了。被老师叫到学校的事情,丁大露早就习以为常,大概从任小米上小学一年级起便发生,只不过那时候不是很频繁,一个学期两三次而已,后来任小米上了初中,就不是一个学期几次,而是一个月几次的问题了。被叫去的原因也五花八门，有时跟学习有关，大多时候跟学习无关。但是，说无关吧，一个学生除了学习还应该有啥事？啥事不能有了，所以，还是跟学习有关。任小米就不是一个爱学习的孩子，或者干脆点儿说，就是个不学习的孩子。不学习的孩子也有的是，他们的家长除了开家长会时，也很少出现在学校。任小米跟他们不同，用老师的话说，任小米是"变着花样地作"。

本月第一次，丁大露被班主任召见的原因是，任小米上课戴墨镜，而且不穿校服，却披着一件不知哪朝哪代的袍子。班主任是个跟丁大露年龄相仿的女人，姓王，从任小米上初二时就开始接管他们班，所以两人并不陌生。王老师指着桌上的墨镜说，昨天第一堂课是语文，她就戴着它，老师管不了。第二堂是我的课，我强行抢了过来。可今天早晨，她又戴了副新的，并且竟然穿了套花色的古时候的袍子。丁大露看着桌上的那副墨镜，一下便认出是丈夫任治学的，黑色的左镜腿儿掉了块漆。王老师又说，你现在跟我到班级看一眼吧。

丁大露站在初三二班的后窗也不陌生，这种行为她不知重复多少次了。任小米果然穿着一套古代衣服、戴着茶色的太阳镜，仰脖挺胸，醒目得扎眼。这套衣服丁大露见过，任小米管它叫"汉服"，就是汉朝时的衣服，松领宽袖，腰上扎着一条黑色带子，丁大露不止一次看着她穿着这身衣服在家里唱着那些稀奇古怪的歌儿，还穿着它到楼下的超市买过东西。任小米说这是她用压岁钱找人订制的。太阳镜丁大露也认识，早晨临出门时她找了半天没找着。王老师低声道，这件事，你们家长自己解决吧，这哪像还有俩月就中考的样子，希望明天上学的时候，她不要再这身打扮。王老师早对丁大露说过，要不是看在任小米的爸爸也就是任院长给她妹妹看过病的分儿上，她早就想把任小米轰出课堂甚至劝退出这所学校了。王老师有一次近乎歇斯底里地对丁大露发作，你的孩子，不管不行，管多了不行，管多了她就要跳楼，崩溃，太崩溃了。丁大露就点头哈腰地赔笑脸，并转身安排任治学为王老师的妹妹做全面体检。王老师自然没让她妹妹去，却对着电话那头的丁大露再次发作，我不是那意思，我不是爱小的人，你们把任小米管好就是对我最大的帮助。说到最后，她可能也觉得有失礼貌，就叹了口气，说，你们做家长的不易，我们做老师的也不易啊！

人活在世界上常有亏欠之感，有欠父母的，有欠儿女的，有欠亲戚朋友的，可丁大露一直认为，她亏欠的只有一种人，就是任小米的各个时期的各科老师，所有教过任小米的，包括课外辅导班的老师，她都欠他们的，因为对所有的老师，任小米都没让他们消停过。比方说弄一条假蛇放在她讨厌的女生桌上，女生尖叫,全班往外冲时引起踩踏;比方说考试时冷不丁伸出一只脚,绊倒正在巡考的老师,等等等等,绝对是五花八门。

晚上回到家,丁大露是和任治学一起跟任小米谈的。丁大露从任小米的书包中掏出太阳镜和那套汉服摊在桌上,质问道,你怎么能穿着这个戴着这个听课呢?丁大露觉得心口窝有点儿疼。

这有什么呀,我照样能看见黑板啊。哪个老师写的什么,我都看得一清二楚,衣服更不碍事儿,不就是遮羞布吗?任小米挂着下巴不看父母。

你是学生啊。

学生不就是学习吗,这又不影响学习。

学生就得有个学生的样儿,你这种行为就是出洋相。

戴近视镜不是出洋相,戴这个就出洋相了?再说汉服是中国的传统文化。

你还有两个月就中考了。丁大露痛心疾首地拍着桌子。

中考跟穿什么衣服没关系,跟戴什么眼镜也没关系。

你这是什么混账逻辑!任治学实在听不下去母女间的对话了,大声呵斥。

我告诉你,任小米,明天坚决不许穿这个戴这个上学去了。丁大露不想陷在女儿的逻辑里,太阳镜一扔,道,绝对不许。

行啊,可以不穿不戴,那我要延长听音乐的时间,每天再多十分钟。任小米慢悠悠地提出条件。

这两件事风马牛不相及。任治学怒视着女儿。

在我这儿相及。任小米仍然慢条斯理。

任治学忽地站起身,像要发作,可丁大露狠狠地踩了他一脚。丁大露盯着任小米,半天咬着牙说,行,多十分钟。

回到两人的卧室,任治学还未来得及关门,就忍不住冲丁大露咆哮:这种条件,怎么能妥协呢?

丁大露压着嗓子:小点儿声。不妥协怎么办?明天还戴着个墨镜穿着那套衣服去丢人现眼吗?就算你把这个眼镜没收了,她转身就能上街买一个。你不想妥协,你去谈,你想招。闹到最后,她又得坐在窗台上嚷着跳楼。

任治学:这就是你教育出来的好孩子。

丁大露:她是我一个人的孩子吗?

任治学:总是你管的多吧?

丁大露:你还有脸说,我管她的时候你在哪儿?

几乎每一次教育任小米,都是以两口子的打架告终。而每一次,丁大露除了生任小米的气外,还要被任治学气得发疯。丁大露想不明白,上辈子得罪谁了呢? 这辈子生出这样的孽种。她经常反省,这么多年来教育孩子的方法跟别人并没大不同,她也从来不像有的家长那样娇惯孩子,可,女儿怎么就这么"阎王"呢?

　　本月第二次,丁大露被老师招至学校的事情发生在两天后。当时,丁大露对于汉服和墨镜的余气还未挥去。

　　王老师登录上一个QQ,你看看吧,这是任小米的头像。王老师假学生之名加入了他们的聊天群。

　　丁大露看到了女儿的一张脸,耳上夹着耳麦,头上戴着汉代的头饰,托着脸的右手夹着两样东西:她这手拿的什么?

　　王老师:没认出来吧? 一个是卫生巾,一个是避孕套盒。

　　丁大露的脑袋嗡的一声,羞红了脸。王老师又训斥了什么,她基本听不进去了,她后来也无法回忆起自己是如何走出教研室和学校的。出事了,出大事了,丁大露想,这件事不能让任治学参与,她要单独地面对女儿。而且事不宜迟,就在今晚。丁大露把女儿带到了一家饭店的包厢。

　　你能告诉我,你跟谁那样了吗? 丁大露感觉到自己的声音随着身体在发抖。

　　任小米不屑地乐了:拿个避孕套照相就那样了? 我要是拿把刀照相,就是杀人了?

　　我不跟你打嘴仗,你告诉我那个人是谁,我不骂你。

　　真没谁,任小米有些不耐烦,要不哪天我给你找一个?

　　避孕套在哪儿呢?

　　在你抽屉里呀。

　　什么?

　　你跟我爸的呀。你能不能别没完,我就照个相。

　　母女俩你一言我一语地掰扯了半天,任小米一口咬死只是拍了照片而已。丁大露不理解,反复问,非拿那个拍干啥? 任小米说,就像有的人戴纱巾,有的人打伞一样。丁大露要求她把QQ头像换了,任小米坚决不肯。

　　丁大露问她,你不觉得羞耻吗? 你不怕别人戳你的脊梁骨吗?

　　戳是他们的自由,我管不着,怕不怕是我的自由。我又没干犯法的事儿。

人是有脸面的,特别是女孩儿。

我不觉得丢脸。

这不是摇滚精神。

我已经不摇滚了,我现在做的是传统音乐,传统是什么你不懂,任小米十分不屑,既然不懂就别总拿音乐说事儿。

你拿不拿下来?

不拿。

丁大露知道女儿的脾气,眼见着道理说不通,就把心一横,那好,你说吧,你有什么条件。这是丁大露第一次主动提出交换,她实在是不能容忍那张照片的公然展示。

任小米眼睛豁然一亮。

丁大露又补充道,除了组织那个乐队。

任小米马上泄了气,什么条件也没有,我现在挺好。

就在这时,丁大露的手机响了,是任治学打来的,恰好给了丁大露一个台阶下,要么她真是不知道怎么接任小米的话,怎么收场。

丁大露回到家便直奔卧室,翻出那盒避孕套,果然外包装跟任小米照片上的一模一样,她又拿出来查了一下,九个,丁大露记不清是上个月还是大上个月,任治学买回来的这盒东西。她迅速回忆了近时期的性生活,是用过一只,而且只一只。丁大露稍稍地松了口气,她现在的底线已经退到只要任小米没跟哪个男生怎么样就阿弥陀佛了。可转念一想,没用这个避孕套,就能保证没用其他的吗,难道真的就只是照个相那么简单吗?即便只是照了个相,可任小米不同意换下头像,她还要继续被老师们指责被同学们取笑,而自己又怎么向王老师交代呢? 一直折腾到天亮,丁大露几次想推醒任治学,却最终放弃了这个想法,她想象不出一个暴跳如雷的父亲要怎样跟女儿沟通这样的事情。

最让丁大露想不通的是,她的女儿,任小米,怎么发展到了如此没有是非,如此没有荣辱的地步了呢? 第二天早晨,她开车把女儿送到学校门口,最后问了一次能否换下头像,得到否定的回答后,丁大露关掉了手机,并且一天未开。她害怕王老师打过来电话。整整一天,丁大露在柜台里机械地收钱、查钱、开单,听小主任的号令,看柜台外客户的脸子,脑子里一片空白。晚上丁大露把女儿接回家,准备跟她再做一次长谈,可这时,在自己卧室学习的任小米突然冲进厨房,大声喊道,你凭啥让他们把我驱出群?

丁大露正在给女儿准备第二天的早餐,任小米喜欢吃面食,丁大露打算给她发面做包子。她没听明白任小米的话,任小米愤怒地跺了下脚,你以为驱出来,我就不能再进去吗?

丁大露听懂了,她不看女儿,继续和面,我没让谁驱你。大概是你们同学也看不下去了吧。

头像放那一个礼拜没人看不下去,你一去,就有人看不下去了?

丁大露平静地说,我不知道。

任小米生气地扭头就走,回到卧室摔上门,丁大露冲着女儿的背影喊着,这时候了,你还上什么QQ,俩月就中考了。

可任小米却把卧室的音响开得山响。任小米酷爱音乐,几近痴迷,每天回家必听半小时的MP3;此外,还要上半小时的网。丁大露和任治学曾经将家里的音响和宽带撤掉过,可撤的当天,任小米一眼书都不看了,最后双方达成了两件事一小时的协议。而每天她在上网和听音乐的时候,丁大露都如坐针毡,盯着墙上的表一秒一秒地数,盼着它早早过去。任小米从前喜欢摇滚,最近好像是转了方向,听的东西虽然跟摇滚大不同,但丁大露同样地不喜欢也听不懂。

第二天,丁大露接到王老师的电话,王老师说上班打开电脑一看任小米的头像原样未动,丁大露又关机,就知劝说未果,于是找到做群主的学生,将任小米驱出该群。丁大露长长地出了口气,总算是不再众目睽睽下丢人了,那张照片让她觉得,自己的女儿仿佛在脱光了衣服示人。

这就是任小米,上课戴墨镜,拿着避孕套拍照片,穿着"汉服"满街走,而且刀枪不入,甜言蜜语没用,既桀骜不驯,又滚刀肉、铜豌豆,有了这样的女儿,一个母亲还能有别的愁苦之心吗? 不能有了,啥也不能有了,况且,这样的女儿,除了严看死守外,同样要去照顾,照顾她的饮食起居,照顾她的生理卫生,每天还要绞尽脑汁地琢磨她爱吃的饭菜,每天晚自习前,还要准时地将一荤一素一汤送到学校。

旁边的人都认为说不定哪天丁大露就趴下了,可丁大露说,不会的,我趴不下,我倒了,我家小米儿咋办?

周五的晚上,丁大露挤出时间回了趟娘家。老爹过生日,再忙也要回。老爹今年七十七,属鼠,每次一听丁大露说属牛,就掰着指头算半天说,你小我一岁呀。第一次听,丁大露心如刀绞,听常了,她就苦笑着拍拍老爹的脸,可不是吗大哥。丁大露的妹妹丁二露也大包小裹地进了家门。丁老太太就生了这姐儿俩。任治学因为有手术没有一同前往,丁二露的丈夫因为在外出差也未回去,生日就成了绝对丁家人的生日。丁二露的儿子叫果果,跟任小米同岁,也跟任小米同校,同年级,就是不同班。任小米唤他"刺儿",原因是丁大露总是拿着他跟自己比,他就成了任小米的眼中钉肉中刺。

晚饭端上来的时候,果果回来了,却不见任小米的影子。丁大露忙追问,可果果支支吾吾地就说不知道。接着,丁大露发现,果果换了个房间跟丁二露小声嘀咕着什么,丁二露的表情跟着一惊一乍的。丁大露心里咯噔一下,心想又出事了。可她不想问,关于任小米的事情,她谁都能问,就是不想问丁二露娘儿俩。果果太出色了,学习好,懂事,有礼貌,这么多年,丁大露都暗中跟这娘儿俩较劲。其实,早些年,没生孩子的时候,丁家姐妹俩也互相较劲,谁长得漂亮,谁工作好,谁嫁得高,谁让父母夸得多。等孩子前后落地,两人比的基本就是孩子了。

不见任小米,丁大露的爹不干了,淌着口水问,那活阎王怎么还不回来。丁大露一听这话就来气,爸,您什么都忘了,忘了我妈,忘了我妹和我,忘了这忘了那,怎么单就记着这么个词儿呢? 丁大露的爹就不利索地嘿嘿傻乐。

丁大露的妈丁家老太太借着戴围嘴的机会捅了下老伴儿,少说两句,啊。然后她抬头看了眼墙上的挂钟,叹了口气。这声叹息也让丁大露极其敏感,她经常觉得,母亲还不如说点儿什么或者骂点儿什么,只这么不轻不重地出口气儿,不仅包含了责备,包含了同情,丁大露甚至认为也包含了蔑视。

等了两个小时不见任小米回来,打手机又不开机,丁大露坐不住了,披上衣服要去找,可任小米却风一样地刮进了屋。她一进门,老丁头乐了,任小米也上前搂着他亲,自从老丁痴呆,任小米只要见面就跟姥爷起腻。在丁家,任小米跟老丁最好,老丁也跟任小米最好。用丁家老太太的话说,这两人为啥好?都不着调嘛。

丁大露一直观察着女儿的一举一动,可是她知道,就算她刚放了火,你都未必能从她的脸上找到蛛丝马迹。倒是果果数次用眼睛瞟着任小米,任小米要么佯装不见,要么更加昂头挺胸。丁二露也数次将目光落在姐姐的脸上。丁大露可以确定,百分百出了什么事儿。丁大露忐忑着给老爹过完生日,又陪妈洗了碗收拾了厨房,然后假作从容地领着任小米告辞。

128

路上，母女两人都沉默着，直到打开家门，丁大露憋不住了，说吧，又捅了什么事儿？任小米一脸无辜，啥事没有啊。

丁大露没再追问，丢下任小米径直进了卧室，关上门，趴在床上用枕头捂着呜呜地哭开了。这叫什么日子啊。

任治学一夜未归，表面发来条短信，说患者是朋友的亲属，术后反应大，他要亲自观察，丁大露看了眼短信就把手机扔到了一边，她已经懒得判断、核实这种短信的真伪了。她现在想的只有一件事：王老师的电话什么时候打进来？

铃声是在丁大露刚刚感觉到困意时蹿进了耳朵里的。丁大露抓起手机，是王老师。她又瞬间看了眼墙上的挂表，才六点，太阳才探进窗口啊，一定是很大很大的事，丁大露这样想着滑动了屏幕。果然，王老师让丁大露两口子带着任小米八点赶到学校，放下电话前，王老师一再强调，一定夫妇两人全到。

丁大露领着任小米与任治学在校门口会合，临进大门，任治学拉住女儿，你能不能告诉我们到底是什么事儿？让我们有个准备。

任小米不看父亲，却将目光散淡地放在空无一人的操场上，因为是周六，操场格外的宁静。

丁大露早知道会是这个结果，她没像任治学那样傻站着，等待着不可能有的回话，她率先迈进黑色的铁门。

教导处内，除了班主任王老师和教导主任外，还有一个中年男人，一个十几岁的小男生，小男生怯怯地低着头。丁大露立马想到了避孕套，想到了那张头像，还没坐到椅子上，丁大露基本就知道今天是什么事情了，一阵眩晕。她被老师安排在了中年男人的对面，她避开中年男人，将目光狠狠地盯在了小男生的脸上。小男生虽没抬头，却仿佛能感觉到丁大露的犀利，把头埋得更低。任小米不干了，冲着小男生道，你头灌铅了？抬不起来呀？小男生被她说得抬头不是，低头也不是，满脸涨得通红。

教导主任打开电视，一看便知是校内监控。画面上，任小米和小男生并肩走进一扇大门。主任在一旁解释道，这是热水房后的仓库，时间是上午十时二分，第四五堂课之间的课间休息。画面停滞片刻，切换到下一画面，大门来回剧烈晃动。主任又做解道，因为门被反锁，两人几次试图打开，来回推拉了半个小时之久。画面继续切换，两个校工打开门，没一会儿，小男生和任小米一前一后走了出来，一边揉着眼睛一边穿衣服，任小米还将凌乱的头发重新系上发卡。

主任再次做解,校工进去时,发现两人已经熟睡,而且只穿了线衣线裤,这时是下午四时十七分。

请你关掉吧。这是任治学的声音,像找不到调儿的琴弦在房间里拨动。

是不要放了,不要放了,不要放了。中年男人一只手捂着脸,一只手在空中挥舞。一进门时王老师介绍他姓张,是建筑工地的瓦工。此时他黑红的脸膛因为羞涩和愤怒成了紫茄色。

只有丁大露一言不发,直到屏幕上出现了雪花,继而黑屏,她的目光仍无法离开。她听见教导主任说,我们昨天问了两人,男生说两人只是聊天,没有过分行为,聊着聊着就睡着了,脱了那么多衣服,是因为水房的锅炉烤得仓库内温度太高;但是,女生说,他们在里面该干的都干了,这是她的原话,问什么叫该干的,女生拒绝回答。而且昨天全校扫除,监控室也有学生进去打扫,所以,当时有十几名同学目睹了他们走出来的这段视频,并且迅速地在校园传播,快放学时已经是人尽皆知了。同时传播的还有任小米的那句话。教导主任又咳嗽了一声说,这个事件影响实在恶劣,必须严肃处理,记录进档案的处分是不可避免了,另外,两个学生必须分开,考虑到即将中考,学校不想赶尽杀绝,两个学生可不离校,但一定要有一个离开现在的班级。主任的话音刚落,任小米的声音插了进来,我离开,我上别的班。

丁大露的目光终于离开电视,不可思议地投向女儿,任小米在她的注视下又补充了一句,是我泡的他。丁大露感觉四肢无力要死过去。

在场的人都被这后加的一句弄得猝不及防,丁大露想骂你疯啦,可她抬起的手指却指向了张氏父子,你们怎么不说话? 你教育出这样的儿子倒也罢了,总不能这样的事情让一个女孩来承担吧? 哑巴了? 啊? 丁大露恨不能绕过桌子去扒了那个小男生的皮。

任小米忽地站起身,妈,你能不能别像个泼妇?

丁大露没想女儿能如此对自己说话,愣了下神儿,旋即冷冷地道,大人说话你别插嘴。

这是我自己的事儿。

你给我闭嘴。

离开这个班的肯定是我了。

丁大露不再搭理任小米,斩钉截铁地冲着张氏父子,你们给我听好了,我们肯定不离开。你们滚。丁大露攥起了拳头。

妈,你能不能有点儿修养?任小米上前拉了一把母亲喊道,别在这儿给我丢脸。

丁大露被拉扯的手臂悬在半空中,目瞪口呆地看着女儿。王老师忙上前劝解,却无济于事,母女俩的眼里都喷着火。回过神儿的任治学忽地起身一手拉起一人,强行地狼狈地往外拽,一边回头冲王老师和主任赔不是,保证一定尽快再来。

进了家门,坐在沙发上,三人都一言不发。隔壁邻家传来剁肉馅的声音,丁大露感觉刀刀剁在了自己的心上。任治学面色铁青,牙关紧闭。

什么叫该干的都干了,都干什么了。半天,丁大露打破沉默。仅仅几十分钟,她的嗓音骤然沙哑。

你们觉得能干什么?干什么都是正常需求,一个人身心发展的正常需求。

任治学像按了电门一样霍地站起身,举起手,任小米抬头迎了上去,你打吧。

任治学的巴掌终究没能落下,狠狠地道,我真想抽你。

丁大露厉声地说,你们到底都干啥了?是摸了,亲了,还是,还是……

睡了?丁大露说不出口的话,却在任小米口中轻易溜达出来,丁大露的心剧烈颤抖着。任小米看了看两人,我爸是医院的,妇产科有熟人吧?我说什么你们信吗?咱还是去查查吧。说着就去拉母亲。

丁大露甩开任小米的手。"啪"的一声,空气凝结,任小米捂着脸难以置信地看着母亲。这是自任小米出生,丁大露第一次对她使用暴力,丁大露的眼里瞬间积满了泪,缓缓地道,我得让你知道什么是羞耻。

我真不觉得羞耻。任小米说完扔下父母进了卧室,丁大露的眼泪唰地滚落。任治学说,打就打了,没什么后悔的,这种孩子不值得心疼。眼泪流进了丁大露的嘴里,她舔了一口,道,我是后悔怎么没早打这一巴掌。

恨归恨,两口子还是连夜商量出了对策和原则,不管他们之间到底怎样了,到底到什么程度了,必须让张姓男生从任小米的视野中彻底消失,否则事态会愈演愈烈。方向一定,第二天一早便付之行动。任治学动用了关系网中所有可能说得上话的人找到学校的校长,请客送礼,好话说尽,终于由学校出面找到张氏父子,称此种事情,男孩儿的责任是首位的,并且,现在没有哪个班级肯接收这样的男生,劝其另择他校。小男生面对丁大露的逼问,坚持称自己没撒谎,任小米是在说气话,说两人的确有好感,就想找个地方聊天。瓦工张先是点头认错,接着就苦着脸说,自己一个农民,在这座城市举目无亲,上哪去找接收的学校?任治学又找到郊区一家快要合并的中学,以学校的名义为张姓男生办理了转学手续。同时又找到瓦工张干活工地的工头,要求老张为儿子更换新的手机号码。所有这一切在四天之内,以快刀斩乱麻的速度处理完毕。两口子好似扒了层皮。

虽然任治学在这个城市算是个有点儿头脸的人,可因为不直接认识校长,都是辗转求人,所以这几天的中午和晚上都是在饭店里度过的,有时甚至一顿饭要见两伙人,两口子顿顿喝得烂醉。如果只是喝酒花钱倒也能忍受,主要还是对任小米的事情难以启齿。每次跟人家说到女儿所犯错误,无论丁大露还是任治学都结结巴巴,吞吞吐吐,恨不能找个地缝钻进去。最后一顿感谢饭吃完已经半夜十二点,任治学扶着一棵树吐了半天,一屁股坐在马路牙子上。

你说她跟那小子到底干啥了?这两人谁说的是真话?任治学抹了把嘴。

不知道,我不知道,丁大露一听这话就浑身哆嗦,晃晃荡荡地坐在了任治学的身边,抱着头哭,她怎么能堕落到这种地步呢?

堕落的不是亲,也不是摸,哪怕睡了都不是堕落,堕落的是,光天化日,让人看了视频,还无所谓。没救了。

丁大露泣不成声,我听说,好多孩子大了就好了,她能好吗?

任治学侧身看着丁大露,看了很长时间,丁大露后来经常能想起任治学当时的目光,任治学说,你说呢?

几天后的一个傍晚,丁大露按时间去接任小米放学,等了很久不见人影,雨越下越大,按学校规定丁大露不能进去找,还由于怕见老师和任小米的同学,怕任何投向自己的目光,丁大露就只能在校园外的车里等。多天的忙碌,让她疲惫地打了个盹,醒来时,丁大露吓了一跳,暴雨中,任小米远远地走来,手里拎着伞,雨水打湿的衣衫紧紧地裹着身体,丁大露冲进雨里,拉过失魂落魄的任小米,塞进车内,丁大露看见她的脸上有雨水也有泪水。丁大露知道发生了什么,按照她的安排,王老师对任小米的答复是,那男生不堪忍受她的骚扰,已自行转学。丁大露能够想象,任小米听了这种污辱性的语言定要对质,可男生的手机已经停用。

任小米消沉了。她的消沉不仅仅表现在沉默寡言,本来平日她在家的话就不多,丁大露发现,从这天起,她回到家不听音乐不上网了,当然更不看书学习,她什么都不干就躺在床上睡觉,丁大露想管却又不敢管,心急如焚地等待着,同时观察的还有任小米的身体,看她有没有怀孕的迹象。事已至此,丁大露退了一万步,就算任小米真跟那男生咋地了,她的女儿就这么交代了,她认,但千万不能怀孕啊。丁大露天天战战兢兢,如履薄冰。一天,丁二露来家里送乡下买的鸡蛋,见了任小米的状态,就皱着眉头问,你不管啊,一个多月就中考了,我们家果果天天学到半夜。丁大露无言以对。丁二露再想说点儿什么,却被姐姐的目光吓了回去。晚些时候,丁家老太太又打过来电话,劈头盖脸地训斥说,丁大露不配当这个妈,怎么能把孩子教育成这样?从监控录像一直数落到任小米现在天天睡大觉,丁大露同样地无言以对,放下电话,她拨通丁二露的手机,咆哮道,录像的事儿你怎么能告诉妈?嫌我不够丢人是不是?你干脆把视频放到网上去得了。丁二露说,我这是关心你。放屁!丁大露说完这两个字就摔了电话。

丁大露内心暴躁表面平静地等了一个礼拜,不但没见任小米好转,却等来了她更加过分的要求。OLD组合来演出了,我要去看,给我两百块钱,任小米在一日早餐时说。丁大露不假思索地回答,不行。任小米瞥了眼母亲,没再争取。丁大露以为事情就此结束。可晚上去接任小米时左等右等不见人影,有同学说,她借钱去了工人体育场看演出。丁大露气得头发都要竖起来,一脚油门踩下去,直奔工体。任治学接到她的电话,在工体的正门与之会合。面对眼前的人山人海,任治学没了勇气,丁大露却手一挥,你顺这边走,我顺这边走,南门碰。任治学在人头中张望着寻觅着,一张张青春稚嫩的面孔从他的眼前飘过,他有几次误将对方拉过来以为是自己的女儿,她们的服饰、打扮,甚至她们的目光都仿佛一个模子刻出来一般,让任治学应接不暇,他几乎没了信心,这时听见不远处传来一声,任小米,是丁大露的声音。任治学寻声望去,一群人迅速地在声音传过来的地方围了一个圈儿,任治学跑过去,扒开人群,丁大露和任小米拉扯着,激烈的争执让两人的脸都泛着红晕,任治学很快地站在媳妇这一侧去拉任小米的另一只手,却不想任小米使出蛮劲,同时甩开父母,爸,妈,她这样叫了一声,绵软而纤细,丁大露和任治学瞬间愣在那儿,这种声音他们已经多年没有听到过了,特别是任小米挨了那一巴掌后,几乎没正眼看过她,丁大露一时眼眶有点儿潮湿,她听见任小米继续以这种声音说道,你们让我进去吧,我从来没想过能亲眼看见她们的演唱。

不行,丁大露不想被任小米欺骗,马上回家,看了演出就更分心了。

求求你们了。任小米已经带了哭腔。

丁大露刚要伸手,却被任治学钳子一样的手狠狠地拽住,任治学说,走。丁大露瞪着丈夫,你干什么? 任治学却不由分说拽着丁大露破开人群,大步流星地走出工体大门。丁大露几次想脱开任治学,胳膊却被他死死地攥着。

你什么意思? 要么不管,管就这么管? 你到底什么意思你说你什么意思? 讨好,是不是,啊? 你欠她什么了你要讨好? 上了车,丁大露机关枪一样扫向任治学。

任治学答不上话,由着丁大露一味地斥责,突然,他推开车门,丁大露问他,你干吗去?

任治学头也不回地往工体大门走。

丁大露也下了车,冲任治学喊,晚了,你看看外面还有人吗? 全进去了,你上哪儿找她去?

丁大露摔摔打打地做完了晚饭,自知理亏的任治学始终不敢吭声。八点刚过,任小米回来了,红扑扑的脸蛋荡漾着一丝说不清道不明的笑容,像秋天熟透的苹果。丁大露在餐桌前正襟危坐,她想,就算任小米跳楼,有些话她也不得不说了,谁知等了十几分钟不见任小米走出卧室,丁大露只好过去召唤。推开门,床上不见任小米。我吃了汉堡,不吃了,坐在写字台前的任小米说。丁大露这才发现了台灯下的女儿,她走上前扫了眼桌上的书本,任小米竟然在做英语习题。这样的结局完全出乎丁大露的意料,一肚子的话当然也没派上用场。

从这个晚上起,任小米回家吃了饭就回到卧室学习,甚至放弃了上网和听MP3。丁大露小声跟任治学嘀咕,你这是歪打正着。她又赶紧打开电脑百度什么是OLD组合。她打开几个词条和几段视频,OLD的演出呈现在眼前。三个女孩儿穿着明朝不明朝,清朝不清朝的衣服,清唱一些莫名其妙的歌曲,丁大露偶尔听懂两句,好像是宋词,有时又好像是楚辞,有的歌儿也会有伴奏,都是古筝和编钟那类玩意儿。丁大露实在不喜欢,想关掉电脑之际,竟然发现,这三个"女孩儿"都有喉结。这也叫艺术? 丁大露倒吸了一口气,要是放在往常,她定会教育任小米,说她审美有问题。可现在不会了,这三个有喉结的女孩儿让她的小米开始学习,她感谢还来不及。

中考前的三天是丁大露的四十三岁生日,任治学在医院做手术,即便不做手术,他也已经N年记不起丁大露的生日了,任小米当然也不会记得这一天,现在有几个孩子会留意父母的生日呢,只有丁家老太太打来一个电话,让她回家吃顿饭。丁大露说,不回了,生日对我来说不重要了,小米儿马上就中考了。丁大露说得既沉重又甜蜜。她望着夜晚的星空,感谢老天在她四十三岁时给了她一丝光亮。她想,她的小米儿就要好了,尽管一个月的突击不会让她变成一个好学生,但是她懂事了。她想起那个夜晚丈夫的目光和反问,丈夫绝望地说你说呢? 我说什么? 我的小米儿就要好了。丁大露嘴角微微一翘,露出一丝甜蜜的傻笑。

然而,中考的时候还是出事了。丁大露所有关于未来的设计和梦想,在那一瞬间灰飞烟灭。

考前还是正常的。跟很多家庭一样,任治学早晨开车把任小米送进考场,之后在外面等,散了场再把任小米接回家午休。丁大露则负责在家做好四菜一汤。任治学进了家门就小声跟丁大露说,好像考得不怎么好,出了考场一直沉着脸,一句话不说。果然,任小米不但不说话,连饭都没吃,进了自己的卧室倒头就睡。丁大露和任治学耐心地等待了一个小时,想反正也要休息,先睡后吃也不耽误。一个小时后,他们一起走进任小米的房间。

丁大露上前轻声召唤,吃饭吧。不管考得啥样,得吃饭啊。尽心了就行了,啊,上了高中,咱从头开始。任小米纹丝不动。丁大露又劝了两句,任治学见还不奏效,就上前轻拍任小米的大腿,起来吧,米儿,再晚就来不及了。

这一拍不要紧,任小米噌地坐起身,怒视着两人,我不考了。

怎么了? 两人几乎异口同声。

我今天见着张海洋了。任小米说着下了床。

这个名字,两人当然不陌生。丁大露一怔,想不明白怎么会见到他,故作镇定地问,他不是转学了吗?

是啊,没想到吧,你们那么能耐,怎么就没料到呢,我们学校和他们学校都在这个中专设的考场。

他,他转到了哪个学校?

这还用问我吗,不是你们给他找的地方吗? 任小米的目光冰冷地射向父母,你们还找到他爸的工头? 太无耻了,这叫什么? 压迫。一个城里人,一个自认为有点儿地位的城里人,对一个农民的压迫。

这是我的主意,你爸爸只是照办而已。丁大露不想让任小米跟这个家的两个大人作对。

你不说,我也知道。

可这跟你考不考试有什么关系呢？有话咱们考完试再说，好不好？任治学拉了一把女儿，先吃饭，吃了就得走了。要么来不及了。

任小米甩开父亲的手，我不考了，听不懂啊？

任治学看着女儿，你这是真的了？

当然。

为什么呀？任治学暴怒。

你们让我心寒，我也不会让你们暖和，任小米大声喊道。

咱别闹了，米儿。骨子里，丁大露还没拿任小米的决定当真。

听不懂啊？我不考了我不考了我不考了，听懂没？不是闹，是真，不，考，了。

不能为了一个男生就不要前程了吧？不中考，就上不了高中，上不了高中，就上不了大学，你这辈子就毁了。丁大露尽量和风细雨。

我就为他不要前程了。他不是不堪我的骚扰吗？我不能去骚扰。丁大露，你真够狠的你。

妈那么做也是为你好。你这是跟妈赌气，是不是？行，妈跟你道歉了，你要是需要，妈还可以跟他道歉。

不需要。

任治学再劝，再劝，还是无果，眼见着时间一分一秒地过去了，而家距考场还有半小时的车程，即便立马走，也要踩着铃声进场了。火烧眉毛。丁大露问任小米，你是不是还记妈打你那巴掌的仇？说罢，不等任小米回答，她抬手给了自己一个耳光。

任治学拉起愣神儿的任小米，快走吧，可任小米再次甩开父亲，冲着母亲喊道，你再打十个，一百个也没用，我不考就是不考了。

你这畜生，任治学怒发冲冠，大吼着转身冲进厅里扯下墙上的一把藏刀，那是三人西藏旅游的纪念品，一直挂在厅里的东墙。任治学旋即举刀怒向任小米，我今天劈了你，你还有没有点儿人味儿。

丁大露还头一次见任治学这阵势，在刀起要落之际迎了上去挡在父女之间，藏刀刮到了丁大露的右肩。鲜血立刻洇红了衬衫。任治学吓坏了，上前要看丁大露的伤情。任小米也显然没想到父亲动了真格的，如果不是母亲挡着，这一刀她是挨定了。

丁大露哪有心思管自己的肩膀，她推开丈夫冲着任小米双膝一软，扑通一声跪了下去，妈求求你了。考好考坏，你进去答一道题就出来，行不行？咱不能没成绩啊。

任小米低头看了眼母亲,挣脱她摇晃自己的双手,然后拨开父亲,两人以为她回心转意,不想任小米却缓步走进卫生间,反锁上门。任治学上前砸门,你给我出来。可是任他喊破了嗓子,里面的人也无动于衷。半天传来哗啦的冲马桶的声音,门开了,任小米瞥了眼正在处理伤口的两人,一声不响地转回了卧室。没人再提走或者不走,时间明摆着,就是现在飞到考场,也已经过了三十分钟,不许入场了。

任小米的中考就以这种方式结束了。备战了三年的考试啊,就这么结束了。有一天,丁大露站在蓝旗大桥上,看着东去的松花江水,真想一头扎下去。如果真的扎了下去,她的小米儿会替她收尸吗?丁大露为自己的想法打了个冷战。真不好说啊,亲妈的下跪和肩膀的鲜血都没能打动她,这孩子是怎么了?有一次丁大露说,我上辈子干了什么错事,这辈子生了你这么个孽障。任小米也说,我上辈子也一定干了什么错事,投胎你当妈。就是这次对话之后,丁大露彻底失眠了,不吃安定睡不着觉,睡不着觉,白天便恍恍惚惚,所以必须吃药,吃了又副作用尽显。如此往复,丁大露常觉得自己就要不行了。

冷战一直持续到中考成绩发布。这期间,丁大露一次娘家没敢回。丁家老太太打来两个电话也都是唉声叹气、捶胸顿足。成绩公布的时候,丁家老太太打来第三次电话,说丁二露的儿子果果以全校第十二全市第三十的成绩进入附中统招档,也就是说一分钱不用花可以迈进全市最好的高中。丁大露没有对妹妹表示祝贺,却在晚饭的时候率先打破家里多天的沉默。她问任小米,你听说果果的成绩了吗?

没有,没兴趣。

看着别人一个个出了成绩,你后悔不?

不。

你跟果果差在哪儿? 我跟丁二露是一个妈生的,你爸比果果他爸强……

我就烦你拿他跟我比。他好,你让他当你儿子吧。

你让我在丁家,甚至在任家都丢大人了。

我活着不是给你长脸的。你想比,比房子比车比老公。任小米放下碗筷,盯着丁大露的脸,我认真地告诉你一遍,往后,少拿他跟我比。我烦透了。从小就烦,越来越烦。我是人,不是工具。

除了丁家的压力,丁大露的同事几天里也纷纷跟她打听任小米的成绩,她都敷衍了事。同事们知道"活阎王"的称号,见丁大露支吾,也就不好多问。丁大露不敢坐电梯,更不敢进食堂,怕见到更多的人,听到更多的询问。至于果果的成绩,丁大露一直没跟任治学说,任治学也不提。两人倒是在一个深夜讨论起下一步何去何从。那天晚上,任治学很晚才回家,嘴上说医院加班,可丁大露分明在他身上闻到了那股香水的味道,这味道,两年前就开始光顾她的家。可丁大露无心理会。

可以找人了吧。丁大露瞪着她灯笼一般的眼睛。自从中考事件后,丁大露日渐消瘦,两腮塌下去的同时,两眼鼓了出来。

上哪个学校?

附中。

她这个成绩上附中?就算她照常参加了考试,也离附中太遥远了。何况现在是没成绩,找谁能进得了附中?上个二流的吧。

就进附中。花钱,花多少钱都行。

为什么?

附中学习环境好。

我知道你的想法,不就是攀比吗。

攀比怎么了,自己的工作比不了,丈夫比不了,还不兴比比孩子吗?

丁大露的工作是任治学的短处,两人虽不在一个系统,但是如果任治学肯为丁大露出头,跟银行的行长递个话,丁大露提个主任起码安排在后台还是不成问题的。可是,任治学就是不肯出这个头。任治学不吭声,丁大露的领导自然不会给丁大露任何好处。前几年,丁大露还埋怨丈夫,后来,她看明白了,任治学的眼里只有自己。她丁大露不过就是他女儿的妈。看明白这一点,丁大露再也不会为工作的事儿求丈夫了。

丈夫怎么了,我怎么了?任治学回避丁大露的一部分问题。

你刚才是在加班吗?

是啊。

是吗?

无聊。

两人的谈话到此结束。丁大露点到为止,任治学也不想深说。但是,丁大露的目的达到了,为了息事宁人,任治学答应往附中努力。

而对于任小米的假期安排,丁大露做出了调整,或者说,不得不做出了调整。考试刚结束时,丁大露将任小米反锁在家,给她找了一堆高中课本让她预习,同时电脑加了密码,只有她下班回来,任小米才可以上网,电视也不让任小米看。关于电视,两人打了三个回合。第一次,丁大露进了家门先去摸电视机和机顶盒,热的。丁大露说,不让你看你还看。第二次,电视机倒是不热了,可是丁大露仍怒视任小米,你怎么又看了。任小米使横,我没看。丁大露说,我走时放的十频道,现在是六频道。第三次,丁大露打开电视机,频道倒是跟走时对上了茬,可她再次认定任小米看了电视,她说,我走的时候音量放的十七,现在是三十。任小米大声嚷着,你还让不让人活了?告诉你……告诉我什么,丁大露迎上话头,想跳楼,是不是,行啊,你前脚下去,我后脚就跟着。任小米看出母亲动了真格的,翻了个白眼儿,嘟囔着回了自己房间。丁大露说的不是气话,这么活着有啥意思呢?还不如跳下去,真就一了百了了。电脑、电视都碰不了,邻居们说,白天经常听见丁大露的家传来震耳的音乐声,以及任小米鬼哭狼嚎的动静。

中考成绩一出来,社会上办了很多初高中的衔接班,丁大露跟任小米谈,让她也报名,她以为任小米又会噘嘴,不想她竟爽快答应。转身,丁大露就明白了,她这是被关久了,实在想出门,丁大露想,管你什么初衷,进了课堂总不是坏事。任小米上了衔接班,丁大露只管按时接送,基本不过问学了什么,往常的教训是,即便过问,也问不出个一二三,丁大露倒是询问过老师任小米的状况,老师都敷衍着,还行,还行。可是,衔接班快上了半个月的时候,一个学生的家长突然跟她说,听说你家孩子天天上课睡觉,你还花这钱干啥呀?丁大露这才偷偷去扒窗,这一看,才知道,任小米走进课堂不到十分钟就趴在桌子上睡觉,一直睡到下课铃声响起。丁大露想去责备老师跟她撒了谎,可人家挣的就是这个钱,告诉你孩子天天睡觉,你还能去吗?丁大露又想斥责任小米,她看了眼刚上车坐好的任小米,话到嘴边又咽了回去,这样倔强的目光,你说什么她能听进去呢?算了,就这么稀里糊涂混吧,上课哪怕学了一点儿也比一点儿没学强啊。即使一点儿没学,也比干别的分心强啊。丁大露这么一想,索性装傻装到底。

任治学那边也忙活得有了眉目。但是,去学校具体办事时任治学却不能出面。原因是当年在任治学还是科主任的时候,给一个老头做手术做出了医疗事故,老头下了手术台再不能行走,而老头的儿子就是刚上任没多久的附中一把校长。所以任治学教育局的朋友汪局安排说,此事要想办成只能丁大露打着他的旗号出头,而绝口不提"任治学"仨字。

丁大露于是出马了。当然她怀揣着一沓人民币。

八月的太阳很毒。丁大露刚到校门口就让门卫拦了下来,被告知校长没在。丁大露拿不准是真没在还是有意躲避,给汪局打了电话确认了校长的坐骑是奥迪后,她围着操场转了几圈,果然不见奥迪的踪影。丁大露只好等待,等待奥迪的出现。学校周边不让停车,丁大露就站在露天地里等。八九点钟的太阳还好说,下午两三点的时候,地上的柏油已经泛出了油星,丁大露被天上地下烤得口干舌燥,头晕目眩。五点到了,还不见奥迪,丁大露再问汪局。汪局说,学生放假,但校长一定会上班,明天再去。

第二天,太阳倒是没有了,改成了下雨,而且是瓢泼大雨。丁大露打着伞背着任小米的分数条继续堵。下午五点的时候,雨停了,天边出现了一道美丽的彩虹,可是奥迪没有出现。

第三天,太阳不毒也没雨,丁大露刚到附中门口,就看见一辆奥迪缓缓驶进电动闸门。丁大露想,看来办什么事情都要有时空点啊,今天的事情一定顺利。丁大露尾随奥迪进了学校,如愿地敲开校长办公室的门,如愿地见到了传说中本市最年轻有为的校长,校长也说汪局的亲戚他定会照顾。丁大露见事已至此,遂将兜里的那沓人民币掏出磕磕巴巴地递上。谁知,校长却虎着脸不肯收。丁大露再递,并撒腿就跑,可身后的一把椅子仿佛横空出世,生生地将丁大露绊了个跟头。这是一把折叠椅,倒下后竟鬼使神差地别住了丁大露的一只脚。丁大露感觉校长走到她的跟前,但并没有要帮助的意思,她涨红了脸拔出腿,扶好椅子,还没等抬头,校长的手伸了过来,说,钱拿回去,否则事儿就不办了。丁大露本能地坚持再给,她的意识里,收了钱就会办,办不了就不会收钱。这钱要是给不出去,事儿还咋办……校长怒了,听不懂话吗? 我说的是中国话呀。

这样的羞辱,放在一般人早想找个地洞钻进去了,可是丁大露没工夫顾及那么多,嚼巴嚼巴,她转身就把校长的目光以及校长的话咽进了肚子里。丁大露更多的是忐忑,校长到底啥意思,办是不办呢? 让任治学再给汪局打电话,汪局说,只能等。

丁大露在煎熬中度过了一个多礼拜,茶不思,饭不想,夜不能寐。最后,丁大露想,完了,肯定完了。可就在她琢磨着是否另辟蹊径考虑其他学校时,却接到了汪局的电话,任小米已被附中提档正式录取。丁大露泣不成声。这年头还有这样的人吗? 办了这么大这么难的事儿一分钱不要? 任治学分析说,校长是想把人情给汪局。两人就商议何时去感谢汪局。还没商量出具体日子和方式，任治学一天晚上回家说，不用去了。为啥？丁大露看见任治学长叹一声倒在沙发上。为啥呀，丁大露又问了一遍。

汪局的弟弟今天找我了，他弟是做医疗器材的。任治学挠了挠头发。

丁大露明白了，心一下提到嗓子眼儿，忙问，好办吗？

好不好办也得办哪。

他那器材没啥说道吧？

不知道。

新的担忧又笼罩了这个家庭，不过，担忧很快被更大的兴奋所取代。丁大露拿到了附中的入学通知书。周一的上午，她交了八万块钱的学费，从附中换回一张红色的入学通知。丁大露如获至宝。她激动地甚至面带红晕地将录取通知摆到女儿任小米的面前。

却听任小米说，我不去。

丁大露没有愤怒，她对此早有准备，她耐心地解释着，没错，你现在去是最后一名，可咱从头来呀，特别咱还学文科，好多好多都可以从头来。所以你不用有压力。

我说我要学文了吗？

丁大露递不上话，迟疑片刻，那听你的，你想学理咱就学理。学理咱也可以重新开始呀。

你什么时候能尊重我一点儿？我的事先征求我的意见？

丁大露仍沉浸在她的喜悦里，她不想跟女儿斗嘴，仍旧和颜悦色的，现在就征求你的意见啊。学文学理你自己定。

任小米的目光从丁大露的脸上飘向窗外，她看着窗外的一朵白云，缓缓道，我不是说我不去附中了，我是不念高中了。

丁大露腾地站起身，你再说一遍。

我不念高中了。任小米字正腔圆。

丁大露急了，你不上高中，你干啥？

唱歌。我们那个YOUNG乐队，我是主唱，还有一个古筝，一个长笛……

闭嘴。丁大露拍着桌子，乐队？还乐队？组成了？什么时候的事儿？

初中时就有了，最近也在抓紧练习。

最近？

是,后来这几天,你把我送到楼下,我没进补习班……

丁大露指着任小米的鼻子,气得直哆嗦,行,你真行。

任小米说,我们认真谈一次吧,我有我的人生理想,我希望你能尊重我的理想。任小米冷静得像一个要找学生谈话的老师。

不上高中,不上大学谈什么理想?

上了大学就可以谈理想吗?你看看你周边的那些同事朋友,看看他们的孩子,他们都上了大学,他们可以谈理想吗? 他们什么都不是,一无是处,淹没在一群平庸的面孔之中。

丁大露惊讶地看着任小米,这是她第一次在女儿的嘴里听到这样成熟的话,她重新坐好,她想女儿也许是可以教好的。任小米,丁大露试图恢复耐心,妈妈我是过来人,文凭是起码的,你想唱歌,行,拿了文凭咱再唱,不行吗?

我不喜欢读那些无用的书,那是在浪费生命,起码是在浪费我的生命。

你以为唱歌想出人头地那么容易吗?

就算不出人头地,也可以去酒吧唱歌。

卖唱?

有什么不可以吗?有的人卖菜,有的人卖水果,有的人卖他们的头脑,我们卖我们的歌声。

任小米,丁大露实在是绷不住了,大喝一声,再次站起身,你知不知道为了你能上这个附中,花了多少钱? 八万。

这个数字显然并没打动任小米,她不屑地嘟囔了一句什么,丁大露没听清,但是丁大露知道就算八十万也未必能打动她。任小米和她周围的同学似乎都觉得父母的钱是天上的雪片,轻轻松松地刮来,花了也没有什么可惜的。

八万块的学费可以不说,我顶着烈日挨着雨浇,受着冷言冷语的羞辱也可以放一边,你爸是在拎着他那个乌纱帽还人情啊。人可以没有是非,没有荣辱,可以不懂事不懂法不懂理,什么都可以不懂,但是人得有良心啊。丁大露拍着自己的胸脯,任小米,人得有良心啊。

任小米也终于绷不住,霍地起身,妈,你不要总上纲上线。我主意已定了,任你说什么也没用。我要为我自己的生命负责,为我自己的时间负责,为我自己的快乐负责。我……

丁大露等待着任小米的下半句。

是我自己的。

这是任小米留给丁大露的最后一句话,转身她走进卧室打开音响,立刻有任小米的歌声伴着长笛从门缝中挤出来。

她说她是她自己的。丁大露几乎是披头散发地来到任治学的办公室。

任治学听完了丁大露的哭诉,只说了三个字:活阎王。

咋办?

不知道。

你就不管了?丁大露瞪着她的灯笼般的眼睛。

你让我咋管?劝,劝过;打,打过;我刀都拔出来,你都见血了,她打定的主意改了吗?

那她可真就能去酒吧卖唱啊。

任治学隔了很长时间,说,那就随她去吧。

你是说气话?

你看我像说气话吗?

你是她父亲,你怎么能放弃呢?

没有等任治学的回答,丁大露丢下一句"我不放弃",便幽灵般飘出了充斥着那股熟悉香水味道的办公室。她在一楼的候诊区坐了足足一个下午,直到傍晚时分才离开。

夕阳下的工地,竟然分外妖娆。丁大露找到张海洋的时候,他正骑在搅拌机上吹一支长长的笛子。笛声的旋律,丁大露觉得耳熟。

我们结束了。这是张海洋跳下搅拌机说的第一句话。

虽然恨不得劈了眼前这个人,丁大露还是尽可能宽容地笑,眼角撮起密密的皱纹,是吗?

所以,我没必要骗您,那天,我们真的什么也没干。

我信。其实,丁大露早就信了,任小米一天天不屑的目光告诉她,她就想让他们不舒服,让她的老师、她的父母、她周围所有的人不舒服。

这曲子,我们家小米儿也经常哼,经常唱。因为笑,丁大露眼角的褶子更深了。

我写的。张海洋的眼里放着骄傲的光芒。

就是吗……丁大露保持和蔼地几近谄媚地说,你们的事情,阿姨不管了。面对眼前这个罪魁祸首,这个让她和她的家庭付出了金钱和尊严的罪魁祸首,丁大露告诉自己千万忍住,千万不能发火。这是她的最后一根救命稻草了。

我们真结束了。我们现在只是合作伙伴。一个乐队的伙伴。

丁大露看着认真的少年,为什么?

小米说我不像爷们儿。张海洋挠着他的羊毛卷儿,腼腆得扑哧乐了,那天窝囊,后来也窝囊,她是这么说的。

为了一个已经结束了的人和感情,放弃中考?以丁大露的世界观没法理解这件事,直到后来的很长一段时间,丁大露已经冷静下来时,仍然没法理解。丁大露把手里的一个纸袋递了过去说,这是一部iPhone。同时她表达了此行的真正目的,想让张海洋劝任小米上高中。

张海洋没有接纸袋,她不想上高中吗?

是啊。

我跟古筝都改了主意,我们都上,她确定她不上吗?

从张海洋的嘴里,丁大露才知道,原来乐队三人都不打算上高中的,但古筝和眼前的长笛在父母的劝说下早就改了主意,一定保证先拿了高中文凭甚至大学文凭,但是任小米的确多次表达对按部就班地上学没兴趣。最后,张海洋答应丁大露,一定劝说任小米回到校园。同时张海洋附加了一个条件,就是必须允许他们三人有更多的时间去练习他们的音乐,否则任小米是不会回头的。丁大露说,可以。只要她能迈进高中的大门,怎么都可以。

事情谈妥,张海洋却执意不要丁大露的iPhone,丁大露再给,说只是想为上次的行为道个歉,不想张海洋竟黑了脸儿。丁大露只好作罢。

丁大露走出工地时,恢宏的夕阳正掉落在远处的高楼大厦间。熟悉的笛声漫过泥泞的小路,漫过堆砌得东倒西歪的木板钢筋,再次漫进丁大露的耳朵里。看男生的样子也许能说服任小米,可即便他真的起了作用,丁大露也仍然讨厌这笛声。十分讨厌。晚风有了凉意,丁大露想,这个夏天就要过去了。无论从哪个角度说,这都是一个没有人格的夏天。

秋天到来时,任小米上了高中。丁大露看出张海洋的分量,便背着男孩,给他的父亲送过去两套棉服。有那么一瞬间,丁大露想,要是小米将来真能嫁给这样的男人,嫁进这样的家庭也未尝不可,虽然他们没有钱没有地位,可是他们通情达理,任小米需要的就是别人的胸怀。

按照约定,高中生任小米白天上课,晚上去一个区艺术馆的二楼教室练歌,为了这间教室,丁大露每月还要支出五百块钱的费用。

让丁大露唯一觉得心理平衡的是,中秋节回娘家时,她可以跟丁二露平起平坐,虽然丁二露的儿子是一分钱没花的尖子生,但是没人会提这些,谁会那么不懂事呢?何况时过境迁,人们真的就忘记了细节,只看重结果。丁大露一家,丁二露一家,还有她们的父母完全可以坐在一起热闹地谈论"我们附中",丁老头也乐得直流口水,直夸他的两个"大妹子"教育孩子有方。

可能因为有了更多的时间唱歌,任小米的心情不错,在学校的表现就比较说得过去,入学很长时间,丁大露没有接到过老师的电话,除了每天按时把任小米接送到各个地点,她的生活总体来说没有什么必须马上解决的烦恼,当然前提是,她不能想未来。她甚至在某一个下午踩在小路上的落叶时,感觉到了一丝惬意。

不过,看似平静的日子却没有维持多久。转眼冬天到了,第一场雪后的几天,丁大露的人生发生了一件重大的事情。丁大露离婚了。本来貌合神离的婚姻已经不是一天两天,丁大露感受到第三者的存在更不是一天两天,咋就突然离了呢?导火索是一件貂皮大衣。东北的冬天,一落雪,好多女人都会穿上各色良莠不齐的貂儿。丁大露去年也去皮草行转过。其实平时她没有太多的时间关注自己的穿着打扮,但是所里的大姑娘小媳妇大多披上了貂儿,还常常在她面前炫耀,丁大露就不得不行动了。她走了几家皮草行,都没有看到心仪的那一件,总不能花着高价把自己往难看了拾掇吧?就在她要罢手时,突然眼前一亮,一件灰色收腰短貂闯进她的眼睛。那一天任治学也在,丁大露翻过价签,五万七千八,丁大露撇了下嘴,太贵了,买面子的事儿,丁大露只想花两万以内,她意犹未尽地脱下灰貂儿,挂回衣架。任治学也说,太扯淡了,一件衣服五万多?不行不行,太离谱。那是多年来,任治学唯一一次陪媳妇逛街,丁大露没有抱怨任治学的态度,正经过日子的人怎能拿五六万往身上披呢?只是后来在所里的姐妹再彼此品评身上的皮草时,丁大露会想起那件泛着银光的灰貂,想起当时镜中光彩照人的自己。就是这件没有买到手的短貂儿在今年冬天改变了她的命运。

那天,丁大露忘记了带家门钥匙,就打算去任治学的医院取。她到了医院后门正要给任治学打电话,这时,一个年轻的姑娘也可能是少妇映入她的眼帘,对方穿的正是那件灰貂儿。丁大露本能地欣赏着美丽的女人和美丽的貂儿。女人从她身边飘忽而过时,丁大露闻到了那股熟悉的香水味。就在丁大露迟疑时,远远地任治学的身影闪现,丁大露下意识地躲在一棵大树后,眼见着任治学上了年轻女人的车。

一场战争在夜晚降临时不可避免地爆发了。

丁大露只问一件事,貂儿是不是你给她买的?任治学认为纠缠一件衣服毫无意义,反复强调不想离婚,还想过下去,并保证跟那个女人断了。丁大露却说,你不离,我离。她跟着又问了一件事儿,当天她目送任治学和女人走远后,进到医院,挨个科室走了一圈儿,女人的照片出现在外一科的医护人员简介栏,女人是一名护士长。丁大露问任治学,护士长的身份是不是你给安排的?任治学仍然认为此事跟他们的婚姻无关。可是丁大露说,你也知道女人需要身份?离,必须离。任治学劝她,小米高中还没毕业呢。

任治学话音刚落,卧室的门哐地推开了,任小米穿着她的汉服站在门口,大声道,你们离不离,别拿我说事儿。任治学看了眼女儿,问,既然你知道了,你什么意见?丁大露也看向女儿,都说姑娘是妈的贴身小棉袄,在这种大是大非面前,丁大露想都没想,理所当然地认为任小米会站在自己这边。可是却听小棉袄说,离就离,不离就不离,但是得让我睡觉。

小棉袄所表现出来的让丁大露的失望才刚刚开始。

丁大露神速办理了离婚手续,任治学开着他的迈腾净身出户,房子和家里不多的存款留给丁大露。丁大露问他,我知道你还有钱,能再留点儿吗,任治学坚持说手里一分钱都没有,丁大露没再争取。她觉得眼前的男人不过拿她当了二十年的保姆,保姆被解雇时,能得到多少遣散费呢?到民政局大门前,任治学最后问丁大露,你想好了?丁大露没看他,也没说一句话,而是给他留下了一串高跟鞋敲击地面的当当的声音。很长时间后,丁大露多次回想起离婚细节时,才渐渐弄明白为什么当时会那么毅然决然。说到底,她就是想给自己的生活做一次主。娘家瞧不起她,工作不如意,孩子不如意,丈夫不如意,而前几样她又都没法反抗,只有拿婚姻开刀了。可是,走进民政局大楼的丁大露想不到这层,她有的只是气愤。

丁大露办完手续回到家,对任小米说,以后这个家就咱俩了。

任小米正在看电视,她哦了一声。

我希望大人的事情不要影响你的学习和生活。

不会影响。

那就好,丁大露说,你要是想你爸了,可以随时去看他。

我不会想他。

这么冷漠的一句话,丁大露听上去却很温暖,不管是不是气话,起码说明任小米还是有是非观的。可是任小米接着说,别高兴,我跟他过,也不会想你的。

丁大露打了个寒战,同时她意识到了另外一个更严重的问题,便颤着音问,你想跟他过?

现在说这个有意义吗?你们协议都签了。签之前征求我意见了吗?

丁大露陌生地看着任小米的侧脸,半天道,你要是想跟你爸过,你就去吧。

我跟他上哪儿?他净身出户了。

丁大露已经面色惨白了,声若游丝:让你爸回来,我可以走。

算了,你一个女人……任小米的眼睛始终盯着电视。

丁大露再说不出话了。她还能说什么呢?她回到自己的卧室,直挺挺地躺在床上,空洞的眼睛看着窗外纷飞的雪花。人生还能有比这更糟糕的失败吗?晚饭的时间,她没起床,她自己没胃口,她也不想给任小米做,平生第一次,她憎恨起她的女儿。辛辛苦苦十几年,这是养了一只狼啊?大厅里传来任小米干嚼方便面的咔咔声,丁大露觉得那声音无比的欢快。

任小米却仿佛什么也没发生一样,第二天早起,照旧穿着她的汉服,低回婉转地唱着那些不是正调的歌儿。然后吃完早饭,换上校服由丁大露开车把她送到学校。在车上,丁大露一言不发,幸好任小米戴着耳机,给了丁大露沉默的借口。到达学校门口,任小米像每天一样砰地关上车门,扬长而去。看着女儿与同学勾肩搭背的背影,憋了一天一宿的丁大露终于流下眼泪。眼泪噼里啪啦地掉在她的大腿上。丁大露踩了脚油门,换了挡,目光坚定地调头向单位驶去。不管女儿任小米啥样,她丁大露的陀螺还得继续转下去。

本来丁大露后来想,孩子不懂事,当妈的哪能跟她一般见识呢?她劝自己想开点儿,不再跟任小米计较,也不再平添烦恼。可是,任小米在她离婚问题上所表现出的种种言行,让丁大露不得不计较,没法不计较。有一天晚上,丁大露甚至想再次拿起那把藏刀,不冲任小米,也要捅向自己的胸膛。

那是一个礼拜六的晚上,丁大露躺在床上翻来覆去地睡不着觉,她先是后悔怎么就成全了那对狗男女,接着又想起了曾经的好时光,特别想起她的小米儿四五岁时的乖乖模样。她下了床,不由自主地走进女儿的卧室,月光透过窗帘照在小米儿白皙的脸上,丁大露跪在床前,看着小米儿清秀的五官、红润的嘴唇,听着她均匀的呼吸,丁大露仿佛又回到了从前。她的小米儿滚在床上要着赖让她讲故事，讲到害怕处直往她的被窝里钻……丁大露的心底涌起一股芬芳的蜜香，她幸福地想要探上前去亲吻女儿宁静的脸庞，突然，任小米原本紧闭的双眼唰地睁开，并瞪得溜圆。干吗？有完没完了？猝不及防的丁大露倒吸了一口凉气，她听见的是女儿的埋怨和不耐烦。

我以为你睡着了。丁大露回到了现实，她解释着。

任小米霍地坐起身，围上被，妈，你能不能别跟个怨妇似的。不就离个婚走个男人吗，你自己不能活吗？

你爸爸欺人太甚，他对不住我。

不就是有个小三儿吗，鲍鱼吃多了，还想吃葱蘸酱呢，何况你是鲍鱼吗？我爸已经不想离了，是你想离，离了你又折腾自己，折腾我，有意思吗？

大人的恩怨多了去了，你懂什么。

就你这副脸子，换成我是男人，我早就跟你离了。

丁大露的心咯噔一下，我什么脸子？

你照照镜子，你就知道什么脸子了。

什么脸子？

天天没个笑模样，脸比驴的脸都长。

我愿意这样吗？什么什么都不如意，我怎么笑得出来？

你什么不如意？你要房有房，要车有车，工作也算体面，还有什么不如意？

丁大露不想再说下去了，站起身要走。她预感到再说下去还会是一场战争。

任小米却恍然大悟，你是说我让你不如意，是吧？

丁大露不置可否。

是这意思吗？是我让你整天没个笑模样？我怎么着你了？任小米说起这件事，有点儿激动，她松开被子，认真地看着母亲，这么多年，我长这么大，你让我有过笑模样吗？你的不如意全是你自己逼自己，逼出来的。怨不得我。

丁大露不想离婚的话题已经演变成母女间的矛盾。任小米，丁大露重新坐下来，道，我养你养了这么多年，没功劳还有苦劳，你就这么跟我说话？

你生了我，不养我行吗？是我让你生的我吗？你，你们俩男欢女爱，怀了我，然后生下来，难不成把我扔大街上去？不能吧，你们必须养我啊，而且得好好养。这是天经地义。没有比这再天经地义的事情了。是你们制造了一个生命，你们就必须对这个生命负责。

148

你就没有一点儿感恩之心吗? 丁大露简直不敢相信自己的耳朵。

我的出生是被动的,我为什么要感恩,将来我有了女儿,我才不会靦着脸让她感激我。

后来任小米又说了什么,丁大露基本听不进去了。她看着女儿的嘴唇一张一合,只感到眩晕。不知道过了多久,她听见那一张一合的嘴唇说道,妈,我太困了,我要睡觉了,你也睡吧。丁大露默默地站起身离开女儿的房间,她听到女儿最后嘟囔的是,神经病。路过厅里时,丁大露看见了墙上的那把藏刀。

她也同时想起任治学当时举起这把刀时说的话,你这畜生。

从这个夜晚起,丁大露的脸上就不仅仅是没有笑模样了,抑郁仿佛让她的长相都起了变化,转瞬间苍老了许多。她跟任小米间的谈话也越来越少,她尽量避免着一切可能引起长谈的话题,她害怕再次听到那些刺耳的话。夜晚降临的时候,她会在自己的卧室,关上门,翻出那些早年的照片,看着襁褓中的小米儿如何一步步长成活蹦乱跳的大姑娘。有时,她也会在小米儿不在家时,来到厅里,看从前的DV,特别是小米儿四五岁前拍的,她会翻来覆去地看。有时,还能把自己逗乐。她吃的安定也在一天一天地加量,直到后来,她发现安定已经不足以让自己入睡,她让神经科大夫给升级用药。大夫郑重地劝她去精神病院认真全面地检查一次。丁大露当然不会检查,我女儿说我神经病,你们就说我精神病?

照片和DV带来的逃避没有持续几日,班主任的电话把丁大露从梦幻中拉了出来。班主任是个教历史的男老师,姓李。李老师问丁大露,任小米天天晚上去夜总会唱歌,你们家长知道不? 丁大露接电话时正端着一杯开水,李老师的话让她手里的玻璃杯啪地摔向大理石地面。任小米明明走进的是区群艺馆啊,练完歌儿后,丁大露又明明是在群艺馆门口接的她啊,这是自己亲眼看见的事实啊。但是,李老师十分肯定地说,他无意中亲自观看了任小米的表演,并且听夜总会服务生说,三人组合已经在那里演唱月余。

咋会这样?

晚上放学,丁大露照例把任小米送到区群艺馆,待任小米进了大门,丁大露便也尾随了进去。上了五楼,她轻手轻脚地接近那间每月花五百租的教室,却发现门上赫然挂着一把锁头。丁大露拉住一个路过的中年女人,问,不是有三个孩子在这儿练歌儿吗? 对方说,早不练了。丁大露忙问,他们在哪儿? 对方指指楼下,二楼走廊尽头有个门儿,通旁边的那家夜总会。丁大露明白了。

丁大露下到二楼,顺利地找到那扇门进入夜总会。夜总会二楼是一间间的包厢。丁大露正东张西望着,笛声从一楼响起,仍是丁大露熟悉的那个旋律,她寻着声音找去,跟着是古筝响起,丁大露下到最后一个台阶的时候,一个女声冲进耳鼓。啊,啊……是任小米。丁大露探头看向表演区,任小米正穿着汉服背对着观众,她没有唱词,只用"啊"来跟随着音乐的起伏抑扬,丁大露趁此机会找了个阴暗的角落落座。古筝突然急转变调,任小米也随之转身,头顶的灯光照在任小米的身上,好似月光泼洒,投出长长的影子,任小米舞动长袖,"月夜里,我和你……"影随身动,丁大露突然想起苏轼的那首词,起舞弄清影,何似在人间。平时听惯了任小米的哼唱不觉怎样,怎么现场经麦克传输竟有这般效果? 一时间仿佛把人带到遥远的过去。如梦如幻。若不是眼前的人是任小米,丁大露甚至会被这歌声这舞影感动。但是,眼前的人就是任小米,丁大露岂会被她欺骗? 愤怒很快掩盖了歌声琴声的悠扬。

一曲终了,一片沉寂,然后掌声四起。丁大露看见任小米跟走上台的一名服务生耳语了几句。丁大露正思考着如何解决问题时,音乐声再次响起。那名服务生走到丁大露的跟前,俯下身道,阿姨,任小米让我告诉您一句话。

什么话? 见对方支吾着,丁大露道,你尽管说。

任小米说,请您让她把今晚的歌儿唱完,否则……

否则怎么样?

她说跟您断绝母女关系。

丁大露不由得攥紧了拳头。她腾地起身,问服务生,你们老板在哪儿?给我找你们老板。

服务生引领丁大露见了一个中年男人。对方自称是夜总会的前台经理,负责处理夜总会里的一应事宜。丁大露爆竹一样数落了酒吧雇用未成年人的罪行,最后放言,明天,你要是再让他们三个走进这扇大门,我就让你永远关门。

甩下这句狠话,丁大露三步并作两步出了夜总会。她不想再看任小米的表演。她将车移至夜总会这边的停车场,还未等停稳,任小米霍地拉开车门,坐了进来。

完了? 丁大露没好气地说。

任小米生气地咆哮着,我不是告诉你了吗,让我唱完。

我没说不让你唱完。我管了吗?

那你找经理干什么?

让他不许你明天再来。

你说明天,他就明天? 你找了他,他还能让我唱吗? 他说你像头母狮子。

少唱一天也死不了,这是什么地方? 夜总会,这种乌七八糟的地方是一个学生该来的吗?

任小米伸出右手要开车门的瞬间,丁大露按了自己这边的中控。一脚油门,车子冲出停车场。

我说了……

丁大露抢过任小米的话,断绝母女关系。我也告诉你,断不了了。你说得对,我既然生了你,就得对你负责,你是被动的,我是主动的,我主动对你负责,你想断? 做梦。

疯子。这是任小米说的最后一句话。

车子在夜晚的马路上飞速地滑行,丁大露是疯了,五颜六色的灯光风一样从车窗外闪过。母女俩谁也不再理谁,直到下车,直到回到家,直到很多很多天……

丁大露和任小米的家死一样的沉寂。两人各自忙各自的事情,没有任何对话。丁大露做好了饭菜也不招呼任小米,任小米按时间从她的卧室走出来,吃完饭再回到卧室。有几次,丁大露想大人不能跟孩子认真,可每次欲开口说点儿不疼不痒的话,都能看见任小米仇恨的目光,以及不屑的表情,跟着就想起任小米那些伤人的话。哪里还有沟通的欲望?

事情是在毫无征兆间发生的。一点一滴的征兆都没有地发生了。

早晨,丁大露像往常一样把任小米送到学校,然后自己去上班。中午休息时,丁大露接到班主任的电话,让她去一趟。班主任交给她一封信,信封上写着,请转给我妈妈。跟着,班主任说,任小米离家出走了。

任小米信上说,她拿了妈妈的一个三万块的存折,他们三人组合要去北京参加一个歌唱大赛,让所有人不要找她,一个月后,她自然会回来。她的手机也会开机,如果有人出面找她,她将关机,从此断绝与家人和学校的任何联系。丁大露马上给任小米打电话,果然开机。电话那头的任小米情绪少有的高涨,我已经在北京机场了。谁说北京没有蓝天,天是蓝的,瓦蓝瓦蓝的。丁大露没敢发火,只是叮嘱她千万不要关机。

丁大露又去找张海洋的爸,老瓦匠也正急得团团转,见了丁大露就埋怨,是任小米带坏了他的儿子。

见果真是三个伙伴在一起,丁大露倒松了口气,不管任小米现在跟那个男孩是什么关系,好歹是跟熟人在一起呀,好歹没有更大的危险啊。丁大露又拿着信去找任治学。离婚后,这是丁大露第一次去找他。平时都是任治学往家打电话,丁大露即便接了也推给任小米。两人唯一的联系就是任小米的抚养费,说好的费用,任治学都按时打到他们家曾经的卡里。

任治学放下任小米的信,问丁大露,你想咋办? 我知道咋办,会来找你吗? 丁大露发现任治学的面色红润了不少。任治学沉吟片刻,道,我的想法是,先纵容她一个月,以她现在的情绪和势头,惹急了,不好办。可能真就找不到她了。就算,这次把她从北京抓回来了,她想比赛,就还会往北京跑。那时候,就可能,不,是肯定音信全无地跑。

其实,任治学的话也是丁大露的想法,只是没有他的思路这么清晰。她也似乎想找到某种支持,找到了,她一句多余的话不想说,匆匆地离开任治学的办公室。

对于心急如焚的丁大露来说,现在能做的只能是等待了。好在,任小米的手机始终没关,丁大露每天可以听到任小米的声音。她上网查了下那个大赛的日程,掰着指头计算着一个月的到来。她想,在这种有点儿规模的比赛上,任小米他们绝对不会走得太远。

丁大露揣着她的安眠药直奔小青山。这座郊区的小山上有一座尼姑庵,里面供着观音菩萨,她要好好地拜拜,让她老人家保佑任小米平安,并把她拉回来,改邪归正。为表诚心,丁大露在庵里住了两宿,吃了两天的斋饭,烧了三炷高香,讨了一个符。晚上寒风袭来,伴着若即若离的诵经声,跪在蒲团上的丁大露突然泪流满面。她不知道,除此以外,她丁大露还能做些什么呢?

可是,这两个夜晚,即便安眠的药再次加量,丁大露也彻底不能入睡了。

北京的冬天一样的冷。特别是这种没有供热的地下室,阴冷到了骨头里。

任小米裹了裹羽绒服,对正吃方便面的长笛和古筝发表着最后的演说,她分析了眼前的形势,小组赛,一百进十。今晚,我们是不成问题的。要是最后再夺了前三,我们眨眼间就是乐坛的一颗新星啊。

可是古筝并不乐观。古筝是个文静的女孩儿,话少,她说她弹琴的一个主要目的就是换个方式跟这个世界说话。她的喜怒哀乐也极少表现在脸上,而是通过她的手指弹拨在琴弦上。任小米在跟张海洋了断之后,曾笑着对两人说,我看你们俩倒是天造的一对,都是半天打不出个闷屁。两人也不生气,都死心塌地地跟着任小米。任由任小米当红花,他们当绿叶。

任小米不许古筝在上阵前说泄气的话。她抖掉羽绒服,让长笛和古筝也脱了外衣,三人齐齐地露出汉服。任小米新做了一套纯丝绸的汉服,旧的让给了古筝,长笛的汉服则是他们在夜总会那些天挣来的。

古筝抱着膀儿说,小米,太冷了,会感冒的。蹦一蹦就不冷了,任小米带头先蹦了起来,来,最后合一遍。任小米说合,长笛和古筝就只有配合的份儿了,因为任小米的汉服最薄。

琴声响起,歌声曼妙,三人正入佳境时,咚咚咚有人砸门。不等长笛上前,门被一脚踹开,门口站着的是一彪形大汉,大汉操着山东口音,你们让不让人睡觉了?俺上了一宿的班儿,睡得正香呢。

任小米欲上前理论,谁让你白天睡觉的,话出口一半,被古筝捂上了嘴,随即又被长笛一把拽回屋角。

大汉指着三人,小兔崽子,再唱……他挥起强壮的手臂。

重新关上门,三人又都披上棉衣。好好的心情让人这么一搅,不免扫兴。可是旋即,三人又都相视扑哧笑出了声。不管咋说,离开家的日子就是好啊。长笛和古筝虽然与家里的关系不像她任小米这么僵,可是能离开父母就OK。当然,三人中还是属任小米最畅快。离开家的那天,飞机起飞的一瞬间,任小米仿佛一个铅块从胸口卸掉,她伸开双臂,闭眼做了个深呼吸。舒服,她由衷地慨叹着。终于离开那个让人窒息的家了。从前,父母没离婚时,爸爸的存在还能调节一下家庭气氛,如今只剩下那个女人和她,没有了润滑剂,两个对不上齿的轴承就越来越远了。任小米经常想,自己到底是不是她妈亲生的呢?因为作为母亲的丁大露几乎没给过任小米一天的快乐,在任小米有限的记忆里,搜罗不到母亲带给她的欢笑和温暖。那个女人只是拿她当工具,跟小姨丁二露比,跟行里的其他职员比,跟社会上他们根本不认识的人比。同时,通过任小米,那个女人践行着自己的人生理想。她似乎从来没想过她的女儿想怎么活。那个女人经常说,我是过来人,任小米不止一次问她,你是过来人,你活得好吗?她又说,我仅仅是个柜员,可是你也许能成为你爸爸那样的人。任小米想,我爸爸就活得好吗?院长就是活得好吗?当然也许他觉得好,因为他是官迷,可我不是呀,我任小米就是喜欢音乐,只喜欢音乐。在她和张海洋的问题上,那个女人的态度更是令人发指,十六七岁的男孩女孩,你不让想男女之事,那不是扯淡吗?难道那个女人在十六岁时没有期盼过男生的爱抚吗？任小米不相信。既然期待过，那么意淫和付之行动有什么不同呢？那个女人从来都没有认真地听过她说话，她就像一头狂躁的野兽，对待她的丈夫和女儿。任小米想，也许离婚对爸爸来说真的就是一种解脱。那个女人的那张脸，让人毫无沟通的愿望。走之前的几天，任小米也想主动跟她说一句话，可话到嘴边，总能看到那张呆板的面孔，以及面孔下那颗鄙视她的心。那个女人一定视她为垃圾。任小米想，垃圾就垃圾吧，这次大赛过后，你们就知道什么叫垃圾变成宝了。

晚上的初赛，三人YOUNG组合第五个出场。虽然第一次在几百人面前演出，不免发怯，可是两曲唱罢还是引来热烈的掌声，从评委的表情看，任小米就知道赢定了。果然，三人组合以小组第一的名次进入复赛。

第二天还在被窝里，那个女人的电话打进来。任小米兴奋地告诉她结果，话一出口，她就后悔了，那个人怎会希望她赢呢？她应该巴不得自己输掉赶快打道回府。可是，让任小米没想到的是，她听见那个女人很高兴地说，好啊。任小米能够想象电话那头的表情，咬牙切齿地面带微笑。她想，今天太阳所以能打西边出来，说明自己留的那封信很成功，跟大人们讲道理是没用的，只能威胁。任小米也不想惹急了那个人，身在异乡，她才知道，钱，钱，钱，事事都要用钱。说不定哪天还得让那个人往卡里打款呢。所以她耐着性子握住手机。两人又聊了两句，最后，那个人还是绕到那个问题，何时能回。任小米得意又壮烈地说，当然是圣诞决赛过后。

就在三人正讨论早餐吃什么时，又有人敲门了。任小米起身去开门，她要把他们的比赛结果告诉那彪形大汉。可是门外站的是一个三十多岁的斯文男人。斯文男人瘦瘦高高的，戴着一副眼镜，他递上名片自称姓刘，是环宇娱乐公司的职员。小刘进了屋环顾着这间潮湿阴冷的巴掌大房间，由衷地说，不容易啊，你们真是不容易啊。三人正发蒙不知所以，小刘道，我们老总想要见你们。并要三人将所有随身东西带上。

小刘的老板姓蔡，是一个跟任小米的爸爸年龄相仿的中年男人。长笛和古筝的腼腆自不用说了，就连一向敢说敢做的任小米也没多看蔡总几眼，一直是眼睛盯脚尖。因为一切来得太突然了，任小米无法招架。蔡总说，他们公司昨晚全程看了比赛，最看好的就是他们的组合，决意资助。以后的资助再论，眼前这间双人房就归两个女孩了，同时又让小刘再给长笛开一间房。临进大堂时，任小米看了一眼，这可是家四星级宾馆啊。她以前跟着爸妈旅游时住过这样的宾馆,一宿几百块啊。

送走蔡总和小刘,古筝犯起了嘀咕,你们说,他们资助我们,会不会是想让我们低价跟他们签约啊?任小米瞥了眼古筝,我们还怕签约吗?别说低价,就是无偿都行啊。这话马上得到长笛的认可。三人于是在柔软的席梦思上欢呼雀跃。

很快就到了复赛,这期间环宇公司每天都通过吧台为任小米三人提供水果和点心。复赛可谓惨烈,两百个人里,甩掉了一百七十五人,只有二十五人晋级。而任小米的YOUNG组合幸运地成为这二十五分之一。下了台,从比赛场出来,三个孩子都绯红着脸。他们找了一家小酒馆,平生第一次喝得烂醉。幸福说来就来了,多年的努力终是见了成果啊。还差一步决赛,就是最后的胜利。三人碰杯,互相鼓励,欢快中不无悲壮。

可是还没等酒醒,一些不好的消息纷纷传来。很多选手对前景悲观,他们中间流传着一种说法,说最后出来的前三名都是内定,没有关系的这些人不过都是分母,或者叫炮灰。古筝问,那咋办?长笛也看任小米。任小米说,你们看我干啥?我又不认识谁。我就不信了,凭咱的实力冲不进去,那么多评委啊,谁还能挨个摆平?话是这么说,任小米却一点儿底气都没有。三人沉默了片刻,几乎异口同声地说到环宇公司。

他们把蔡总约到宾馆,和盘说出内心的疑虑。蔡总淡淡一笑。

任小米急了,这都是真的?

蔡总很委婉,倒也不能这么绝对。

那您说在组合里,我们是不是最棒的?

不但组合,就是全算上,你们也是数得上一二的。

那您帮帮我们吧。三个孩子脱口而出。

蔡总沉吟片刻,道,帮你们疏通倒是不难。可疏通也有成本啊,当然了,如果将来你们能跟我们公司签约,成本我也可以负担一半。

三个孩子直点头。

但即使一半,对你们来说也太多了,起码要百八十万。你们哪一个家庭能承担得起呢?

古筝和长笛将目光对准任小米,三人中她的家境最好。任小米噘着嘴,看我干吗?我爸开的是单位的车,我妈开的是捷达,还是个二手的。三个人立马泄了气。

蔡总最后鼓励三人,也许奇迹也会有的。

送走蔡总,任小米的眼泪流了下来,本来顺理成章的事儿,怎么就成了奇迹呢? 长笛说,小米,其实有两个组合也挺好的,咱也算不上是绝对最好的。任小米就见不得长笛的这副德行,数落他,你有点儿出息行不行? 没怎么着呢,就自我安慰上了。实力败在人情上这是最大的悲哀。古筝也哭了。两个女生一哭,长笛的鼻子也禁不住发酸。

这时,任小米的手机响了,是家里那个人打来的。本来每次一看见这个号码她就堵得慌,可这一次,却说不出为什么,竟对着电话放声大哭。那头的丁大露一个劲地问怎么了。任小米一口气讲了现在的处境,这是长这么大以来,她跟那个人说话说得最多的一次。电话结束后,丁大露隔了一会儿又打过来,跟任小米要蔡总的电话。任小米马上警觉,你要干什么? 人家可是一直在帮我们。丁大露说,想了解下情况,看看怎么能疏通下关系。大人间毕竟好说话。任小米问,你不烦我唱歌了? 丁大露说,真能唱出来,妈也高兴。任小米掂量了这几句话,特别掂量了电话那边的人说话时的口气,感觉还有几分真诚。于是,稀里糊涂地将蔡总的手机号给了她。死马当活马医吧。

三天过去,蔡总却再无音信,丁大露也不再有电话打来。任小米不由得后悔,她怎么能相信丁大露这个女人呢? 她只会破坏啊,说不定又跟人家蔡总一顿咆哮呢。又过了几天,眼看决赛在即,两个大人仍没动静,任小米有种不祥的预感,或许那个女人已经从蔡总那里打听到了自己的住处,指不定什么时候就会杀将过来呀。这么一想,任小米打了个激灵。

果然,这日傍晚,三人练歌回到宾馆,刚进大堂就看见刚办完入住手续的丁大露。任小米倒吸了一口气。任凭长笛和古筝怎样拉扯,任小米都假装看不见,径直进了电梯。丁大露也不恼,从另一电梯跟了上去。

进到房间,任小米一屁股坐在沙发上,双脚架在床边,我告诉你啊,谁要拦着我参加这比赛,我跟谁玩命。丁大露还是不恼,她坐到了任小米的对面,端详了任小米半天,从兜里掏出一张银行卡放在茶几上。

干啥? 任小米被眼前这人的和蔼态度吓着了,不知道她葫芦里卖的什么药。

这是九十万。

任小米喝到嘴里的水差点儿喷了出来,这句话同时也把长笛和古筝的目光吸引了过来,睁大了眼睛。

你有这么多钱？行啊。平时我还真没看出来呀。任小米放下双脚，拿起银行卡。

我把咱家房子卖了。

真的啊？任小米不敢相信，这怎么可能呢？你，这事，支持我？你真支持我？

对，赌一把。本来房子可能值一百万，但是卖得急，就卖这些了。

接着丁大露缓缓地解释道，她已经跟蔡总达成协议，任小米三人拿不了前三名，九十万退回来八十万，十万权当学费了。最低，丁大露说，退一万步，如果九十万他都不还了，他答应包装你们，为你们出专辑。丁大露又说，她上网查了一下，环宇公司算不上大公司，但还是有一定影响的。

任小米乐了，她绕着丁大露走了一圈儿，郑重地说，丁大露，以前我不认识你，自打我出生，十六年了，你第一次干了件正确的事儿。放心，你卖了个两室一厅，将来我让你住别墅。丁大露淡淡一笑。任小米冲着愣神的长笛和古筝一挥手，愣着干吗呀？抱抱我妈呀。于是，三个孩子一起扑向丁大露，将她拉起，又推倒在床上，亲吻着拥抱着。任小米笑嘻嘻地问，你是不是也看出我是潜力股了？她觉得身下的这个中年女人太妩媚太可爱了。是，是，是……丁大露让三个孩子折腾得喘不上来气。

突然，任小米后腰一热，她愣怔了瞬间，是丁大露的手臂，手臂越来越用力地环抱着她，这样一个多年不曾有过的待遇，让任小米颇为尴尬和羞涩，不等她做出反应，手臂忽地用力，反身将她半侧着压在身下，随即她的脸蛋儿被实实地亲了一口。任小米看见，丁大露的笑容也很羞涩、腼腆。因为不知目光如何安放，任小米索性闭上双眼，她的脸蛋再次被亲了一下，又一下……

决赛的那天晚上，任小米让丁大露坐在了一个最显眼的位置，这么可爱的女人坐在哪儿都不为过的。前一天，蔡总提走银行卡里的钱后，也表示任小米尽管放松地表现，一切他都会安排妥当。任小米的发挥很出色，她几乎每唱几句就要看一眼丁大露，她看见丁大露和着音乐冲台上低低地摆手。她还看见丁大露擦着眼角，任小米想，她下了舞台的第一件事就是要为这个女人擦去泪水……

二十五人唱毕，最后宣布结果时，是从季军开始的。季军、亚军都出现了，站在台上的任小米心咚咚地跳，难道他们是第一名？天哪，这将是怎样的瞬间。任小米闭上了眼睛，可是主持人在卖了一顿关子后，最后喊出的却是另外一个组合的名字。

任小米不知怎样回到的后台,怎样换下的衣服。三人默默地出了更衣间,看见丁大露站在门外。丁大露上前抱了下任小米,没关系,路还长着呢。任小米泪奔。丁大露说,钱我们不用他还了,我们可以商量一下专辑的事情,说着拿起手机给蔡总打。可是得到的是关机的提示。她又给小刘打,也是关机。丁大露的脸色变了。

任小米一夜未眠。第二天早起,却不见丁大露的影子。快中午的时候,丁大露一脸倦意地回来了。任小米问道,他真的可以不要钱,为我们出专辑?出不了了,我们被骗了。丁大露说话已经没了力气。

原来,丁大露一早去了趟网上标注的环宇公司,此蔡总非彼蔡总,此小刘非彼小刘。

算了,小米,丁大露说,出不了专辑咱就先不出,咱还是回去先上学。世界上的道儿多了去了。这一趟北京,我也看出来了,音乐这里边的事儿还真多,水真深⋯⋯

任小米怔怔地看着丁大露,终于明白了⋯⋯半天,她从牙缝里挤出几个字,我就不应该再唱歌了,对不对?这回你高兴了,是不是?

你说什么呢?妈妈被骗了几十万哪。全部家当呀。

花几十万告诉我一个道理,这多值啊。丁大露,你费尽心机,就为告诉我一个道理,你累不累?啊?累不累?说着,任小米捂着嘴冲出房间,她从没想过一个人一个母亲的心可以这般恶毒。丁大露也跟着追出去。

离我远点儿,任小米喊着。她烦透了这个人。不,不是烦,是恨,她恨透了这个户口簿上被称为她母亲的女人。突然她听见身后传来什么东西倒地的声音。接着是古筝的喊声,小米,你妈妈晕倒了。

病床上,丁大露紧闭双眼。丁二露连夜赶到北京,将丁大露用救护车接回家这边的医院。

任小米已经泣不成声。丁二露说,妈妈在她走后的第二天突然查出患子宫癌晚期。丁大露说任治学就是肿瘤外科的医生,她什么没听过,就算花钱治疗也不过多挨些时日,又有什么意义呢?这时,她恰好听到环宇公司开出的条件。

我要用全部的积蓄跟我的女儿做一次沟通,丁二露说,这是你妈妈的原话,她是想这辈子跟你心心相印地共同去做一件事情。

任小米抚摸着妈妈的脸,看着她塌陷的眼窝,妈妈何时这么瘦了?应该是很久了吧。因为大量血小板的输入，妈妈蜡黄的脸此时变得惨白。

一旁的丁二露又道，你妈妈渴望得到你的认可。

任小米的眼泪滴在妈妈的手上，她使劲地摇头，对不起，对不起……她想说点儿什么，她知道她的妈妈也一定想说点儿什么。

你妈妈不会生你气的，她说过，不管到什么时候，不管你做过什么说过什么，你都是她的宝贝儿。

突然，丁大露输液的手抬了抬，翕动着嘴唇，费力地挤出几个字，"叫你爸爸来。"

任小米马上跑出病房给爸爸打电话，却无法接通。她疯了似的打车跑到医院，可是爸爸的办公室落着锁。她又跑去爸爸的新家，上个月，她曾经去过那里跟爸爸吃过一顿中午饭。爸爸的年轻女友吃惊地看着任小米，你爸爸出事儿了，你不知道吗？

什么事儿？任小米感觉自己要瘫软。

他帮一个朋友推销医疗器材，结果出了事故，她盯着任小米，半天又补充道，一个姓汪的朋友，你妈妈应该知道。

任小米听不懂年轻女人说的是什么，我爸他人呢？

双规你懂吗？

任小米只感到天旋地转，她要怎么告诉她的妈妈？

站在病房的门口，任小米的手几次抬起又放下，外面响起辞旧迎新的爆竹声。丁二露说，妈妈再没有醒来。任小米央求着主治医生，让她的妈妈睁开眼，哪怕几分钟，哪怕一分钟，她要跟她说几句话，她也想听她的妈妈说几句话。中年主治医生同情地看着任小米。

再次回到病房的时候，晨光正照在病床上，温暖无比。新的一天到来了，这是新年的第一缕阳光啊。任小米握起妈妈的手，打开一张小小的纸。这是她昨晚写的一首小诗，她要读给她的妈妈听。

新年的第一缕阳光

爬过玻璃窗

爬过我的书桌　练习册　玩具熊

趴在我的肩膀上

阳光啊阳光

159

请你绕过晒台

被子的香

请你绕过厨房

扑噜噜的白粥

绕过花镜

和忘记关掉的电脑

请你以轻微的脚步

溜进爸爸妈妈的

卧房

请你用最温暖的手指

抚去爸爸眼角的皱纹

妈妈两鬓的白霜

把他们变回原来的样子吧

变回1999年7月8日的清晨

我睡在襁褓里

第一眼看见他们时的模样

【作者简介】王可心,70后,中国作家协会会员,吉林省作协签约作家。近年在《收获》《作家》《上海文学》等杂志发表中短篇小说多篇,有小说被《小说月报》《北京文学·中篇小说月报》《青年文摘》等刊选载。长篇小说《刻骨铭心》由时代文艺出版社出版,并改编成28集电视连续剧。

一九八七年的情诗

邢庆杰

一

我和温丽在如家酒店开了一个房间。房间很小,只有一张大床,连沙发都没有。

开房间是温丽的主意,我埋怨道,这里哪有你家里舒服?

温丽反问,为什么不去你家?

我无言以对。为了缓解一下彼此的情绪,我把早就准备好的那条"海盗船"牌银手链递给了她。她露出欣喜的表情,同时下意识地看了看她手上的那只赝品手镯。

我见到温丽的第一眼,就看到了她戴在手腕上的这只琥珀色手镯,当时很扎眼,后来才发现是赝品。

我逮过温丽的手,给她戴上。圆润的玉臂,配银光闪闪、做工精致的银质手链,真的是珠圆玉润,光可鉴人。

我说,快把那假玩意儿扔了吧。

温丽急道,那可不行!这镯子是我命中的一位贵人相送。

我说,我总看着眼熟,谁送给你的?

温丽的眸子里闪过一丝不易察觉的惊慌,她避开我的目光说,你自己想

161

想。

我懒得在这种时刻想这种无关紧要的问题。我冲进卫生间,洗了个澡,湿漉漉地上了床,然后催温丽快点儿去洗,温丽有点儿诧异地问,干什么?

我干笑了一下说,一对狗男女开了房,还能干什么?

温丽说,不行! 等你离了婚。

我说,老婆不会跟我离的。

温丽说,包在我身上。

我捏了捏她微微上翘的鼻子说,你可别乱来! 我没想过要离婚。

温丽轻轻抚摸着我的脸说,可我爱上你了。

我们才认识几天?

我不如你老婆好吗?

我妻子给我生了一对双胞胎的女儿,现在都上大学了。

如果她知道你有了外遇呢?

温丽,你不会和我玩儿真的吧……

看把你吓的! 大叔! 你都多大了!

温丽说着,一头扎进我的怀里,好半天不再出来。我抚摸着她柔软的秀发,嗅着她身上散发出的香气,悲凉地想:这么美好的女人,却仅仅是我生命里的过客,她迟早要离开我,注定要投入另一个男人的怀抱……

门铃骤然响了一下,传来女声,先生,我是服务员,请开一下门。

我只好推开温丽,她却一下搂紧了我的脖子,在我的脸上疯狂地吻了起来……

门开了。我妻子浑身颤抖,呆了般站在我们面前,眼睛瞪得像自行车铃铛那么大。后面跟着惊慌失措的服务员,她结结巴巴地解释道,对、对不起,她、她她抢钥匙……

我摆了摆手,示意服务员出去,然后关上了门。

我已经意识到,这里面肯定有阴谋,再清楚点儿说,就是有人盯上了我。

你们俩多久了? 妻子冷静了下来。

温丽换好了鞋,夺门欲走,妻子拽了她一下,没有拽住,温丽几步跨到门外,急促的脚步声很快就消失了。

妻子回身关上门,就站在门口,背对着我,肩头不断地抽动着。

我有一种异样的快感。这个女人,一直有着一颗坚硬的心,结婚这么多年以来,大小战役数十次,她从来没有一次认过输,服过软。我一直以为,我永远拿她没有办法,更不会伤害到她。

我穿好衣服,把鞋也换了,等待她的发落。

她终于转过了身子,脸上没有一滴眼泪。

我们离婚吧,孩子和房子都归我,你拿着存款,滚出这个家!

这是我们结婚二十多年来,她第一次谈到"离婚"两个字。尽管以前我们多次发生战争,但她从未像其他女人那样,动不动就叫嚣着离婚。我们长期冷战的时候,我曾渴望着重新找回自由的日子。但她真的提出来了,我竟有些不知所措。

我说,我还没有想好……

妻子已经走到床前,走到我的面前,脸几乎就贴到了我鼻子上,我都闻到了她口中红烧茄子的味道。

你没想好? 没有想好就和这个小骚货上床了? 怪不得你整天懒得动我,玩儿上鲜的了……

她越说越激动,越说越愤怒,她的眼睛开始四下踅摸,手也开始四下乱划拉,这是她要找东西摔的先兆。

我说,我对天发誓,我们刚认识几天,什么都没有发生过……

突然,她一下子静止了。

我更加紧张了,通常只要她停下来,再次发作的时候破坏力会更加强烈。

我顺着她的目光,发觉她正盯着床头柜上的一样东西,脸下意识地缓缓往前凑着,突然,她神经质地抖了一下,飞快地将那东西拿起来,冲着窗户的亮光反复查看起来。她看的是温丽遗忘在这里的那只琥珀色的赝品手镯,同时遗落的还有一只银手链。但妻子对手链不屑一顾,她对这只手镯端详得非常仔细,里里外外验看完后,她把它戴在手腕上,抖了几下腕子,整个人就不动了,她目光呆滞,有些无助、迷茫地望着我。

我有些害怕了,她是不是受不了这样的刺激,精神失常了? 我上前扶住她问,你没事吧?

她一把推开我,突然尖叫了一声,回家! 说完,大踏步地向门口走去。

我慢腾腾地在后面跟着,各种猜测在心里如翻江倒海般:她怎么找到这里来的? 谁给她通的风报的信……

出了酒店,走上大街,妻子始终没有回头,她急匆匆地在前面走着,像是赶

163

时间去办什么重要的事儿。

在听到那骇人的刹车声之前,我的大脑还在天马行空,对眼前的一切视而不见。等我回过神来,妻子已经倒在了一辆越野车下。这里是个路口,但还没有安装信号灯,妻子是横穿马路时被一辆快速行驶的车给撞了。

我跑到车前时,司机已经吓蒙了,这个胖胖的年轻人语无伦次地说,大哥、大哥……我、我按了好几次喇叭,她像中了邪……大哥……我、我……怎么办……

经过抢救,妻子的命是保住了,却永远地失去了半条腿。

在锯腿前,医生征求我的意见时,我不敢做主。等她醒过来的时候,医生征求她本人的意见,她几乎想也没想,就同意了。

术后,不断有亲友前来探视,我麻木地应付着来客,面对各种雷同的询问,一遍一遍地重复着事故发生的那个瞬间。

一连几天,妻子没有和我说过一句话。

沉重的罪恶感无时无刻不压迫着我,是我害了她,她因跟踪我的出轨,才会发生这种惨痛的意外,我把她的下半生毁了……我绝不能抛弃她,一定要守着她,陪着她,和她共同度过余生……

这天上午,查房的医生刚出了门,妻子忽然说了一句话:你和奚晓娟还有联系吗?

当时,我正面对着雪白的墙壁发呆,她冷不丁说出这句话,我一时没反应过来。

问你话呢,你和奚晓娟还有联系吗?

我吓了一跳,奚晓娟? 这个名字怎么这样熟悉?

你不会真的忘了她吧? 现在我一合上眼,就看到那一天,你和她并排走在玉米地间的小路上……

她说的奚晓娟,是我的高中同学,但是,高中毕业前,她就远赴外乡,这二十多年来,我们一直没有见过面。

想起来了?我估计你也忘不了她。告诉你,她来找你讨债了,你却还蒙在鼓里。

讨债? 我欠她什么债?

妻子冷笑了一声说,或许,她找你是找错了人,但这个世界,真的很像电影上常说的那句话:出来混,总是要还的。

二

我和奚晓娟是骇河中学的同班同学。

骇河中学坐落在徒骇河和渭河两条大河交汇之间的河套子里，这里水丰地肥，多年前有逃难的在这里落户，后来不断有人加入，就形成了一个三千多人的杂姓村落，叫千户屯。周围大村小村都有小学，但都没有中学。一九八二年，镇教委在千户屯增设了这所中学，因校址东边濒临徒骇河，就取名"骇河中学"。农村的辍学率极高，到了初三，学生还不足百人。我们第一届初中生毕业时，骇河中学又增设了一个高中班。听知道内情的同学们讲，开设高中班，主要是为了稳住初中的生源，因为我们这一届，总升学率不足百分之十，教委怕这个好不容易建起来的中学散了摊子，就从上面争取来了政策，给余下的五十个较高分的学生一个上高中的机会。

开学后的半月内，我们班陆续来了些陌生面孔，一直增到六十多个人，教室要挤不下了，才停了下来。后来我们才知道，这些同学全部来自周边的其他学区，还有两个竟然来自县城，都是没有考上高中，托关系来到这里。那几年因为初中的复习生太多，形成了每年都是复习生压应届生的恶性循环，所以当地出了土政策：凡没有考上高中的，一律不准回校复习。有本事的家长，都把孩子以转学的名义送到其他学区复习。现在我们学校增设了高中班，可说是千载难逢的机会，有能力的家长们自然是千方百计把孩子送到这里来。

奚晓娟来自县城。她的到来，给这个班，不！是给这个学校带来了一股不小的骚动。她不仅长得白净漂亮，穿着打扮也是令人耳目一新。最扎眼的，是她手腕上戴的一个琥珀色的手镯，无论在阳光下还是在教室里，随着她的玉腕翻动，总反射出黄金般的光泽。虽然后来证实，她的手镯既非玉石也不是翡翠，只是一个合成的饰品，但戴在她的手上，就是显得与众不同。其实，她穿的也是平平常常的衣服，但就是显得洋气、高贵。比如一件白衬衣，她把它扎在牛仔裤的裤腰里，显得身姿那么挺拔，胸也显得比其他女同学丰满。一九八五年，农村的姑娘少有穿牛仔裤的，尤其是学生，更无可能，偶尔有一个胆大的穿了，也会被认为"有伤风化"，至于像男人那样把上衣扎到裤子里，更是鲜有人尝试。但奚晓娟是城里人，她这样穿，就被认为是正常的。奚晓娟挺着发育好的胸脯，在校园里走动的时候，身后总有男同学盯着她被牛仔裤勒成两个半圆的屁股发呆。

教音乐的陈小年老师非常欣赏奚晓娟,经常在课堂上点她的名,让她独唱,而陈老师亲自伴奏。陈老师是教师中的另类。他那时已经二十七八了,还是单身。他海拔不足一米七〇,身材瘦削,终年长发披肩,出门就戴一副宽边墨镜,讲课时更是声情并茂,唱歌时,还会声泪俱下。就因为他这些与老师身份不太相搭的表现,有关领导找他谈过多次话,但均未见效,于是,就把他从县一中调到了镇一中,又从镇一中调到了这个村级中学。但他毫不在乎,依然我行我素。陈老师很有才华,他来到我们学校后,先是把一架多年不用、布满灰尘的脚踏风琴修好了,上音乐课时,他能边弹边唱,更令我们称奇的是,他居然能根据同学唱的歌记下谱,然后再用琴弹出调子来。他的才艺不但令女生们无比崇拜,我们男同学也羡慕不已。经常有女同学光临他的单身宿舍,请教各种学科的问题。奚晓娟还经常给他打扫卫生,洗衣做饭。有时奚晓娟帮陈老师做好饭,两人就对坐在门口的一张小桌旁,面对面进餐,俨然一对夫妻。学校领导找陈老师谈话,让他不要自毁前程。他一笑说,我都从县一中混到村里来了,还有什么前程可毁?领导没办法,又没有理由阻止学生和老师的正常接触,就给他定了个规矩,晚上屋里不能进女学生,白天有女学生在里边时,不准关门。这是学校的底线,如果突破了这个底线,只能让他走人。

从高一开始,我们这些走读生,除千户屯村的以外,全部改为寄宿生。

我们的男生宿舍是化验室改造的,这化验室在我们上初一时就建好了,只是一直没用过,屋里除了两排水泥台子,别无他物。这些水泥台子就成了我们的床。女生宿舍用的是两间闲置的教室,最初建校时,计划每个年级至少招三个班,后来见辍学率高,改为每个年级两个班了,就闲下了教室。

高一的时候,我们都还比较规矩,男女生之间几乎没有交往。如果有男生和女生单独站在一起说话,会引起一片起哄声。但到了高二的下学期,情况发生了很大的变化,经常有男女生在食堂、在操场出双入对,大家好像一下子变得无比宽容起来,互相之间视而不见,好像从潜意识里建立起了一种默契。

三

我从小就是个情种。这是一位已经当了地方官员的小学同学给我的评价。小学五年级的时候,这位同学曾因向我漂亮的女同桌献媚,被我打落了一颗门牙。后来那颗牙一直没长出来,他只好镶了颗大金牙,这使他怎么看都不像好人。作为一个天生的情种，刚刚能吃饱馒头的我，竟然暗暗喜欢上了奚晓娟。

上课时，我经常望着她的背影发呆。我知道，除非我考上大学，否则我们之间是不可能的，她是吃商品粮的非农业户口，我是农民，这个差别在上个世纪八十年代是一条无法逾越的鸿沟。但每次只要见到她挺拔的身姿，妩媚的双眸，我都无法将喜欢她的念头掐灭。没人知道，从高二开始，我一直陷在对奚晓娟的单相思中不能自拔，在矛盾中痛苦着，在痛苦中煎熬着。我发奋学习，这是我有可能走近她的唯一出路。

因为暗恋奚晓娟，又无处倾诉，我渐渐喜欢上了诗歌。我省吃俭用，用省下的饭钱在城里的新华书店买了顾城的《黑眼睛》、舒婷的《双桅船》、北岛的《陌生的海滩》、海子的《土地》等诗集，认真研读，并尝试着创作。一开始，我只写情诗，写对奚晓娟的倾慕和爱恋，后来也写水木花草，抒发平生的志愿抱负。我把自己满意的作品认真抄写在作文本上，在教师办公室的书报架上抄下报刊的地址，开始投稿。一九八七年九月，我有两首诗歌分别发在《大众日报》"丰收"副刊和《德州日报》的副刊上，不久，还有一组写给奚晓娟的（当然隐去了她的名字）情诗《为你而歌》发表在当时很有影响力的《诗歌报》上。一时间，我名声大噪，成了本县闻名的"校园诗人"。经常有外校的文学爱好者来找我请教。给我印象最深的，是一个姓毛的镇中学女教师，通过班主任武海洋老师介绍来找我。她写了十几年诗，一个字也没有发表过，见了我后很敬佩，竟然称呼我"老师"，我受宠若惊，不知所措，武老师却面露得意之色。后来我才知道，这位诗歌爱好者是武老师的师专同学。

在武老师支持下，我发起组织了"春芽文学社"，自任社长，办起了油印的《春芽》，封了几个文学爱好者担任副社长、副主编之类的职务。从那时起，就有一帮子爱好文学的同学整天围着我转。二十世纪八十年代，正是文学的光环最闪亮的时候，大多数青年都曾是"文学青年"，填各种表格时，在个人爱好一栏里，很多人都填"爱好文学"。

转学过来的两个"城里人"一个是奚晓娟，另一个是她的铁杆姐妹麦红月。从高一开始，她们俩好得就像一个人，上课坐同桌，下课一起玩儿。吃饭时，如果奚晓娟不和陈老师一块儿吃，那铁定是和麦红月在一起。连课间上厕所，都是一起去，一起回。据说，晚上睡觉，她们也经常钻到一个被窝里。奚晓娟整天戴在手腕上的那个手镯，整天宝贝得不得了，别人想摸一下都难，却经常会戴在麦红月的手腕上。

我决定从麦红月这里打开一个缺口。

星期天回家时,我顺便在路边的玉米地里,选了两个嫩棒子,藏在书包里。到了下星期一的早晨,我早早地爬起来,用烧水的壶把玉米煮熟了,裹上一层毛巾塞到书包里,带到了学校。

中午,趁同学们都到食堂打饭,我把两个嫩棒子塞到了麦红月的桌子抽屉里。说是抽屉,其实就是桌面下边的一个空洞子,但那属私人空间,一般人不会乱动。我去食堂吃饭时,一边对付着碗里没有一点儿油腥的菜,一边观察着旁边的两个"城里人"。她们俩边吃边说话,吃得很慢,待食堂里的人走得都差不多了,奚晓娟才吃完,她催促麦红月快吃,就一个人去食堂门口的水池前刷碗筷。

趁这工夫,我侧过身,轻轻碰了碰麦红月的肩头说,少吃点儿。

麦红月一个激灵,回过了身,瞪着一双大眼睛问,为什么? 我很胖吗?

我"嘘"了一下,小声说,我给你俩带了两个嫩棒子,放你抽屉里了。

真的? 你怎么知道我爱吃嫩棒子?

你们城里人不都喜欢吃这口吗? 俺们乡下别的没有,就是吃个鲜呀啥的比城里方便。

她滑稽地拱了拱手说,谢谢谢谢了,老王同学辛苦了。

这时,奚晓娟回来了,看了她的怪样子,惊异地问,你搞什么?

麦红月说,王士祥给咱俩带来了嫩棒子,早知道就不吃午饭了。

奚晓娟有点儿意外地看了我一眼,那一眼里好像含有少女特有的警惕。

正好我们的班长王力强听见了,不满地拍了我一下说,老王,你怎么光给她们俩带,我的呢?

我扒开他的大手说,去去……咱们班除了她俩,谁家没种着棒子呀?

这时奚晓娟和麦红月已经出了食堂门,王力强冲我神秘地一笑说,说的也是,你真会钻空子,佩服! 不过,你相中的是哪一个?

我摸了摸他稀疏的头发,在他耳边轻声说了几个字:玩儿蛋去。

第二个周末回去时,我到地里又扒了两个胖胖的地瓜。星期天晚饭前,把它们埋在红红的灶灰里。星期一早晨,地瓜被煨得内软外酥。我把它们包好,带到学校时,还有余温。

我用两个嫩玉米棒子、两个地瓜获得了麦红月的好感,这一点已经毫无疑问了,因为麦红月无论在教室还是在食堂操场,只要看到我,就会冲我友好地微笑。

我把给奚晓娟写的一首诗抄在信纸上，精心地折叠好，放在上衣口袋里。

接连三个中午，我等在食堂门口的墙角处，手心里攥着写有一首小诗的信纸，无比心慌地等待着时机。但是，奚晓娟每次都是和麦红月一块儿出入，我根本没有机会。我不敢把这首小诗放在桌洞里，那样太危险了，毕竟，这和送地里产的棒子、地瓜是两码子事儿。

到了周末的中午，我暗暗下了决心，如果今天再不能将诗转到奚晓娟的手里，我就撕掉。中午，我在食堂飞快地吃完饭，就到食堂的墙拐角处徘徊。同学们一个个抹着嘴出来了，王力强还冲我眨了眨眼睛，小声问，天天在这里等，你也不嫌热呀？

我这才发现，这个地方中午是没有树荫的，我每天都是站在秋阳下暴晒。怪不得每次都是一身汗，我还以为是紧张的。

奚晓娟和麦红月又是最后出来的，她们出了门就朝教室走去。我在心底深深地叹了口气，正无比失望时，麦红月忽然回过身来，几步走到我面前问，你天天在这里做什么？

天，我几乎晕过去，真是天赐良机呀！我下意识将手里的信纸递给她，在想象中，这个动作我做了上百次，已经非常娴熟。麦红月以超出我想象的速度接过了信纸，眨眼间塞在了裤子口袋里。恰在这时，奚晓娟也回过了身喊，红月！快点儿！

麦红月冲我会心地一笑，摆了摆手，像一只轻盈的蝴蝶，在我面前飞走了。

新奇的幸福感使我飘飘欲飞，我像一个被幸福重伤的傻瓜，在秋天的日头下面，站了好久好久，我的心里，反复默诵着我写给奚晓娟的那首《花开的声音》：

> 你听到过，花开的声音吗/她矜持，羞涩/一如/你轻轻的脚步声/你笑的时候/世上所有的花都开了/那朴素的芬芳/将沉醉我的一生/多想/做护花的使者/让你/在我的凝视中摇曳……

直到传来预备铃声，我才从遐思中醒来。我一边往教室走，一边想象着她读这首诗时的样子，一种巨大的担忧涌上心头，这种突如其来的担忧，比刚刚

169

的幸福感更加真切,我下意识地停了下来:她看了我的诗,会怎么想?她会接受我吗?

下午第一节,是我最喜欢的作文课,我上周写的作文,又成了全班的范文。但我读得磕磕绊绊,极不流畅,我的心已经不在作文上。我忽然意识到,我忽视了一个非常重要的问题:我忘记告诉麦红月,这首诗是请她转交给奚晓娟的,因为担心诗稿不小心遗失,我既没有写自己的名字,也没有写奚晓娟的名字,麦红月能明白我的想法吗……

别读了!武老师终于听不下去了,他走到我面前,用一双大号金鱼眼瞪着我问,王大诗人,你今天怎么了?脑袋让门挤了?

我慢慢站起来,如梦初醒,迷茫地看着武老师,不知如何回答。

全班同学也都静了下来,六十多双眼睛看着我和武老师。

突然,教室里响起一个清脆的声音:报告老师,王士祥他刚刚丢了生活费,心情不太好……

麦红月站在自己的位子上,满脸通红。

武老师愣了片刻,长出了一口气说,好了,你们都坐下吧。

就在这天下午的最后一节课后,麦红月在我身边走过时,把一张小纸条扔在了我的腿上。我想,她本来是想扔到桌洞里的,只是技术欠佳和紧张的原因,没扔准。等同学们都出了教室,我打开纸条,就一句话:晚饭后去东河边。

我一喜:难道她替我约了奚晓娟?又一忧:她不会误会了我的意思,自己和我约会吧?

吃饭时,我偷偷观察两个"城里人",发现她们俩都谈笑风生,和平时一样,甚至都没有看我一眼。奚晓娟穿一件月白色的衬衣,照例扎在裤子里。麦红月穿了一件粉红的长袖套衫。

四

我们学校所在的位置,在千户屯村的最南面,也是徒骇河和渭河交汇前的"V"形地带,东西两边都是河,村里人习惯把东边的徒骇河说成"东河",把西边的渭河说成"西河",来这里读书的学生,也入乡随俗,称东河西河。一座大桥横跨过徒骇河,副桥一直延伸到千户屯村里,穿过村庄,再横跨过西边的渭河,往西绵延而去,两桥之间的公路,就是村子的主街道,站在街道上往东西两边观望,好像村子挑着两座大桥。

现在是秋天,我不知道麦红月纸条上写的东河边具体是指哪个地方,是紧靠学校东边这儿?还是在桥下边?晚饭后,我来到东河的堤坝上,沿着堤坝上的林荫小路,在大桥和学校东的河边之间来回徘徊。

夕阳透过茂密的树冠斜射到小路上,闪烁出斑驳的光圈。

我在心里暗暗祈祷:佛祖慈悲,保佑我吧……来的是奚晓娟……

当我遛到第八圈时,一个人影走进我的视线。这时,夕阳已经快要降落到地平线了,她好像是背负着红彤彤的、硕大的夕阳向我走来,这使她面部的光线非常昏暗,我看不清她的模样,也看不清她衣服的颜色,但是,我看清了她把上衣扎在裤腰里的轮廓,那一刻,她就像一个女神,从传说中向我走来,我激动得无法自抑,胸腔中充满着春天般的温暖和葱郁。

我跌跌撞撞地迎了上去,在一棵白杨树下,她站了下来,我也恰好走到她的面前。我把磨出线头的衬衣袖子往里掖了掖,紧张地看了她一眼,她表情很平静,嘴角带着一抹淡淡的笑。

我双颊发烫,不好意思地低下了头,但胸腔间的鼓声愈来愈烈。

这是红月让我转给你的信。

她把一个折成千纸鹤的信纸递了过来。

我一下子蒙了,呆呆地望着她模糊的脸上那双星子般的眼睛。

她抓过我的右手,把信纸塞到我的手心里,又拍了拍我的手说,她不好意思自己来,临时决定让我充当红娘的。

我的心如翻江倒海般汹涌,喜欢的人就在眼前,除了我们俩,周围连一条狗都没有,这是我在遐想中出现了多少次的场景,但我一句话都说不出来。

好了,我的任务完成了,别忘了答谢我呀!

奚晓娟说完,转身要走。

我下意识地拉住她说,你等等……

她一下就挣脱了我,跑出十几米远后,才回头说,有什么话,还是直接告诉你喜欢的人,你是男生,要勇敢一些。

我真恨自己,为什么不直接把纸条送到她的手里呢?

我打开千纸鹤,只有一行字:我决定尝试着接受你。

后面没有署名,只用红笔画了一个月亮。如果这封信是奚晓娟写给我的,我即使不会成为疯子也会疯狂一段时间,如果这个世上没有奚晓娟,我接到麦红月的这封信,也会很高兴,作为一个头顶高粱花子走进中学的农民子弟,作为一个前途并不乐观的穷学生,能得到一个城里姑娘的爱,也是非常值得珍惜的,况且,麦红月除了性格有些外向,穿着不如奚晓娟讲究外,相貌一点儿也不比她差。但是,我的心里塞满了奚晓娟,根本没有再放麦红月的地方。

这天晚上,我平生第一次尝到了失眠的滋味。我想了好多种方案,选一个合适的地点亲口告诉奚晓娟,这是一场误会……

<h1 style="text-align:center">五</h1>

我是在鸡叫声中进入梦乡的,醒来时,已经快中午了。

整个校园里静悄悄的。今天是星期天,离家近的同学,昨天晚上放学后就回家了,离家远的,今天一大早也都走了。自升入高二,我们周六下午的半天假期就改为正常上课了,每周只休一天。

我在水池子前洗了把脸,刷了牙,感觉肚子饿得咕咕叫。但今天食堂肯定没饭,只能扛着饿,回家去吃。

在我们班里,我是为数不多的步行者。没办法,家庭贫困,能供我上学已属不易,实在不敢奢望有一辆专属自己的车子。

我回宿舍背上书包,把昨晚剩下的半杯凉开水一气饮下,锁好门,就踏上回家的路途。我的家并不太远,从学校走到村子里的主道上,然后向西,过了渭河大桥,沿西岸的河堤路一直往北,五里路就到了。

刚走上渭河大桥,一阵脆生生的车铃声传来,我转身一看,竟是麦红月,骑着她那辆崭新的女式"飞鸽"自行车,单腿点地,冲我歪着头笑。

我有些惊喜了,这真是一个好机会,一定要对她说清楚。

你回家应该往东走,怎么走到这里来了?

上来吧,我送你回家。

我还从没让一个姑娘用自行车带过,就说,我们走走吧。

她坚持说,上来。

我见拗不过她,就说,你下来,我带你吧。

她把自行车交给我,接着就坐到了后座上。

我歪歪扭扭地骑了几十米,才稳住车把。

她在后面笑得前仰后合。

一路上,我一直想找个合适的机会,给她解释一下。后来我发现这很难,她太健谈,一直在说她家里的事儿,有时也问我家里的情况,我根本无法介入那个话题。

后来,她无意中问了一句,你家里有几间房?

这句话让我有了一个自认为不错的主意。我已经不想对她实话实说了,那样对她的伤害太大。

快到村口时,我停下来,对她说,好了,你回去吧,让人看见不好。

她用力拍了一下我的后背,有什么不好的? 我这丑媳妇早晚不得见公婆?

我从车子上下来,车子一歪,她也下来了。

我郑重地对她说,麦红月,我写那首诗,是一时的冲动,你不要当真!

麦红月一愣,脸色有些发白,问,怎么了?

我说,我家条件太差了,全家八口人,只有四间用土坯垒的泥房子,像你这样的城里姑娘,哪能挤住在这种房子里。

麦红月的脸色恢复了红润,她笑着打了我一下说,你吓了我一跳——不过,你说的这些,根本不是问题,我们以后都要到城里去工作,单位会分房的,再说,你也可以住在我家,我在家是一棵独苗。

我点了点头说,你说的是不错,但你想过没有,我考上学的可能性连百分之十都没有,怎么去城里工作?

她接下来说的话深深震动了我。

她说,你肯定能考上,考不上大学,可以考大中专,考不上大中专,可以回过头来考初中中专,你最起码能上我们县里的技校。

见我吃惊的样子,她接着说,告诉你吧,我爸爸已经当上教育局的副局长了,兼技校校长,他手里有名额,你要是实在考不上,我会找他要名额的。对了,还有个事没告诉你,我爸爸当上副局长后,本来要把我转到县城的,我死活没同意,这都是……为了你……

一席话让我的心"怦怦"直跳! 这太出乎我的意料了,我已经乱了方寸,结结巴巴地问:那、那你爸爸真的会……会管我?

她有些得意地说,我早就跟爸爸提过你,他也是文学爱好者,看过你写的诗,说你很有才气,一定有前途。

我的心里已经乱作一团,像我这种情况,即使能上个最不济的初中中专,马上就可以农转非,这也是一步登天哪! 如果考不上,就得天天去庄稼地里干活儿,当个晴天一身土雨天一身泥的庄稼汉。家里之所以在这么贫困的情况下还供我读书,就是想让我考出去,将来好照应家里。

显然,麦红月能让我"考上"。

我们边走边说着话,一会儿就走到了村里。已经中午了,下地的人扛着农具,正陆续回家。大家都用异样的目光看着我们俩。我家邻院的一个大嫂,正扛着铁锨,手里拿着一把韭菜,边走边择着上面的黄叶、杂草,突然见到我们,吓着了般一怔,她把麦红月上下打量了又打量,表现得十分无礼。可麦红月不在乎,竟然冲她笑了笑,摆了摆手。

大嫂疑惑地问我,这是你……

我满脸通红,赶紧解释,是我同学,来送我的。

我赶紧将自行车交到麦红月手里说,快晌午了,你快回吧,别让家里人担心。

她嘲笑般看着我说,你紧张什么呀?

我赶紧双手作揖,求你了,快走吧。

她仍然不依不饶地说,我走可以,你周一给我带点儿嫩棒子。

我忙不迭地说,好好好,我给你带一口袋。

她终于骑上自行车,走了。

整整一个下午,我没能复习一点儿功课。我一直在心里进行激烈的斗争。我的心里,还是放不下奚晓娟,但是,奚晓娟她能接受我吗?即使她接受了我,我考不上学,还是瞎子点灯白费蜡……

六

没有从那个年代过来的人,根本无法想象,一个农家子弟,考出去和落榜,有多么巨大的差别。我有一个堂姐,是全村身材最好,脸蛋最漂亮的姑娘,她拒绝了好多家境殷实、一表人才的小伙子,嫁给了一个拄着拐杖的瘸子,就因为那个瘸子是棉纺厂的正式工人,非农业户口,吃商品粮,住职工家属院。在二十世纪七八十年代,一个农民小伙子,无论他多么优秀,家里条件多好,在正式工人、国家干部这些身份面前,都不堪一击。

高中时期的爱情都在地下。但麦红月却恨不得全校师生都知道她在和我谈恋爱。以她的家教和修养,我总觉得她这样做令人难以琢磨。我被校长、教导主任、班主任轮番叫到办公室谈话，挨了多次声色俱厉的训斥。每次我都赌咒发誓痛改前非专心学习后，才被放回来。而麦红月因为其父亲的原因，一直没人找麻烦。

到了高三，同学们的实力基本已见分晓。王力强的成绩稳居第一，奚晓娟第二，我和麦红月都在前十名的边缘徘徊。有几个成绩一直倒数的同学已经失去了信心和耐心，陆续退学了。最苦的是中游以上的同学，他们都觉得自己还有希望，都在拼命地学，有五六个男同学剃了光头，据说这样脑子聪明。

每天看到奚晓娟，我心里总也免不了有一丝淡淡的忧伤。有时，她也会飞快地瞥我一眼，与我的目光相遇后，她会若无其事地将头扭向一边。

一九八七年国庆节上午，刚下了最后一节课，同学们都出了教室后，麦红月走到我身边，小声对我说，等吃了饭，我带你去一个地方玩儿。

我懒洋洋地问，去哪儿？

她冲我神秘地一笑说，去教堂。

这里哪有什么教堂？

看着我诧异的样子，她有些得意地说，我也是刚听晓娟说的，就在上次我们见面的桥西岸，沿河堤往南走，四五里路就到了。

教堂有什么好玩儿的？

听晓娟说，那是民国初年法国人在这里修的一座基督教堂，已废弃多年，听人说，以前有一个单身的男人看着，后来，这个人死在里面，过了好久才被人发现，他的鬼魂就一直在里面游荡……

我马上来了兴致，好好！就去那里！

中午，我和麦红月在食堂吃饭时，武海洋老师在门口冲麦红月招了招手，就把她叫走了。一直到我吃饱饭，麦红月也没有回来。我找了教室、宿舍、操场，还有校园南面的小树林，还让一位女同学到厕所看了看，都没有她的人影。我想找奚晓娟问问，结果奚晓娟也不见了。找武老师也没找到，我又问了其他几个老师、同学，他们都把头摇得像拨浪鼓。教英语的张老师说，应该是回家了吧，今天下午放假了。

我知道她不可能回家，就回到教室，看了一会儿书，也是拾兹忘俩，一直坚持熬到两点半，还不见麦红月的影子。

麦红月描述中的教堂，那神秘的诱惑力，在我胸中不可遏止地膨胀起来，越来越大。

七

我一个人悄悄地走出校门,按照麦红月说的路线,向那个飘荡着游魂的老教堂出发了。虽然已经是十月份,但农历才八月初九,下午的日头还有些灼人。我走过了完全暴露在阳光下的渭河大桥,已经出了一身白毛汗。下了桥,走上桥西岸的河堤路,才走进一片树荫中,身上顿时凉爽了很多,但耳朵一瞬间就笼罩在了稠密的蝉鸣中。往南走,河堤下是大片大片的玉米地,玉米已经到了成熟期,密密麻麻的玉米穗子,红色的、黄色的、白色的,在阳光下闪闪发光,有风吹过,干透的穗子纷纷飘落,落在玉米叶子上,发出轻微的"沙沙"声。

走了大约半个小时,远远地,我就看到了那座教堂。它坐落在一片玉米地之中,有三层楼那么高,整个建筑呈灰暗的色调,一群黑色的鸟儿在教堂的尖顶上空盘旋。玉米地中,有一条蜿蜒的小路通向教堂,站在河堤上往下看,那条小路像一条细细的带子,在两旁玉米的遮映下时隐时现。

这是我有生以来第一次见到教堂,也是第一次见到这么高的楼,县城里最高的百货大楼也只有两层。我努力让自己慢下来,不要这么快地进入这个神秘的地方。我慢慢下了河堤,轻轻拨开小路两边的玉米,缓缓地走向教堂。玉米叶子划过我刚刚出过汗的脸和胳膊,杀得生疼。玉米地的深处,不断有鹌鹑"咕咕"的叫声传来,寻声摸去,定能找到一窝鹌鹑蛋或小鹌鹑,但这些已经引不起我的半点儿兴趣。那个午后,教堂把我的心塞得满满的。我悄悄地向它接近,离得越近,越感受到里面有未知的巨大秘密在等待着我。

我终于站到教堂门口时,感觉有些失望。整栋楼是砖木结构,已经断成数截的门框上,看样子很久之前就没有门了,门前被一片一人多高的野草占领着,斑驳的墙壁上,到处是被风霜和岁月蚀透的窟窿。我小心地拨开野草,一步步地挪进去,一股浓重的腐烂气息扑面而来,夹杂着灰尘的腥味儿。南面的几个大窗户已经被木板横七竖八地钉死,室内光线昏暗,我努力地睁大了眼睛,看到整个一楼空荡荡的,地上全是一些破烂的木板木条和麦秸。在正对着门的北墙上方,吊着一根已看不清颜色的钟绳,上面垂着一缕破败的蜘蛛网。风从无数个墙缝中钻进屋内,在屋内横冲直撞,到处盘旋,发出一些奇怪的声音,一些松动的楼板也不断发出各种响声,使我想起了传说中那个游荡的魂魄。我下意识地打了个寒战,但我一直坚信世上无鬼,我站在原地不动,定了定神,眼睛逐渐适应了室内的光线。一楼的屋顶上,也有无数长短不齐的缝隙,映下各种形状的微光。离门口不远的东边,紧靠着南墙,是通往二楼的楼梯。楼梯也非常破败,中间还缺了几块木板。我大着胆子,扶着摇摇欲倒的扶手,迈上了第一级台阶,脚下的楼板发出"吱"的一声怪叫,还好,没有断裂。我踩着楼梯的边缘,一步步往上走,发现不太可靠的楼板,就越过它攀上去,每走一级,楼梯就发出一声怪响,但一路走上去,总算有惊无险。二楼的地板明显比一楼结实,估计是因为通风好,受潮轻一些。二楼是筒子楼,中间一条走廊,两边是一个挨一个的房间。我沿着走廊的右边,慢慢向前走着,走过一个个没有门的房间,那些房间里除了灰尘和破旧的纸张,什么也没有。快走到走廊尽头时,我脚下的一块楼板突然发出很响的声音,断裂了,幸亏我及时挪开步子,没有将这一只脚漏下去。更为惊心的是,随着这一声响,传出一个女人的尖叫:有人!

我只觉头皮一阵发麻,脚都快软了,接着就有脚步声从前面的房间传出来。

我一猫身闪进了最近的一个房间。

脚步声在隔壁的门口停下了,接着传来一个熟悉的男人声音:哪里有人?不是风就是野狗野猫弄的。

接着,脚步声进了房间。

我更加紧张了,那个男人的声音,竟像极了我们的音乐老师陈小年。我将身体紧贴着墙壁,听着隔壁的声音。过了一会儿,传来一阵轻微的声音,像是风在麦场上吹过麦秸垛的声音。我沿着墙壁慢慢移动着步子,终于找到了一个裂开的缝隙。透过缝隙,我看到了做梦也想不到的一幕,惊得我几乎叫出声来。

隔壁房间里,铺了一层厚厚的麦秸,一个女的躺在那里,头部深陷在麦秸里,看不清她的模样。我们才华横溢的陈老师,正一件件剥下她的衣服。女的双腿修长,皮肤洁白光滑,尤其是胸部,非常坚挺。隔着厚厚的木板,我依稀嗅到了混杂着麦秸馨香的女人体香。陈老师把自己也剥得一丝不挂,他皮肤黝黑,与女的皮肤形成强烈的反差,特别是他的鸡胸和一条条薄皮包着的肋骨,显得那么滑稽。陈老师在女的身上忙得气喘吁吁,鼓起着脊椎骨的背上满是豆大的汗珠子……

忽然,陈老师叹息了一声,停了下来,沮丧地坐在麦秸上,布满汗水的脸上,有两行泪水蜿蜒而下。

女的轻声说,陈老师,不要着急。

陈老师满面通红,爬起来,忙不迭地往身上套着他的衣服。

女的忽地坐了起来, 她的面部完全暴露在我的目光之下。我头部如遭重击,炸裂般的疼痛使我几欲晕眩。

女的说,你说过的话,还算数吗?

陈老师一边狼狈地穿着衣服,一边有气无力地说,你也看到了,我根本就做不了男人的事儿,你以后真的嫁了我,还不得守一辈子活寡……

女的说,你可以去医院……

陈老师已经穿好了衣服,扔下一句,你快穿衣服吧,我先走一步了!就跌跌撞撞地向楼下跑去。

我听到楼梯那里"咣"的一声,接着是一声惨叫,不难想象,他不是踩空了就是被绊倒了。

女的缓慢地穿着自己的衣服,脸上的表情非常平静。

我长长地出了口气,痛苦地想:我是悄悄地离开,还是直接闯进去呢?

她穿衣服的动作忽然停了下来,眼光骤然射向我偷窥她的墙缝。

我一惊,赶紧闪到一旁。

出来吧! 我看到你了!

我忽然就拿定了主意,一步一步,缓慢地走到那个房间里。

她刚刚扣上衬衣的扣子,下身还裸露着。我的出现让她吃了一惊,急忙用衣服遮住自己的私处,惊疑地问:怎么是你? 你自己吗?

你以为是谁?

我以为是红月呢! 我昨天刚刚对她说过这个地方。

我转过身,让她先把衣服穿上。

她急促地问,是红月告诉你这个地方的吧? 她怎么没和你一起来?

我简要地给她说了今天中午麦红月失踪的情况。

她面无表情地问,你不会说出去吧?

我冷笑了一下说,在我心里,一直拿你当女神的。

一丝悲凉滑过她的脸庞,只一瞬,但被我捕捉到了。

我转身就走。

她一下抱住了我的右腿,仰着脸,用乞求的眼光看着我说,千万别说出去!千万! 行吗?

我故作轻松地说,你们是谈恋爱,别人知道了又能怎么样?

她受了刺激般大声说,不行!不行!他是老师……再说,我已经决定和他分手了……

我用力拔了一下我的右腿,她搂得很紧,倒把她拖得挪动了半步远。

我说,奚晓娟,请你松手,今天这事儿,我绝对不会说出去,不对任何人说!

她问,红月呢?你会对红月说吗?

我说,不会的,包括麦红月,任何人!

她把头靠在我的大腿那里,但还是不肯松手,反复问,你保证?你能保证吗……

我说,我保证我保证……

你用什么保证?

我用人格保证还不行吗?

她吐了一口长气,缓缓地摇了摇头说,人格?人格是看不见摸不着的东西……

今天看到这一幕,我本来就痛彻心扉,见她老不放我走,有些急了,我大声问,奚晓娟!你说,我要怎样做你才能相信我?

奚晓娟死死地抱着我的腿,轻声抽泣起来。

我理解她的心理压力,师生恋这种事儿在其他学校发生过,有的都闹出了人命,这事如果传到学校,传到她父母那儿,她真的会遭灭顶之灾。

我把口气放缓和了,轻声对她说,奚晓娟,其实我一直很喜欢你,不希望你有任何意外。

她仍然用力地摇着头。

我叹了口气,不知道她到底在想什么。

忽然,她像下了决心似的,一下子站了起来,紧紧抱住我说,你要了我吧!

我一时没反应过来,推开她问,你说什么?

她重新扑到我的怀里说,你要了我吧,这种事儿,只有你要了我,才真的不会说出去了。

我曾经是多么渴望得到奚晓娟,得到她的心,得到她美丽的身体,但没想到是在这种情况下,这种所谓的"得到"……

奚晓娟见我不说话,紧紧搂着我,有些语无伦次了:你不要嫌弃我,陈老师他不行……他做不了……

我的大脑乱作一团,我毕竟是喜欢奚晓娟的,但我又难以接受这种苟合,想拒绝她,既怕她伤心,又对她的巨大诱惑缺乏拒绝的勇气,任由她在我的脸上、脖子上亲吻着……在懵懵懂懂中,她唤起了我身体深处沉睡着的野兽……

我们都不得要领,只是凭借着直觉互相探索,用了很长时间,我才进入她的身体,在那一瞬间,我明显感觉到她剧烈地抖了一下。

我气喘吁吁地问,怎么了?

她紧咬着下唇,摇了摇头,双臂用力搂住了我的脖子,把脸贴在我的胸前……

平静下来后,我们都一身的汗水,像刚被从水里捞出来一样。我们并排躺在麦秸上,静听着室外的风声鸟声,和室内各种古怪的声音。

我的心中五味杂陈:欣喜,忧伤,懊悔,愤怒,烦躁,惆怅……

室内的光线逐渐暗了下来。

我长长地叹了口气说,其实,我那首诗,是托麦红月转交给你的。

她没有说话。

我没有想到,麦红月竟然误会……当然了,我应该写明白的……我自言自语,说了好多话,奚晓娟一直没有吭声。我自觉无趣,就沉默下来。

奚晓娟突然冒出了一句,她知道那首诗是写给我的!

我像被蝎子蜇了般迅速爬起来,盯住她的脸问:真的? 你怎么知道?

奚晓娟淡淡地笑了笑说,光我们班,就有五六个同学让红月传信给我,她从未有过错觉。你们男生,怎么都这么没出息? 直接给我不就行了?!

我追问道,你是说,红月她知道,我那首诗是写给你的?

奚晓娟两只漂亮的大眼睛望着房顶,眼珠一动不动:是的,当天中午,她拿出那首诗来给我看的时候,我就知道你是写给我的,因为女人的敏感,也因为你用了"矜持"这个词,麦红月她和这个词相距太远了。而红月,也明白那东西不是给她的,她是故意装傻……你不觉得,她太主动了吗?接到纸条,当天就回复你,第二天就在学校等了你半天,然后跟你回了家……她家条件这么好,用得着这么迫不及待地倒追你吗? 她是想让你们的恋爱成为公认的事实,让我只能选择接受……

她一口气说了这么多,语速比平时快得多,想象得出,这些话,应该在她的心中憋了好长时间。她的话是有道理的,麦红月和我的恋爱节奏确实太快了,而且她一直把握着一个较快的进度。尤其是在考学这个重大问题上,她主动表示要帮我,这的确有些轻率。

你肯定以为,她有多么喜欢你吧?她是喜欢你,但并不是你想象的那样。你成为校园的风云人物之后,我们私下经常谈起你,我对你也非常欣赏……她这是在和我争,来到这个学校之后,我经常会接到同学的情书,这些情书,大多数是通过她的手转来的,我都烧掉了……而她,从来没有收到过一封,我烧情书时,她的脸上总有一种淡淡的失落……当你那首没有署上名字的诗歌到她手里后,她马上就抓住了这个机会……

我沉默了,其实是被惊呆了,她们是公认的"老铁"、闺密,谁想到她们之间会有这种暗暗的较量,或者,是看不见的战争。

她冷不丁问了一句,你和红月,还没做过这个事儿吧?

我和红月的亲昵,仅限于拥抱和接吻,不是不想,是不敢。但我没有正面回答她,只说了一句我这一瞬间的感受,你们女人太可怕了。

奚晓娟又说,我猜你们一定没有做过。说完,她发出一阵奇异的笑声。

八

我和奚晓娟走出教堂时,教堂尖顶上的大钟突然发出了一声沉闷的巨响,嗡嗡的……惊起了一群飞鸟,尖叫着向远处飞去……

我们同时站住了,互相望望,我看到奚晓娟的眸子里充满了恐惧。

我拉住她的手说,快跑!

跑出了大约五六百米,我们才逐渐放慢了脚步。

夕阳只有一竿子高了,余晖倾洒在大片的玉米上,玉米叶子映闪着金黄色的光芒。不时有蛐蛐清脆的鸣唱,布谷鸟极具韵味的叫声传来,使这个傍晚充满了浪漫的田园诗意。空气里满是玉米的馨香,还掺杂着奚晓娟的体香,我第一次体会到了心旷神怡的感觉。

奚晓娟抓我的手忽然就松了,我用力握住她,她猛地甩开了我。

对面不远处,麦红月分花拂柳般,拨开路两边的玉米叶子,向我们走过来。

我的肚子"咕"地响了一下:糟糕。

我们在相距三四米距离的地方,同时站住了。

大约有一分钟的时间,我们都彼此看着对方,谁都没有说话。

我上前几步,抓过麦红月的手说,红月,我哪里都找不到你,就……

不要说了!

麦红月甩开了我的手，就转过身子，径直走了。

我和奚晓娟像两个犯了错误的学生，一前一后，默默地跟在她的身后。麦红月急速地在前面走着，一直走到学校，她也没有回头。

到了学校，正好是晚饭时间。她们俩像往常一样，还是在一张桌子上吃饭。其实，自从我和麦红月的关系公开后，我们三人经常在一张桌上吃饭，有时奚晓娟也会应别的同学邀请，端着饭去别的同学那里扎堆。但今天，我很自觉地躲到了一边。她们虽然在一起面对面地吃饭，却没有说一句话。

在操场南边的树林里，我对麦红月详细解释了今天下午发生的事情。当然，对于奚晓娟的出现，我隐去了陈老师，隐去了我和她发生的一切，只是告诉她，我太好奇，就自己去了，没想到，正遇上奚晓娟一个人在那里玩儿。

麦红月听完后，紧紧抱住我说，没事了！你和奚晓娟讲的完全一样……

这是我和奚晓娟离开教堂时提前串好的。我们没预见到会在半路上遇到麦红月，但我们两人同时回校，她知道后，肯定会盘问的。

这些预案，全部出自奚晓娟。

接着，她主动对我解释了她"失踪"的事儿。她的父亲，带着县教育局安全科的人来学校检查安全情况。看完现场，听完汇报，已经十二点多了，学校就安排在村里的"兴旺酒楼"招待他们一行。校长特意让武老师喊她去和她父亲见一面。当时，她以为只要和父亲打个照面就回来的，没想到校长会留她在那里吃饭。这一顿饭就吃了三个多小时，她中途本想离开，又怕父亲喝醉，就一直坚持到了散场。像我满世界找她一样，她也找了我一圈，遍寻不见之后，她猜测我是去了教堂，就去教堂找我。

这一晚，我像被注入了神奇的力量，一直复习到凌晨三点，也不觉得困和乏。

九

每天看到奚晓娟，无论是在教室还是食堂，我都有一种奇异的感觉，我说不出那是一种什么感觉，温暖，喜悦，忧伤……她看我的时候，眼睛非常明亮，我总觉得，她的眼睛里有一层清亮的水，随时要滴下来的样子。每当我们的目光相遇，我都久久地凝视着她，不愿离开。但是，现实情况不允许我们经常有这样的视觉享受。自打从教堂回来，麦红月对我盯得特别紧。现在，她的课余时间基本上都是和我在一起,和奚晓娟有了明显的疏远。

我心里一直有一个不光彩的想法,我如果考上了,就和奚晓娟在一起,如果考不上,就认命了。

但接下来发生的一件事,让我乱了方寸,也铸下了一生的大错。

那是一个星期六的傍晚,我步行回家。最近这段日子,每周六的傍晚,都是我用麦红月的自行车带着她,一直到我的村头,然后她再自己回县城。但今天麦红月不舒服,一放学就直接回家了。

刚走到渭河桥上,背后就传来了清脆的自行车铃声。我以为是麦红月又追上来了,就自顾走,故意不回头。自行车一直绕到我前面,才停下来。

竟然是奚晓娟。我非常欣喜,但突然看到奚晓娟的脸色非常难看,就问怎么了?

她把自行车在路边放好,小声说,给你说个事儿,我可能……怀上了……

我像被电了一下,一下子跳了个高儿,怀上了?我竟然让她怀上了孩子?那一年,我刚满十八岁,一点儿这方面的心理准备也没有。

她带着哭腔说,这两天经常觉得恶心,我的"那个"已经过了快十天了,还没来,你说怎么办吧?

我的大脑在急速运转,怎么办?怎么办?这种事儿以前只是听说过,大约只能去医院流产。可是,流产应该要花很多钱的,去哪里弄这笔对我来说不亚于巨款的钱?向家里要?我哪里有脸说……

她着急地推了我一把说,你倒是说话呀!你做的事儿,你可要负责呀!

我做了个长长的深呼吸,然后说,你让我好好想想!

她将脸扭向一边,然后,一动不动地,将这个姿势保持到我想出办法。

我把自己的办法告诉了她,她才扭回头来,然后,她一抬手,给了我一记响亮的耳光!

她骂道,你还是个男人吗?亏你想得出来……

我捂着半边脸说,我知道你一时难以接受,可是你想想,你还会有更好的办法吗?

她失望地看着我,泪水像两条小溪般顺脸颊淌了下来……

我的办法是让她去找陈老师,毕竟,她和陈老师有过肌肤之亲,没有什么开不了口的。而如果我带她去医院流产,医生看我们年纪都这么小,肯定会盘问的,弄不好,会把我们当流氓送到公安局,或是通知给学校,要是那样的话,我们都完了……陈老师是一个成熟的男人,他肯定有办法,不会把事情弄得更糟……

太阳缓缓沉入了地平线,远处的麦田里,绿油油的麦苗儿,已经变成墨绿色了。风从河面上吹来,带着水腥气儿,已经有了凉意。

她一句话也不说,忽然踢开车撑,骑上自行车走了。

我在那儿待了好久好久,无边的恐惧,剧烈的忐忑,山一般向我压来。

十

整个周日,我都是在发呆中度过的。我设想了无数种结局,好像每一种都对我不利。我担心奚晓娟会自杀,或者告诉她的父母,她的父母会找到我兴师问罪……也许,奚晓娟为了洗清自己,会说我是强奸,那我就得被抓起来判刑,甚至枪毙……又想,奚晓娟不会这么狠心的,她不但是美丽的,还是善良的……

周一上课时,我精神恍惚地来到教室,紧张地盯着门口,唯恐看不到奚晓娟。

在上课铃响的最后一刻,奚晓娟来了,她看都没有看我一眼,神情冷漠地走向她的位子。她眼圈发黑,眼窝深陷,面色苍白,比周六那天消瘦了许多。我一阵难过,我太自私了,竟没想过,她比我的压力更大。

中午,她没有来食堂吃饭,这是从未有过的事儿。麦红月见我心不在焉,不满地在桌子下踢了我一脚,你想什么呢?

我问,奚晓娟怎么没来吃饭?

她瞪了我一眼,冷冷地问,这和你有关系吗?

随后,她调整了一下口气说,她不舒服,在宿舍躺着呢。

下午第三节课是音乐。陈老师刚进门,我就发现他的额头上有鸡蛋那么大的一块瘀青。他神情有些落寞,走上讲台时,他的目光把整个教室环顾了一遍,突然定格在我的脸上。四目相对,我心里一哆嗦,赶紧低下了头。

陈老师用沙哑的声音说,同学们,今天我教你们唱《难忘今宵》。

课刚上了不到十分钟,武老师就把陈老师叫走了,隐约听到是校长要找他。

陈老师这一去再也没能回来,这是我见陈老师的最后一面。

第二天早读时,学校就炸了窝,陈老师在宿舍里上吊自杀了。据早看到的同学说,陈老师宿舍的窗帘没有拉好,天一亮,有人在他窗前经过,无意中看到他挂在电扇下面。同学们纷纷拥了出去,我没有动,呆呆地坐在那里,大脑一片空白。

奚晓娟等同学们都出去后,站在我的座位旁冲我质问了一声,你告诉麦红月了?!

我慌乱地摇了摇头。

就是你说出去的!

说完,她就风一般出了教室,走出了我的视线,从那一刻起,我再也没有见过她。

我不明白究竟发生了什么事情,关于陈老师和奚晓娟的风流韵事传遍了整个校园。作为唯一的目击者,我并没有向任何人透露过他们的事儿,这是怎么传出去的呢?我真是跳进黄河也洗不清了,奚晓娟真的要恨死我了。转念一想,我真是唯一的目击者吗?我们离开教堂时,那神秘的钟声是谁敲响的?也许,还有其他人看到,只是我们不知道而已。

我心乱如麻,独自在空荡荡的教室里惊慌失措。

接下来学校里热闹了好久。先是公安局来破案,后来定性为自杀。接着教育局又来调查他自杀的原因,也很快有了定性,他和学生奚某发生不正当的男女关系,致使奚怀孕,畏罪自杀。接下来陈老师的家人来讨说法,奚晓娟的父母来学校要人,因为奚晓娟周末没有回家……

那段刻在记忆中的日子,我每一天都是在惶恐不安中度过的,我深刻理解了如履薄冰的含意。我害怕老师叫我的名字,老师一叫我的名字,我就不由自主地颤抖一下。上着课的时候,我最恐惧的事儿,就是有学校领导或其他老师突然出现在教室门口。有一天,正上着语文课,学校的教导主任忽然出现在门口,他把武老师叫出去,两人嘀咕了几句什么,并不时地把目光投向我,我顿时心跳加剧,汗水将衣服都浸透了。后来武老师进来,喊了我的名字,我呆呆地站了起来,我好像听到他说,校长有事儿找你。

我一阵头晕,瘫倒在课桌下。

我醒来的时候,已经躺在了宿舍里,挂上了吊瓶,有几个同学在看着我。见我睁开眼睛,麦红月眼圈一红,泪差点儿下来。自从陈老师和奚晓娟出了事,麦红月也变得沉默了,我们在一起吃饭时,我经常走神儿,对她说的话,我常常答非所问。但她没有像以前那样对我,只是用忧伤的眼神看着我。

我问,我怎么了?

王力强说,医生说了,你没什么事儿,就是长期精神紧张,睡眠不好,太虚弱了。

我想起了在意识蒙眬中武老师说的那句话,心又提了起来,下意识地看了麦红月一眼。

麦红月拍拍我的脑门儿说,你至于那么激动吗?武老师刚说你又在市报副刊发了一组诗歌,你马上就倒下了,你又不是第一次发表作品……

我长长地舒了口气,慢慢闭上了眼睛。

一个多月后,事情慢慢平息了下来。学校赔偿了奚晓娟的父母一笔钱,校长和教导主任全部免职调离,武老师也被调到一个偏远的村小学,后来听说,那个小学三个年级共四十多名学生,以前只有一个老师。

奚晓娟一直没有确切的消息,传说她去了南方,跟一个亲戚学做生意去了。

临近高考时,麦红月的父亲出了事,他因为滥用职权和受贿,被罢免了一切职务,因为认罪态度较好,犯罪情节较轻,没有追究法律责任,只让他提前退休了。

这个变故,对我和麦红月的打击,无异于灭顶之灾。知道消息的当天晚上,我和她在操场南的小树林里默默流泪。哭过之后,麦红月用袖子擦了擦眼泪说,有山靠山,没山独立,从现在起,咱都铆足了劲学,不要让别人看笑话。

我就是在那一刻萌生了退意。回家当农民吧,这就是我的命,也是命运对我的惩罚。如果我真的和麦红月在一起,就会时时想起奚晓娟,时时想起陈老师,难道我要背着对他们的愧疚度过这一生?

回宿舍的路上,我问,如果我考不上,你怎么办?

麦红月叱道,不许这么说!

黑暗中,我看不到她的表情,但她的语气非常决绝:我不会和一个砸牛屁股的人结婚!

最后的冲刺阶段,麦红月几乎是在玩儿命了,除了吃饭上厕所,她整个人都长在了教室。有女同学告诉我,晚上熄灯后,麦红月在宿舍里打着手电学习。

十一

高考成绩下来了,全班考上大专的,只有两个人,一个是王力强,另一个就是麦红月。还有几个被中专学校录取的,总的升学率仍不足百分之十。

麦红月被市里的师专中文系录取。接到录取通知书后,她曾来过一趟我家,劝我复读。我谢绝了她的好意,她再三劝说无效后,哭着离开了。开学后,她给我来过很多信,主要写大学校园的新鲜生活,极力恳求我去学校看她。我知道她的良苦用心,为了不再耽误她,我一封信也没有回。后来,她的信就渐渐少了……

我很快融入另一种生活。

每天,我都和家里人一起到责任田里侍弄庄稼。不到一个月,人就晒黑了,像个地道的庄稼汉了。

每天晚饭后,我都在属于自己的一间小西屋里,趴在我作为书桌的那张老式八仙桌上,读书写作,自得其乐。夏天,蚊子在我身边转来转去,咬得我浑身起满了红疙瘩,我也照样趴在书桌上一动不动。有时,脚被咬得实在受不了,就弄一盆凉水放在桌子下面,将两只脚放进去,常常将两只脚泡得泛白。冬天,我有时一熬就是一个通宵,早晨浑身冰凉,站都站不起来了。

我的诗歌陆续上了《星星》《齐鲁晚报》《黄河诗报》等较有影响的报刊。很多文学爱好者慕名而来,一年多的时间,我结交了很多文友。

在麦红月考上大学一年后,我也意外地参加了工作。

县文化馆创作室要招一名创作员。那是一九八九年,还没有"逢进必考"的规定,像这种需要文艺人才的特殊岗位,如果空缺,上边又分不下专业人才来,就在各单位和社会上选调,有些地方给这种机制取名"特殊人才引进"。我们全县能在省级刊物发表作品的人寥若晨星,而这有数的几颗星星,不是年龄太大,就是原单位不放人。筛选了一遍之后,唯一一颗合适的星星,就是我。

像做梦一般,我被人指导着填了几张表格,领到一把钥匙,就进文化馆的创作室上班了。我每月的工资是七十多元,按当时的物价,能买四十多斤猪肉。上班一年后,我出版了第一本诗集《蓝眼睛》,这是我们县有史以来出版的第一本个人专著。领导很兴奋,他带着我,让我拿着那本薄薄的诗集到处送,县委办公室、宣传部、组织部、文化局、人事局等单位的头头送了一个遍,每本都签上了请领导指正的题词,签了我的名字。不久,单位顺利地给我办理了农转非手续。

一九九〇年夏天的一个早晨,我上班后,打上水,沏上茶,刚拿起一张报纸,麦红月一头撞了进来!

那一天她刻意打扮过了,穿着一件崭新的苹果牌牛仔裤,上面是一件粉红色的半袖衫,头发也烫了,整个人显得漂亮、大方了很多。

看到我诧异的样子,她竟脸红了一下,小声说,我毕业了,分到了成人中专。

第二年春天,我们结婚了。

世事沧桑,人生存在着谁也无法预料的变数。

一九九六年,麦红月供职的成人中专生源达到历史最少,全校有五十多个老师,只招了三十多个学生。勉强维持两年后,学校被迫撤销,原来的教职员工,面临两种选择:要么等待分流安置,要么买断工龄自谋职业。这时,我已经调到市里的一家文化部门工作,麦红月带着两岁的双胞胎女儿住在娘家,夫妻已经分居一年多了。起初,麦红月想调到市里的中小学继续教书,但经多方努力,均未如愿。她一咬牙,就选择了后者,拿着买断工龄的十二万元钱,又把我们在县里的房改房卖了,用这些钱在市中心开办了一家私人幼儿园。事实证明麦红月的选择是正确的,那些被重新安置的教师,大多被调到了农村中小学,待遇低,条件差。她以前的一个同事,因为老公调到了市里工作,也辞了公职,来投奔她了。几年之后,麦红月的幼儿园规模达到四五百人,成为本市幼教名校。

十二

麦红月出院后,我也上班了。我给她请了一个全天候的保姆。她把幼儿园的工作交给一个副园长打理,有事就用电话遥控指挥。一个月后,她已经能在电动轮椅上进退自如了。

麦红月的心情逐渐好了起来。有一天,正吃着午饭,趁保姆不在,她忽然对我说,我不会和你离婚的,你以前是我的,永远都是我的,谁也别想把你从我身边夺走。

她的这句话说得我后脑勺凉飕飕的,我怀疑她的大脑是不是出了问题。

最近,我一直在联系温丽,但她的手机怎么也打不通。

我给晚报策划部的一个哥们儿打电话,委婉地问了一下温丽的情况。

那哥们儿说,温丽是自己来应聘的,主任看她长相气质都不错,想留下来好好培养一下,谁想,她上班满一个月后,一分钱的业绩也没有,还自动离职了,和我们这里早就没有联系了。

我又上她的QQ,给她留言:我有重要的事情要问你,请你看在朋友一场的分儿上,回复我。在微信上,我给了她同样的留言。但是,她一直没有消息。

温丽就这样在我的生活里消失了,就像在我生活中出现一样神奇。她带着我对她的未解之谜,不知又在哪座城市的灯下,面对着什么样的男女继续表演。

十三

认识温丽,是在不久前的一次饭局上。

那一天,许达庸打电话请我去拉芳舍吃饭。

许达庸是一个商人,同时,他还是一个勉强能说得过去的小说家。刚认识的时候,他每次请我吃饭,大多是他刚写了一篇小说,让我看看,提点儿修改意见,或者在我主编的《东方文学》上发表一下。后来,他渐渐写出了点儿门道,能在外面发表了,我们再在一起,就不谈文学了,瞎聊。

我穿过迷离的灯光,来到许达庸预定的十六号台时,许达庸还没有来。

我要了一杯茶,一边品茶一边玩弄着手机。

嗨!您也是一个人吗?

隔着两张桌子,一个女孩儿面对着我坐在那里,举手和我打招呼,她左腕上的琥珀色手镯在灯光映照下亮了一下。女孩儿衣着素雅,二十三四岁的样子,令我吃惊的是,她长得极像电视剧《杜拉拉升职记》的主角王珞丹,只是,比王珞丹稍显忧郁了点儿,她的面色微微有些苍白,但双眸明净,汪着春水,像要随时滴下来。因有这样的一双眼睛,她的整个面部异常生动,有一种掩饰不住的妩媚。

我笑了笑,冲她举了举手中的茶杯,遥致敬意。

那个女孩儿竟朝我走来。她个子并不高,但身材凹凸有致,细腰丰胸翘臀,使她的整个身姿散发着充盈的性感。她主动递上一张名片,名片上显示,她叫温丽,是本市晚报社的,职务是"策划部助理"。所谓的"策划部",其实是广告从业人员近两年创造出来的美称,实质还是变相地拉广告,只是这样称呼比较有面子。我释然了,这个女孩儿是拉广告的,怪不得这么自来熟,凡是拉广告的搞推销的跑保险的女孩儿，大都热情主动。

我把自己的名片递给她，问道，你在晚报的时间不会太长吧？

她愣了一下，随即点了点头，是的，我才来不到一个月。

她瞟了一眼我的名片，笑着说，怪不得，咱们是一个系统呀！

她举起手中的咖啡杯，在我的茶杯上碰了一下说，我很荣幸。

我微笑着，慢慢欣赏着面前的温丽，清秀，嘴甜，是我特别喜欢的类型。

许达庸打着哈哈走过来，一边握住我的手一边说，抱歉抱歉！中间办了个事儿，来晚了。

我已经见惯了他这种做派，甩开他的手说，快点菜吧！

许达庸带着一个叫刘欣的女孩儿，和我见过多次面了，他一直说是他公司的秘书。

许达庸的眼睛一动不动地粘在温丽的身上，然后看了我一眼问，你带来的朋友？

我装出很熟悉的样子介绍说，这是温丽，晚报的。

只要许达庸有了好感的女孩子，基本上是在劫难逃的。如果他和别人同时认识一个女孩儿，他若出手，别人只有看着的份儿。我有些遗憾，为什么是和许达庸在一起认识温丽？

但是温丽只对我有兴趣，不断地和我聊，只在许达庸敬她酒或问她话的时候，才漫不经心地瞟他一眼。

这种轻慢是许达庸不曾遇到过的，他有些不高兴，频频向我们举杯敬酒。

两瓶法国产的"拉菲"很快就见底了，许达庸让服务生开了一大瓶一千五百毫升的"维尼斯堡"，全部倒在了一个大号的分酒器中。

已经深夜一点了，两男两女，坐在空荡荡的大厅里，像喝啤酒一样地喝干红，一次干半杯。我们三人用各种各样的理由轮番敬着许达庸。今晚不把许达庸放倒，这个场就散不了。

一大瓶红酒干完，又开了一瓶七百五十毫升的，喝到一半，许达庸就趴在了桌子上，很快响起了鼾声。

刘欣喊服务生埋单，然后对我说，王哥，你们先走吧，我在这里等着他醒过来，再送他回家。

每次都这样，许达庸喝醉了，总是刘欣善后。许达庸身边的女人像走马灯般换着，但刘欣始终在他身边，眼睁睁地看着他和别的女人打情骂俏，甚至还有我看不到的其他事情。

我打了辆车去送温丽。

温丽也已经烂醉如泥,小猫般偎在我的怀里。听着她梦呓般的指引,我抱着她来到她租住的房间里,把她扔在沙发上,然后一屁股坐在了地上,离了水的鱼般大张着嘴喘着粗气。

我打量了一下客厅,家具都是旧的,不但样式旧,品相也很旧了,显然都是房东或前任房客遗弃的,但到处都打扫得非常干净。从布局看,这应该是一个两室两厅的房子,一个人租住这么大的房子,在这么年轻的单身女人中是不多见的。

我缓过了劲儿,慢慢站起来,觉得有些头重脚轻。我慢慢移到温丽对面的沙发上,无力地躺在上面,顿时有一种柔软、舒适的感觉……

醒来时,天已经大亮了。

手机在茶几上不时地发出提示音。我拿起来一看,好多未接电话,光妻子的就七八个,还有许达庸的两个。

我先给许达庸拨了过去,电话一接通,许达庸就埋怨道,怎么才接呀!我都快替你包不住了。

我问,你是怎么说的?

还能怎么说?我就说你喝多了,在我家沙发上睡着了,说等你醒了给她回电话。

我说了句"谢谢",就给我妻子打了过去,对方关机。我这才想起,今天是星期二,上午她有两节课。妻子虽然是本市最大私立幼儿园的老板兼园长,但她一直坚持上课,她喜欢让自己一直处于紧张的工作状态,这也是我比较自由的前提。

温丽猫一样蜷缩在沙发上,还没有醒。我给她盖上一床薄被子,动她的左胳膊时,我无意中看了一眼她手腕上的琥珀色手镯,近距离这么一看,原来是一个硬塑料合成的赝品,看样子年代已经很久了,岁月的氧化已经使表层有些泛白。在拉芳舍初次见到这个手镯,我就有一种似曾相识的感觉,现在静下心来仔细想了想,又毫无线索。但是越瞅,这个东西就越是眼熟,好像在街上遇到一位故人,面孔非常亲切,却一时想不起对方的名字。

但这个陈旧的赝品,确实委屈了温丽。

我想:下次见面,一定送给她一件好一点儿的首饰。

191

十四

半个月后,我忽然收到了温丽的一封QQ来信。当时,我正在办公室,就当即打开了。

王老师:

　　您好!

　　很抱歉,我打扰了您的生活,但我也是有苦衷的,请听我慢慢给您说。

　　我出生于北京,父母都是普通市民。我在北京一家三流院校的表演系毕业,后来就跟着一些摄制组四处拍戏,跑龙套,梦想着有一天自己会当上女一号,成为大明星。不幸的是,我被男朋友感染了艾滋病毒,成为病毒携带者。那是我们几个同事一起体检时查出来的,立即就在圈子里传遍了。当时,我万念俱灰,觉得摆在面前的,只有死路一条。如果不是父母天天轮班守着我,我早就自杀了。后来,我在网上找到了一个名叫"艾滋病家园"的QQ群,发现了一个病友自发组织的艾滋病病友会,我看到他们发的交流治疗经验、互相鼓励的帖子,觉得这个群体非常适合我,就申请加入了他们。

　　我们每月都有一天的聚会,地点在一个病友的会所里。在这里,我认识了很多的大哥、大姐,我是里面年龄较小的,他们都很关心我。尤其是这个会所的主人,一个漂亮的大姐,她对我像妈妈对女儿一样关心,在这里,我重新拾起了生活的勇气。后来,这位大姐对我说,像我这种年轻的病毒携带者,只要控制得好,可以二十年不发作,再有十年的时间,艾滋病一定能够攻克。现在美国已经研制出一种新药,可以有效控制病毒二十年不发作。但是,这种药很贵,服用一年要二十万元,十年下来,就要二百万。当时,我非常憧憬这种神奇的药,但我明白,就我父母的年收入来说,全家人不吃不喝,也仅够半年的。我非常羡慕那个大姐,光她的那个会所,也值个几千万。

　　有一天,大姐给我讲了她的故事。

　　大姐名叫奚晓娟,她很年轻的时候,就从老家跑出来了。当时,她怀着身孕,在一家饭店的后厨打工。孩子生下来后,她无力抚养,就委托在一起打工的一个大姐送了人。后来,她从后厨走向前厅,从服务员做到领班、经理,因为她做事认真,又努力,饭店的老板很喜欢她。老板的老婆病死后,她就嫁给了老板。前几年,老板忽然也病了,一查,竟然是艾滋病,她吓坏了,赶紧到医院一查,竟然也染上了。老板临死前,把饭店给了他儿子,把会所给了她……她虽然富有了,但是由于她的病情发现得晚,病毒已经开始发作,她的日子不多了。她说,在离开这个世界之前,她有两个心愿:一是找到她的亲生女儿。当年的那个同事大姐已经过世,想找到线索很难,但奚大姐决定不惜一切代价也要把孩子找回来。二是要彻底弄明白当年究竟是谁出卖了她和陈老师,这个事弄不明白,她死不瞑目。

开始我不明白,她为什么会对我如此坦诚,把隐私都告诉我这样一个刚认识不久的人?后来才知道,她早就选定我了,因为我年轻漂亮,又学过表演。她给了我您的资料,要我想办法接近您,了解您现在的状况,更重要的是,问出当年那个事件的真相。如果出卖她和陈老师的那个人是您,事情就到此为止了;如果是您的妻子出卖了她和陈老师,她想和您见上一面。

说实话,我不太情愿干这种事情,这太像电影里的情节了,我不知道会有什么样的后果。

但大姐告诉我说,如果我能替她办好这件事儿,会给我两百万元,让我维持十年的生命,那时艾滋病攻克了,我就会和正常人一样度过一生。我太想活下去了,我还年轻。后来的事您都知道了,我主动接近并结识了您。关于调查当年陈老师自杀一事,我想了又想,度过了很多不眠之夜,也不知道该在什么地方找突破口。后来我想,大姐最终的目的是想见您一面,和您重温旧梦,那么,如果我把您的婚姻拆散了,把您带到大姐身边,任务就算完成了,到那时,关于是谁出卖大姐的事儿,应该不是问题了。

我们在如家宾馆被您妻子抓住,是我给您妻子打的电话,您妻子的电话,是我在您手机上查到的。

但我没想到会发生意外,害您的妻子出了车祸。我心情十分复杂,又后悔,又害怕,又愧疚……还有,这样一来,我就不能完成奚大姐交给我的任务了……我为了求生,一念之差,却害了别人的一生。那天晚上,我心情跌落到了极点。恰好,许达庸打电话约我吃饭,如果在平时,我肯定不会搭理他那种人,但在那种心境下,我一心求醉,就赴约了。许达庸也看出我心神不宁,乘机把我灌醉了,然后在我意识不清醒的状态下占有了我……这个人太不厚道了,你们是朋友,他竟然也会对我下手,至于会有什么后果,那就看他的造化了。

您妻子出事后,我在暗处观察了一段时间,得知她截肢后,我心情非常难过。现在,我不知道应该怎么面对您,也不敢面对奚大姐,她不知道我回了北京,以为我们还在一起。我不知道这能瞒多久,以后我该怎么办,我特别烦躁、害怕,真想从楼上一头扎下去算了……可我还怀着一线希望,毕竟,我的病毒还没有发作,如果近期艾滋病攻克了呢?

好了,先说这些吧。最后,向您的妻子致以深深的歉意!

看完后,我陷入了深深的思索,一九八七年的秋天,究竟是谁把奚晓娟和陈老师的事情传出去的呢?是以什么形式传播的呢?作为与这件事有密切关系的我,为什么竟然不知道呢?这么多年来,奚晓娟一直把我当作泄密者痛恨着……我的心绞痛起来,我一直在内心深处爱着的人,却一直痛恨着我。这么多年了,我一直以为已经将她忘记了,其实,她一直在我的心里,从来没消失过……

我给温丽回复了一封短信:

温丽:

你好!

看了你的信,十分震惊。我不怪你,每个人做事,都有自己的理由或苦衷,每个人都会有犯错误的时候。能有机会改正错误,这是多么幸福的事情!而有些错误,一旦形成,就永无改正的机会,这才是最令人痛心的。

请你转告奚晓娟女士,我无意申辩,但我会给她一个交代的。

我决定找以前的老师,了解一下事情的真相。我不能再这样装傻卖呆地沉默下去了。当年,我怕引火烧身,只字不敢提及这件事情,更不敢向老师、同学们询问。当年,是武海洋老师在课堂上将陈老师叫走的,他应该知道点儿线索。

我记得麦红月因为她父亲的事情,曾和武老师联系过,就给她打了一个电话,问她有没有武老师的号码。

麦红月觉得很意外,我从她的口气中能听出来,拇了一会儿,她问,你找他什么事?

我说,有点儿闲事。

一会儿,麦红月将武老师的电话发给了我。

十五

星期天,我驱车赶回老家,几经周折,找到了武老师。

武老师仔细地打量了我一番,才迟疑地叫出我的名字,王士祥?

武老师比我想象的要年轻得多,他当时是三十多岁,二十多年过去了,我以为他早老得不成样子了,但他的精神头却极好,乌黑的短发梳得特别整齐,只是鬓角有点儿发白,两只眼睛还是那么有活力。我在麦红月那里得知,他内退后,一直在一家叫"博学"的私立中学当副校长,主管教学,学校的教学成绩在县里名列前茅,难怪他年逾六十了还意气风发。

当我说明来意后,武老师惊异地问,你怎么想起来问这事儿?

他狐疑地盯着我看了一会儿,问,你不会是特意赶来问这件事的吧? 不对呀,当年你是活跃分子,又和奚晓娟关系不错,这件事你应该清楚呀。

我想:如果全校有两个人不知道真相,那肯定是我和奚晓娟。

武老师进了里屋,一会儿,他拿出了一个大号的旧信封,将信封里的东西全部倒了出来,是一摞纸稿。武老师戴上眼镜,一张张地查找。我瞟了一眼,看到武老师刚刚放下的那张抬头上写着"骇河中学信笺"的字样。

武老师翻了半天,翻出了半张信纸,他犹疑地捏着它,看了又看,最后才有些不甘心地递给了我,两只眼睛兀自在镜片后面闪着疑问。这是半张过去通用的信纸,纸已经发黄了,横格线都是红色的,颜色已经很浅。纸上有几行字,写得很是潦草:

晓娟:

你说你怀孕了,我很吃惊,也很疑惑,虽然我们在一起过,但因为我个人的原因,应该不会发生这种事情。那天,我心里又羞又愧,就先走了,走到河堤上,还不见你出来,我不放心,就又返回了教堂。走到一楼,我正想喊你,突然听到了你和他说话的声音。后来,我一直在教堂一楼的角落里坐着,直到看着你和他同时走出了教堂,走进了玉米地中……但你不要害怕,如果你真的怀孕了,我会帮你解决的,这个星期天的上午,我先带你去医院检查一下,看看结果再说。我九点在县医院门口等你。

陈小年

1987年11月8日

我大吃一惊!头脑一阵晕眩……很明显,这是当年奚晓娟按我说的办法把怀孕的消息传给陈老师后,陈老师给她的回信,可是,这封回信是怎么落到武老师手里的呢?

我疑惑地望着武老师。

武老师说,这封信是我在黑板报的最下方看到的,当时,还有一个老师和两个同学在看,我赶紧揭了下来,并一再嘱咐那几个目击者,不要声张,但还是传了出去。我只好将事情汇报给了校长,校长让我把陈老师找来谈话,他们谈了半个下午,陈老师始终不肯说出纸条上和奚晓娟同时走出教堂的那个"他"是谁。校长知道他的性格,只好先让他回去了,我们准备第二天就找奚晓娟谈话的,谁知道……唉——武老师深深地叹了一口气。

我心如刀绞,泪水在眼眶里团团打转,终于没有忍住,汹涌而下。

武老师大惊道,士祥,你怎么了?

我冲武老师摆了摆手,含糊地说了声告辞的话,就跌跌撞撞地下了楼,又趔趔趄趄地上了车。我把车开到一个空闲的地方,将车停下来。那半张信纸居然还捏在我的手里,我仔细地将那封短信又看了一遍,泪水打湿了这张发黄的纸片,我在心里说,陈老师,谢谢你,对不起,我罪该万死。我想象着那双熟悉的手,在黑暗中伸出,将这张纸片从另一个人的衣服口袋或书包里拿出来,抹上糨糊,悄悄地粘在教室房山墙的黑板报上……我在车里,像一个村妇般放声大哭,引得无数路人侧目。我已经管不了这些,泪水越流越多,流下了脸颊,滴落到我凸起的肚子上,把衣服都湿透了。我已经好多年没有哭过,已经积攒下了太多的泪水,我哭陈老师,哭奚晓娟,也哭我自己这个不折不扣的浑蛋……

我把这半张纸撕得粉碎,扬在了车窗外。

我开着车,漫无目的地在故乡的县城里穿行。街上车流拥挤,行人如织,混浊的空气和嘈杂的乡音,给我一种惶恐的亲切感。

不知不觉中,我来到了母校骇河中学。学校门前的大街两旁,那些低矮的平房都不见了,变成了清一色的二层小楼。学校也没有丝毫以前的影子了,宽广的校园内,是两幢漂亮的教学楼,学校门口的大理石柱上,赫然写着"博学私立中学"六个鲜红色的大字。想来,这就是武老师供职的私立学校了。以前的骇河中学,和那些粗陋的教室同时消失了。

我只在门口停了片刻,又驱车往西,驶过渭河大桥,拐上了往北的河堤路。只走了不到一分钟,我就刹住了车。河堤下那大片大片的玉米,和玉米地中灰色的老教堂都不见了,取而代之的是一个小型化工厂,围墙及厂房等所有的建筑都是白色的,一个同样是白色的烟囱里,正往天空喷吐着黑烟。

我深深地叹了口气,将车倒回到桥头上,然后别过车头,驶上了归途。

回到家,家里竟空无一人。我感觉有些不妙,赶紧打麦红月的手机,关机。又打保姆的,保姆说,麦老师给我结清了工资,让我另找下家。

她去了哪儿呢?回娘家了?去大学看女儿了?这似乎都不是她的性格,她是一个不愿意把麻烦带给别人的人。去幼儿园了?那也用不着关机更用不着辞保姆呀!

故乡之行,让我不得不重新认识和我共同生活了二十多年的麦红月。我和奚晓娟在教室内的事情,她应该全部知道了,竟然忍了二十多年没有提及。因为,陈老师纸条中的那个"他",除了我和陈老师、奚晓娟外,只有麦红月知道是谁。

接连三天,都没有她的消息。第四天,我用随意的口气先后给岳父和两个女儿都打了电话,在和岳父的通话中,岳父没有提及她的女儿,而对我最近发表的一篇小说津津乐道。我的两个女儿,在接通电话后,都要求和她的妈妈通话,我只好撒谎说她出差了。

我想报警,但理智告诉我,这样只会让事情更复杂、更乱。

在烦躁不安中,我接到许达庸的一个电话,他问我最近和温丽有没有联系。

我告诉他,我早已经联系不上她了。

许达庸在电话里狠狠地骂,这个婊子,她害苦我了……

我不等他说完,就挂断了电话,然后把他拉入了黑名单。

傍晚时,我接到了温丽的一个微信:

> 王老师,今天上午,奚大姐邀我去她的会所,她知道我回北京了。我匆匆赶了过去,没想到,在这里遇上了您的妻子,她在奚大姐的房间里,两个

人正在大吵,房间的门关着,听不清她们说的什么,但两人的情绪都很激动,声音时大时小。后来,好长时间没动静,我不放心,就推门进去,看到您的妻子坐在地上,抱着奚大姐的腿,奚大姐抱着您妻子的头,两人都在无声地痛哭……

现在,我彻底从这件事情中解脱出来了。今天下午,奚大姐就让会计打到我的账户上两百万元,说实在话,我真的是狂喜了,自从查出那种病,我整天怕得要命,怕发病,怕早早地死去。这笔钱可以保我五年,这五年,我会努力工作,挣足下个五年的医疗费用,我相信,在我发病之前,艾滋病一定能攻克……你们都不是坏人,只是在错误的时间和地点,做了一件错误的事情而已。我和您之间,同样如此。

最后,我恳求您能尽快来北京,奚大姐的日子不多了,您应该陪陪她。

十六

一夜未眠。第二天一早,我坐上了去北京的动车。

我一直没有想好,该如何面对奚晓娟,尤其是麦红月在场的情况下。

但我控制不住去北京的渴望,那里有我爱的人和我的亲人。无论局面会有多么艰难,我也只能选择承受和面对。

我按照温丽提供的地址,打车来到了位于四环内的康寿会所。

刚进会所大厅的时候,我接到了一个短信,是麦红月发来的,内容很简短:我已经到家,你什么时候回来? 我们商量一下离婚的事。

我已经顾不上回信息,想尽快见到奚晓娟的那种迫切,使世上所有的事情都不重要了。

大厅富丽堂皇,却没有一个人影,我茫然四顾,不知到哪里能见到奚晓娟。

正疑惑间,温丽不知从哪里冒了出来,她神色忧郁地对我说,快跟我来。

我随着温丽,来到二楼的一个套间内。

一进卧室,我呆了。

奚晓娟平躺在床上,身上盖着一层薄薄的丝毯。她还是那么美,尽管脸色有些苍白,表情已经凝固,但嘴角还存着一丝甜甜的笑意。

温丽哽咽着说,大姐是昨晚喝安定走的,今早上工作人员发现后,打电话叫来了120,人家说已经晚了……她本来还能活很长时间,可她不愿自己被病痛折磨得不成样子后再离去……

我慢慢跪在了奚晓娟的床头上,轻轻抚摸着她失去了光泽的脸,想到她这一生,本来可以顺风顺水的,但因为我,却历尽了坎坷……我终于忍不住失声痛哭。

等我平静下来后,温丽交给我一封信说,我在床头上发现的,是写给你的。

我颤抖着展开信纸:

士祥:

不要过度悲伤,人总是要死的,早早晚晚吧。这些年来,我一直恨着你……我真后悔,没有早点儿去找你,也许,那样我的生活会有另一种轨迹。唉! 这就是命。

至于红月,我已经原谅了她。

最后恳求你一件事,当然这也是你的事情:一定要找到我们的女儿,我当年委托的那位大姐虽然已经过世,但她还有家人,地址温丽会提供给你,你只要用心去找,肯定能找到的。什么时候找到了,就告诉我一声。

这个世界,我来过了,爱过了,被爱过,知足了,就这样别了,走了!

晓娟绝笔

按照奚晓娟的遗嘱,我将她的骨灰带回老家,交到了她悲痛欲绝的父母手里。

我和麦红月办理了离婚手续,房子归她,我拿了一部分存款。

我用这笔钱作为经费,踏上了寻找女儿的漫漫征途。

【作者简介】邢庆杰,国家一级作家,中国作协会员,山东省作家协会签约作家,德州市政协委员。已在《人民文学》《中国作家》《文艺报》等报刊发表小说作品两百余万字。作品入选《中国当代文学经典必读》等一百多种海内外选本。获过"山东省第二届泰山文艺奖"等三十多个文学奖项。已出版小说专著《白貔记》等二十一部。现为德州市文联专业作家,系市作协主席,德州市有突出贡献的中青年专家。

银扣子

刘庆邦

在现实生活中，现成的能够直接写进小说的故事总是很少。我们所写的故事，大都是经过我们绞尽脑汁、苦思冥想编织出来的。而关于一枚银扣子的故事，却是一个现成的故事，它起承转合，有头有尾，不用怎么加工改造，就可以搬进小说。当然了，就体量而言，它像一枚小小的银扣子一样，只能构成一篇短篇小说。同样的道理，弄好了，它或许会像银扣子一样，精致而有光彩。

关于银扣子的事，我曾在某篇作品里提到过，连我妻子都说她有印象。读者朋友不要以为我没什么可写了，在炒剩饭。不是的，我的写作资源还不到枯竭的时候，没写的素材还有很多。之所以要把银扣子的事作为一个独立的短篇小说写出来，是因为我觉得不写有些亏，对素材是一个浪费。我说在某篇作品里提到过，使用的文字大约只有几十个，对故事的叙述只是一个梗概。写成短篇小说呢，至少要写几千字或上万字，要加入对细节的描写。更重要的是，通过写这篇小说，我想纪念一个人。至于纪念的是哪一个，我先不说，您看到最后就知道了。您说我在卖关子，哎呀对不起，卖关子原本就是小说做法之一法，吃写小说这碗饭的人，谁能不卖一点儿关子呢！不过，破解关子可不是作者一个人的事，读者诸君须参与进来，承担一份破解的责任。不同的读者，有可能会读出不同的机关来。

闲言少叙，书归正传。有一个少年姓刘，我们姑且称他为刘少年。刘少年十四岁那年，娘送他到镇上的银匠炉当学徒。在此之前，他在村里读过两年私塾，教书的先生是他的姑父。因少年的爹老是去找少年的姑父,让少年的姑父点灯熬油,为其读闲书,以致姑父读闲书花的时间比教私塾用的时间还要多。少年的姑姑听说后有些烦,有些生气,就把丈夫唤回到自己身边,不许丈夫再教书了。私塾停办,少年只得中断学业,学种庄稼。少年的爹对听人读闲书和到镇上听艺人唱小戏比较热心,种庄稼的心却一直热不起来。家里虽然有几亩地,每年的收成却总是不如人意。爹干什么干得好,到了儿子这一辈往往不行,总是达不到父辈的水平;而爹干什么不行呢,到了儿子这一辈有可能会得到补偿,把父辈干不好的事情干得很出色。刘少年对种庄稼一点儿都不排斥,好像还有点儿喜欢。春播一粒种,秋收百颗粮,他觉得种庄稼是值得的。因爹种庄稼不在行,娘把爹说成是假斯文、二流子,成天把爹埋怨得灰溜溜的。娘对爹的埋怨,无意中对儿子也是一种教育。刘少年暗暗立下了一个志向,他一定要好好地学种庄稼,要成为一个种庄稼的好把式,扭转一下因家里种庄稼收成不好被人家看不起的状况。他还意识到,他是这个家的长子,长子当立,他有责任改变这个家庭的现状。他很快就学会了犁地、耙地、锄地,还学会了育红薯秧、栽红薯、刨红薯、窖红薯。一个人有了志向,跟着志向而来的必定是一股子狠劲。像刘少年这样的年龄,每天早上都愿意睡懒觉。有了志向之后,他的狠劲上来了,不再睡懒觉,每天鸡不叫就起床,到结满桑葚子的大桑树下去拾猪粪。那时候为防备土匪侵袭,每个村子都是封闭的,猪都是在村子里散养。猪们到桑树下去吃成熟后下落的桑葚子,一边吃,一边拉。刘少年瞅准了时机,每天早上都会拾回一筐猪粪。刘少年的狠劲,还表现在他夏天冒着烈日到地里锄地上。烈日炎炎似火烧,盛夏的太阳总是很毒辣,一晒就会烧掉一层皮。刘少年对自己狠,他不怕掉皮。午后村里不少人还在睡午觉,狗还在阴凉处吐着舌头散热,小孩子还在水塘里玩水,他一个人就扛着锄头到烈日下面锄地去了。他头上戴的是高粱篾子编的帽壳,经日晒雨淋,已经破了,遮阳的效果很有限。太阳先是把他的胳膊、后背晒得发黑、发紫,接着就起了一层白皮。他不怕脱皮。蝉要脱皮,蛇要脱皮,人一辈子哪能不掉几次皮呢!照这样的劲头干下去,可以预想,刘少年一定会成为一个出类拔萃的庄稼人,他家的田里所种的粮食,单位面积产量定会大幅度提高。

然而,命运不让刘少年留在地里种庄稼,命运对他另有安排。命运总是很厉害,人一出生就搭上了命运的车,谁都不知道命运之车会把自己运到哪里去。刘少年的娘大概看出儿子是一个有志气的孩子,不想让儿子在泥巴窝里种一辈子地。她认为种地不是手艺,种来种去,种不出什么出息。只有学一门手艺,一辈子才可能会有点儿出息。什么算是手艺呢？做木匠活儿、打铁、锔缸锔盆锔碗、戥秤、锻磨、擀炮、刻年画印版，算是手艺。剃头、吹大笛、捏糖人儿，也算是手艺。当然了，到银匠炉当银匠，做银子活儿，是更高级的手艺。刘少年娘的娘家跟镇上的老银匠拐弯抹角沾那么一点儿亲戚，她打定主意，要让自己的儿子到银匠炉去学艺。刘少年的妹妹手上放有一只羊，羊放了一年多，由瘦弱的少年羊长成了身肥体壮的成年羊。刘少年的娘把羊牵到集上卖了，用卖羊的钱去给老银匠送礼。老银匠戴老花镜，留八字胡，是一个寡言的人。刘少年的娘把礼送了一次又一次，把"一只羊"都快送完了，老银匠还没答应收她的儿子当学徒。学徒的人拜师学艺，是要给师傅下跪磕头的。刘少年的娘再次给老银匠送礼时，秋风一阵紧似一阵，她自己几乎给老银匠磕了头。老银匠的口气这才松了一点儿，他问刘少年的娘：你儿子手脚子干净吗？

刘少年的娘心中一喜，听出老银匠总算开始考察她儿子了。老银匠考察的是她儿子的品行。所谓手脚子干净不干净，是问他儿子偷没偷过别人家的东西。她很能理解老银匠的考察。银匠炉过手的都是银子，加工的都是银子。银子是什么，银子就是钱啊，通用的银圆"袁大头"就是用银子做成的。说白了银匠炉跟银行也差不多，要招一个人到银匠炉当学徒，手脚子不干净可不行。她赶紧对老银匠说：我儿子的手脚子干净得很，用清水泡三遍，洗三遍，都比不上我儿子的手脚子干净。她打了一个比方，说她儿子从人家枣树底下过，如果有熟透的枣子从树上落下来，掉进她儿子的口袋里，她儿子都会把枣子从口袋里掏出来，还给人家。

老银匠把八字胡的一撇抿了一下，又把一捺抿了一下，说：你的话有些夸吧！

我说的话都是实话，一点儿都不夸。不信你让他到这里学一段儿，你就知道了。

哪天我见见他再说吧。

我明天就带他来见你吧？

老银匠摆了摆手，说不，你不要带他来，让他自己来。咱把丑话说在前头，我要是看他不适合学这门手艺，你就不用再来找我了。

刘少年自己去银匠炉见老银匠，不知老银匠对少年发问了什么，也不知少年回答了什么，反正老银匠答应试用刘少年一年。一年是试用期，也是考验期。待老银匠认为少年经受住了考验，试用合格，才正式举行拜师仪式，收下他这个徒弟。

"一只羊"没有白送,刘少年的娘很是高兴,高兴得像儿子中了举一样。她的娘家在一个小镇上,小镇每逢单日就有集市,每逢集市便有不少人云集到集市上做生意。她从小就在集市上穿行,看做生意的看多了,比单纯的庄稼人多了一点儿生意意识。她一心一意送儿子到银匠炉学手艺,理想是,等儿子把手艺学到手,也在镇上开一个店铺,做银货生意。她不让自己的后代再当庄稼人了,要到镇上当生意人。在她的想象里,有朝一日,她的儿子也会成为像老银匠那样的银匠炉掌柜,手上开的花是银子,结的果也是银子,家里再也不会为缺钱花犯愁。她见过别的女人戴的银模梳、银簪子、银耳环、银手镯等,她一样银首饰都没戴过。等儿子当了掌柜,她一定让儿子亲手为她打制一只银光闪闪的银模梳,她要天天把银模梳戴在头上。

少年的娘哪里知道,她的儿子要学到一个银匠应知应会的手艺,不是那么容易的,恐怕还要付出很多很多的代价,都不一定能接触到银子,更不要说学手艺了。少年也是到了银匠炉才知道,老银匠说的试用期,是让他到这里干杂活儿来了,当长工来了。娘给老银匠送礼,不算交学费。他以劳动代学费,先交一年"学费"再说。少年干些什么杂活儿呢?可以说除了有关银子的活儿不能摸,不能干,别的杂活儿都归他干。挑水、扫地、烧锅、刷碗、洗衣服、倒尿罐子、看孩子、给孩子擦屁股,不一而足。

老银匠并不老,还不到五十岁。老银匠的老婆比老银匠还要年轻一些。以前,老银匠家里的杂活儿,还有银匠作坊里的活儿,都是老银匠的老婆干。自从少年来到之后,老银匠的老婆就袖了手,能让少年干的,她就不干。比如每天早上倒尿罐子,以前都是她倒,现在她不倒了,留给少年倒。她站在门口嗑着葵花子,一边吐瓜子皮,一边对少年说:去,倒尿罐子!少年在自己家里不倒尿罐子,尿罐子都是他娘倒。娘把盛满尿水的尿罐子提到地里,倒在麦子地里或菜地里去。少年不想替老银匠的老婆倒尿罐子,放了一夜的黄尿有些难闻,给人家倒尿罐子也让他觉得有伤自尊。但是,不倒尿罐子就碰不到银罐子,为了能早日碰到银子,早日学到手艺,他一声不吭,就去把尿罐子倒掉了。老银匠家只"种"银子,不再种地。尿水无地可倒,少年只好把尿水倒进街边的公共厕所里。老银匠家的尿罐子与他家的尿罐子也不一样。他家的尿罐子是陶制的,灰突突的;老银匠家的尿罐子是木制的,尿罐子里外都刷了红漆。他家的尿罐子口是蛤蟆大张嘴;老银匠家的尿罐子口有些往里收。木制的尿罐子当然好,冬天蹲在上面撒尿不会太凉。少年把尿水倒掉后,不是把尿罐子送回原处就完了,老银匠的老婆还要让少年把尿罐子刷一刷。刷尿罐子用水塘里的水是不行的,水塘里有小鱼小虾,还有蚂蟥,万一有蚂蟥吸附在尿罐子里就不好了。必须用清水刷洗尿罐子。少年看了看,水缸里的清水已经不多了,于是他挑起水筲,到背街的井口去挑水。挑一担水不够用,他需要挑两担水,才差不多能把水缸灌满。两只水筲都不小,挑水用的钩担穗子也有些长,而少年的个子还没长开,还有些瘦,水筲盛满水后,重担压得少年走起来有些晃悠,水筲几乎碰到了地面。连街面上的人都有些可怜少年,觉得银匠炉上用徒工用得太狠了。少年感到了别人可怜的目光,但他不能让别人把可怜的话说出来。要是听到别人说出可怜的话,也许他会垮下来。他咬紧牙关,提着心劲儿,一趟一趟,日复一日,把清水挑进了银匠炉。

银匠炉承接来料加工。有人拿来了银块子或银圆,指定加工成什么银饰品,银匠炉就给人家加工,只收取加工费。银匠炉还承接对现成银饰品的清洗。有的银饰品戴得时间长了,上面生了锈,没了光彩,送到银匠炉一清洗,银饰品就会焕然一新。清洗收取的费用低一些。银匠主要赚钱的做法,是根据市场的需求,预设性地制成多种多样的银饰品,供顾客欣赏、购买。他们制作的银饰品有银项圈、银锁、银手镯、银铃铛等。柜台里面立有一块木板,木板上钉着钉子,那些银饰品就挂在钉子上,挂得琳琅满目。顾客想买哪一款,用手一指,老银匠的儿媳就把那一款取下来,拿给顾客看。如果顾客相中了,经过讨价还价,就把银饰品买下来。银匠炉是一个家族式的作坊,在作坊里做银饰品的都是老银匠的家里人。相比之下,刘少年就是一个外人。在老银匠的家人眼里,刘少年就好像是一个入侵者,他们都对刘少年保持着警惕,似乎一不小心,刘少年就会把他们赖以生存的手艺偷走。这天刘少年正在作坊里擦桌子,见老银匠的儿子已把一锭银子在炉子上化开,不知要铸成一件什么银品。刘少年低着眉,装作对铸造过程并不关心,只对擦桌子有兴趣。其实他心里的眼睛大睁着,在"看"银子是怎样变成铸件的。尽管他没有抬眼,老银匠还是不让他待在作坊里,让他带孩子到外面去玩。孩子是老银匠的孙子,才三岁多一点儿,正是贪玩的时候。刘少年只好领着他的手,带他到街面上看要猴的去了。

刘少年给老银匠家洗了床单,晒了被子,他并不在老银匠家里睡,还是回到村里自己家里去睡。不管刮风,还是下雨,他都得来回跑。少年给老银匠家烧好锅,帮助老银匠的老婆做好了饭,他并不能在老银匠家里吃饭,还得跑三里多路,回到自己家去吃。老银匠家有米有面,有蛋有肉,做出的饭闻起来很香。少年烧锅时,已是饥肠辘辘。闻见饭香呢,他更是饿得几乎晕倒在锅灶前。老银匠的老婆从不让他吃一口饭,饭一做好,她就挥挥手让少年走了。少年家的生活与老银匠家的生活差得很远,常常是吃了上顿,还不知下一顿吃什么。有时少年中午回到家了,家里还是冷锅冷灶,娘还在为中午吃什么发愁。少年觉得委屈,眼里含了泪。他在银匠炉不含泪,到娘面前,不知不觉就含了泪。含泪的少年有些赌气,他不等娘做饭了,饿着肚子又回到了银匠炉。娘知道儿子心中的委屈,儿子的委屈不在吃没吃到饭上,在于儿子在老银匠家受人奴使,干了那么多的活儿,吃了那么多的苦,还连一点儿手艺都没学到。待儿子晚上回到家里,娘特地从地里扒了一块红薯蒸熟了给儿子吃。娘劝儿子千万要忍着,不管受多少委屈,都要忍着,只有忍到一定时候,才有可能学到手艺。娘不会劝人,翻来覆去只会说一句话:吃不得苦中苦,哪有甜上甜呢!

也许刘少年吃苦吃得差不多了,连老银匠也有些过意不去,少年在银匠炉干满一年之后,老银匠开始让少年接触银子。但拜师仪式尚未举行,少年也不能正式开始学习制作银器的手艺,老银匠让他干的不过是"擦边"的工作。所有的银饰品从模具里取出后,表面都有些粗糙,不是很光滑,需要经过后期的反复打磨,银饰品才会变得细腻光滑起来。还有,银饰品铸造成型后,都乌涂涂的,没有光彩,需要经过反复擦拭,白银应有的光彩才会焕发出来。老银匠让少年干的就是打磨和擦拭的工作。

手上总算摸到银子了,不管是打磨银项圈,还是擦拭银手镯,刘少年都干得兴致勃勃,又小心谨慎。想到日后要长期跟银子打交道,他见每一样银饰品都觉得有些亲切,拿在手里老也看不够。在擦拭一只银镯子时,趁旁边无人,他把银镯子戴在手上试了一下。他的手腕子有些细,银镯子一戴就戴上了。银镯子就是往手腕子上戴的,手腕子一戴上银镯子,手腕子果然显得不同些。好比一匹马,没配鞍子前马一点儿都不好看。而戴上了银镯子,好像给马配上了鞍子,马一下子就神采奕奕。不过,他很快就把银镯子从手腕上取了下来。平生第一次戴这么好看的东西,让他觉得有些不好意思,脸红得像一个初试银镯子的少女一样。

现在该说到银扣子了,刘少年命运的转折发生在一枚银扣子上。不知银扣子是为少年扣上了,还是为少年解开了,有一点是肯定的,刘少年的命运因一枚银扣子而发生了改变。

银扣子一共是五枚,是一位财主为他即将出嫁的女儿定制的。双方说好明天上午财主派人到银匠炉把银扣子取走,银匠炉在明天上午之前必须把五枚银扣子的制作任务全部完成。银匠炉赶急活儿赶多了,这份活儿要得并不算特别急。老银匠亲自动手,在头天下午就把五枚扣子全部制作出来。剩下的事情,就是把五枚扣子逐枚擦拭一下,擦出光亮来,便可以按时交活儿。擦拭不需要多大力气,也无须多少技术,花费的主要是时间和耐心。老银匠要刘少年晚上不要回家了,在作坊里加一个班,连夜把银扣子擦拭出来。

加个夜班不算什么,夜里不睡觉就是了。刘少年认为这是师傅对他的信任,愉快地把任务接下来。银扣子小小的,比一个人的指甲盖儿大不了多少。也许就是因为小,银扣子显得分外精致,格外漂亮。银扣子分正面、背面。正面是纯粹的白银铸成的,图案是缠枝莲。背面镶嵌的是一点红铜,红铜上留了小孔,是穿针线缀扣子所用。正面和背面,白银和红铜,结合得天衣无缝,浑然天成。少年擦拭银扣子用的东西是一块生白布。所谓生白布,是用当地出产的棉花纺成线,织成布,布从织布机上取下来,截取一块,没有洗过,没有浆过,就是生白布。生白布拿在手里绵绵的、软软的,似乎还可以闻到阳光照在棉花朵子上的味道。柜台上放着一盏煤油灯,少年就坐在柜台里面的煤油灯下,轻轻地、反反复复地擦拭着银扣子。

生白布是洁白的,少年用生白布把第一枚银扣子擦了一会儿,还没看出银扣子明显发亮,却见生白布上面有些发灰。比如生白布是一张白纸,拿在少年手里的银扣子是一支画笔,"画笔"画在"白纸"上的画是一点一点描上去的,一开始是浅灰,慢慢地就变成了深灰。随着生白布上的灰逐渐加深,银扣子扣面的光亮就逐渐显现出来。这样给人的感觉,好像银扣子上的光亮不是本身就有的,而是从生白布上借来的,它不仅借了生白布的白,还借了棉花朵子的亮,借了阳光的魂。也就是说,银扣子光亮的生发,是以生白布变灰为代价的。换一个说法,你说生白布是盖在银扣子上的幕布也可以,幕布一揭开,银扣子便闪亮出现在人们面前。

擦拭银扣子,须借助煤油灯的灯光,检验银扣子擦拭得怎样了,也需要在灯光下面进行。为了省油,老银匠把煤油灯的灯头弄得很小,如一粒小小的黄豆。"黄豆"顶在灯芯子上,颤颤巍巍的,似乎随时都会掉下来。还好,"黄豆"像是玩杂技的高手,总算没有从高处掉下来。少年把银扣子擦拭一会儿,就把银扣子拿起来,凑近灯光照一照。顶在灯芯子上的"黄豆"是一粒,映在银扣子上的"黄豆"也是一粒。待把银扣子擦拭得像一面小镜子一样,映在"镜子"里面的"黄豆"比顶在灯芯子上的"黄豆"还要饱满,还要光鲜,这枚银扣子就算擦拭好了,可以擦拭下一枚。

少年穿的是粗布衣服,扣子和扣鼻儿也都是用粗布折成的布条做成的。他从没有把银扣子和自己的衣服联系起来,没想过把银扣子缀在破旧的衣服上是什么样。什么样的衣服才配得上这么好的银扣子呢?当然是绫罗绸缎做成的嫁衣。什么样的姑娘才配用这样精美的银扣子呢?当然是有钱人家的姑娘。手上捏着银扣子,少年不免把那个不知名的待嫁的姑娘想象了一下。他一想二想,老也想象不出那个待嫁的姑娘长什么样,却只把缀在姑娘衣服襟子上的银扣子想象到了。"看到"五枚银扣子在姑娘衣服上闪闪发光,他心里有些美,真想告诉别人,银扣子的光亮还是他擦拭出来的呢!

后半夜起了风,大风把外面的街筒子吹得呼呼响。银匠炉的店铺打烊时,门口是把一块块活动的门板拼接起来当门用的。门板与门板之间拼接得并不严密,风把头一偏,就可以钻进来。当一股风钻进来时,波及了煤油灯的灯头,灯头摇晃得更厉害。季节到了霜降,天气一天比一天寒。少年禁不住打了一个寒噤,身上感到了阵阵寒意。少年穿得有些薄,下面只穿了一条夹裤,上身只穿了一件夹袄。夹袄是他们这里特有的说法。一般来说,凡是叫袄的衣服,里面都应该套有棉花。可他们这里的夹袄,夹层里一点儿棉花都不套,只有薄薄的两层棉布。拿少年穿的夹袄来说,他的夹袄内层麻麻花花,薄得不能再薄,是靠一块块同样很薄的补丁连缀起来的。那么,他夹袄的外层应该完整一些吧,应该讲点儿面子吧?可是也不行,外层也是补丁连补丁,比内层好不到哪里去。有的补丁也破了,就那么鲇鱼的嘴巴大张着,像是一口接一口喘气。这样的夹袄亏得里面没套棉花,要是套了棉花的话,不知"开花"会开成什么样子呢!老银匠的老婆对少年穿得如此破烂很看不惯,不知对少年撇了多少次嘴。她悄悄对老银匠说过,说少年穿得像个叫花子。她也对刘少年说过,让刘少年的娘把刘少年夹袄上的补丁再补一补。刘少年的娘也想给儿子的夹袄补上一些新的补丁,可补丁需要的是布,而不是树叶儿,家里哪儿找得出一块可以做补丁的布呢。

擦拭到最后一枚银扣子时,少年的瞌睡袭来了,两只眼的上下眼皮先是发涩,然后像抹了胶一样,老是往一块儿粘。眼皮一粘到一块儿,他的头就往下一磕。头差点儿磕在柜台的台面上,他惊了一下,就醒了过来。他意识到自己困了,对自己说:这不好,这不好,活儿还没有干完,怎么能睡觉呢!他把精神像打懒牛一样打了打,继续擦拭银扣子。不料困是很厉害的,困劲儿压过来了,人很难抗拒。人说死最厉害,人到该死的时候,谁都扛不住,谁都躲不过去。岂不知困也相当厉害,人到该睡觉的时候,自己也很难控制自己。如果睡觉有一个开关的话,你不把睡觉的开关关上,到了一定的时候,它自己就把开关关上了。和死相比较,死是第一厉害,困就是第二厉害。不过,死的厉害只厉害一次,而困的厉害是经常性的厉害,是日复一日的厉害。少年又把银扣子擦拭了一会儿,瞌睡再次袭来。他有点儿生自己的气,在心里对自己下命令:不许困,再困我揍你!他想起了头悬梁锥刺股的说法,仰脸把梁看了看,低头把自己的大腿也摸了摸,心说没那个必要吧。然而当瞌睡第三次袭来时,他再也抵抗不住,头一歪,就趴在柜台上睡着了。

是公鸡打鸣把他打醒的。老银匠家的后院里养的有一只公鸡,公鸡的打鸣声像号角一样嘹亮。他激灵一下,脑子像水洗一样,彻底清醒过来。醒过来的第一反应是接着擦拭银扣子。可是他手上空空的,银扣子不见了。他看了左手,又看右手,左手五根手指头一根不少,右手的五根手指头也一根不缺,独独不见了银扣子。已经擦拭好的放在旁边的银扣子是四枚,他数了数,还是四枚,一枚都不多。第五枚银扣子到哪里去了呢?银扣子是金属制品,又没长翅膀,又不会飞,它能到哪里去呢?一觉醒来,少年应该感到冷,可他一着急,身上竟忽地出了一层汗。煤油灯里的灯油经过一夜煎熬,所剩已经不多。可小小的灯头还亮着。它不再像是黄豆,倒像是一个未曾熄灭的梦,"梦"显得有些朦胧。店铺里还是黑的,他端起"梦"来,在柜台后面的地上寻找。银扣子既然不在台面上,很可能是睡着时一松手,银扣子掉在了地上。他把地上照了一遍,没有发现银扣子。找东西是一种想象,找东西的过程也是一种想象的过程。在他的想象里,带有弹性的银扣子落地时会弹跳一下,一跳有可能会跳到柜台下面。于是他双膝跪在地上,用"梦"往柜台下面照。按他的想象,银扣子就在柜台下面藏着,银扣子的样子有些调皮,他照到银扣子时,银扣子还眨着眼冲他笑。他伸手就把银扣子捏住了。事实没有跟着他的想象走,柜台下面的地上只有灰尘,连一点闪光的东西都没有。

老银匠是个习惯早起的人,鸡叫第二遍时,少年听见了老银匠的开门声。少年一惊,拿起笤帚,装作开始扫地。他把希望寄托在扫地上面,看看通过扫地的搜索,能不能把银扣子搜出来。

老银匠通过店铺的后门,走到店铺来了,他问少年:扣子都擦好了?

擦好了。

怎么只有四颗,那一颗呢?

可能掉在地上了,我正在找。

那你赶快找出来吧,取扣子的人一会儿就来了。擦扣子的时候,你是不是睡着了?

少年没敢承认他睡了觉。他的头一蒙,突然间觉得自己的头变得很大,大得像一只斗。头突然间又缩小了,小得像一枚银扣子。

老银匠的脸越拉越长,八字胡也似乎越来越浓重,他问:昨天晚上屋里进来过老鸹吗?

没有,我没有看见老鸹进来,我敢保证……

银扣子没被老鸹叼走,那会被谁叼走呢? 五颗扣子缺了一颗,你让我跟取扣子的人怎么交代! 银扣子又不是金扣子,一颗银扣子值不了多少钱。

刘少年听出了老银匠对他的怀疑,眼里即时涌满了泪水。他让老银匠搜他的身吧。他夹袄上没有口袋,夹裤上也没有口袋。如果两只鞋算两只口袋的话,他把两只布鞋都脱下来了,口朝下磕给老银匠看。两只光脚丫子从布鞋里拿出来后,鞋壳里空空的,什么东西都没磕出来。

老银匠表示不会搜刘少年的身,说搜身没用。

银扣子确实找不到,老银匠对刘少年说:你走吧,你可以走了。老银匠还对刘少年说:你再也别到银匠炉来了,我可不敢收你这样的人当徒弟。

刘少年回到家,只说在银匠炉干了一夜活儿,没跟娘说他弄丢了一枚银扣子的事。娘让他吃早饭,他不吃,躺到床上蒙头睡觉去了。该吃午饭了,他也不起来吃,他说他不饿。不饿也得起来,再睡就把天睡黑了。不想吃饭可以,学徒必须学下去。学手艺跟上学识字一样,功课一天都不能落。娘让少年尽快回到银匠炉里去。娘似乎看出了儿子的情绪不大对劲,问儿子:没出什么事吧? 你没跟师傅闹气吧? 这本来是他和娘沟通的一个机会,也是对娘诉说心中委屈的一个机会,可他犹豫了一下,像是怕娘生气似的,把机会放弃了,他说没事儿。这样,等于他自己把自己逼到了一个墙角,后面无路可退。

天下起了小雪。临出门时,娘让他把夹袄脱下来,给他换上了一件拆洗过的棉袄。他走走停停,仰脸看一会儿落雪的灰色的天空,又看一会儿茫茫的旷野,还是走到了镇上。他不会再到银匠炉去。老银匠说了那样的话,他怎么好意思再踏进银匠炉呢! 少年在街上走来走去,走到了一个走投无路的境地。

天将晚时,少年在街头看见两个穿军装的人,打着小旗,在那里招兵。少年从没想过去当兵。好铁不打钉,好男不当兵,这种说法在当地流传甚广。当银匠是没戏了,不当兵当什么呢? 在目前这种情况下,当兵或许是一条出路。他鼓起勇气对招兵的人说:我想去当兵行吗?人家把他打量了一下,说他个子太低了,人也太瘦了,恐怕马上上不了战场。

人家没答应招他,他并没有走,一直站在那里看着。尽管招兵的人说到了军队有吃有穿,半年之后每月还发钱,应招的人还是不多,他们一共才招到了两个青年。

招兵的人带着两个青年往县城走时,少年在后面跟着。大概因为招兵的人没招够人数,想拿少年充一个数,没有撵少年回去。

少年的娘两天不见少年回家,第三天到银匠炉问情况。这一问,少年的娘大惊失色,银匠炉的一颗银扣子不见了,她的儿子不见了。老银匠话里藏话,说银扣子可以换盘缠,有的人有了盘缠,就可以往外走。少年的娘不相信他的儿子会拿走银扣子,她痛痛地哭了一场。

那枚银扣子还是一个悬念,它到底到哪里去了呢?

有一天,少年的娘要把少年留在家里的夹袄洗一洗。搓洗的时候,她觉出有个硬硬的东西硌了一下她的手。什么东西呢?可能是一颗杏核吧?她从一个开了口的补丁里把硌她手的东西剥出来,呀,天哪,是一枚银扣子。别看银扣子湿了水,看上去仍光彩熠熠。一见银扣子,当娘的叫了一声我的儿,眼泪就下来了。不用说,是儿子夜里擦扣子时,一打盹儿,一不小心,扣子就掉进补丁的缝子里去了。该死的烂补丁,真是害人不浅哪!

少年的娘为证明儿子的清白,赶紧把那颗银扣子送回了银匠炉。

直到两三年之后,少年给家里写了信,家里人才知道他到外边当兵去了。

小说写到这里,前面卖的关子就可以解开了。少年当了二十多年兵,从少年当成了青年,又当成了壮年。他很幸运,那时兵荒马乱的,他不但没死在战场上,还当上了一个小军官,并在外地娶了太太,生了孩子。

他,就是我们的父亲。

【作者简介】刘庆邦,男,1951年生,河南沈丘人。当过农民、矿工、记者。1978年开始发表作品,著有长篇小说《红煤》,中短篇小说集《走窑汉》《梅妞放羊》《遍地白花》,散文随笔集《从写恋爱信开始》等。先后获第二届鲁迅文学奖,第二届老舍文学奖,首届全国煤矿乌金奖,《小说月报》第十一、十二、十四、十五届百花奖等多种文学奖项。作品被译成英、法、日等外国文字。现为北京市作家协会专业作家,中国作家协会全委会委员。

马拉松

杨映川

一

    许多人历尽一生都不曾有过这样一个早晨——醒来便醒来了，不需要打着哈欠做早饭，挤着公交上班，背着沉沉的书包上学,或者,蹬双运动鞋气喘吁吁地跑步……反正没有一件事情在等着你,不需要迫切地去做什么。

    范宝盛过了四十岁便开始感恩他几乎每天都拥有这样的早晨。他通常凌晨四点就醒了,从从容容在床上回个神,让脑袋完全亮堂再起身。洗漱完他会走到阳台上,这阳台不是敞开的,用透明的铝合金窗封起来了,留着两扇敞开透气,视觉上成了一间狭长的小房间。有只木架子,高几层摆放几盆花草,矮处堆着些书和纸张。紧挨架子的是一张低矮的红木案台,案台上有只茶壶。没有椅子,地上搁着一只香草蒲团。范宝盛拿起洒水壶给植物叶子上浇些水,然后站在窗边,遥望隐藏在夜幕中的景致,盯上一会儿,他能将它们辨出来,是树,是房,或是一块广告牌。这时,他会收回目光,搓搓手搓搓脸,矮身盘腿坐在蒲团上,从架子上抽出一本薄薄的书摊开在案台上。书打开只是个动作而已,他眼睛并没有盯着书看,微闭双眼开始诵读了,"如是我闻"——悠长的声音从他的喉咙发出来。范宝盛很享受诵读的过程,他喜欢听自己的声音,让那些字句一字一句听进他的心里去。他有时可以读一个早上或一个晚上,什么也不想。

211

他并不懂什么佛法，甚至也不曾到什么寺庙上过香，但他喜欢这部《金刚经》。他读了近十年才慢慢读出点意思，不确切，也不追究。这是一位居士在范虫儿丢失以后送给他的，他认为这些年他能将对范虫儿的寻找变成等待，有一部分得归功于"如是我闻"里获得的启示。

范虫儿是在十二年前丢失的。要回到十二年前，范宝盛闭上眼睛就行了。

儿子长得太像自己，把儿子的照片和他儿时的照片放到一块，大家会说是一个人。儿子出生那天，柔软弱小的身子抱在怀里，范宝盛眼一热，眼泪猝不及防涌出来，多少年没流过泪了，泪水湿漉漉挂在脸上，他有些不好意思，粗声粗气地对石水晶说，老子要好好赚钱养我儿子，我儿子不能吃苦，一点苦也不让他吃！石水晶躺在床上，看一大一小，心满意足地笑了。

儿子尚在襁褓就特别能吃，不及时喂一定哭得地动山摇。范宝盛以"饭虫"的谐音给儿子取了个小名，大名范壹名。范宝盛说了，我的儿子不光能吃，其他也是第一名。

那天晚七时左右，各家都在做晚饭或吃晚饭，中山路上的范记馄饨正是生意好的时辰，店里店外都是吃客。范虫儿拉扯在收银台里算账的石水晶说，妈，我想吃青皮杧果。石水晶急着打发他，顾不上瞧小家伙一眼，扔了五毛钱过去说，吃了赶快回来洗脸洗屁股，让张娟带你上楼睡觉。范虫儿根本没听他妈嘴里唠叨的，手里捏着五毛钱，迈开小腿突突突从后门蹿出去了。范虫儿不是第一次自己出门买东西吃，家里从没有担心过。范记馄饨店门前这条街叫中山路，前后两百米各家店铺做的是不同营生，但都是熟得不得了的熟人。各家各户又都开有后门，后门这条通巷窄小，不通机动车，多是邻里互相串门用，没具体名称，大家都叫后街。如果不是各家都在后门摆放些杂物，一眼是可以探测到底的。中山路车多人杂，前门没大人领着范虫儿是不可以随便出入的，后门则是他的方便之门。例如他经常去柯双的良心杂货店买饼干，去金家烧饼摊买大肉馅饼，去波仔的乖乖宠物店玩小猫小狗，还能自己去美美发屋找美姑娘理发。有些人家后门不常开，只要他想进，他会敲人家的后门，让人家开门放他进去。

孩子失踪后，警察多次来到中山路调查取证，经过调查，孩子拿了钱确实从后门出去，往五十米开外的李婆姆酸嘢摊去了，除证人李婆姆还有证人补鞋匠方顺开和美姑娘。李婆姆是个孤寡老人，屋子有剩余，租给外来户方顺开夫妻二人。李婆姆长年腌制各种蔬菜和水果，屋里全是坛坛罐罐，经年弥漫着一股咸湿的气味。李婆姆家的前后门一贯敞开,方便左邻右舍上她家买些腌制的小菜。当时李婆姆在厨房炒菜,炒的是酸菜肉末,搁了浓重的辣椒,范虫儿在她腋窝底下呛了一个喷嚏,她才发现小家伙来了。范虫儿将五毛钱递到她的眼皮底下说,青皮杜果。李婆姆说,这时间还吃零嘴啊?说着话,她拾块布抹抹手,往外走到前门的摊点,拿只塑料碗盛了满满一碗青皮杜果递给范虫儿说,赶紧回家去。她又忙灶上的菜去了。范虫儿胖小手飞快拾了几颗杜果塞进嘴里,小腮帮子鼓起来,享受的口水从口角溢出来。这种青皮杜果尚未成熟但已经带了甜味,切成小块用些盐来腌制,吃起来生甜清脆,异香满口,不只范虫儿爱吃,许多人都爱吃。但这东西有季节性,春夏之交才有。范虫儿将碗里的杜果吃得没有这么满了,不那么容易被晃出来后,才小心翼翼捧着碗跨出李婆姆家后门。走儿步路碰上方顺开,方顺开这时间没什么生意了,收摊回家,因为身上背负着大包小包的东西,他一般都从后门进家,看到范虫儿,他故意高声向范虫儿讨要杜果吃,范虫儿在方顺开的引逗下,走到他身边,同意将碗里的杜果分他几块。方顺开呵呵笑了说,还挺大方的嘛。他本来想摸摸孩子头,腾不出手,手也脏,嘴里就说,天黑了,慢慢走,别摔了。后来,按他的说法,他看着范虫儿捧着杜果朝范记馄饨店的方向走了,他也进了李婆姆家门。后街没有路灯,采光全靠各家各户透出的灯光。美美发屋的美姑娘说,她当时到屋后上厕所,一墙之外就是后街,她隔窗听得见方顺开和范虫儿的说话声,但没看着人。

虽然人失踪的范围不大,但作案的时间还是比较充分的,因为范虫儿离家至少有一个小时,石水晶稍微轻闲下来才感觉不妥,问张娟范虫儿回来没有,张娟正在收拾桌子,答说没见着。张娟是石水晶远房外甥女,才十五岁,平时帮忙店里生意,也帮忙照看范虫儿。石水晶嚷起来,死妹仔,你还收拾个屁啊!你弟出门这么久你也不出门寻寻?石水晶赶紧带着张娟出门从街头寻到街尾,再从街尾寻回街头,不知不觉地,唤孩子的声音变成哭喊了。各家各户听那发哑的声音,纷纷出来问究竟,有的安慰说可能跑别的地方玩去了,有的顺势帮忙找人,一条街上都知道范家孩子暂时是丢了。

石水晶和张娟哭哭啼啼跑回店里,范宝盛在陪客人喝酒,面红耳赤,口若悬河。石水晶说,宝盛,虫儿找不着了。范宝盛话头被生生截住,他一下子也没有仔细研究石水晶的话,更没觉着孩子是真的不见了,他只觉得眼前这女人失了责任,败了兴致,手一扬,响亮地给了石水晶一耳光,气吞山河地嚷着,孩子找不着,我劈死你!

范宝盛当年三十三岁,气盛,强悍,脾气败坏。

孩子到底没有找到。范宝盛把所有的错归咎于石水晶,他用了拳头、腿脚、棍子、凳子、皮带等方式方法教训女人,女人被打得下不了床,却始终没一句怨语,只说,你打死我吧,反正我也不想活了!范宝盛以往气不顺的时候收拾石水晶会觉得很解气,可这一次,像给气球打气,他越打气越足。他骂骂咧咧出门,专在后街上来回地窜。各家后门摆放的物什遭殃了,花盆踹碎了,凳子踹飞了,自行车踹翻了,晾衣架子踹歪了。其中有一家是做宠物生意的,在自家后门占道摆了好些笼子、箱子、罐子,从范家到李婆姆家的视线主要就是给这家堆放的杂物阻断的。范宝盛两条腿踹得不过瘾,顺手还拾了条棍子横扫。宠物店主波仔听到动静冲出后门,看一地狼藉,还没表态,就被跟在范宝盛屁股后头看热闹的邻居用眼神劝导——别跟人家计较,孩子刚丢了。波仔松开皱起的眉头,拾起一把扫把,一边扫一边好脾气地说,这东西堆得实在是太多了,早应该清理清理了,范哥你看哪里碍眼尽管砸!

范宝盛的气势谁都看得出来,孩子再找不出来,他是要跟人拼命的,跟谁呢?不知道,他要把那人找出来,准像他平时剁馄饨肉馅一样给剁了。

警方把范宝盛请去协助调查,首先问的自然是他与什么人有什么宿怨。范宝盛回答干脆利落,我没有仇人。过了几天他又被警方请去,警方列出一张嫌疑人名单与他讨论。警察手指头敲打名单上的名字说,我们前两天问你和什么人有嫌隙,你说没有,你要知道,这种事情85%是熟人干的,你要积极配合,不要隐瞒,这对破案不利。范宝盛很无辜地抱着手说,我没有隐瞒,我和谁有仇我还不知道吗?谁不知道我范宝盛有仇必报!警察说,是吗?那请你看看这份名单。范宝盛看完警方开列的名单,嘴上没说,心里嘀咕开了,他奶奶的,在警察的眼里,真没有一个是好人。

警察打开一本厚厚的记事本说,我们现在开始吧,一个个厘过去,厘清楚为止。名单上的第一个人是李红霞,这是李婆姆的名字。范宝盛说,李婆姆怎么会是头号嫌疑呢?她很喜欢我们家范虫儿的,虫儿天天到她摊上去找东西吃,有时候还不付钱呢。李婆姆虽然抠门,对孩子大方,每次都给孩子一大堆吃的,再说了,她一把年纪了,不可能做这种事情!范宝盛一口气说了一大串。警察说,我们不会冤枉一个好人,也不会放过一个坏人,什么事情都不能光看表面,没有人脸上写着个"坏"字。你说说,你前年是不是和李红霞闹过不愉快,还不跟她家进货了,对吧?

警察这么一提醒,范宝盛记起是有这么一回事。范记馄饨店卖过李婆姆的酸嗉,许多客人饭前饭后喜欢点酸食凉菜开胃,范宝盛就跟李婆姆订了些酸萝卜、酸豆角、酸辣椒制成小菜。隔壁马甘白的清真拉面馆也卖李婆姆的酸嗉。石水晶偶然了解到李婆姆给马甘白的价格要便宜一些,例如腌酸萝卜卖给范家是一块五一斤,给马甘白是一块四毛五一斤,酸豆角给范家是三块一斤,给马家是二块九一斤。范宝盛听得这事火冒三丈,李婆姆怎么不一碗水端平呢?要说范记馄饨比马家面店的进货量要大啊!范宝盛是晚上临近十二点的时候听石水晶在枕头边叨叨这事的,他不能让这事过夜发酵变酸,一分钟也不耽误,穿着睡觉的背心裤衩,趿双拖鞋,直接拍李婆姆的门去了。李婆姆被火烧火燎的拍门声惊醒,慌慌张张开个半扇门,范宝盛叉腰迈腿挤进屋子,李婆姆,你觉得我范宝盛的钱好赚,还是觉得我范宝盛好欺负,是个蠢货?你多赚我一毛两毛的很爽吧,行,好,我明天就跟大家宣布,我不进你的酸嗉了,你的东西有质量问题,你做生意不讲良心……李婆姆听得尚不明白,说,宝盛,你这大半夜的上来说这些到底是什么意思啊?范宝盛说,少装糊涂,你想糊弄谁也别想糊弄我!说什么都难解范宝盛心头之恨,他深入里屋,把一只只酸坛挨个揭开盖,盖子随手一扔,骨碌碌四下逃窜。李婆姆拉着他的手急得跺脚,宝盛啊,你发浑啊,这揭盖漏风,我腌的东西都要坏了。范宝盛说,你这财迷心窍的老太婆,有本事这些漏风的你都不卖全扔了,我看你舍得……

　　范宝盛跟警察说,我就揭了李婆姆几个酸坛盖子,不再跟她进货了,这么小的事,她就要绑我儿子?范宝盛的语气非常不以为然。警察说,在这条街上,范记馄饨生意算是很不错的,而李婆姆平时的生意零敲碎打,你算是她的大客户,你不给她生意了,你说她会没一点想法?你还骂上门去,到处说她的不是,她能不计较?警察这么说反倒让范宝盛觉得惭愧了,他说,当时我是一时脾气上来,管不住自己,李婆姆虽然贪小便宜,但人不坏,我不信她能干出绑小孩的事。范宝盛说得很肯定,在下肯定结论的时候,他还觉得自己很对不起李婆姆,一个孤老婆子,靠卖酸嗉度日,他当时怎么就能为那一毛几分的利益,闹出这么大的动静来。他有些烦躁地对警察说,李婆姆你们排除吧,不可能是她。警察没说什么,只是在笔记本上记着。

　　第二个嫌疑人是补鞋匠方顺开。范宝盛说,我和这个外地人没打几回交道,最多只算面熟。警察说,你不是打过他吗?范宝盛说,打他,打过吗?范宝盛停下来想了几秒钟,拍拍脑袋说,对,是打过,这家伙有一次替我补一双皮鞋,我只穿了一天又开线了,你说气人不? 我找到他,把鞋扔他脸上,他不服,我们就干了一仗,他那小身板子,两下子就被我打趴在地,一个外地人,不老老实实地干活,还想怎么样? 范宝盛说起揍人的事总有点小得意。警察说,嗯,你仔细想想,最近这一段时间他有没有在你家附近出现? 我的意思是出现的次数比以往多了? 范宝盛皱起眉头说,我没注意,方顺开不可能干这事吧,我虽然和他打架,后面还是找他补鞋,他一样给补,补得挺好,所以我都把打架的事给忘了。警察说,人家为了讨生活,表面上能对你怎样? 范宝盛说,方顺开两口子租的是李婆姆的房子,我听李婆姆说,夫妻俩平时省吃俭用,成天就惦记着寄钱回家给上学的孩子和老人,从这一点看他应该是个老实本分的人。警察说,这个我们会进一步调查的。

第三个名字是柯双,良心杂货店的老板。看到这个名字范宝盛双手在脸上摩挲着,沉默了。警察说,怎么不说话了,听说你以前和柯双称兄道弟的,关系很铁,后来突然闹翻了,是什么原因呢? 范宝盛翻了一个白眼说,原因你们没打听出来? 警察说,别人说是别人说的,我们想听听你是怎么说的。范宝盛说,说就说,有什么大不了的! 这柯双人是不错的,他第一个老婆病死后他一直单身,熬到前两年好不容易讨到现在这个老婆,娶上新媳妇可了不得了,成天像条狗似的守着。我是经常上他家去,那不都喝酒猜拳去的吗? 怎么就成勾引他老婆了? 他还想跟我一决高下,这不是自取其辱吗? 我们两个一架打下来,断交了。警察说,你和关丽真的没有什么关系? 范宝盛说,妈的,我怎么可能和自己兄弟的女人搞一块去? 关丽这女人我跟你们实话说,是有点风骚,也蛮漂亮,但我是有原则的人,我再好色也不会打她的主意。警察一直盯着范宝盛看,范宝盛声音大起来,你们不信? 如果我说谎,那就让我阳痿。警察笑了,说,后来你和柯双一点交往也没有了? 范宝盛说,没有了,见面也装看不见。

警察边记录边问,他儿子的智商听说比同龄的孩子低,你看他会不会有什么妒忌或是报复的心理? 范宝盛摆摆手说,柯双没有这个胆,我们的矛盾我们自个儿清楚,不会计较到孩子身上,你们在柯双身上就不要浪费时间了,他不可能做出这种丧天良的事情。整条中山路上的人为什么都喜欢上他家的杂货店买东西? 就因为他这人做生意讲良心,哪怕是老人或不懂事的孩子去他店里,他都不会占别人半分便宜,完全对得起他的店名"良心"两个字。警察嗯嗯地点点头。

再往下是清真拉面馆的马甘白。范宝盛指着马甘白的名字说,他还对我有意见？你们看看——范宝盛咧开嘴，露出他的门牙，他指着上门牙说，我这颗门牙就是被马甘白打松的，医生说了，用不了多长时间我就得装假牙了。你们看，我比马甘白年轻，个头也不小，可打不过人家呀，有人说他练过，我看是真练过，我都没弄明白怎么回事就被打趴下了，没占一点便宜。范宝盛说起自己的失败经历好像没有什么羞耻感。警察说，以往都是你打赢别人，总要有比你强的人才合理啊！说说，你们为什么打架？范宝盛说，他店面的空调滴水到我这边，我上门跟他理论他根本不管，我知道他是看不惯我生意比他好，故意为难我。警察笑着说，我听说你把人家面馆的遮阳板给捅破了？范宝盛说，他空调漏水到我这边，我这样做才能扯平啊。警察说，你们有没有互相抢生意的情况？范宝盛摇摇头说，卖的是不同货色，没什么好抢的，客人也不可能一个品种吃到黑，总得换口味的不是？警察点了点头。

范宝盛又扫了一眼名单说，你们名单上怎么没有赵兵强呢，这家伙我也打过，还不止打一次，照理说他应该最恨我。警察说，我们调查过了，他前阵子欠了赌债，一直被人追讨，在你家孩子失踪前就跑出去躲了，到现在也没有回来。他老婆黄玉珠在电影院门口摆水果摊，人证多的是，没有作案时间。范宝盛说，这家伙就是欠揍，不把家败光不甘心！

警察翻看记事本说，从你家店面到李家的酸嘢摊，尽管只有几十米，但这经过的人家好像都与你不和，我们的网拉得很大，你看还有美美发屋的小美，你有没有说过人家开的是鸡店，把人家姑娘气得不给你剃头了？范宝盛不好意思地笑着说，我是说得有点过分，可小美那妖精的做派，没办法不让人家想歪，她平时穿的衣服太省布料，跟没穿一个样，笑起来，那可了不得，街头街尾的猫和狗听了都叫唤。警察说，你这张嘴也够损的。

警察又翻了一页记事本说，还有卖宠物的何波，你嫌他那些东西脏臭，怕影响你的生意，你一直想办法把他赶出中山路，曾经还把一只死猫搁人家门店的招牌上头了……

范宝盛的脸像被揭了一层皮，泛红了，他盯着警察手中那本笔记本，心突然有些发慌，不知道那上面还记载了他多少罪状。他说，警察同志，说了一早上，根据你们的调查结果，我就是一个大坏蛋，对吧？这条街上很多人都讨厌我，对我有意见，所以就绑了我儿子，对吧？警察说，我们只是在和你核实情况，了解分析，没有下结论。范宝盛的情绪有些失控了，他站起来说，你们调查的都基本属实，我是浑蛋，我罪有应得！好吧，如果是他们绑了我儿子，只要人找得回来,我不怪他们,我认了。警察拍拍他的肩膀说,你坐下,坐下,别激动!这是个法治社会,天大的仇恨也不能干违法的事。范宝盛说,那你们继续调查吧,我没有什么可以提供的了。警察说,行,今天就到这里,你要放宽心,凡事往好的方向想。范宝盛离开前,盯着警察说,你们觉得我是报应吗?警察也盯着他看说,我们都是唯物主义者,又拍拍他的肩膀说,做好人心安。

做好人心安,做好人心安,范宝盛一直念着这么一句话,脑子像一锅煮沸的水,走在路上被风一吹他清醒了些,突然闪过一念,警察是从哪里将这些信息调查出来的?对了,一定是各家各户都为证清白,看到的都是别家与他的嫌隙,大家互相揭发出来的。他心里不禁涌上恨意,牙关咬紧了,没一个是好东西。再一转念,又气馁了,他都活到什么份儿上了?警察那厚厚的记事本记录的都是他的恶行吧,他恶人一个啊!这些年成家立业,赚钱了,活得挺自在,只要看不顺眼的,该打打,该骂骂,他哪管别人怎么看啊。现在,他臭得连块狗屎都不如了。

范宝盛回到中山路上,他看到许多人似乎都在背着他笑,他们一定很开心了,他的儿子没有了,他遭报应了。也许就是这街上所有的人合谋将范虫儿绑架了,他脑袋嗡嗡地响,像住着一窝蜂,他想冲着人喊,你们冲着我来吧,放了我儿子!这句话像火,燎过他的喉咙,他嚷不出来,却把他烧得心痛难忍,欲哭无泪。

他回到家,家里有好些人,李婆姆、美姑娘、柯双带着儿子,隔壁的马甘白、波仔等。你们来干什么,来看热闹吗?他没打招呼,走进卧房,把房门关了。他听到石水晶在外面跟人解释说,他心情不好,你们理解啊。

马甘白的嗓门儿最大,谁碰上这样的事都得急,你们放宽心,宝盛老弟是个有福之人,这不过是个小劫,会过去的。

柯双说,是啊,弟妹,这种时候要静下心来才能有好主意,昨晚我想了一晚上,在这事情上你们别省钱,多花点钱悬赏线索,重赏之下必有勇夫,我这三万块钱算是帮你们打个寻人启事。石水晶说,我们怎么能要你的钱呢。柯双说,我和宝盛什么交情,范虫儿我一直当我儿子看的,收下!石水晶带着哭腔说,柯双哥,那谢谢你了,我先收下了。

李婆姆说,这几天我一直后悔为什么不给虫儿送一缸子青皮杬果呢,送了他就不用天天往我摊上跑,也不会出这事了,我今天带的这坛青皮杬果,是隔水坛收的,放得久,等虫儿回来随时都有得吃。

美姑娘说,水晶姐,虫儿是个鬼精灵,懂事得很,人家不容易拐带的,你们要放宽心,没准过两天就自己回来了。

玉珠说,水晶,我家老赵没啥本事,打听人却有一套,等他从外边回来,我让他找孩子去……

范宝盛在屋子里每一句话都听得清清楚楚,眼泪悄悄流到嘴角,他舌头拐着舔舔,咸。外边这些人只不过是邻居街坊,他们凭什么对他这么好,就是为了让他愧疚吗?如果为这,恭喜你们,你们做到了,他愧疚死了,他恨不得能穿越回去,重新把他做过的混账事情一一更正,就像把风吹倒的树一棵棵扶起来。他平日里没想他们的好处,他们像他店面门外摆放的那几盆花,可有可无,过季败了的重新换上几盆盛开艳丽的,就是不摆也不会影响生意。他的心思是赚客人的钱,所以他只对客人好。他赚钱是为日子过得痛快,但凡谁碍着他不让他痛快的,他从不放过。他范宝盛原来就是这么个人啊!老天爷是为了让他看清楚自己是个什么人才让范虫儿丢掉的吗?老天爷啊,如果是为了这个,你的处罚太大了……

范宝盛躺在床上,不吃饭,不喝水,整整两天时间,石水晶冒着被揍的危险,一次次敲门,后来,他总算来开门了,像只风干的梨子,干裂的嘴唇嚅动着,石水晶,你说我是不是报应啊?石水晶惊恐地后退半步说,你,吃点东西吧。范宝盛说,我吃个屁,我儿子都找不到了我吃个屁,你说那人干脆把我杀了得了,为什么要绑我的儿子呢?石水晶说,谁,你说谁?范宝盛说,我不知道是谁,是谁啊?!他突然把石水晶摁坐在沙发上,自己双膝一软跪在地上,咚咚咚朝石水晶磕了三个响头。石水晶像被蜇着一般跳起来说,你这是干吗?范宝盛说,这些年你跟着我受太多委屈了,没少被我揍,我这当是给你赔罪了,孩子找得回来我们就好好过日子,找不回来你随便打我,打死我也没有半句话。石水晶多日来强撑着,一下撑不住崩盘了,哇呀,妈呀,儿呀,你在哪里呀,你快回来呀。范宝盛搂着石水晶,轻轻地抚着她的背说,哭吧,哭够了,以后我们都不哭了!

等石水晶稍稍平静,范宝盛说,我现在出去给人赔罪。他走出门外,石水晶不明白他的意思,三两下把鼻子眼睛抹干净,紧跟着出去。范宝盛直奔李婆姆家。李婆姆坐在门口一张小凳子上,摇把蒲扇,守着摊子。范宝盛上前,扑通给李婆姆跪下。他说,李婆姆,对不起,我混账。他连磕了三个头。有一两个在摊上吃酸嘢的人,看着他们,嘴里的酸物掉到桌子上。李婆姆扔掉扇子,拼命架起范宝盛说,宝盛,别这样,起来,起来。范宝盛起身没二话,拍拍膝盖直接走到下一家。他走进美美发屋,在美姑娘面前,鞠了一个躬说,对不起,这是张破嘴!然后他给自己嘴巴上来了一记响亮的耳光。美姑娘在给客人吹头发,呆住了,手上的吹风筒对准客人的额头,客人被烫得直叫唤。范宝盛离开美美发屋,找到方顺开的鞋摊,他朝正在给鞋子上线的方顺开鞠了一躬,方顺开以为他是来找碴的,霍地站起,往后跳开两尺。范宝盛说,对不起,然后打了自己一个嘴巴。方顺开手里拿的一只破鞋掉到地上。范宝盛走进柯双家的良心杂货店,柯双在跟人结账,手在计算器上指指点点,范宝盛将柯双的手抓起来,用力地招呼到自己脸上,响声过后,柯双的手和他的脸同时痛了。柯双吓得叫唤一声,晃着自己的手掌说,宝盛,你这是干吗?范宝盛搂着柯双的肩膀说,兄弟,对不起!柯双追出来,看到范宝盛直奔波仔宠物店。范宝盛走近一只狗笼,把手伸到一只看起来体型最大的狗嘴边说,咬一口,来咬一口。大狗胆子不大,被他吓退了半步。波仔疑惑地靠到他身后说,范哥,你这是? 范宝盛说,我有这么可恶吗,连狗都怕我? 波仔,我今天是来跟你道歉的,你家的狗既然不咬我,我就自己给自己一巴掌吧,他说完干脆利落地在脸上来了一下。

范宝盛马不停蹄地在中山路上奔走,他的脸被自己打肿了,打红了,嘴角打歪了,还挂着一丝血迹。石水晶跟在他身后,哭哭啼啼。范宝盛突然在路中央站住了,他说,他妈的,赵兵强跑路不在家,不然我今天可以全部道歉完了,这家伙真不是好东西,老子想干干脆脆了结都不行! 不行,我今天一定要全部搞定。他迈开腿又往电影院的方向前进。黄玉珠的水果摊在售票口附近。这时间黄玉珠没什么生意,盯着那些快腐败的水果叹气,正想着不需要吃晚饭,把这些水果当晚饭得了。范宝盛像一阵风吹到黄玉珠的跟前,黄玉珠以为生意来了立马有了精神,看清楚是范宝盛,后面还跟着个哭哭啼啼的石水晶又泄气了。范宝盛说,玉珠,今天你代表赵兵强,我给他赔不是了,范宝盛说完在自己的脸上打了一记耳光,然后鞠了一躬。范宝盛说完做完就走了,一点不拖泥带水。石水晶用眼神告诉目瞪口呆的黄玉珠发生的一切,黄玉珠一脸的茫然,还带着一点慌张。

可以说,被道歉的人家一开始是有点惊恐的,他们的心思都一样,觉得范宝盛这一举动是不是怀疑他们把小孩弄走了,想通过道歉,让他们心软,让他们把孩子交出来。后来,大家发现都想错了。第二天范记馄饨店的大门上张贴出一张暂停营业的启事,范宝盛和石水晶出门找孩子去了。

二

《金刚经》一遍一遍念下来,范宝盛像是在听自己讲故事,出离于婆娑世界。天稍稍有些泛白的时候,他出门了。他想去一里之外的范记馄饨店,喝一碗自家店里用蜂窝煤熬过夜,熬出牛奶白的骨头汤。

今天,在这个不大不小的城市里,不知道范记馄饨的人不多,范记馄饨成了小城传统饮食文化的一块招牌。范记馄饨可不仅仅是你印象中的那种馄饨店——门面仅够摆得下七八张桌子,一锅滚汤,十只馄饨盛一碗,汤面上漂着几叶香菜和胡椒面。当然,它也曾经有过这样一段历史。现在的范记馄饨店仍然地处中山路,在老址上吞并了附近两家经营不下去的店面,加盖了一层,变成三层楼,店里有包厢有卡座,楼后还有停车场。馄饨店主打火锅,馄饨就是下火锅的料,一盘盘馅料不同的馄饨摆在桌子上,当菜涮来吃。最负盛名的是蟹粉馄饨,在大众嘴里传说是鲜得可以把舌头吞下去的。店里也卖海鲜、鸡鸭鱼肉,客人也没少点,但都被忽略不提,大家只说馄饨。

大清晨的,路上行人零零星星,马路上的路灯还亮着。范宝盛发现路灯杆上新挂了广告,每根杆上都有,广告中是人跑步的图案,还有"建设绿城之肺"的口号,他意识到又有马拉松比赛了。果然,每一个路口,都架起一块告示牌,灯打得亮堂堂的,为了让开车的司机看得清楚——早七点整至十点整,一桥头至狮山森林公园禁止机动车辆通行。他心里有些遗憾,这段时间范平安感冒发烧,还有轻度肺炎,他到城东照顾着少出门,少看报,又错过一次参加马拉松的机会。范平安是范宝盛的第二个儿子,七岁,上小学一年级。石水晶为儿子上贵族学校,在城东买了房子,住城市的另一头去了。范宝盛喜欢老房子,喜欢离店面近,没事还是一个人住老房子,夫妻便成露水夫妻了。

马拉松在这个小城市里是近几年才兴起来的。三年前,从这往南走六七公里开发了一个狮山森林公园,就这么个公园,隔三岔五便组织马拉松赛,名目不一,有宣传防艾滋病的,有为福利院捐款的,有为希望小学捐款的。范宝盛对什么运动都不上心,单单对马拉松情有独钟。只要一看到告示,他就报名去,交完报名费,一般能领到一件印有本次马拉松赛主题的T恤衫,范宝盛收有八九件了。范宝盛不是长跑健将,他也不是为了名次去跑,他只是喜欢那种在人流中奔跑的感觉。终点很遥远,路很漫长,他在这路上跑,不缓不急,熙熙攘攘的人群,有的人跑前面去了,有的人落后面,有的人则中途退出了,他需要做的就是坚持到底。范虫儿失踪的头几年,只要一得到信息,他就会出门寻儿子,每一次出发前都怀着满满的信心,最后总是失望而回。从南到北,他走过许多陌生的城市,在那些陌生的城市里行走,混迹在人流中,不知何处是尽头,那时的感觉就像跑马拉松。他想他拼的不是技术,不是体力,只是坚持。在奔跑中,他感觉他在跟一个看不见的人赛跑,他不知道他是谁,既然不知道,他便不需要赢过任何人,他只需要赢过他自己。所以,他热爱马拉松。

范宝盛最后一次出门寻找范虫儿,是循着信息到湖南的一个小县城。那个孩子年龄长相和范虫儿有不少相似之处,孩子在几年的辗转漂泊生活中被吓得有些木呆了,问什么都低眉垂眼,紧闭嘴巴。虽然没有交流,但范宝盛知道眼前的孩子不会是范虫儿,他对所有与范虫儿命运相同的孩子都上心,所以他执着于从这孩子的口中听到点什么,一遍又一遍,孩子的嘴巴像被胶水封住了。范宝盛说,你什么都不知道,总该记得自己姓什么吧?孩子还是一言不发,牙齿咬着嘴唇。范宝盛说,你爸爸妈妈一定告诉过你姓什么,每个孩子都有和爸爸一样的姓,你记住了才能找到自己的家!他口气变得严厉。孩子眼神游移,喉咙里发出蚊子一样细小的声音,我姓张。范宝盛激动得抱起孩子,好,姓张,你会写自己名字吗?孩子摇摇头说,爸爸妈妈叫我宝宝。范宝盛说,张宝宝,你以前和爸爸妈妈住在什么地方呢?孩子说,我家住在河边。范宝盛说,河边有什么?孩子说,河边有一座小桥。范宝盛说,桥那边是什么地方?孩子说,桥那边是大街,我爸每天在街上卖豆腐……范宝盛鼻子酸了,他摸着孩子的头说,真是聪明的孩子,警察一定会帮你找到爸爸妈妈的。

从湖南回到家,风尘仆仆的范宝盛放下旅行包,把随身带的范虫儿照片挂到墙上,石水晶知道这一趟又是白跑了,她站在相片跟前静静地抹眼泪。范宝盛说,这次我见到的那个孩子他记起他姓张,记起他家住在河边,记起他父亲在街上卖豆腐,我想他很快就能找到父母了。石水晶看着儿子的照片抹眼泪,我的儿子啊,你到底在哪里?范宝盛搂住妻子的肩膀说,我们的儿子也一定会记住自己姓范,我们好好经营范记馄饨,守着范记馄饨这块招牌,他会寻回来的,以后我不出去找孩子了,我就在这等着他回来。石水晶不知道丈夫的心事,她疑惑地说,你放弃了?范宝盛说,我怎么会放弃我的儿子?我说了,我要在范记馄饨这块招牌下等着儿子回来,石水晶,你信不信,我能等得到!石水晶看着丈夫多日未剃的头发,晒得黝黑的面孔,她的忧伤化为爱怜,她点点头说,我信，我信，我信你，也信老天爷。范宝盛说，你对自己老公的评价太高了，我哪里算得上一个大好人？我只是努力在做一个好人应该做的事，不容易啊，跟跑马拉松一样，坚持到底就是胜利。以前我几乎每天都会想，到底是谁把范虫儿拐走的，他是我们的熟人，还是一个陌生人？他是为钱为仇还是因为别的什么原因要把孩子拐走的？我的孩子在哪里，他过得好不好？现在我不去想这些问题了，无论是谁都夺不走我的儿子，孩子无论生活在哪里都是我的儿子，我们就在这里等着他。

范宝盛从住的地方走到范记馄饨就十来分钟的路程。十来年范记馄饨店面装修换了好几回风格，可招牌还是老招牌。那是一块花梨木，有着美丽的花纹。当年"范记馄饨"四个字是范宝盛的父亲亲自书写，请人拓刻上去的。隔一两年把招牌上的漆刷上一遍，看上去总是新崭崭的。范虫儿开始会说话，范宝盛就把他带到自家门店的招牌下面，指着上面的字教他，范记馄饨，虫儿，你姓范。范虫儿说，范记馄饨，虫儿，姓范。你叫范虫儿。我叫范虫儿。范，草字头，三点水，横折钩，竖弯钩。范，草字头，三点水，横折钩，竖弯钩。站在招牌下，范宝盛清楚地记得当初教儿子认字的情形，儿子拿着一支筷条在地上弯弯扭扭地写着范字，经常先写三点水再写草字头，范宝盛会说，儿子啊，草字头这么小，没有草帽帮你遮阴，你会被太阳晒的。范虫儿重新把字抹掉再写，先写上大大的草字头，再写上三点水，他一边写一边说，我不怕太阳晒了。

店面三楼的灯亮了，有几个服务员住在三楼，人语声从上面飘下来。范宝盛把门前长椅子上的水汽擦了擦，坐着等，没几分钟，店门打开，几个服务员走出来。他们看到范宝盛叫范哥好，就各自忙着擦桌子，打开炉火。

范宝盛前几年把店面交给柯双的儿子柯子夫妻管理，夫妻俩住在店里，方便生意。这些年来有很多机会范记馄饨可以到别的地方开去，毕竟中山路是一条老街，房屋老旧，街道狭窄，交通不便。许多新开的大卖场邀请范宝盛入伙，范宝盛都拒绝了。比如城里最高档的万宝城开张前，也邀请范宝盛入伙，范宝盛还是没答应。石水晶心思动了，带上柯子和张娟一块劝范宝盛。石水晶说，现在做连锁是最赚钱、最省事的，你真是不想赚钱了？范宝盛说，天下哪有能赚钱不用操心的好事，等真的开起来，烦心事就来了。石水晶说，中山路这条老街拆迁是迟早的事，我们怎么样也得先给自己留条后路。范宝盛说，等要拆迁再说吧。柯子说，叔，婶说的有道理，等到要拆迁只怕就晚了，再说了，同时开几家也能让我们范记馄饨的名气更大呀。范宝盛说，连锁店我是不会开的，你们要开你们开去，别叫范记馄饨，叫石家馄饨，或者，范宝盛指着柯子说，你脑子灵光，能一心二用，开家柯家馄饨吧。柯子吓得直摆手说，叔，我没脑子，我不行，我不行。石水晶还想再说，范宝盛说，石水晶，我和你说过，我要在这个地方，这块招牌下等我儿子回来！这一句话把石水晶惊住了，范宝盛此前说这话的情形浮上心来，那时她不太明白丈夫的心情，现在却是看到了丈夫的决心，开连锁店的事从此不提了。

其实早餐的生意也是可以不做的。范宝盛做早餐的生意凭良心说真不是为了赚钱。一是以前做有早餐生意，突然不做，会辜负一些客人；二是许多人乐意吃一碗馄饨，可现在范记馄饨变成正餐了，价位高了，很多人不容易吃上了，那么就还是搞些平民化的。早餐卖最简单的馄饨，十只一碗，就汤面上漂着香菜叶子和胡椒面那种，生意也很好。

店里的服务员整完内务，开始吃早饭，有的下面条，有的吃馒头。柯子问范宝盛要什么。他说来碗汤，再上个馒头。柯子给范宝盛盛了碗汤，用碟子装了一只白白胖胖的大馒头上来。范宝盛噘嘴把汤面上的油吹一边，一大口热汤下肚，肠胃暖了，心头热了，馒头嚼在嘴里，没搁糖的馒头让他嚼得一口香甜。范宝盛做事挺麻利的一个人，独独吃早饭，细嚼慢咽，每一口都吃出珍珠粒的感觉，喝了两碗热汤才把一只大馒头送进肚里。服务员吃完早饭都各自忙去了。范宝盛绕到店面后头上厕所，发现两大缸的泔水还在。他找到柯子问，这泔水昨晚没运走？柯子说，玉珠阿姨来了电话，说兵强叔生病，来不了。范宝盛说，有好些天没看到他们了，你把店里的三轮给我开来，我把泔水给他们运过去。柯子说，叔，不用你，我给他们运去。范宝盛说，你还是看店吧，这又不费什么力气，我当去郊游。说话间，听到突突的马达声，调头看，是黄玉珠开着平时运泔水的小电动三轮来了。黄玉珠早上起来头发没梳，随意绑了一把，开三轮车风大，那一把头发吹得像刚跟谁扯头发厮打过一架似的，身上穿的又是黑紫色衣服，完全像一个受苦受难的老妇人。黄玉珠比石水晶大不了几岁，但两人站一块，说是母女都有人信。范宝盛真心感叹这个女人命苦，苦的大半根源来自于嫁了赵兵强那样一个男人。

说来谁也不信赵兵强原先开过和范宝盛一样的馄饨店，一开始味道也不见得输过范家太多。可这家伙为省钱进死病猪肉，让记者给捅出来，被罚了一笔钱，整顿后再开门做生意就没什么客人了。赵兵强不思己过，反而见不得范记馄饨的生意好,四下放风说范家的骨头汤里放了罂粟壳。只要有人上他家店里吃馄饨,赵兵强会夸张地祝贺人家来对地方了,因为隔不远的范记馄饨汤里放了罂粟壳,这吃了还想吃,可这吃的都是毒啊!说得多了,风声传到范宝盛的耳朵里,范宝盛的风格是众人皆知的。当天,范宝盛拎起一张店里的圆面三角凳杀向赵家面店。他一路骂骂咧咧,赵兵强,你拿脏水泼我,毁我家馄饨店的名声,别怪我手下无情!爱看热闹的跟了一溜儿,范宝盛更来劲了,街坊邻居你们来做个见证,赵兵强说我的骨头汤里下了罂粟壳,我这把凳子是准备用来砸他脑袋的,我要看看他的脑袋砸开以后出来的是血还是水!你们赶紧通风报信,让那家伙躲起来,不然,我不信砸不死他……

这极像一场事先张扬的谋杀案。赵兵强那边是有好事人通报了,可听到风声时有些晚,来不及躲了,赵兵强也想撑点门面,说,我就在这等他范宝盛,我不做亏心事,我怕他?!范宝盛气势汹汹杀到,根本不客套,举起凳子当头砸向赵兵强,赵兵强躲了一半,肩膀受过了,范宝盛直接把凳子扔过去,赵兵强脑袋中招了,随着一声惨叫,一道血从头发隙里流下来。范宝盛继续抄起门边的扫帚当棍子劈向赵兵强,赵兵强用手护脑袋,可胳膊腿上都结实地挨了棍,他趁势滚到地上,大声号叫。黄玉珠护夫心切,扑上前拦着也挨了两棍,她顾不上痛,死死拽住范宝盛的扫帚说,宝盛,大家街坊多年,有事好好说,别打了,别打了。范宝盛除了对自己老婆不客气,对别的女人还是有些绅士风度的,他停住手说,除了我老婆,我不打别的女人,赵兵强,你今天得跟我好好认个错!把你泼出去的脏水收回来!黄玉珠赶紧说,我们错了,错了,都是我这张嘴巴贱!说着她掌自己的嘴。范宝盛皱起眉摆摆手说,算了,算了,以后我再听到那些不好听的,我就不是带张凳子,而是要带把菜刀过来了!说完扬长而去。赵兵强从地上爬起来,捂着脑袋说,此仇不报,我誓不为人!黄玉珠找来一条毛巾给他捂伤口上,赵兵强说,你个贱货把我的脸都给丢尽了,你给他道什么歉?!黄玉珠说,没有我,你今天被打死也难说。赵兵强扯起嗓子跟那些看热闹的喊,我与范宝盛不共戴天!

范宝盛不光是个武夫,还算得上是个谋士,教训完赵兵强他花钱请了电视台的记者来观摩他店里制作馄饨的流程,上了美食节目,同时还请来食品卫生管理部门,证明他的骨头汤是货真价实的骨头汤,没有任何添加剂。范宝盛的钱没白花,店里的生意更红火了。

赵兵强的店最后开不下去,转手了,用转让费租了个摊点卖水果。这不成器的家伙做什么也白搭,他给人称水果喜欢吃秤眼,加上进货贪小便宜,进来的水果品质不好,烂得快,烂得多,水果摊的生意做了一年多又做不下去了。这人还有好赌的毛病,平时挖空心思在生意上占别人的便宜,可赚到的钱会毫不迟疑地送到地下赌场去,像傻子一样送。经常欠赌债,还不起就跑外边躲。范虫儿失踪那阵子,他就是到外边去躲赌债,足足躲了一个多月才敢回家。回来后水果摊还是保不住,全抵债了。那以后开始做些不稳定的生意,例如八月十五贩上一些板栗和沙田柚,冬天贩上一些新疆棉胎什么的,靠做这些不稳定的生意,有时赚有时赔。有一次是赚了稍大一笔,急慌慌又往黑赌场送,这下好,赔得房都租不起了。玉珠到处借钱,借到范宝盛这,范宝盛二话没说,借了,并开口让赵兵强来帮他一起打理馄饨店,这是给赵兵强一条活路,那时赵兵强也没有其他活路了,夫妻俩过来范记馄饨店做了两年。范宝盛让石水晶每月把工资直接开给黄玉珠,从来不让赵兵强手里过钱,他们夫妻的日子才算稳定下来。

　　这也就两年的时间,对面街新开张一家馄饨店,为了与范记馄饨竞争,人家来挖墙脚,赵兵强一下被挖去,直接招聘过去给人家当副经理,玉珠把嘴都说破了也劝不住。赵兵强在范宝盛门店干这两年,他不会想人家是为了他有一口稳定的饭吃,他感到的是不自在,寄人篱下,甚至还有点屈辱,现在好机会来了,他要扬眉吐气了。他跟范宝盛辞职的时候说得硬气,我家赵联胜考上大学了,学费高,我出去做能多赚点。范宝盛挽留不住,让他走了。赵兵强到新店上班,主要的竞争对手就是范记馄饨,人家看中的也是他这一段经历,他了解范家的经营路子。赵兵强给员工制订了一个口号——"把范记馄饨比下去",每天早中晚店里的员工排成两排在店门口喊上几嗓子,像打强心针似的。赵兵强有些长进了,没有使出当年那种下作的手段,他在价格上挤对范家,什么花色品种都便宜上一丁点,他说一丁点就足够了,哪怕便宜一分钱客人都会觉得占了大便宜,他这以己度人之心是度对了。新店一开始生意确实很好,客人大都有追求新鲜的品性,再加上新店的价格也比范记馄饨便宜。范记馄饨的生意有一阵子不太好了。不少人跑到范宝盛跟前骂赵兵强,骂这忘恩负义吃里爬外的小人。范宝盛说,我们大伙不是一直在帮他吗?他能有出息,大家该高兴。来说是非的人讪讪的,心里想,你这范宝盛,儿子丢了以后男人血气都败了,成天充个老好人,能当饭吃啊?石水晶也气不过,宝盛,赵兵强衰的时候你帮他,我就不太愿意,当成全你一份好心才没有反对,现在看来是错了,人家都骑到你脖子上拉屎了,我宁可你像当年那样冲到他店里好好修理他一番,那才解气!范宝盛笑着说,你现在又觉得我当年那样英雄得很,我变回去你乐意?石水晶说,反正好人难做。范宝盛说,我们当时帮赵兵强是他来求我们的吗?石水晶说,这倒没有。范宝盛说,当时我们帮他,是想让他回报我们吗?石水晶说,没有。范宝盛说,这就对了,人家没有求,是我们自愿的,所以,今天人家怎么样我们都不能说什么,我们做我们的,他做他的。石水晶说,宝盛,你真的这么看得开?范宝盛说,老婆啊,我当然也有许多放不下、看不开的,不过我每天都在提醒自己要比昨天做得好一点,每天有一点进步就够了。石水晶说,我没你的悟性,我只看眼前利益,店里生意不好,我开心不起来。范宝盛说,你放心吧,靠别人坍台了生意才能好不是本事,我们把怨别人的工夫用在想办法,生意会好起来的。

范宝盛正是在生意不好的这段时间,思考对策,突然开了窍,异想天开用馄饨来下火锅,付诸实践后,一炮打响,一发不可收拾,生意越来越好,把隔壁两家店都盘下来了。

赵兵强做的馄饨面店生意风光一阵后开始不冷不热,当范宝盛的馄饨火锅冒出来后,他们的生意就更差了。那投资的老板没了好脸色,直接把赵兵强开了,店面改做快餐生意。赵兵强丢工作后,范宝盛曾邀他回来,他脸皮纵是再厚也不好意思回来了。在外面又东奔西跑的,做什么谁也不清楚,问玉珠,玉珠也说不知道。有一阵子小半年不回家,也没和家里人联系,玉珠哭到范家来,让范宝盛帮忙打听。范宝盛费了好大周折才打听出来,赵兵强跑西南去做玉石生意,骗人货被打断了腿,回不来了,不敢也不好意思和家里联系。范宝盛自己开车,一路跑了三天到西南的小县城,把赵兵强给接回来,赵兵强这趟回来人精气神全没了,老了十几岁一般,厌着个脑袋,烟是一根一根地吸,半天没句话。玉珠跟石水晶一把一鼻涕一把泪地诉说,我家这位是把魂吓没了,赵联胜还没毕业,花钱的地方多了,我一人怎么撑啊。范宝盛和石水晶合计了一番,把赵兵强夫妇约出来谈建养猪场的事。范宝盛计划在郊区建个小型养猪场,有相当一部分猪肉直接供应店里,余下的往外卖。他投资,让赵兵强夫妻俩占干股,管理整个猪场。这本来就是为赵家夫妻量身定做的方案,玉珠千恩万谢地答应了,赵兵强虽然没说个谢字,心里也是服了范宝盛。这几年两夫妻老老实实在养猪场干,赵兵强天天一早来饭店运泔水,还挺勤快的。

范宝盛说,玉珠,兵强病了?玉珠说,胃痛,吃什么吐什么。范宝盛说,去医院看了?玉珠说,昨晚是自己买了点药吃,他不太乐意上医院。范宝盛说,什么病都先让医生瞧一瞧再说,赶紧的,我跟你一块到养猪场,我陪他上医院。范宝盛帮忙着把泔水装到玉珠的车上,自己也坐到一旁。黄玉珠说,这泔水的气味……范宝盛挥挥手打断她的话说,走了,大清早空气好着呢。

一路上没什么车,四十多分钟他们就到养猪场了。养猪场在城乡结合部,租用的是郊区农民靠山边的几亩地。猪舍有七八间,一排砖瓦房,采光透气都好。七十多头猪按照猪龄大小分住。赵兵强的脚被打折过,走起路来一扭一拐的,但人勤快了,手上的功夫也就显出来了。猪场的空闲地,山边,全被他种上各种蔬菜,这菜少部分是他们夫妻平时食用,大部分还是做猪食,所以,红薯藤、南瓜苗种得最多。猪粪是最好的肥料,养得那些肥肥粗粗的瓜瓜蔓蔓爬得到处都是,看上去一片田园风光。每年收下来的红薯南瓜都堆满一间屋子,留着给猪催膘用。来收购生猪的人看他们的喂法,都特别乐意把猪买了去,说这生态猪是名副其实的生态猪。赵兵强还曾建议在山边再挖一口塘,说猪粪水引入塘,放下鱼苗,其他不用管,就等着捞鱼了。范宝盛没同意,他考虑的是一心不能二用。

赵兵强夫妻俩住的屋离猪舍只有十来米,但处的是上风地带,要不是偶尔有一阵带着猪粪味的风吹来,空气还是很清新的。赵兵强坐到门口,天已经开始亮了,他的脸还是黑的,抽着烟。

玉珠说,少抽一根你会死啊?

赵兵强说,你哪一天不咒我啊,我就不死,让你烦。

范宝盛呵呵笑了两声说,对,就不死,等下看病去吧,我陪你去。

赵兵强说,多大的事,我自己能去,又不是走不动了。

范宝盛说,我看你是累的,你们两个人养这么多头猪,要不再请些人吧。

赵兵强说,我还能动,请什么人啊?再说了,现在请人有多难啊,一听说是养猪,都不乐意,好像让他吃猪粪似的。

范宝盛忍不住又笑了,你这张嘴啊就太厉害了!最近我一直在想这事,养猪是个体力活,起早贪黑的,你们比我大差不多十岁,中年也过了,我想请几个年轻人来帮忙,扩大养猪场规模,你们俩当监工,每天在猪场里逛一逛,算算账,体力活就不用干了。现在生猪好卖,我们养生态猪,更是稳赚。还有,你不是一直想再弄个鱼塘吗?我们就整个鱼塘,既能赚钱,你平时没事还可以钓上一竿,我隔三岔五也来陪你钓钓,多美的一件事!

赵兵强说,真照你说的,我们两口子不等于吃闲饭了?

范宝盛说,哪有,不是让你们当监工吗?雇来的是外人,得要靠咱们自己人去管我才放心啊。

赵兵强把烟屁股扔地上，抬脚踩灭，有点不恭敬又有点像开玩笑似的说，范宝盛，这些年你怎么就像欠我什么似的呢？巴巴地对我好。

玉珠白了赵兵强一眼说，你嘴里能说出点好听的话吗？宝盛对谁都好，没有宝盛你早完蛋了，李婆姆早死了，柯子早流落街头了，这些年宝盛做的功德多了。

范宝盛摆摆手截住玉珠话头说，不说这些了，大家老邻居，互相照应是应该的，走，赵哥你带我转转。

赵兵强带着范宝盛在猪场里转，进了猪舍，靠近猪栏，那些猪挺着滚圆的肚子，懒洋洋地看着他们，时不时嘴里发出努努努的声音。范宝盛说，吃得很饱了。

赵兵强说，可不是，四五点就得爬起来喂，不喂饱它们可以把你闹死，赶上催膘的，半夜还得再给它们加餐。

范宝盛说，它们肥，你瘦了。

赵兵强说，唉，你别拿猪来和我比啊，千金难买老来瘦，好事。

两人在养猪场逛了好几圈，赵兵强把周围可能扩大的空间指给范宝盛看，两人商议着怎么扩大规模。在场里待了一个钟头的工夫，范宝盛抬手看手表说，现在过七点了，外面有马拉松赛，封路了，到十点才能解禁，你看病要过了十点再出门，我陪你一块去。

赵兵强说，你当我小孩子啊，看病我能自己去，你该忙什么忙什么去吧。

范宝盛说，我能有什么可忙的，店里的事全交给柯子两口子了，我闲了也是喝茶。

赵兵强说，那走，走，回家喝你的茶去，猪场多臭啊。

范宝盛笑着说，你赶我呢，今天我确实也还有个事，我得去养老院看看李婆姆，这阵子范平安生病，我有半个月没去了，要不你也跟我去看看？

赵兵强摆摆手说，我没那精气神，你自己去好了。

范宝盛反复交代赵兵强一定得去看医生，赵兵强烦了，让玉珠赶紧把范宝盛送走。玉珠开三轮把范宝盛送大路口说，这都封路了，没车，这么远的路，好几公里呢，你真能走回去？范宝盛说，这一路上空气好，我边走边看人跑步，不闷，过了十点你一定记得让赵哥看医生去啊。玉珠点点头跟他挥挥手告别了。

玉珠把三轮开回到屋间，赵兵强又一根烟点上了，坐在门口吸，眼望远处。

玉珠没好气地说,你也别怪我咒你,自己的身体自己不爱护,谁也帮不上忙。

赵兵强说,活到这份儿上了,爱不爱护又有什么区别?

黄玉珠说,谁爱搭理你!我苦了一辈子,不敢指望你对我有多好,可你儿子还没有成家立业呢,你想撒手不管?

赵兵强把烟头往地上一扔说,妈的,造的什么孽?好不容易供完大学,现在还得给他供房给他娶老婆!范宝盛最好赶紧把养猪场扩大了,我们跟他再要多点分红。

玉珠说,我是不好意思再跟人家谈条件了,人家要招什么人招不到,大学生研究生都上街卖猪肉了,人家非要用我们这两个老东西?本来就是为了照顾我们。

赵兵强说,我们也不是白吃饭的,哪天偷过懒了,还不是为他范宝盛打工,他拿的可是大头呢。

玉珠说,赵兵强,做人得讲良心,范宝盛这些年来怎么对我们的你心里清楚得很,别一张嘴死硬。

赵兵强说,行,我闭嘴,不说了。

玉珠拉张凳子坐到赵兵强跟前说,老赵,这么多年我一直有个疑问,十二年前,范虫儿失踪那天晚上,大家都以为你躲赌债躲到外边去,可我知道你是回过家的,我在衣橱抽屉里放了六百多块钱,后来发现少了三百多,我本来以为是赵联胜偷拿的,再查又发现你柜子里的衣服有两件不见了……

赵兵强瞪起眼睛,放你妈的屁,我什么时候回过家,你这话什么意思?

玉珠说,我的意思你明白,做人得凭良心,你不信报应,我信。

三

范宝盛在人行道上走着,参加马拉松的人群与他逆向而动,汹涌的人群从他身边跑过,带着一股热浪。看着一张张被奔跑热力染红的脸,他脚下不知不觉跑起来,很多人扭头看他,觉得他很奇怪,他冲他们笑着。人群中突然有小骚乱,有一人先是弯下腰捂着肚子,然后缓缓倒下。范宝盛快速穿过人群跑到那人身边,他让大家不要随便移动患者的身体,他轻轻握住那人的手,掐虎口,揉劳宫穴,那人慢慢睁开眼睛。他问,不经常运动吧?那人点点头。他说,不经常运动慢点跑,走着也行。不一会儿有背着急救箱的医务人员赶到,把患者抬走。

范宝盛回到马路另一边,继续跑起来。跑到自家店面前,花了一个多小时,他一点不累,看来身体真是不错,他很满意,心想下次参加马拉松跑快一点,没准还能拿个名次。

店里的早餐潮已过,只有零星的几个食客。员工正在准备中晚餐菜料。范宝盛往厨房方向走,厨房历来是他最喜欢待的地方。最里间是柯子的配料间,一般不许外人入内。柯子得了范宝盛的真传秘方,专门负责配制馅料,平时关在里间做事。

从小柯子一直被看作低智商的孩子,上学在班上稳坐最后一把交椅。范宝盛原先也是这么看的,与柯双闹那一场决裂后,范宝盛对柯子有了新认识,他发现这孩子不傻,要说应该算个实心眼。当年范宝盛与柯双闹的那一场绝交戏码还是由柯子引起的。范宝盛承认柯双的新老婆关丽确实是个美女,他每次到柯双的杂货店喜欢跟她说上几句咸湿笑话,他的笑话好像总能让她笑得花枝乱颤,他心里也很愉悦。关丽非常喜欢范宝盛到访,范宝盛一来她会勤快地下厨炒菜留他吃饭。关丽对柯双就很少有好脸色,拌嘴是家常便饭,吵起来关丽的嘴从来不饶人,多么损、多么恶毒的话都说得出口。例如她骂柯双是秃驴——柯双有些谢顶了,她骂柯双肥猪——柯双有点肚腩,她骂柯双软蛋,是镴枪——指向暧昧。被骂得一无是处的柯双最后还得自己给自己做饭,洗衣服,因为关丽姑奶奶不伺候你。那天是方顺开带着两个小孩来买饮料,孩子放假了,大老远地来看父母,柯双看孩子可爱,知道方顺开一向节俭,所以方顺开买两罐饮料,柯双另外送了一袋饼干和一袋果脯。等客人后脚刚迈出门槛,关丽立马发飙了,柯双,你是李嘉诚吗?每天挣这两个钱你还装李嘉诚,你有本事最好开个福利院,猫啊狗的都领家里养得了。柯双说,至于吗,就两袋小零食?关丽说,行,你大方,手链呢?你说要给我买的手链呢?我是被你骗来的,你这个软蛋我要跟你离婚。柯子在一旁冷不丁地插了一句,关丽,你对我爸很凶,可你对范叔很温柔。关丽唾沫横飞的嘴定住了,呈O字形,至少过了五秒钟,她扑过去一巴掌拍在柯子的脑袋上说,傻仔,我撕你的嘴。柯双脸色铁青,冷笑着说,为什么打我儿子?你让他说。来,柯子,你告诉爸,关丽怎么对范叔温柔的,我不在家的时候他们有没有上过楼?柯家的睡房在二楼。柯子说,上过,不过好像是关丽让范叔上楼去拿东西。夫妻俩对视着,对视着,不知是谁先动手,两人抱到一块厮打开了。柯双第二天就跑去跟范宝盛理论,和范宝盛干了一仗从此绝交。

后来,柯子在路上碰到范宝盛,主动上前来说,范叔,是我跟我爸说关丽对你很温柔的,她本来就不正经,可你跟我爸是好朋友,怎么打我爸下手那么重呢?他手都脱臼了。范宝盛说,那你说范叔有没有不正经?柯子说,你说那些笑话的时候就不太正经。范宝盛哭笑不得,他说,谁说你傻,我看你一点也不傻。柯子说,傻是不傻,但也不聪明,要不老师教的我怎么都听不明白。

范虫儿失踪后,柯双上门来送钱,范宝盛过后虽然没有明显地与柯双重修旧好,但这份情谊他是记下了。六年前,柯双开小货车去进货跟别人的大货车撞了,把自己给撞出个半身不遂。关丽伺候了两个月后把家里的钱卷走消失。家里的事情全部落到柯子一个人身上,柯子要照看父亲,又要照看店里的生意,干脆不上学了。范宝盛又是哄又是吼让柯子重新上学去了,杂货铺关了门,他负责柯家的生活费,又请了个钟点工,让钟点工照顾柯双,没事时他还会上家里来把柯双推出去晒晒太阳,两人又跟以前一样聊天了,只不过基本上都是范宝盛在说话,柯双很少说。身体残疾,老婆抛弃,柯双心志不高,郁郁而终。范宝盛给柯双办完后事,就把柯子接家里当自家孩子养着了。

柯子读完高中读不下去,自己也死活不愿意读,说要跟范宝盛学手艺。范宝盛考量了一番,知道这孩子确实不是块读书的料,还是学门手艺挣饭吃实际。他几乎是手把手教柯子做菜,做面食,包馄饨。柯子这孩子实心眼,做起事来特别细心、认真,范宝盛又把配制馅料的秘方传给他。柯子配制馅料的时候从来都是一丝不苟,配出来的一些料比范宝盛的还要好。石水晶有意见了,毕竟范家老二——范平安已经生下来了,正在满屋乱跑呢。

石水晶说,秘方你都传外人了,自己的孩子怎么办?范宝盛说,柯子怎么能算是外人?再说了,能有柯子替我们传承这门家业你做梦都应该偷笑了,难道你指望范平安长大了安安分分地待在店里配馅料包馄饨?如果你有这个打算,别跟我一天到晚地唠叨让他去学什么钢琴,学什么围棋,那些虚头巴脑的东西对他将来继承家业没什么帮助。石水晶说,我要儿子学这些东西有什么错,我将来还要他出国呢!范宝盛说,没有错,一点也没错,所以说范平安将来长大后他选择的余地很多,但柯子就没有什么选择了,我必须传他一门吃饭的手艺。石水晶一下没话了。

前两年看柯子成人,范宝盛盘算着给柯子张罗婚姻大事,他相中一直在店里帮忙的石水晶的远亲张娟。张娟出身农村穷人家,比柯子大上三岁,人长得一般,可性格温和,范宝盛让石水晶撮合,石水晶本来说没有一分把握,没想到一提姑娘立即应了,原来两人在一起做事感情早有了。两人领完证,范宝盛又了了一桩心事,把店里的事交给他们夫妻俩,自己躲清闲去了。

范宝盛走到配料间门外,门上挂了个闲人免进的牌子。范宝盛敲了敲门,柯子戴着口罩来开门,看是范宝盛,把人往里让。范宝盛说,我不进去了,等下忙完午市你跟我去看看李婆姆。柯子说,好的,我顺便给她带一盒马蹄肉馅的馄饨,李婆姆最爱吃了。范宝盛说,好的,你准备准备。柯子又探出头来说,叔,我新做了一种馅料,你要不要尝尝?范宝盛说,尝,干吗不尝?

转眼午饭时间到了。范宝盛在包间里看电视,一边品尝柯子包的新口味馄饨,还没品出味,门外传来吵闹声,声音越来越大,听上去有些不对劲了,他赶紧出了包间,看大门外张娟在给两位客人劝和。店门口的停车位不多,来晚的得到远处的停车场去停车,谁都想抢这近前的车位,这两人就因停车位打起来了。张娟的劝说显得太斯文,两人没当一回事,骂着骂着有一人就在对方的车上踹了一脚,这脚等于是踹人身上了。范宝盛一看坏了,果然另一人把张娟推开直扑过去。范宝盛飞快地插到两个男人中间,把张娟揉旁边去,这一瞬的工夫,范宝盛肩膀替人受过,挨了一拳,疼得他嘴张开吸了一口凉气。那人还想继续向前冲,嘴里嚷着,拳脚无眼,少管闲事!范宝盛仍然没放手,生生用身体拦着人,他说,大家来这里都为吃个饭,图开心,要真打起来打伤了,派出所管不管暂且不说,痛的是你们自己,痛的是家里人,为这么个车位值得吗?打架打死打伤的我见多了,过后没有一个不后悔的,你们把车钥匙都交给我,我负责把你们的车子停好,另外,中午在我店里吃饭,我打七折,怎么样?听范宝盛说得实在,两个人便把话题转移了,给自个儿找台阶下。一个说,老板,你这里的车位也太少了,要不是菜的味道好,我何苦来这里挤。另一个说,我是你店里的常客,照顾你生意多了。范宝盛拱拱手说,谢谢,谢谢你们捧场。两人分别把钥匙都交到范宝盛的手里,一前一后由服务员迎进店里去了。

张娟上前来问范宝盛,叔,你被打痛了吧?范宝盛说,没大碍。张娟说,就你脾气好,我学不来。范宝盛说,你也知道叔年轻时爱打架是吧,打架得到什么好处?争一时之气,过后大多会后悔的,我们旁人能劝和一定尽量劝和,这也是功德。张娟说,叔说得是。范宝盛说,你去厨房看看柯子把馄饨煮好没有,让他赶紧的,我的车得开出去给人腾位置,等我车开走,你把客人的车停好。

张娟传话去了,过了十来分钟,柯子乐呵呵地拎着一袋东西出来,上了范宝盛的车子,带来一阵子热香。柯子说,叔,你开快点,李婆姆还可以吃热的。范宝盛说,放心吧,今天周末,没太多车。一路上果然没太多车子,四十多分钟后到了养老院。

在门口登记完,范宝盛带着柯子往李婆姆住的103号房走,到门边就听到有护工在里面高声说话,你再不吃就没有吃的了,快点吃! 听起来态度不是很好。听到范宝盛他们的脚步声,护工扭过头来看,脸上不耐烦的神气缓和下来,语调有些夸张地说,李婆姆,有人来看你来了。

范宝盛说,我们来喂,你去忙别的事吧。

护工赶紧诉苦说,你们别看李婆姆什么都不记得了,人很偏呢,不想吃就不吃,不听劝,我都喂了半个小时了,也没吃两口。

柯子说,李婆婆喜欢喝汤,吃稀的,你这些饭,她不喜欢。

护工说,她的伙食交的就是这个档次的,对了,她的费用都快用完了,院长正在联系她的家属续交呢。

范宝盛说,不会吧,我听李婆姆说过她早把住养老院的钱备得足足的,不可能欠费啊。

护工说,具体的我也说不上,我现在去把院长找过来和你们谈谈,你们好歹也是她的亲戚,不能丢下老人不管啊。

柯子在一旁说,我们只是老邻居。

范宝盛用手势止住柯子,对护工说,你去把院长叫来吧。

李婆姆似乎还是有些认识范宝盛的,看到他们嘴巴就一直嘟嘟嚷嚷,说什么又听不清。柯子把保温饭盒打开,馄饨和热汤分开放的,怕馄饨泡久了会稀烂,就这一点范宝盛得佩服他心细。柯子把热汤和馄饨混一块,香味出来了,他把饭盒递到李婆姆鼻子底下说,李婆姆,香吧? 来,我们吃馄饨,你最喜欢的马蹄碎肉馅的,我喂你。李婆姆脸上有了表情,生动起来,就着柯子伸过去的勺子吃了。李婆姆吃得有些急,汁水顺着她的嘴角流到衣服上,范宝盛扯了一张纸替她擦拭。李婆姆的脸以前是白皙的,现在生出许多黑斑,原本圆润的脸也瘦削了。范宝盛想起在中山路上卖酸嘢的李婆姆,记忆中她似乎从来没有年轻过,但眼前这副衰老的样子却让他心酸。

李婆姆是五年前住进来的,那时李婆姆身体还好,还在中山路上摆摊,总是跟人说我还没有挣够棺材本呢,我要做到我走不动为止。她没想到自己已经被两个烂仔盯上了。他们来买她的酸嘢,几块钱的东西付她一百元。李婆姆随身没有足够的零钱找,就进屋去拿钱,其中一个烂仔尾随着进去,把大门关上了。李婆姆还没来得及喊嘴巴就被捂住了,烂仔让李婆姆把钱交出来,李婆姆把屋里的藏钱的地方指出来,烂仔搜出不到一千块钱,拿刀继续威胁李婆姆拿钱,拿存折。李婆姆被人拿去这一千块钱已经心如刀割,如果存折再交出来,被逼问密码取钱还不如杀了她。于是,李婆姆拼死与烂仔打起来,近七十岁的老人了,哪里斗得过二十岁的小伙子?烂仔用力一推,李婆姆直接摔倒,头撞向酸坛,人撞晕了。烂仔也不敢久留,把屋子粗粗翻一遍和同伙跑了。

很多人路过李婆姆的屋前,但没有人发现什么异样,他们哪里想得到此时的李婆姆躺在屋子里,被撞晕了呢。范宝盛和别人不一样,他经过的时候,看李婆姆家的门是关上的他马上就觉得奇怪了,因为这时间李婆姆是很少关门的。他想李婆姆也许是有事出门了,但看摊面上所有的东西都好好摆放着,桌上还有两只盛有酸嘢的碗,说明先前是有客人在这吃的,李婆姆出门不可能不收拾好这些东西啊?范宝盛就上前去敲李家的门,敲半天没人应,他跑到窗户边隔着玻璃往里看,他没有看到李婆姆,但他看到里面有许多东西扔到地上,扔到本来不该待的地方。范宝盛撞开门,把晕倒在地的李婆姆送到医院急救,老人家被撞得颅内微出血,虽然不用动手术,但年纪大了恢复慢,也住了一个多月的院。李婆姆经历这事后受惊吓了,不敢一个人住,再加上时常出现眩晕,就把进养老院的计划提前了。

自从李婆姆住进养老院,范宝盛一般隔上一两个星期来看看老人,聊聊天。去年底老人患上了老年痴呆症,认不出人来了。

一阵急促的脚步声出现在门口,养老院的院长,范宝盛见过的,姓王,一个中年妇女。王院长一边走一边伸出手和范宝盛相握,你好,你好!这几天我一直在联系李婆姆的亲戚,一个都联系不上,你来了正好,跟你了解些情况,你认识李婆姆的什么亲戚吗?

范宝盛说,据我所知,李婆姆没有近亲,我们老邻居很多年,她一直一个人过,没看到有什么亲戚上过门。

王院长皱起眉头说,按我们院的规矩,下一年度的费用得提前三个月交,续费的时间早过了一个多星期了,李婆姆没有按时缴费。

范宝盛说,李婆姆之前应该和你们签有协议的吧。王院长说,以前是到交费日我们会从李婆姆提供的银行账号上自动扣款,现在扣不出来了,老人患上这个老年痴呆以后,费用本来要比之前提高一些,我们已经很照顾她了。

范宝盛说,这就奇怪了,李婆姆这么多年是攒下不少钱的,养老足够的,我还经常说她是地主婆呢。

王院长说,这么多年,就您经常来看李婆姆,我知道你们只是邻居,去年还有一个男的,按登记本上的名字叫孙诚,大概三十多岁,有一阵子经常来看李婆姆,还叫李婆姆姨婆,李婆姆患病以后他来过一两次就没再见过,这个人你认识不?

范宝盛说,听你这么一说,我有印象,我有一次来,那个人还在,我到他就走了,李婆姆说是她远亲家的孩子,说这孩子懂事,能吃苦,可做生意总是亏本,难道李婆姆把钱借给这人了?你们可以通过来访记录查到这人联系方式的。

王院长说,我查过了,这孙诚以前是留过电话号码,但那号码现在打过去说是空号了。

范宝盛说,李婆姆做事一贯小心,给人借钱她应该会有借条,现在大家几个人互相做证,我们看看李婆姆的私人物品里有没有什么线索。王院长说,行,那我们再来找找。

大家一起翻看李婆姆的物品,没有找出什么线索。护工在一旁插嘴,前几个月那个来看李婆姆的亲戚带了一个女的过来,说是帮李婆姆这打扫卫生,我看见他们把李婆姆的箱子衣服都翻遍了,如果有借条估计那时候已经拿走了。

王院长转身对护工说,你当时为什么没有报告,现在说这有什么用?

护工说,人家是亲戚,我哪里想得这么远?

王院长说,照目前来看,是这人借李婆姆的钱了,后来看老人神志不清就赖皮躲起来不现身了,唉,那怎么好,李婆姆要欠费了。

范宝盛说,你们继续再找找看有没有其他线索,不管找到找不到,李婆姆的费用我先出。

王院长眉头立马解开,大声地说,你可真是大好人啊,昨天还有记者到我们这来采访,我觉得应该把你这一笔写上,你对一个街坊邻居都可以这样照料……

范宝盛打断院长的话,摆摆手说,院长,这事就这样了,别的不多说了。王院长解决了问题,眉开眼笑地和范宝盛握手,千恩万谢。

从李婆姆那里回来,范宝盛交代柯子,你跟张娟说,从账上支些钱到养老院。柯子说,李婆姆真可怜,人都认不得了,钱也没有了。范宝盛心里十分同意柯子的说法,李婆姆没儿没女的,是可怜,他有两个儿子,尽管有一个不知身在何方,他仍然有两个儿子。

范宝盛回到店里是下午快五点的时间,这时间还不到饭点,却有一人在大堂里吃着,喝着。范宝盛随意瞟一眼发现是赵兵强,他说,咦,你去看医生了吗,怎么跑来喝酒了?

赵兵强喝得都上脸了,说,看李婆姆回来了? 来,陪我吃点,喝点。

范宝盛坐到赵兵强身边说,医生怎么说的?

赵兵强说,胃炎,还能有什么毛病? 医生的话我最不喜欢听,吓吓人就能开一大堆药,我才不管他说什么呢,想吃什么吃什么,想喝就喝,好歹对得起自己,谁知道明天还有没得喝呢?

范宝盛今天看李婆姆的境遇也有些感叹,接过赵兵强递过来的杯子喝了一口说,是啊,很多事情真是无法预料,你说,李婆姆辛苦一辈子就为自己挣个养老钱,现在这钱却突然没了,养老的钱都让人弄没了,什么缺德人干的事!

赵兵强瞟一眼范宝盛说,不会吧,还有这种事?

范宝盛说,这还能骗你啊? 那养老院又不是福利院,没钱是不会让你白住的。

赵兵强说,你不会帮她出这份钱吧?范宝盛说,我不帮她还谁能帮她?赵兵强说,看来你是财大气粗啊。

范宝盛说,能帮就帮吧,谁没有老的一天。

赵兵强说,这么多年了,你对大家都很好,对我也不错,我这辈子过得窝囊,怪不得别人,都怪自己懒,这辈子就这么要过完了,想翻本也难了。

范宝盛笑着说,你才比我大几岁啊,老气横秋的,我早上跟你说扩大猪场的事如果你们没意见,就开始启动吧。

赵兵强说,这事以后再说,眼下我有件棘手的事,你先帮帮我。

范宝盛说,说吧。

赵兵强说,我来是想跟你借点钱的,也不算借,我拿这个东西来抵。赵兵强打开一团布包,露出一件锈迹斑斑的刀状物。他说,这件是古董,明代的。

范宝盛对这件东西根本没兴趣,他打心眼里不相信赵兵强手头上能拿得出什么古董,他眼睛随意扫一眼说,要多少?

赵兵强说,二十万。

范宝盛愣了,你拿这么多钱干吗? 别背着玉珠嫂又想干什么坏事。

赵兵强说,能干什么坏事?都是为了赵联胜这小子,他现在外地工作,顾不上我们,我们做父母的倒要帮他一把,他年纪不小了,想结婚,看上套房,最近有优惠,我们想帮他付个首付,按揭他自己来。我这辈子没正经有套房,我儿子可不能像我这样,我和玉珠这些年攒了点钱,不多,首付就还缺二十万。赵兵强又把那件怪东西推了一把说,我也不白要你的。

范宝盛说,二十万不是小数,等我凑齐了再把钱给你,钱我还是交给玉珠。

赵兵强说,你是怕我乱花钱是吧,钱你都可以直接给玉珠,我不接手,这两天我想回趟老家看看,十天半月的估计回不来,你看能不能再招两个人过去帮帮玉珠。

范宝盛说,没问题啊,即使一下招不到人,我也可以让张娟安排一两个店里的人过去帮忙的。赵兵强看事情谈妥,没喝酒的心情了,把酒杯一推说要回家,不管范宝盛怎么推让,他还是把那件所谓的古董留下来。

范宝盛看留下来的东西,怪模怪样的,不用细看,就知道是假货,他苦笑了,觉得赵兵强这家伙今天有点反常,难道又惹上什么事了?突然间又有一种不祥的感觉,赵兵强像是在交代后事似的,这个念头一闪就没了。这几年赵兵强可是本本分分在猪场干,过去那些荒唐的行径没理由再捡起来啊。第二天他给玉珠打电话,看赵兵强说的是不是实话。范宝盛说,昨天强哥来找我,押了一件古董在我这,说你们要二十万给联胜买房子?玉珠那头答得很快说,是,是的,真不好意思,联胜买房就差这二十万首付了,便宜房子,指标只给留一个月,我们也只有求你了。范宝盛说,好吧,我给你们凑一凑,给我点时间。

答应玉珠后,范宝盛开始发愁这二十万块到哪儿凑了。店里生意虽然还好,可一直走的是大众消费路线,薄利多销,钱挣得没有店面生意看上去那般火热,最关键的是这账石水晶每个月都是要亲自核算一遍。范宝盛一直手松,基本上谁有困难找他借都能借到,石水晶也没有太为难他,让他有一定的支配额,可赵兵强黄玉珠要的可是二十万啊。

范宝盛找石水晶要钱,没直奔主题,先问儿子的学习情况。石水晶得意地说,刚有个小考,班上第一。范宝盛说,哦,太牛了,你教子有方啊,我得谢谢你了。范宝盛朝石水晶拱拱手。石水晶笑逐颜开地说,我一人扮演了慈父和严母的角色,累死了!范宝盛说,就是,也只有你才有这水平。另外我们儿子这么长进也因为你心地善良有福报。石水晶突然眼睛红了,老天爷要是开眼,就让我的范虫儿平平安安地活在这世上,我见不着也认了。范宝盛说,这是一定的。

238

范宝盛接了儿子带上老婆去看周末电影,一个俗烂的喜剧,儿子和老婆都笑得前仰后合,范宝盛心里合计跟老婆要钱的事,笑得有些勉强。回到家儿子和老婆还余兴未尽,两人在客厅里学着电影台词,记忆力不错,听他们学,范宝盛倒是开心地笑出来了。晚上,在床上尽了丈夫的职责,石水晶很满意,夸奖范宝盛犹胜当年。范宝盛看行情好张口说,赵兵强他们要给赵联胜买房子,首付差二十万,想跟我们借一借。石水晶忽地坐起来了,二十万,当你银行呢?真开得了口!范宝盛安抚地搂着妻子肩膀,石水晶甩开说,说什么都没用。范宝盛又把手搭回到老婆肩膀上说,这些老街坊里,赵兵强他们跟我们是最有交情的,这钱能拿得出还是借吧。石水晶说,这些年你照看他们家够多的了,又不欠他们的。范宝盛跳下床把赵兵强的古董拿到床跟前让石水晶看看,说赵兵强拿了件古董来抵押。石水晶连头都没转过来说,我不用看也知道是假的,他有这样一个宝贝早些年还不卖了去赌。范宝盛心里暗夸老婆聪明,嘴上说,我已经拿去让人鉴定过了,是真的,不过不值二十万,值十五六万的样子,我想他们帮我们经营养猪场,也不差人家这几万,是吧?石水晶半信半疑地瞪着范宝盛说,你说的是真话?范宝盛说,我骗你是狗。石水晶叹了一口气说,你给我几天,我把那些基金卖了,再把钱给你,这段时间你花钱比挣钱的速度要快,儿子的学费不低呢。范宝盛说,行了,这我知道。

四

马甘白郑重其事地邀请范宝盛到他店里吃晚饭,还下了一张帖子,让柯子给范宝盛送去的。要说中山路上真正能跟范宝盛并肩做生意到今天的也就马甘白一人了。马甘白的清真拉面馆,十几年大小格局不变,原先只卖面条,后来与时俱进增加了小炒和汤饭,马甘白和他老婆两人经营着,前两年女儿草红大专毕业找不到合适工作留在店里帮忙。拉面馆的生意说不上好,但总有一些固定的客人帮衬生意,像那些喜欢吃面的北方客,只有在他家店里才能吃出家乡的感觉来,他家的生意就不温不火地做下来了。

范宝盛拿到请帖心里暗笑马甘白,他俩要吃饭往哪坐不是吃,又不是请闺女喜宴费这工夫。到了马家拉面店,范宝盛发现马甘白真是小题大做了,这面店里没有一个客人,空空荡荡,店里一张桌子上还夸张地摆放了一大桌子菜。范宝盛笑着说,请我吃个饭你还清场啊,我的排场真不小!马甘白说,坐,坐,老哥就让你享受一次排场,以后你跟别人吃的机会多,跟老哥吃的机会就少了。这肯定不是玩笑话,范宝盛紧张了,出什么事了?马甘白说,来,你坐好,我们吃上两口慢慢说。范宝盛吃两口菜,放不下刚才马甘白说的话,又问,到底出什么事了? 马甘白说,你这家伙,我还以为你这些年修得四平八稳了呢,还这么性急。范宝盛不能不急,当年他和马甘白干过一仗,可后来两人好得很,当周围老邻居越来越少的时候,他们关系更铁了,说兄弟同盟都不过分。现今范记馄饨生意好,客人经常把车子停满清真面店门口,马甘白不会有一点不乐意,有时间还帮忙指挥停车,实在闲得慌还上门来帮忙招呼客人。来范家店里凡是点面的,范家服务员会直接跑马家买去,范家是一根面的生意也不做的。两人好了以后,经常翻以前打架的事情说笑,范宝盛说,老马,要说干那架是你不对,空调漏水能不能换个地方装? 每天漏得我店门口像谁随地小便似的。马甘白说,是啊,你够意思,一声不吭,把我遮阳棚给捅那些个洞,天一下雨,我那店里不只是小便了,都小便失禁了。两人哈哈大笑。笑过后,范宝盛请人将马甘白的遮阳棚连夜换了新的。马甘白空调换个地方装了。

马甘白说,我这店面已经转让了,本来早想跟你说的,想来想去还是等定了再说吧。

范宝盛一听站起来了,干吗转让,你生意又不是做不下去了!

马甘白说,坐下,坐下,不是生意不好,是我年纪大了,我想回老家,落叶归根。

范宝盛重重地坐下说,你都在这里住了十几年了,还不算你家啊,不要走,留下。

马甘白说,我们那的人无论在外面混得好还是坏,老了总是要回去的,我虽然还算不得老, 但草红到嫁人的年纪了, 她在南方不太容易找到适合的对象,回老家选择多些,我们有些积蓄,还想招个上门女婿呢。

马甘白说的是大实话,草红成天在店里忙,不见交什么朋友。范宝盛还想挽留,就一定得走?

马甘白说,这店盘出去了,新东家马上要来装修,这几天我们一家就收拾东西准备行程了。

范宝盛眼泪溢出眼眶,他抹了一把眼睛说,十几年的邻居了,舍不得啊。

马甘白也抹抹眼睛,挤出笑说,是啊,真舍不得。

范宝盛突然往马甘白的肩膀砸了一拳,把马甘白砸得哇哇叫起来,范宝盛说,不许还手,你看,我这门牙早早掉了,都是你当年那一拳打松的,现在是假牙来的,老子还你一拳,你走就走,老子才不管你呢,回老家招个上门女婿享福吧!

马甘白搂过范宝盛的脖子,把一杯酒灌他嘴里说,妈的,给你假牙消消毒,过几年到西北走一趟,看看我。两人又打又笑,吃着,聊过去的事,一会儿笑,一会儿淌眼泪水,他们都控制不了自己的情绪。宴散,马甘白把范宝盛送到门口说,好好保重。范宝盛头也不回地走了。

那几天范宝盛就不愿到店里来了,怕看到马甘白的面店改张易帜。马甘白走那天,范宝盛也没去送,让柯子替他。马甘白上车后发了一条短信息过来,内容是个地址,约他没事的时候去旅游旅游,说是离莫高窟不远。

范宝盛再到店里的时候,马家店面的招牌已经换了,原先的清真拉面馆变成甜品店。他抬头看自家的招牌,范记馄饨,谁了解他保住这块牌子的决心?这块招牌看了多少门庭热闹,见识了多少门庭更易?

石水晶虽然答应了范宝盛,但在凑钱的行动上却不爽快了,本来说要卖掉基金,临时反悔说亏太多,卖了更亏。范宝盛只能加紧做工作,突破口是石水晶的鼻子。石水晶和广大妇女一样,有个通病,对自己的长相不自信,最不自信的部位是鼻梁,鼻梁塌。石水晶又和那些有了两个闲钱的妇女同志一样,总想在自己脸上动刀,她迫切想垫个鼻梁。每提起这话头,范宝盛就说,你只要敢垫我就敢砸。石水晶判断不了范宝盛话里的真假,但对男人始终是有些敬畏的,没敢去弄。女人嘛,对自己哪个地方不满意,如果有条件不让她去折腾一下,那心总是不会死的,石水晶对自己的鼻子日复一日地叹息。范宝盛为了给赵兵强弄这钱出来,只好主动提起整鼻梁一事了,他说,水晶,你把基金卖了顺便就整个鼻梁吧。石水晶好长时间才回过神来,咦,你同意我去做整容了?范宝盛说,以前我不同意是担心你,怕你痛,现在想你既然有这个愿望就让你去实现,整得好看了我做老公的也高兴啊。石水晶果然开心得不得了,那好,我赶紧预约。打了电话预约,过了几分钟又折回来说,如果我整容失败,整容不成反而毁容了你不能找小三啊。范宝盛哑然失笑,你知道有风险还这么想去整?石水晶说,为了美担一点风险还是值得的。范宝盛马上给石水晶手写一张保证书:不管石水晶以何种面目出现在我面前,美也好丑也好,我都和以往一样爱她对她好,如果违背誓言天打五雷轰,以此为据。石水晶把保证书收好,笑眯眯地说,老公,我现在就去把基金卖了。

范宝盛拿到存折的时候,石水晶鼻子的手术已经做好,鼻子上贴着纱布,两只眼睛布满血丝,脸有些肿。范宝盛说,你整鼻子眼睛怎么变红了?石水晶说,这眼睛鼻子不是相通的吗?笨蛋!范宝盛心痛了,心想,我为了这二十万把老婆的鼻子都豁出去了。

他拿着存折去养猪场,找到玉珠,带着玉珠到银行去把钱转给赵联胜。玉珠坐在车后座千恩万谢,宝盛,这么多年,我们太亏欠你了,这钱我一定让赵联胜还你。范宝盛说,钱交到你手上我就放心了,房价总在涨,早买早安心。玉珠说,是,要不是为这个也不能管你拿这么多钱。范宝盛说,赵哥真的是回老家了?玉珠说,他说好多年不回去了,回去看看。

两人转好钱范宝盛又把玉珠送回养猪场,他没有逗留,眼下回家照看鼻子肿痛的老婆是大事。上车后范宝盛在后视镜里看到玉珠追上来,他摇下车窗问玉珠,有什么事?玉珠欲言又止,还莫名其妙的一脸尴尬,范宝盛说,怎么了?玉珠眼睛红了,含着眼泪说,宝盛,你是个好人,没有你,我们这个家早就没有了。范宝盛笑着说,你们别再谢我了,马甘白前两天走了,我们又少了一个老朋友,大家珍惜缘分吧。玉珠使劲地点头。

玉珠目送着范宝盛的车子消失在路口,转回屋里掏出手机打了一个电话。电话那头接通的是赵兵强。玉珠说,二十万已经给孩子汇过去了。

赵兵强说,这范宝盛还真是有钱啊,说要二十万就真给二十万了。玉珠说,从你嘴里真听不出好话来,你当人家范宝盛蠢啊,看不出你那件东西是假的?人家是好心,为了帮我们,这钱要不是为了孩子,我不会和你合伙骗人家,你答应让范家父子团聚的,你说到要做到,不然,我拼死也放不过你。赵兵强说,啰里啰唆的,你男人不是好人,也还是个人。玉珠说,你找到那孩子了吗?赵兵强说,你放心吧,孩子好好地活着,我已经见到他了。玉珠说,那好,你赶紧的,把孩子还回来。赵兵强说,你以为那还是一个小孩子啊,十七八岁的人了,我不能绑着他回去。玉珠说,那怎么办?赵兵强说,再等等吧,如果我还活着,孩子回去我该怎么办?等我死了,就让孩子回去。玉珠忍不住骂出声来,你早就该死了,赵兵强,你多活一天都是造孽。赵兵强说,不用咒了,快了,你男人没几天活头了。

赵兵强把手机掐了,跟玉珠说完一番话,他感到很累,他走到桌边去拿一只杯子倒了半杯水,喝两口,哇地吐了出来,他顾不上邋遢,倒到床上,好一阵子,沉重的呼吸才平稳下来。是啊,他是没几天活头了,医生说了,他的胃癌都转移到肺部了,没多少时间了。这些年他动过几次把孩子给范宝盛找回去的念头,每次一有那念头他会骂自己架不住范宝盛的小恩小惠,他赵兵强既然做下事就得撑到底,何况孩子回去了他还能活吗?即便得了这绝症,他也想算了,眼睛一闭石沉大海,他做过的无论好坏都随他去了,谁也不能把他怎样。但他还是扛不住了,他扛不住范宝盛对他的好,对所有人的好,他只有在死之前给范宝盛把儿子找到,他才敢安心地等死。他想,范宝盛,你终归是赢了,你一辈子都赢我了。

别人不知道范宝盛为什么待在一个地方不挪窝,死不换地方开店,他知道,范宝盛是要等儿子回来。十二年前就是在这个小城,他把范虫儿卖了。回到这里,十二年前那一幕每天都在他的脑子里像蚊子一样飞舞。

范虫儿捧着一只装满杧果的塑料碗小心翼翼走在后街上。一个骑着自行车的人临近波仔宠物店后门,不得不下车,推着车绕过那些箱笼。那人戴着一顶帽子,低着头,手上挎了一只布袋,他从一个狗笼后冒出来把范虫儿吓了一跳。范虫儿看清楚是熟悉的赵伯后,他叫了一声赵伯。赵兵强没想到被范虫儿看到了,并且认出来了。他刚溜回家,偷了一些钱带了两件衣服。他没办法不回来,他身无分文已经饿了两天了。这时间后街上人走动最少,大家都在家里吃饭,或是照看前门的生意。他下午一直在附近转悠,因为有些精明的债主是专门在家门口守着的,他转了一两个小时确定没有人关注后才骑着从外边撬开的一辆自行车蹿入后街。

范宝盛的宝贝儿子这时间怎么一个人在外头,他家人也不怕被人拐卖了?赵兵强没有心情逗弄小孩子,他甚至懒得回应范虫儿的叫唤,他急着怎么赶紧离开这里。他的车子绕过宠物店后门,他骑上车子走了几米,突然地,一个念头产生了,我何不带着这孩子走,他那爹可真够讨厌的,不是他我也不至于沦落到今天这步田地。赵兵强被自己的想法弄得热血冲头,他稳定了一下思绪,重新观察后街的情况,这个时间真好,没有人。赵兵强把自行车踩回到范虫儿身边,停下来说,我载你回家好不好?范虫儿说好,谢谢赵伯。赵兵强把范虫儿捞上车子,坐在前边的车杠上。他说,你一手扶车头,一手端碗,我们要来飞车了。车子飞快地穿过后街,赵兵强已经下定决心,如果这段路上被人看到他就把范虫儿放下来,如果没有他就一直把车踩出去。

车子飞快地踩出后街,一路上没有一个人。赵兵强心里想,范宝盛这就怪不得我了，老天爷也没有帮你。范虫儿说，赵伯，我家已经过了。赵兵强说，赵伯带你去一个地方玩，然后再送你回来。范虫儿说，我妈说要我赶快回家的。赵兵强说，没事，我等下给他们打电话。赵兵强绕到马路上，他的自行车越踩越快，越踩越快，有一阵子范虫儿哭起来了，吵着要回家，手上的杧果碗掉在地上。赵兵强说，胆小鬼，我要告诉你爸爸你是个胆小鬼。范虫儿哭得更厉害了。当晚赵兵强买了几颗安眠药让范虫儿吃下，直接坐火车将范虫儿带离故乡。

　　他们的火车没有坐到终点，因为范虫儿中途病了，烧得头滚烫，赵兵强不想引起人的注意，更不敢在火车上找医生。孩子一直昏睡着，烧得让他害怕了，他觉得这个孩子像是快要死了，夜里，他被迫在一个陌生的小城下了火车。他身上没有太多剩余的钱，他不敢上正规的大医院去，也担心别人问出点什么不妥来。他背着孩子在街上游走时，看到一个小中药铺，叫唐门草药，门虽然关了，但还有灯光亮透出来。他拍打店门，有人把门开了，他说孩子病了，请您帮看看。那人说，什么病？他说，发烧。那人说，进来吧。

　　唐松柏是这家草药店主人，六十多岁了，和老伴儿守着这家铺子过日子。他们本来有个孩子，年纪轻轻死了，两老凡见着孩子就特别心疼。唐松柏把赵兵强引进店铺里。他给孩子把脉，测出不是大病，就开了药，老伴儿很热心地去熬药。孩子喝药后，烧暂时是退下来。唐松柏让赵兵强把孩子留下，说他们帮忙照顾着，如果病情有变，他们负责送到大医院去。赵兵强在唐家的药铺混了一天，聊天中知道老夫妻无儿无女的，他产生了一个想法，他想在范虫儿还未清醒过来之前把这事谈妥。他跟唐松柏说自己穷，带着孩子受罪，一直想把孩子送给人养活。唐松柏说，自己的孩子你怎么舍得送人？赵兵强说，但凡有活路，谁愿意这样做。唐松柏说，你如果真想把孩子送人，我可以帮你这个忙，你有什么要求吗？赵兵强说，自己的孩子，我只希望那收养的人家对他好，我不是卖儿子，我只是养不起他，如果对方能给我两万块钱救急就好了。唐松柏忽然又有了怀疑，你不会是人贩子吧？赵兵强说，我像吗？如果我是我早就把孩子卖了，来看医生干什么？唐松柏也愿意相信眼前这人真的是一个穷困潦倒的父亲，因为他和老伴儿实在太想要一个孩子。唐松柏说，你得给我们写下条子，如果以后你还要上门来敲诈，我一定扭你上派出所，告你是人贩子。赵兵强心想他拿这两万块钱够了，他起心本来就不专为钱，只是恨那范宝盛，想让他断子绝孙。他拿笔写了收条，签名的时候转了脑筋，孩子醒来一定会说自己姓范，他得签姓范的，但又不能写真名，要不然这报了公安，一下就能把人找出来，于是他胡乱写了范夫子,他最想写的是范无子。为了增加可信度,他还摁了个指印在上面。唐松柏看那张收条说,想不到你还有这样一个名字,挺文气的。赵兵强说,惭愧。赵兵强跟唐松柏夫妇俩说他必须在孩子清醒过来前走,不然孩子会闹的。唐松柏心里也巴不得让他赶快走。所以,赵兵强顺利地在第二天早上,拿着两万块钱,离开了这个小城。

　　赵兵强躺到下午五点多的时间,他挣扎着从床上起来,他站在卫生间的镜子跟前看自己的脸。这段时间没有剃过胡子,下巴上,腮帮子上,胡子长出来显得人老态龙钟,加上因病折磨,他已经瘦了十来斤了,他想,我自己都快认不出自己了,隔了十来年范虫儿应该也认不出来了。他走出自己住的小旅馆。旅馆的马路对面有一家中药铺,挂的招牌是唐门草药。他到报摊买了一份报纸,找了一块砖头,坐到上边看报纸。

　　一个头发花白的老太婆坐在唐门草药店门口,用簸箕筛选药草,扬一扬簸箕,灰尘四下飞舞。老人看上去至少有七十岁了,可手脚麻利,筛干净的药草重新装袋,捆绑好。隔着老远,赵兵强似乎都能闻到那药草的香味。一个老头子正在店里替人抓药,不时有人拎着药包从里面走出来。赵兵强看了一眼手表,耐心地坐着。一个十七八岁高中生模样的孩子背着双肩书包从街道的东头走过来,远远地朝老太婆喊,奶,我回来了。老太婆站起来拍拍身上的尘土说,饭做好了,赶紧洗手吃饭。孩子说,好的,奶,你休息吧。孩子进店里去了,把小饭桌支起来,摆上碗筷,叫爷奶吃饭。

　　赵兵强耐心地等他们吃完饭,耐心地等孩子出门。他观察好几天了,孩子吃完午饭不久会出门上学,根本不睡午觉。果然,过了半个小时,孩子出门了,对着屋子里的人喊,爷,奶,我去学校了。里面的人答,路上小心看车。

　　孩子在前面走,赵兵强在后边跟着。走了很长一段,经过一个垃圾中转站,这一段路很少有人经过。赵兵强叫住孩子,小伙子,你好。

　　孩子停下来问,有什么事?

　　赵兵强说,你长得很像我的一个朋友,天底下还有长得这么像的人,我太好奇,所以冒昧叫住你,你别见怪啊!对了,我那朋友姓范,你姓什么呢?

　　孩子一下子答不上话来,他被这个陌生人的话镇住了,这触及了他心底里多年来隐藏的心事。他故意装出一副很轻松、很不在意的表情,但因为他太年轻,装得不太像,他说,不会吧,还有这种事情?我可不姓范,我姓唐。

赵兵强笑着说，如果你姓范，我立马让我朋友来把你带走，你和他绝对是父子。

孩子说，你的朋友叫什么名字？

赵兵强说，他叫范宝盛，他老婆叫石水晶。

赵兵强一边说一边观察年轻人的表情，他看到对方的眼睛眯起来，孩子是聪明的，把头别过一边漫不经心地说，你朋友是哪里人呢？

赵兵强说，南安市，你听说过吗？

孩子说，听说过，不过没去过。

赵兵强说，有空去玩玩呗，我那朋友开有一家馄饨店，店名就叫范记馄饨，那馄饨保准你吃了一碗想三碗，为这馄饨你去一趟都值得。他掏出一支笔，对年轻人说，把手给我，我把地址给你写上。

孩子把手伸到他跟前，赵兵强把地址写到孩子的手上。孩子的手不自主地抖动起来。赵兵强捏着他的手说，我这朋友也够可怜的，有一个失散的孩子，他担心这孩子回去找不着他，守在同一个地方开饭店，十几年愣是没换地方，可怜天下父母心啊！赵兵强不忍心再看孩子的表情，他咳嗽两声说，行了，我这人爱多管闲事，今天话说得太多了，我有事先走了……

孩子看着赵兵强远去的背影，感觉似曾相识……他五岁之前的记忆在今天已经模糊了，记忆中唯一清晰的是他自己的名字，他叫范虫儿，他的父母开着一家范记馄饨店。十二年前那场高烧烧了好些天，范虫儿清醒时，看到两个老人亲切地照顾他，他不认识他们。他哭着要爸爸妈妈，唐松柏说，你爸爸妈妈这段时间忙，把你送过来让爷爷奶奶照顾，过一段时间再把你接回去。范虫儿说，你们是我的爷爷奶奶？唐松柏夫妇点点头。范虫儿摇摇头，我爷爷奶奶不是这个样子的，我每年过年都能见到他们。唐家夫妇说，你以前见的不是你的亲爷爷亲奶奶，我们才是。范虫儿五岁的智商不够用了，他说，他们不是亲的？唐松柏说，是啊，你也不姓范，你姓唐。范虫儿说，我叫范虫儿。唐松柏说，你叫唐清心，记住你姓唐，名字叫唐清心。唐家夫妇在孩子没清醒的时候已经商量好一切，包括给孩子一个姓名。范虫儿说，我叫范虫儿。唐松柏说，你如果叫范虫儿就没有饭吃，也没有人理你了。说完夫妇俩走了，把范虫儿一个人留在屋子里。

范虫儿果然没有饭吃了，也没有人看管他，他在屋里哭了半天也没人理他。在家里他从早到晚能一直吃个不停呢，不然爸爸也不会叫他"饭虫"，他太想吃东西了,他推开房门出来,唐松柏夫妇坐在屋外,他们把范虫儿当空气,他们开开心心地嗑瓜子、晒太阳。范虫儿站在他们身后细声细气地说,爷爷奶奶,我饿了。爷爷说,你叫什么名字?范虫儿说,我叫范虫儿。爷爷说,你叫唐清心,重复一遍。奶奶说,宝贝,说对名字就有好吃的了。范虫儿很不确定地说,我叫唐清心。爷爷奶奶开心地笑了起来。爷爷说,老婆子,快把我孙子的饭端上来。奶奶到厨房里端来一碗热气腾腾的面条,另外还炒了两只蛋,一碟萝卜干。奶奶说,等你的病完全好了,奶奶会天天给你烧肉吃。范虫儿说,谢谢奶奶。奶奶说,不用谢,你再说一遍,你叫什么名字。范虫儿说,我叫唐清心。爷爷奶奶相视一笑,大声地说,乖,乖,吃,赶紧吃。

从那时起他记得他就叫唐清心了。偶尔他会想起他曾经的名字,想起他的父母,但两位老人对他很好,和爸爸妈妈一样,甚至比爸爸妈妈对他还好。他们一个陪他玩,一个陪他写字;一个带他上山采草药,一个带他上街买各种吃的;一个陪他睡觉,一个给他讲故事。他爱他们,他一点也不怀疑他们是他的爷爷奶奶。等上了高中,他开始了解世情,知道这世上有一种行径叫拐卖,他隐约认为很多年前他是被拐卖了。他很想去问爷爷奶奶,他是被什么人拐卖过来的,他的家乡在哪里。他不能确定他们会不会告诉他,但有一点是确定的,他们一定会伤心透了。他有自己的计划,他计划等他再长大一点,等他考上大学,等他离开这个小城,他就会去寻找自己的父母,这是他心底的秘密。

可是今天,一个似乎熟悉的人带来这么一个信息,这个信息印证了他埋藏在心底多年的疑惑,他能确定了,在另外一个地方,住着他的亲生父母。那个地址写在他的手背上,像火烙在他的手上一样。

他的父母一直在等着他。

他想他的计划得提前了。

中山路拆迁的通知下来了。这是在众人意料之中的,这条街道确实太老了。这些年来一直有拆迁的风声,刮了一次又一次,最终都不了了之。但这一次是真的了,已经有相关部门的人来各家店面收集资料,说明情况,估算赔偿。范宝盛不关心赔偿的情况,他关心的是街道拓宽店面重建以后他能不能够重新拥有这里的店面。相关部门回答说,重建以后回租的事不能保证,因为承建商来自香港,他们可能要包下店面,到时有统一的规划,不会再像现在一样乱糟糟的。还劝他,像你这么有名的店,开哪里不一样。范宝盛说,不一样,肯定不一样。

　　范宝盛因为这不确定的答复就变成钉子户了。政府给各家各户半年的时间,范记馄饨周围的店面一个个搬走,唯剩下他的店面还开着。石水晶找了一处地方,装修妥当要把店面搬过去。范宝盛打不起精神,拖得一天是一天。他说,等钩机开过来拆墙的那一天我再搬。石水晶说,好些年不见你这样较劲了,也好,我陪着你。

　　钉子户作为一颗钉子最终都是要被拔掉的。

　　几辆货车停在店面门口,范记馄饨店里的桌子椅子空调一样样装上车子,装满一辆开走一辆。范记馄饨的招牌还好好地挂着。

　　柯子说,叔,我把招牌拆了吧。

　　范宝盛说,不急,等东西都运走了再拆吧。

　　范宝盛仰头看着那块招牌,回想虫儿当年学写字的样子。范虫儿看一眼招牌写一笔,草字头,三点水,横折钩,竖弯钩……范宝盛的眼睛被一层水雾给蒙住了。

　　有个声音在他背后响起,请问,这里是范记馄饨吗?

　　范宝盛没有回头,他说,是。

　　声音说,对,是范记馄饨,我看到招牌了,这招牌的字一点也没变啊。

　　范宝盛回过头,他吃惊地看到了年轻时候的自己。

【作者简介】杨映川,曾用笔名映川。在《花城》《人民文学》《作家》《小说月报》《十月》等刊物发表过小说百万字,出版有长篇小说《女的江湖》《魔术师》《淑女学堂》和中短篇小说集《我记仇》《零食》《为你而来》《下一个是你》等。获过广西独秀文学奖、青年文学奖、文艺创作铜鼓奖,小说《不能掉头》获2004年度人民文学奖,小说《我困了,我醒了》入选2004年度中国小说排行榜。

十字街

杨守知

1

何芳莱被霍岁堵住，是在梅庄的十字街上。

霍岁的车是一辆黑色奥迪A6。这个档次的车，跑在梅庄街上的不在少数。何芳莱立刻判断出是霍岁，是因为车的牌照号，0006。这个号不仅小，而且好。挂小牌照号的车，县里都称为小号车。小号车的使用，县里是控制的，不是谁想挂就挂，一般都是留给县上的头头。一个县，县级头头少说也有三十几个，像0006这样的号，排位不进前六，不可能拿到。后来呢，情况发生了变化，小号车太引人注目，停在一些敏感地方太过招摇，不论停在哪里，大家都会知道，哦，谁谁谁在这儿呢。这些小号逐渐就被弃用了。弃用归弃用，却不是社会上哪个就可以随便用。这好比打入冷宫的后宫嫔妃，皇帝不用了，旁人也是碰不得的。霍岁的车刚跑出来的时候，县委高书记说，哎，这是怎么回事啊？下边人就去调查这个号的来历。调查完了，下边人给高书记汇报，说这个小号是某前任县长给霍岁搞的。高书记听了，沉吟一下，说："他怎么给他搞啊。"下边人只是笑而不答。

何芳莱是从梅庄村部出来要回镇里的。在村部，何芳莱见了水三江。水三江是梅庄村的村支书，兼村主任。梅庄村是梅庄镇政府所在地。梅庄镇是个大镇，下辖三十六个村，人口过了六万，规模在县里乡镇数第二。何芳莱看重梅庄村是必需的,梅庄稳则全镇稳,不全稳,也稳一半。在这件事上,何芳莱是有认识的,其他村可以靠副职,梅庄村必须自己抓在手上。何芳莱问水三江:"准备得怎么样?"水三江说:"何书记放心!"信心满得像村南夏日汛期里梅水河的水,要溢出河堤。

　　如果要是前天水三江这样表态,何芳莱会放心。这三年,梅庄村很稳定。水三江曾说,就是霍岁也总是主动给他打电话,他愿意接就接,不想接就不接。何芳莱知道,只要霍岁不添乱,梅庄村就不会乱。何芳莱多次拿水三江树榜样,教育其他村支书要像水三江那样会做对立面的工作,化敌为友是真本事。何芳莱知道水三江的尾巴有点翘,就是他的电话,水三江有时候也敢不接。事后,水三江会解释说是喝睡过去了,要么在给羊铡草料或者接恩子,没听到。这在三十六个村支书里是唯一的。何芳莱不以为然,因为他明白自己要什么。但是现在,水三江说叫他放心,他却不放心。何芳莱端详着办公桌上摆放的那张塑封照片,是梅庄镇出席县人代会十八个代表的合影照。中间是何芳莱。何芳莱左首是刘镇长,右首就是水三江。水三江不到一米六,站在一米七八的何芳莱身边有点滑稽,但是照相时,大家都把他让到了何芳莱身边。大家都打着喜色的领带,胸前佩着红色的代表证。那几天水三江为什么事在上火,酒糟鼻发作,红得醒目,倒跟那领带、代表证三位一体,红作一团。当时何芳莱说水三江像扯谎后的皮诺曹。水三江听着那个名字有些生,还问:"谁?"

　　何芳莱把眼光从照片上挪开,去看水三江,一股袭人的羊膻味从他身上往空气里扩散。何芳莱说:"三江,你胖了。"

　　水三江嘿嘿笑两声,说:"都是何书记关心得好!"何芳莱摇摇头,"屁!是你松心了。"水三江说:"我一天这破事,还松心?"何芳莱问:"你不松心,怎么有人告你,你都不知道?"水三江愣了一下,"告我?谁告我呢?"何芳莱说:"谁告你,我不知道。昨天下午,县纪委乔书记给我打电话,说有一个反映你的信访件,省纪委批了,22号要结果。"何芳莱抬腕看看表,接着说:"今天15号,也就是一周时间。"

　　犹如河堤决口,水三江的气势瞬间萎靡下去。水三江把眼皮很快地撩起又放下,声音也不像刚才那样饱含水分,一改他惯有的高亢声调,从嗓子里低低地挤出几个音节,不安地问道:"他反映啥呀?"何芳莱说:"反映啥我也不知道。乔书记征求我的意见,问啥时来调查合适?我说村里正准备村委会换届选举,选举日定在19号,可不可以选举结束再调查。"

水三江盯住何芳莱的嘴巴，一个字也怕漏过。他问："乔书记怎么说？"何芳莱说："乔书记担心时间太紧，不能完成调查，但是考虑到换届选举是村里的大事，既然时间已经定了，可以给换届选举让让路，选举结束立刻进入调查。时间的问题，他再和省里沟通。"

水三江变黄的脸色慢慢恢复常态。他说："查吧，我不怕他查！梅庄村有的都是外债，账上一分钱没有，我还怕他查？光我从自家超市里垫的钱就有好几万了，正好他查查，查清了，把账还了我。"

何芳莱对他的表态未置可否，说："查也不是我查你，是县纪委来查，没事最好。我想说的是，要换届了，村里的账就是县里不查，镇里也要审计。有问题没问题，你最清楚！趁这个机会你把账赶紧整一整，攥在自己手里的钱，没入账的赶紧入账，比如……"何芳莱停顿了一下，"有没有没入账的协调费啥的？"

水三江的眼珠转了转，无语。水三江似有所领会，声音也恢复到常态上，复又变得高亢起来，"你放心，何书记，前有车，后有辙，我肯定不会在这上面犯错！"水三江话里的"车"、"辙"指的是有村干部在这方面栽过跟头，何芳莱在会上当案例剖析过。

何芳莱说："要真是这样，最好！梅庄，不能乱！再者，你也琢磨琢磨，是谁写的告状信，要注意，这可是个信号！"

水三江很肯定地说："除了他，还会有谁呢？"

何芳莱对水三江的话茫未加理会，只说："这些事，你自己有底就好。"

水三江复作老辣状，"你放心吧，何书记，你啥也没说，我啥也没听到。"

2

梅庄这样的十字街，在冀中一带的乡村，比较普遍，那经纬的交会处，大抵也就是一个村落的结胎之地。那些房舍和院落像结在历史藤蔓上的南瓜年复一年地向四方生长，直到长成目前村落的规模。细讲起来，梅庄是个古村镇。梅庄的历史就是这个县的历史，隋时，这个县有另一个名字，梅县。梅庄就是当时的县府所在地。史上，梅庄上演过一场宋辽交战的著名战役，宋方主角就是杨延昭。时至今日，虽说地面上的古物已经荡然无存，但有关杨延昭的传说却不绝于耳，尤为村人津津乐道的是那出并不跟梅庄有关的《潘杨讼》。不知是否受此影响，梅庄人也沾染了些讼斗之气、尚武之风。

何芳莱到梅庄任职的时候,街上的空气里飘荡着酒糟气息。据说这个盛产美酒的村镇,连地下的水都有38度——不是温度,而是酒精度。那种微醺的气息令善酒的何芳莱产生了似曾相识的归来之感。他觉得不是他奔梅庄而来,而是梅庄在这里等他。何芳莱刚来任职是镇长,镇长干了五年,接书记。一晃书记又干了五年,转眼十年过去。十年里,赶上四次村委会换届。据说,一次村委会换届就可以使一个乡镇书记成精,经历了四次村委会换届的何芳莱显然是个老妖了。市里刚调了干部,县里空出两个局长的位置,按道理——这话不对,调个干部,哪里有道理可讲呢? 换个说法,论资历,何芳莱该回去的。何芳莱求见高书记,高书记话语委婉,里面的意思却透出何芳莱是县委考虑的人选。但是令何芳莱头疼的是,这个节骨眼上正赶上换届季。"换届季"这个词是何芳莱发明的,这季那季的是当下的时髦语。何芳莱发明后,在乡镇书记间传开了,连高书记也引用了,他脱开讲稿,说,现在赶上换届季,不会考虑乡镇书记的调整,换完届再说。何芳莱蔫了。他是想躲过这次换届的。作为老妖,何芳莱不怵换届,但不同的是,眼下的老妖想托生,这就有个声音在耳边响着了:想托生,别出事! 换届季是最容易出事的季节,换届季如同春天,是个令万物骚动、不安、发情的季节,往往令最萎靡的狗儿也跃跃欲试,胯下时时要露出血红的一截来。这也不打紧,打紧的是他们之间的攻讦、撕咬,甚至难免要溅出一些血腥来。当然,这是极少发生的情形。但少发生,不是不发生;一旦发生,何芳莱的托生梦,可就肥皂泡似的破了,连个响都不会有,连个影也不会留。所以,对待这第四个换届季,何芳莱是更加小心翼翼的,是如履薄冰的。

果然,他听到咔的一声微响,是冰面的某个薄处承受压力,突然出现的断裂之声。那个微响其实是很小的,小到几乎连冰面下的鱼虾都没有觉察到。但是何芳莱断定自己不是误判,也不是幻听。他警醒地进行寻觅,他要找到那个微响的发源地。他要察看、研判、补救、消除,直到可以负重于他,从此岸安全地渡到彼岸去。

霍岁的车堵在何芳莱车的前面,堵得何芳莱没有向前的空间。司机骂了一句,何芳莱示意他冷静。司机要往后倒,何芳莱用手势制止了他。何芳莱知道,霍岁有事。何芳莱看着堵住他的0006,没动,也不下车。0006的前车门打开了,霍岁从车里钻出来。后车门随着也打开,左右各下来一个人。瘦而矮的,何芳莱认识,叫曹占生;略胖的,何芳莱不熟。见到霍岁,何芳莱吐出一口气,那个冰裂的微响处,他找到了。霍岁显然是奔他而来的,但是何芳莱假意要忽略他,他决定只要霍岁不敲他的车窗就不跟他见面。他要冷他一下。

霍岁走近前车门,敲了敲车窗,等司机把窗玻璃摇下去,问道:"何书记呢?"这样,何芳莱就不好再无视他了。他应了一声"霍总",打开车门下了车,并在钻出车门的一瞬,脸上绽出一丝笑容。霍岁并未像往日那样跟何芳莱寒暄,而是阴着脸。霍岁的脸色本就偏青,一阴,就渗出几分寒气来。霍岁的喜怒无常,何芳莱是有领教的,虽说无常,但也无妨。霍岁做事基本不靠自己的脑子,旁人两句话可以让他喜,两句话也可以让他怒。霍岁的眼神逼视过来,直截了当说:"何书记,我问个事儿!"

何芳莱依旧保持了笑容,尽管脸上的肌肉有点僵。他想把气氛搞轻松,说:"霍总这是为哪桩啊?"霍岁不善掩饰,继续用咄咄逼人的口气说:"梅庄的选举能不能推迟?"何芳莱敛起笑容,极简洁地说:"理由?"霍岁说:"我把水三江告了,纪委很快要来调查,调查之前不能选举。"何芳莱绕了一句:"你倒不藏着掖着。"霍岁狠歹歹地说:"那不是我霍岁的风格。明刀明枪,我就是干他,并且非把他干进去不可!"

何芳莱略作沉吟,放缓语气说:"这个选举日,有法定性,一旦定了,就不能推迟。"霍岁说:"要这么说,那个选举就选不成!我肯定要闹!"何芳莱轻描淡写道:"你闹不成吧,你再考虑考虑。"何芳莱语气虽然轻松,却传递出一种话里有话的压力。霍岁回道:"没什么考虑的。你要不能推迟,我肯定要闹!你就是拘了我,也要闹!"何芳莱说:"我解释一下:一不是我不推迟,这个我说了不算;二不是我要拘你,我没那个权力。你要告倒水三江,选举不影响。选上水三江,你还可以告倒他,或者把他告进去。这都不妨碍。你要去闹,你那个矛盾点就转移了,就是要跟政府对着干了。县委把我放在这个位置上,总不能白吃饭,秩序我总是要维护的。你跟水三江对着干,变成你跟我对着干了。这样弄,咱哥俩没意思嘛。水三江倒可以隔岸观火,躲凉快园去了。"

何芳莱这番话语意丰富。霍岁不为所动,铁了心说:"何书记你别说了,论说,你比算卦的都厉害。算卦的是三头堵,你是七头堵八头堵。你说什么也没用,他水三江再想当选,没门!"顿了一下,又扔了一句:"这年头,谁还不打个牌呀!"这句话,霍岁扔得莫名其妙,何芳莱未加留意。

霍岁扭身要走,何芳莱觉得突兀,唤了一声"霍总",想挽留他。霍岁未加理会,转身而去。曹占生也要转身的时候,何芳莱唤他:"占生。"曹占生站住。何芳莱说:"你怎么跟他搞这个呀!这么多年,你们曹家的发展,我一直是支持的。这个霍岁,你回去劝劝他,何必这么激动呢?"曹占生讪笑:"嗨嗨,我借着他的钱呢,不好不跟着他跑。"话未说完,霍岁在远处叫:"曹占生,你他妈不走,就再也别跟着我了!"曹占生点点头,笑容往出一挤,哈腰道:"何书记,您包涵,我先去。"转身追霍岁而去。

霍岁未动他的车,车还堵住何芳莱。何芳莱盯住三个人的背影。他担心的不是那个满面狠夕夕的霍岁,而是那个笑得要掉渣、"您"不离口的曹占生。

3

梅庄街上很有几个人物,其中最有名的是号称"梅庄三矬"的水三江、霍岁、曹占生。这"三矬"身高都不足一米六。梅庄街上,矬人多了,拎出这三人号称"三矬",概因这三人有些特点,为人处世上,或正或邪,远近颇有一些声名。梅庄这样一个老瓜园结出几个这样的南瓜,确实也合乎生活的逻辑。

这"三矬"中,何芳莱最早领教的,是霍岁。在到梅庄之前,他的耳朵里就灌进霍岁不少传闻。比如,霍岁专能与金融口那些行长们打交道。他能把屁股坐到那些行长的办公桌上去,有时还会支上去一条腿,等着行长把贷款批给他。那时何芳莱刚参加工作不久,为那些行长打抱不平,不知道那些行长为什么如此懦弱,可是没有任何一个人给他做过解释。比如霍岁专好和那些法呀警的交结。法院执行一起经济案子,霍岁把自家造的酒拉去几车,管执行的做个掮客,就把这酒做个好价钱顶给原告,被告也乐得少掏些钱出来。总之,霍岁的钱得来是极容易的,花钱也如流水。但是,他的钱是往上流的——这也只是旁人的怀疑,因为他的嘴里总是挂着省里、部里某些高官的名字,那意思他简直是那些高官的座上宾。何芳莱到梅庄之后,霍岁主动来找他,要带他去结识省城某厅的厅长。据传,那厅长好文墨,专好用小楷誊抄省委书记的讲话,是大有前途的人。何芳莱假意应承着,奉承霍岁的人脉,婉转拒绝了他的美意。因为霍岁嘴里那些高官太过唬人,何芳莱不得不敬而远之。这叫霍岁颇不爽,在人前就说他镇长算个屁。话传回何芳莱耳朵,何芳莱一笑,感谢霍岁嘴下留情,这已经和县长是一个待遇了。

霍岁有一双小三角眼。何芳莱少时听评书,曹操、秦桧那些奸臣无一不是三角眼。对这种以貌取人的说法,何芳莱向来不以为然。见了霍岁那双三角眼,何芳莱始信古人此言不虚。霍岁那双三角眼,上眼皮从中间上挑,骤然折成一个死弯,眼神就从这死弯处透出,带着毫不掩饰的戾气。那时,何芳莱还是镇长,现场指挥梅庄村委会换届选举。霍岁见得票不理想,要动手抢票。何芳莱说:"你敢!"霍岁颇感意外,三角眼霎时撑起,一道光,带着挑衅,射向何芳莱。那双眼睛,那副眼神,鲜明地刻入何芳莱的脑海。何芳莱接住霍岁的眼神,在碰撞的一刹那,于霍岁眼神一角的隐秘处,觅见了霍岁的躲闪,逮住他一点虚处。何芳莱内心微笑了,识人的经验告诉他,那色厉和内荏一般就是双生兄弟。他不愠不怒,却自带威严,对霍岁说:"霍总,别冲动,男人嘛,愿赌服输。"霍岁的眼睛瞬间暗淡下来。这是何芳莱与霍岁的第一次交锋。水三江说:"镇长,你看起来是个文人,还真敢跟霍岁叫板!"何芳莱说:"这跟文人、武人有关吗?我在他手里又没短处,怕他作甚!"水三江说:"不撒泡尿水自己照照,还想选村主任!"何芳莱说:"不要那样讲,这是他的权利。"

平常也罢,何芳莱会去霍岁的公司小坐一下。一楼摆一张自动麻将桌,梅庄街上如曹占生之流往往聚在那里。他第一次去推错了门,望见烟雾中几张脸。那几张脸被何芳莱吓了一跳,慌忙收拾桌面上的几张散币。何芳莱说找霍总,大家才转而平静。曹占生从桌旁立起来,要引何芳莱往二楼。何芳莱说不劳不劳,用手势把曹占生止住,示意他们继续,并说自己不负责抓赌。霍岁已从二楼迎下来,把何芳莱带往办公室。霍岁拿了软中华烟盒抖出一支让何芳莱,何芳莱说从不会。霍岁又拿出几种茶问何芳莱的口味。何芳莱说自己胃寒,点了普洱。霍岁说:"那不如喝金骏眉。"那时何芳莱还不知道金骏眉的名头,霍岁就殷殷介绍。何芳莱喝了一口,不知是不是霍岁的宣介效果,还是那茶确有不同,果然喝出一点子绵软悠长的感觉来。他一边品茶,一边听霍岁自然说起最近又见了谁谁、谁谁谁,问何芳莱要不要见。何芳莱认真地敷衍道:"等有机会吧。"这样的小坐,何芳莱只是偶尔,含着眼里有霍岁的意思。这个霍岁,曹占生说得准,是个小人。古语云,远小人。何芳莱的经验,小人可以远,但不能太远,尤其不能得罪,因为小人往往败事有余。何芳莱把握的是警惕地接触。何芳莱临走,霍岁要把金骏眉往他车上装,何芳莱便推住说:"留着留着,下次来了喝。"所以,这霍岁平时倒是安定的。但是他的兴奋症却要周期性地每三年发作一次。那三年一次的村委会换届的确令他无比地兴奋。他犹如发情的公兽远远嗅到了气味,还未见实物就伸出长长的舌头做出舔舐的准备,甚至把全身的器官也都调动起来,因血液充盈而勃起,整个人都被折磨得变了形。但是这中间隔着一个大障碍。这个大障碍就是水三江。霍岁每次兴奋起来,都铆足劲儿奔着水三江扑上几扑,却都未得逞。

霍岁似乎是越挫越勇了,从他眼中凝拢的寒气里,何芳莱读出了拼死一搏的架势。

4

司机把车倒出来。既然有车堵住,让一让好了。他把你堵住的同时,也就被你堵住了。只不过霍岁看不到这点,嘴上常挂一句话,"谁挡我的道,我就把谁扳倒"。所以他是霍岁,何芳莱是何芳莱。生活中、工作中,何芳莱被堵住许多次,往前是死路一条,好,让一让,绕一绕,就过来了,迎接他的随即就是坦途。有些障碍,天生就是为绕开而存在的,不一定非要把它移除。细想起来,霍岁是使生活趣味化的一部分,他们多么有趣啊,想法儿先把自己激怒,然后,再去想法儿激怒别人。要么把自己假想成一具庞然大物,所过之地,似一切皆可成齑粉。关键之处在于,他们永远不知道回头,像是被蒙蔽双眼的磨道上的驴。

这次发作,霍岁比以往底气都足。以霍岁此人,忽然增了底气,该是有个由头。这个由头何芳莱仔细捋过,无果,索性放弃。这个由头若果真有,该就在前面不远处。不论何事,都会在时间里露出端倪,等着它出现好了。这一点,何芳莱也悟了十几年。回到镇里,见到正在等他的县纪委的刘主任。乔书记派刘主任负责调查水三江的问题。何芳莱征询地一笑,"可以看一下吗?"何芳莱未明指,刘主任却意会,略一迟疑,说:"这个用不着藏,何书记。"刘主任把信访件递给何芳莱,见右上角一行小字:22号前调查结果报省纪委。这正是乔书记沟通时强调的。

何芳莱问:"22号前能报上去吗?"刘主任说:"反正时间挺紧。"然后又诡秘一笑,"以前从来没这么要求过。"

何芳莱眼前一晃,刚才自己要找的那个由头蹦出来了。22号要结果,19号选举,所以霍岁要求推迟选举时间。水三江真被查出毛病来,选举结果就会受影响,用霍岁的话,就会把他干掉。22号要结果,正常来说上面不该这么要,从批下来到要结果,一周,短得不合常理。这应该是霍岁施加影响提出的节点,霍岁有这个神通。所以,霍岁有底气。何芳莱说:"我跟乔书记沟通了,调查推迟一下,梅庄的选举日定在19号,19号之后再查最好,这样给选举让让路。"刘主任说:"临来乔书记交代了，也是这么说，我来主要是征求何书记的意见，看调查怎么安排？"何芳莱担心道："那你们怎么给上面交差？"刘主任笑笑，说："估计上访人找了人，上面领导不好驳面子，话该说的说，但最终还是要尊重基层的意见。"何芳莱一笑，"这是遇到明白人了！"刘主任说："人家什么样的人没见过呀？"何芳莱点点头，"就是！"

　　这样说着，何芳莱迅速把反映内容浏览了一遍。速度很快，好像那不是他的关心重点。但是他把每一条都看清楚了，最关键的词、最紧要的字都捉进眼里。几条都是反映水三江，有收协调费的问题，有私卖宅基地的问题，有欺男霸女的问题。最重要的，是没涉及镇里，一点都没有。何芳莱其实是自信的，但霍岁那种人，难免乱嚼，涉及镇里，一点也不意外。看来，霍岁就是要干水三江，干倒他，最好干进去（监狱）。并且，霍岁动了脑子，要想干掉他，就得在选举之前干掉，等他当选之后再干，难了。霍岁为此准备了两手，先是以调查之名要求镇里推迟选举，何芳莱就范了，最好；何芳莱如果不从，霍岁再想法把选举搅黄，把选举推迟。后一点，霍岁要冒风险，但看起来他不怕，有豁出去的架势。何芳莱这样想着，觉得这不是霍岁的套路，他没那个脑子，该是他后面还有一个人。何芳莱看了最后一页，问："刘主任，没署名，是匿名信，匿名信可以不受理的。"刘主任说："是没署名，没署名不等于匿名信，他给省里留了电话的，乔书记应该知道。"

　　何芳莱把眉头拧起来，"谁搞的呢这是？"何芳莱的眉头是拧给刘主任看的，其实他心里已经有了答案，只是不好挑明。刘主任笑了未答，也有点心照不宣。刘主任又说："这个需要镇纪委配合一下，镇里能说清的，你们先做做准备。"何芳莱把反映件递给刘主任说："好的好的。"然后打电话把镇纪委书记朱鸣叫过来，同着刘主任出去说情况。

　　何芳莱背上暖暖的，他就回身看天气。这天气实在难得，拜一夜西风所赐，雾霾了无踪迹，天光蓝蓝地衬着，院中心影壁墙后铁旗杆顶上新换的国旗迎风招展，噼里啪啦作响。透过榕树交错的枝干望去，红艳艳颇显精神。他掏出手机对着国旗拍了一张照。忽然就有电话进来，是霍岁。何芳莱迟疑一下，还是接了。霍岁问："何书记，你在办公室吗？"何芳莱说："在。"霍岁的声音有几分神秘，"那我过去一下。我这儿有段录音，跟你有关。"这句话何芳莱听到了，但是没反应过来，便含混应道："你过来吧。"挂了电话，他回想这句话，心中生出些许忐忑。霍岁有段录音，跟自己有关？啥意思？听霍岁的口气，绝不是好消息。自己给霍岁说过什么被捉了把柄？还是给别人说了什么被出卖？墙壁上的小广告有专办监听通话的,那霍岁莫非监听了自己的电话?那么他听到了什么内容呢?各种念头在往外冒,一边冒,何芳莱一边否定,一边又重新产生怀疑,又去重新过滤各种可能,终是没有确定的结果,只在心里剩了一些无头绪的烦躁。后来他决定不再想了,等霍岁。

一直等到下午,霍岁却没有出现。何芳莱不安起来。以他对霍岁的掌握,霍岁是个不藏话、不藏心思的人,有话不说出,他自己就会把自己憋死。他为什么没过来呢?若是被事拉住倒好,怕的是被人拉住,比如,曹占生。那个曹占生比霍岁要复杂一百倍。何芳莱不得不重新考量霍岁上午的电话。自己是不是要给霍岁打个电话,探探口气?他举起电话后又放下了。他决定不打,继续等。这样等着,心里七七八八,胃脘丝丝拉拉隐隐作痛,又反射到背上去,背心紧得很,那一块像被浇铸,他靠着椅背一角使劲顶住,加以缓解。天光渐渐暗下,妻子打电话问他是否回家,他回答说不回,晚上就在镇里了。他不想把烦躁不安带回家去。他叫了几个同事找了一家小饭馆去喝酒。酒桌上,何芳莱的心绪依旧不佳。大家议论着各村换届期间那些五花八门、稀奇古怪的见闻,然后一致认可了一个新动向,由于这次贿选查得紧,那些没有如期得到烟酒或者票子的选民,便用弃权表达自己的意志,这使不少村出现了无人当选的局面。何芳莱说:"按规矩去办一件事可真难!"

5

何芳莱听到了鞭炮声。鞭炮噼啪响成一片,还有"二踢脚",一定是摆在钢管焊制的土造炮台上,成串地在天空炸响。浓厚的青灰色烟雾自西飘到镇院的上空,好像渔夫刚刚打开装着魔鬼的瓶子盖儿。硝烟的味道钻进办公室,有些刺鼻。何芳莱打开门通风。门一开,见朱鸣站在门前正要进来。何芳莱便顺嘴问:"这是谁家又办喜事呢?这么大动静!"朱鸣听出何芳莱在问鞭炮的事,便答:"这是水三江搞店庆呢。"何芳莱十分惊讶,语气很重地问:"什么?"朱鸣很意外道:"咦,这事何书记不知道吗?水三江三天前就给镇里领导发通知了,一个不落。"

何芳莱略一颔首。水三江搞店庆这件事,何芳莱知道,因为水三江也曾邀请他,盼他去给"吉祥"超市壮壮门面。何芳莱当时就拒绝了,说上面有规定,类似活动他一概不参加,副职们愿意可以去一下。乡镇的门道,副职们都要跟村支书搞好关系,工作才好开展,乡镇的工作没有命令一说,副职们要落实好,都得跟村支书主任们周旋。上面一度要求刹风,何芳莱炮制下去,叫副职们禁绝跟村干部吃吃喝喝。上下都反映好,表示拥护。但很快村干部的难处就格外多起来,似乎比以前都更加用心尽力,只说群众工作不好做,这里那里都难。何芳莱感觉到运转得生涩,问怎么回事。副职们都笑,说村里那沟渠的水不往大河里归呀!何芳莱醒悟,说:"你们把握好,别过分呀!"

　　但是昨天,何芳莱叮嘱了水三江,叫他取消店庆。水三江正在兴头上,准备了鞭炮、条幅、礼品,宰了自家养的一只羊办酒宴要庆祝"吉祥"超市开业十五周年。何芳莱不参加也便罢了,反倒叫他取消。他心里一拧,面上露出的有不解,还有不悦,那不悦藏在不解下面。他说:"我一个村官,怕啥!"何芳莱知道他理解出了偏差,说:"不是要拿你刹风做靶子,是霍岁正在告你,非常时期,你该低调些。"水三江不在乎,"他告告去,我一个超市开业十五周年,搞个店庆,不招谁惹谁,又不借机敛财,怕他做啥!"何芳莱也有几分不高兴,说:"怕是不怕他,可你是支书,又是特殊时期,总要注意些影响吧。现在讲节俭,这样兴师动众、大肆铺张,也是浪费!要给你拍个照发到网上,叫你浑身臭,洗不清。"何芳莱沉了脸,"我现在是镇书记对村书记谈,为你好,你还翻不清!啥叫多一事不如少一事?这里面的轻重你还掂不出?!"水三江见何芳莱黑了脸,不情愿说:"不搞就不搞吧。"何芳莱说:"就是,搞不搞也不多仨少俩,再说,也不在此一时,以后再搞嘛。"这样说了,何芳莱以为水三江会把店庆叫停,没想到水三江嘴上应了,心里没应。何芳莱不快,对朱鸣说:"通知下去,镇里任何人都不准去参加那个店庆。"朱鸣很意外,看着何芳莱没反应过来。何芳莱加重语气说:"去吧!"朱鸣看何芳莱气色不对,不便细问,扭头去通知。

　　在"梅庄三矬"里,水三江是最矬的。水三江说自己是从乱坟岗里野狗嘴下捡回来的。他出生第二年,天下大饥,两岁的水三江被饿成一只大蚕,脖子细软,支不住脑袋,手一拨拉,脑袋就奔拉到前边,再一拨拉,又奔拉到左边或者右边,几乎连呼吸都要停止。其父见生养无望,便席片一卷,粪筐一背,丢弃到村西古城墙下的乱坟岗里,任他自灭。在野狗将包裹他的席片撕扯开之后,水三江的奶奶紧捯一双小脚赶到,拿竹竿驱赶开不甘心离开而呜呜低吠的野狗,抱起了奄奄一息的水三江。水三江捡回一条命,并侥幸度过了三年大饥荒,最终长大成人,虽说是个矬子,却也开启了他波澜起伏的一生。他救过人。一年冬天,两名年轻军人入驻梅庄,他们把随身携带的六枚手榴弹大意地放在地炉上之后围炉取暖,刚刚进屋的水三江发现之后一个箭步冲上,将六枚手榴弹一下子扑拉在地,几乎在他把两名军人摁倒的同时,其中一枚轰然爆炸,气浪直冲房顶,扯开一个大洞,他们三人安然无恙。他也险些自爆。大概十年前,他打开柴油大货车的油箱查看油量。油箱里面黑咕隆咚,他掏出打火机想照个亮。他打了一下,没着,又打了一下,火机还没着。他打了第三下。随着火机上的火苗吐出,惊天动地的一声巨响,油气混合物的巨大爆炸将他轰到了对面的砖墙之上,又从墙面跌落在地。待他醒来,已经躺在病床上,须发皆焦,竟无大碍。事故之大和后果之小,再加上他那前线下来的败兵之状,形成极具反差的喜剧效果,令见者无不捧腹。水三江有特点,精力极充沛,如陀螺旋转永不停歇。左眼看他,尚在村东,右眼再看,已到村西。梅庄街面,但凡婚丧嫁娶,皆见其身影。他先随礼一二百,之后问主家有何需要,大度表态,"需要什么烟酒,我派车从'吉祥'超市给你拉过来,用不了的再给我退回去,钱不着急,你啥时有了啥时给。"婚丧嫁娶总要收些礼金,钱此时是断不会缺的,主家总会及时把账还上。有不放心的人家,水三江便暗地里提醒管事的人,结账之后先把超市的钱归上。这倒是个皆大欢喜的局面,只是"两委"的其他干部要陪着他到处随礼,家里又没有超市撑着,暗地里抱怨这赔本的买卖。如此这般,"吉祥"超市鼓胀胀膨大起来。不止于此,街上凡有婆媳不和、妯娌不睦、兄弟分家、邻里纠纷,水三江都会适时出现,只要他一到场,多能化解。如哪家确有急难着窄之处,水三江倒不吝啬,总要从超市里拿千百金救急。那水三江的大方之名也因之鹊起。如此下来,水三江颇得民心,但遇换届,从不舍钱送物,倒能高票当选。何芳莱看重他,不单看他在梅庄村的影响,他在周边村亦能发力,作用超过一个副镇长。何芳莱用他,难免纵容,他翘尾巴,有时就装作视而不见。何芳莱清醒,明白自己目标所在,能帮助维护一方稳定,有尾巴尽管让他翘去。

但是此时,何芳莱觉得水三江的尾巴翘高了,丑处全部暴露出来了。倒不是水三江对自己阳奉阴违,而是水三江不知深浅,不知死之将至。水三江是从梅庄这块地里长出来的,他不能死。何芳莱要把水三江的尾巴往下敲一下,好叫他夹上一点。

6

何芳莱坐在椅子上。桌上有一堆文件,都没有批阅。还有一摞报纸,码得整齐,没有翻看。茶杯里有多半杯茶,凉了,还没有喝。电脑开着,他也没有浏览。而此时,办公室没人,很静。镇干部都下村了,去指导选举。此时若有外人撞进来,一定认为他在闲得发无聊之呆。何芳莱确是一副呆相。办公桌对面墙上,挂一幅墨蓝色地图,是梅庄镇的卫星扫描图,土地所刘所长给的。他把眼光盯在地图上,看梅庄村。梅庄村图堪称方正,一纵一横两条大街居中交叉,这两条大街的名字是何芳莱起的,为的纪念梅庄历史上的两个名人。那些大小胡同也都横平竖直,经络围住整个村庄,像道道绳索捆得结实。这绳索都是经年旧物,历千百年风雨而不朽腐。何芳莱想若有神秘嗅觉,或可闻到前朝气息。恍惚间,何芳莱在图上看出一些人物,他们在绳索般的古老得掉色的街道上飘移、游走,或有两三成伙窃窃私语,或有孑然一人默默独行。这样看着,那图仿佛向纵深里无限扩大起来,一直深入不可捉摸之处,像有万千前人从不可知之处汹涌走来……直到地心深处发出某种有节奏的、柔和的、轻微的甚至是带点怯意的敲击之声,叮叮叮、叮叮叮。

何芳莱从发呆状态里倏然惊醒,回过神来,意识到有人敲门。从如此谨慎的敲门声中,他判断可能是办公室人员来送文件。他望向房门,喊:"进来。"房门应声而开,只打开一道缝,刚容一个脑袋。何芳莱一看,竟是曹占生。曹占生满脸浮笑,谦卑有加对何芳莱道:"何书记,方便吗?"曹占生把脸摆在门缝处,一只手把住门把手,向前可以推开,向后可以带死,意思十分明确,进与不进,完全取决于何芳莱的态度。

何芳莱站起来,也笑道:"曹总,有啥不方便的?快进来,快进来。"见何芳莱应允了,曹占生点点头,推门进来。何芳莱让他坐。曹占生说声"谢谢",便坐到一只硬木沙发里。何芳莱用纸杯给他沏了招待茶,曹占生接过去放在玻璃茶几上。曹占生敲敲木沙发扶手,说:"何书记俭朴,这个沙发漆都脱了,早该换了,跟这么大镇一个书记也不般配。"眼神中流露出敬仰。何芳莱坐在曹占生旁边的另一只硬木沙发上,用手抚摸扶手,那扶手由于长期使用而呈现顺滑的质感。他说:"这沙发已经足对得起我的屁股了,太豪华它会烧得慌,红了难免成猴屁股。"说着,他用手去拍自己的屁股。曹占生不太自然地笑笑。何芳莱想,霍岁没来,但这个就是霍岁了。

在梅庄,曹占生有一个大家族,弟兄众多,他排行老五。到现在,何芳莱没搞清他们到底弟兄几个,并经常把弟兄之间的排序搞混,分不清谁是谁,谁是老几。但是这个曹占生,人称曹老五,却记得清。曹占生是梅庄街上起步早的老板,开过舞厅,养过鸡,后来办起酒厂。办酒厂的时候,何芳莱的岳父退休后无事可做,被曹占生邀到厂里帮忙,负责办公室文案,兼协调县里各科局。那时何芳莱尚未到梅庄任职,只是在岳父家赶庙会时,碰到曹占生,有印象,不深,无论是自己,还是曹占生都没有想到他日后到梅庄任职一事。曹占生造酒,自己却不饮酒,酒桌上极谦逊,人称有绅士之风。酒厂一度有影响,曹占生成为县长推门可进的常客。中间换了一次老婆。后来兄弟间就反目了。曹占生的二哥本来是在酒厂管理的,私自篡改了账本,偷运出老酒自己去卖,气得曹占生心脏病发作,去北京安贞医院给心脏搭了三个支架。后来酒厂渐入颓势,靠着挖埋在地下的几坛老酒度日。那老酒刚还好,酒色带黄,开坛有香气。后来,大家发现那酒色黄得不正常,味道也淡了,终于不支,曹占生便拆了厂房,建起几栋商品楼售卖。建楼之初,因手续不全,何芳莱协调县城建局来叫停。曹占生便去省城某厅找某厅长。这个厅长恰是当年曹占生高潮期结靠的那位县长,而这位厅长与眼下的主管董副县长又是同乡。如此这般,曹占生建楼,城建上就睁一只眼闭一只眼。曹占生建楼,最要紧的土地手续没办,土地虽说属于建设用地,但一直从村民手里租用,租期后年即到期,如果有人提出退租,曹占生将有大麻烦。曹占生建楼时,曾辗转找何芳莱的岳父约过一次何芳莱。何芳莱亦婉转回应曹占生,只要手续齐全,他会全力支持,梅庄镇也需要这些商品楼提升形象。何芳莱如是表态,给自己留下了应对空间。并点拨曹占生道,村民的工作离不开水三江。曹占生建楼,虽说镇里没有管理权限,但是要盯死了,曹占生肯定难受。所以在梅庄十字街上,何芳莱留住曹占生劝说实有所指,曹占生心里也明白。

"怎么样,最近?"何芳莱啜了一口茶,不经心问。貌似不经心,实则是经心的。何芳莱的心思,在霍岁和曹占生的上访上,在霍岁那个电话上,在对霍岁的等待上。表现出来,那却是一件不值得关心的事。但是话题不能离这个太远,太远的话题何芳莱此时不感兴趣。曹占生极少到何芳莱办公室来,来必有目的。他的目的叫他自己暴露好。最近怎么样?里面当然含着上访这件事。"还行。"曹占生答。曹占生这样答把何芳莱闪了一下。以虚对虚。"房子卖得还好吧?"何芳莱有目的地起了一个话题。曹占生看了何芳莱一眼,说:"还行。"虽然还是相同的两个字,却是以实对实了。曹占生答了还行,显然觉得不够,又补道:"何书记没少帮着费心。""费啥心!"何芳莱说,"镇里又没有职能,啥也不能帮你办,也不过领导过问,多给你周全几句,村里有啥反映,多帮你压着些。你盖个楼也不容易,跟我在梅庄当这个书记一样,还不是求个顺顺当当、安安稳稳。整天有人去给你捣乱,你不安稳,还怎么发展?"

262

曹占生算个聪明人,听得出何芳莱的话里话。"何书记说得都对,"曹占生说,"我也是这样劝霍岁的。古语说得好,投鼠忌器,虽说是告水三江,也是给何书记您添麻烦。霍岁几次三番找我,叫我跟着他告水三江。我实在搪不过他。——不好意思,我手里拿着他些钱,只得跟他充充样子。其实呢,我跟水三江还是同学,我们两个之间没有什么过节。只是……"

何芳莱接过曹占生的话头,"知道,你也很为难。那霍岁怎么这么大劲头,要跟水三江干到底的架势。"

曹占生叹一声,"嗨,能有啥事呢。那霍岁就是个小人,当他面我也是这样说他。霍岁总说水三江眼里没他,就要跟他较较这个劲,要换届了,一定要把水三江扳倒。霍岁找了人,马上就调查水三江。"曹占生再叹一声,"嗨,我没少劝他,就是不听。何书记,您可能不信,我都和他翻了脸!我和他说,你告水三江,这不就是给何书记找麻烦吗?何书记您在梅庄这么多年,对我是有恩的,伤及您的事,我绝对不叫他干!我也听说县里要动干部了,得叫何书记顺顺当当回去。何书记您是个实在人,这个节骨眼上,我们不能给您出难题。"

何芳莱一边听,一边喝茶。听曹占生给自己表功,便说:"谢谢曹总帮着我做工作,霍岁那里,你还要多劝他,你的话,他听。这一点,我清楚。"

曹占生说:"他听啥呀!我一劝他,他倒给我提了一堆条件。"

何芳莱早料到这一点,定住心神,问:"有条件好啊,就怕没条件,没条件就没法谈了。都……"何芳莱想问"都啥条件哪",又觉得那样显得自己太迫切,于是欲言又止了。

曹占生并没等他问,便说:"只要推迟选举,他说就不告了。"

何芳莱说:"这个早谈过了,法定日没人有权力私自更改。他告谁都行,门是敞着的。选举日的秩序,我是要保证的。这是我的职责。他要闹,先考虑好后果。他对着水三江去,我不管,他对着选举去,我就要管一管了。"

曹占生做沉思状,说:"霍岁那个不识数的东西,我只怕他做出什么不着调的事来。自从何书记到了梅庄,梅庄就一直安稳。为个霍岁,梅庄村出个乱子,乱谁呢?最终还是乱何书记您。为了虮子烧个袄,不值当!"

何芳莱点头认可。曹占生这番话是动了脑子的,他掐准了何芳莱的心态,上下都怕乱,一乱多少成绩也给你抹掉,这叫一票否决。你怕乱我就给你提乱,哪壶不开提哪壶。

曹占生继续加码,"就算政府把他拘几天,他又不是没进去过,出来后折腾个一溜八开,一旦乱起来,县里准不问你为什么。到了还得自己孩子自己抱,受影响的还是您。"顿了顿,他补充,"又是动干部的节骨眼上。"这个话是补充的,看似轻描淡写,却是整段话的要义所在,是一定要送进何芳莱耳朵里去的。曹占生把何芳莱的脉已经号清了。

曹占生所讲的这些,何芳莱都已想到。他当然想平稳过渡。他听出了曹占生的弦外之音、威胁之意。但这应该不是曹占生最后要表达的,只不过他在为某些话做铺垫。

何芳莱做无奈状,"谁又想走到那一步呢? 说起来,我跟霍岁的私交也不错。你有啥好法儿吗? 曹总,帮着出出主意。"

曹占生略作沉吟,说:"您看这样行不行,何书记,能不能选举之后把霍岁和占海安排进村班子里? "

"占海?"何芳莱问。

"就是我二哥,曹占海。"曹占生解释,"我知道占海不是个东西,说起来丢人,您知道就是他把我气得得了心脏病。只是霍岁他们两个死摽在一起,我看是臭味相投。这两个人在村里一点人缘都没有,怎么能进班子呢? 他妈霍岁竟敢这么提,我骂了一顿,没用。霍岁说,这就是他的条件,只要应了,他就谁也不告了。真不是个东西! "

这个是真想法,进班子! 何芳莱呷一口茶,脑子飞快转,直接回绝不好,一口应承也不妥。何芳莱决定往政策上推,便摇摇头说:"这个恐怕不好实现,村委会是自治组织,上面任命不了,政策不允许,只能是选举产生一条路。他们想进班子,报名参选就行了,只要选上,镇里照样支持他们的工作。"何芳莱边说,边观察曹占生的反应。他明白,所有这些条件其实都是他曹占生的主意,霍岁只是个托词。这话应该无缝可钻。何芳莱知道,霍岁也好,曹占海也罢,凭他们的群众基础,想要当选断无可能。

曹占生沉默了一会儿,说:"我就说嘛,肯定不行。这样,何书记,我回去接着做霍岁的工作,做不下的话,何书记可不要怪我。"

何芳莱说:"曹总尽力就好,我哪里还敢怪你? 做霍岁的工作,曹总没有这个义务,还不是为我? "何芳莱即从沙发上起身,双臂举起,打了一个大大的舒张,又扭动腰身,做出疲劳之态。见何芳莱起身,曹占生不好再坐,也便立起。何芳莱未加挽留,既然曹占生本意已露,何芳莱就不想面对面再见到他。曹占生面上掠过一丝失意,他没想到何芳莱会如此轻易拒绝他。

7

何芳莱把管换届工作的镇委副书记和管梅庄村的镇武装部长叫到办公室，了解梅庄村换届的各项准备工作进展情况，一一嘱咐过。省里的规定，选举须一人一票，不能到场投票的，可办委托。大多数村的情况，都是按户口本领票，权当委托。只要村情平稳，各候选人无异议，都采取这个办法。"但是，梅庄村不同，"何芳莱说，"梅庄村有霍岁，有曹占生，各项程序必须从严把握。不得出一点差池，防止他们寻缝下蛆。哪个当选，我们都不要关心，我们只把握程序，程序不错，谁捣蛋办谁！程序乱了，我们就拔不出腿了。"何芳莱强调两人要盯到村里去。

他给水三江打电话，想叫他到办公室里来。霍岁没有露面，但那个电话，霍岁所说的那段录音还压在心头。霍岁是无中生有还是虚晃一枪？这几个人都不是省油灯，不得不防。霍岁不露面，何芳莱决定不主动找他。他想找水三江谈谈，了解一下梅庄村当前的动态。但是水三江比何芳莱还要沉稳，这个时候依然关着手机。他叫了车，进村去找水三江。

梅庄街口用建筑垃圾拦起一道坝。何芳莱心中一凛。换届季，各种矛盾、问题容易集中爆发，何芳莱怀疑这是为哪桩？是否跟霍岁等有关？他问村民，知道是一段街面压翻了，村里组织修路。何芳莱放下心来，把车撂在街口，翻过拦坝，跨过被挖掘机掀起的巨大水泥块，踩过泥泞，顺街往村部去。村部有几个人在核实选民，水三江不在。何芳莱问："三江去哪儿了？"有人笑说："羊又下崽呢，他去给羊接生了。"水三江养羊，何芳莱是知道的，但不知道他还会给羊接生。水三江养羊是自己放，这让许多人迷惑，这个活路既脏又辛苦，每天要早起，要备草料，要出去放牧，要防疫病，生崽的时候要随时盯在母羊身旁。因此，他的身上总是散发膻味。他的生活并不需要这个来保障，何芳莱在人前曾夸赞他的精力和创业精神。霍岁说："他另有所图。"何芳莱不解。霍岁说："没这个由头，他怎么往饲料店里跑？"何芳莱依旧不解。霍岁又说："他店里雇着个广西过来的小娘儿们呢。"如此，何芳莱听明白了。霍岁怕他不明白，又说："没个小娘儿们牵扯着，谁有那么大瘾头养羊？"这一条，霍岁在反映信里把它算在了水三江的"作风败坏，欺男霸女"里。水三江的饲料店，何芳莱听说过，那个"小娘儿们"，他听说过没见过。旁人在何芳莱面前打趣水三江，何芳莱一般都当玩笑。霍岁如此说，或有诋毁,未必可信,至少算不得欺男霸女。但是另有一件,何芳莱自认算个"帮凶"。梅庄村原来有个供销社。供销社系统在乡镇已经名存实亡了,梅庄供销社徒留了一排平房供看门人居住,另有一个五亩左右的场院。场院长期闲置,觊觎之人不在少数。水三江赶了一群羊圈进场院,给看门人说暂借。看门人给县里汇报,县供销社主任不准,但是水三江不撤。县社主任找何芳莱协调,要帮助做水三江的工作。何芳莱知道此事棘手,把县社主任和水三江叫到一起说,场院闲着也是闲着,国有资产水三江也不能白占,干脆租给水三江得了。县社主任也不好跟水三江闹僵,便跟水三江签订了出租协议。当然那租金是极低廉的。此后,水三江就在供销社场院里安心养起羊来,另外那些觊觎之人见水三江占了场院,知道无望,也就死了心。何芳莱事后对水三江说:"你这虽不叫豪夺,却是巧取。"水三江说:"我会好好谢何书记!"何芳莱说:"屁!你弄事别耍滑就好了。"过中秋节,水三江真就宰了一只羊给何芳莱拉过来。何芳莱叫办公室把羊交给伙房,和胡萝卜、白萝卜一起炖了给大家吃。

到了养羊场院,两扇铁门锁在一起。何芳莱当当当敲了一通,没有动静,便扒在门缝处往里寻,浓烈的羊粪味扑鼻而来,见到水三江站在羊圈旁一脸意外往外看。何芳莱喊了几声,水三江辨出是何芳莱,急忙跑来开门。何芳莱说:"水三江,你真自在呀!这两天又是搞店庆,又是生羊崽的。"水三江见何芳莱提起店庆,知道在点他。水三江说:"何书记不知,我搞啥店庆?我摆了几桌主要是谢村里换届那些工作人员,我指着他们做工作呢。"

这一层,何芳莱没想到,觉得水三江还是有一些方法,这种方式请酒席,任谁也难挑出毛病来。水三江"嘿嘿"一笑,说:"何书记你放心吧,我不是不听你的话的人。"何芳莱说:"不论啥事,只要提前想到就好。"话一转,问:"这羊养得怎么样?"水三江面露得意色,说:"行情是不错。赶巧了,这两天,羊崽下得连上手了。我忙不过来,请了城西村的兽医来帮忙。"何芳莱本意要进去看看水三江的羊,还有那个"小娘儿们",听说有外人,便对水三江说:"就在这儿跟你说几句话。村里情况怎么样?"水三江胸前围一条围裙,是给羊接生的样子。他把手在围裙上擦一下,说:"你放心吧,何书记,保准没问题!"何芳莱说:"我就见不得你这个大模样!情况这么复杂,你还是吊儿郎当,一点也没警惕起来。"水三江说:"你就放心吧,何书记,选举那天你只要多多派些警察来,把秩序维持住,他一百个霍岁也掉不了蛋。"何芳莱问:"这两天霍岁在村里有什么活动吗?"水三江不屑道:"无非就是造点谣,生点事。他还会干啥?"何芳莱嘱咐:"不得不防,别整天价鼓捣你这点羊。"又问,"怎么样,村里那些账目都整理清楚了吗?"水三江十分肯定地说:"你放心吧何书记,别的我不敢说,我敢保没往个人兜里装一分村里的钱!""不是村里的钱,是别人给的也不成,查出来照样收拾你!"何芳莱敲打他。又叮嘱,"你别大松心。一定要盯住,一个环节都不能错!程序上的事,别图省事,嫌麻烦。支部班子里那几个人,要把握住,内部不出问题,就出不了大问题。"水三江把眼睛眨一眨,说:"内部呢,也就是葛摆子没着对,墙头草。这次呢,我有信心,他也表态了,全力支持我。""这种人你得小心,做人没原则,哪边有利往哪跑。小心霍岁利用他。"何芳莱说。"我再敲打敲打他。"水三江道。何芳莱还不放心,道:"梅庄这一炮可不能臭捻了。这一炮臭了,会臭全镇。"

8

何芳莱回到镇院,一下车,顶脑门儿碰上霍岁。霍岁不是刚来,而是要走。他来找何芳莱,已经等了一刻。刚要走,却和何芳莱撞在一起。何芳莱想起一句话:你越是躲谁就越是有谁。霍岁此人,何芳莱一眼不想见他,但自己的职业,专是和人打交道——各色人,不以自己喜好和厌恶为标准。这次,何芳莱没有惯常故作的热情,而是淡淡地对霍岁说:"上来吧。"霍岁跟上二楼,进入何芳莱的办公室。

甫落座,霍岁就掏出手机说:"何书记,这儿有段录音,你听一下。"何芳莱嘴角放出一抹笑,假意轻松道:"录音? 好吧,我听听。"

霍岁启动录音,手机里传出一段对话。何芳莱面上轻松,但耳朵已经立起。两个人的声音。一个陌生,另一个他立即判断出是葛摆子。陌生的声音问水三江为什么改账,葛摆子的声音说水三江说了纪委要查。陌生的声音继续问水三江怎么知道纪委要查? 葛摆子古怪笑一声说那肯定是何书记给水三江放的风。

录音的内容,何芳莱听得十分清楚,但是他说:"哎哇的,听不清楚,你再放一遍。"

霍岁没有立即放,而是把手机放在茶几上,打开手包摸出一盒软中华来,抖出一支,叼在唇间点燃。何芳莱立即起身打开玻璃窗。霍岁做出极少见的沉稳状,说:"何书记想听,我就再放一遍。"这一遍,何芳莱已经不再听,脑子飞快旋转,对这段录音做着分析、判断和评估。待霍岁把录音放完,何芳莱问:"这是谁呀？"

霍岁收起手机，深吸一口烟，烟雾把他自己的眼迷住了，似乎被蜇到，他把眼皮眯起来，眼角有了一点湿光，说："有一个人你不知道，但另一个人你肯定听出来了。"何芳莱坚决地摇摇头说："真听不出。"霍岁说："问的那个人我就不说是谁了，答的那个人是葛摆子。"

何芳莱做恍然状，说："葛摆子？电话里的声音变化好大，一点没听出来。"葛摆子，自己刚还跟水三江提起他，他就在这里出现了，何芳莱想。何芳莱越发觉得自己识人准。霍岁是要给自己施加压力。按霍岁的理解，有证据证明他何芳莱给水三江通风报信了，这个够何芳莱喝一壶。霍岁要给自己做个局，然后按照他摆的路子走。

何芳莱没有问霍岁的用意。他说："谢谢霍总的好意，你这是要我注意葛摆子。葛摆子这个人怎么样，你比我了解，我不做评价。我不评价他，不是因为不了解，是因为他不值得我评价。到现在为止，我至少有三个月没见到葛摆子了。他怎么知道是我给水三江报信的？说实话，我还以为霍总给我录了一段音，出段情案什么的，这个可抓眼球！"这个玩笑并没有稀释两人之间若有若无的敌意。未待霍岁搭话，何芳莱就接上说："我实话给你说，各村的账目必须整理清楚，要换届了，这是镇里对各村的要求，我不仅给水三江讲过，给三十六个村都讲过。哪个村出了问题，别说霍总反映，我何芳莱也不干！那个葛摆子，可能是要在霍总面前邀个好。这种人！"

在说话的过程中，何芳莱观察着霍岁脸色的变化，由不可一世，到不服，到松懈，到萎靡，那节奏完全是何芳莱儿时给猪尿脬放气的节奏，它最终瘪下去。

霍岁的声音失去底气，"反正是谁要给水三江通风报信，我都跟他没完！不论是谁，我都一起告！"说完，霍岁抄起茶几上的烟盒和打火机，连告辞的表示也未给何芳莱做出，便推门而去。何芳莱也就没有做出送霍岁的表示。何芳莱走过去把门关上，回身来给烟灰缸里倒了点茶水，浇灭还在冒烟的烟蒂。他透过玻璃窗看霍岁走出楼去开他的0006，觉得这倒是一个真实的人。真实而有邪！

霍岁的车消失在院中的影壁后边。霍岁消失了，但是他的嘴脸却没有消失，而是浮在玻璃上。何芳莱没给霍岁留下余地，霍岁断然不会就此甘心。他临走虽然摆了一句貌似强硬的话，却没有什么可供抓挠的实质内容。他背后一定还藏着什么没有暴露出来。那是什么呢？

9

风把喧闹声从梅庄街上送过来。何芳莱疑问的时候,见从前院的门洞里拥进人来。何芳莱心头发紧。这么多年,何芳莱养成习惯,见不得人多。但凡人多,就没见过什么好事,一般都是群体访。上下谈群体访色变,上面吼得紧,一根弦绷得要断,见人多心就悬起来。细看了,见前面是水三江。水三江一脸喜色,正在兴奋地指挥跟在身后抬着一块石板的四个壮实男人。何芳莱心落了地,看出事情不坏,只是觉得蹊跷,不知道水三江这是又闹哪样。

水三江响亮的声音从窗户缝里闯进来,整个镇院都能听得见,"快请何书记,快请何书记。"这样的动静自然惊动了镇里所有干部,连正在镇里办事的群众也停下要办的事情围过去看究竟。何芳莱很快搞清楚,梅庄村修路时,掘出一块明代石碑。水三江知道这是文化,又知道何芳莱好文化,便叫了几个壮实村人,把石碑给何芳莱抬到镇里来。何芳莱一边往院里走,一边在心里笑水三江。水三江向来是以"粗人"自诩的,如今闹起文化的事来,尽管何芳莱知道他也是投己所好,还是觉得张飞绣花,多少有些滑稽。

水三江见了何芳莱,便分开众人,说:"何书记,这块石碑是村里修路刚挖出来的。我也不懂,有人看了说是明代的。何书记喜好文化,我猜这石碑你准有兴趣,我就让人给何书记抬来了。何书记,你看放在哪儿合适?"

何芳莱趋上前,见两条软绳缚住石碑,被四个男人用圆木杠穿过绳套掮在肩上,由于石碑沉重,四个男人都用双手撑住木杠助力。何芳莱赶紧指了一处靠角落的土地面,叫他们把石碑放好。水三江说:"我怕这石碑放在村里糟蹋了,赶紧给何书记抬来。何书记你先别紧着看碑文。你看这哥四个,"他用手指指撑着木杠喘息的四个男人,"费了这么大劲,何书记怎么也给发条烟吧。"

何芳莱先夸水三江:"三江这个事办得好。咱们梅庄有历史,那历史在哪呢?就在这碑上呢。都说三江是个粗人,我看不粗,不仅不粗,甚至是一点都不粗。有文物保护意识就不简单。"然后吩咐办公室人员,去食堂里取了一条招待烟交给水三江,叫他打发给抬碑人。水三江说:"挖碑的还等着呢。"何芳莱便交代又去拿了一条。

何芳莱要人拎了一桶清水过来,叫人拿旧毛巾清洗石碑。这块大青石碑品相保存完好。碑身见棱见角。一桶水浇上去,石刻碑文立现,规整如新,毫无磨损之态。何芳莱先辨碑额，竖排两行八个篆字：重修北极祐圣观记。再看正文，均是竖排楷书：

赐进士通议大夫总督宣大山西等处地方军务兼理粮饷兵部左郎兼都
察院右佥都御使　梅人　霍洛　撰
　赐进士文林郎陕西西安府兴平县知县　梅人　刘腾霄　书
　赐进士文林郎山东东昌府博平县知县　梅人　霍材　篆

　　何芳莱明白了，这块碑是这三个人：霍洛、刘腾霄、霍材一起立的。碑额的篆书是霍材写的，碑文是霍洛起草，刘腾霄写的。关于霍洛，何芳莱了解一点，明朝人，官至兵部尚书，县里这村那村争他的故里。这块碑一出，一桩公案了结，霍洛，梅庄人无疑。那个霍材，是霍洛的儿子。那个刘腾霄无考，但也是梅庄人。围观的人大眼瞪小眼在看，碑文里多老字，那些旧词古语也叫大家摸不着头脑，如堕五里雾中。何芳莱演绎说："梅庄自古出人哪，这三个是梅庄老乡。仨人都在外地做官，回家省亲碰上了，赶上梅庄正在重修祐圣观，说你们仨是梅庄最有出息的大官，写个碑文吧。大概就是这个意思。"众人恍然，都叹息一声，目光瞬间变得深远。水三江说："梅庄历史上没少出大官。这些年衰落了，最大的官才是个副县长。哎呀，还是当官好啊。别人都没留名，这仨人把名留下了。"

　　何芳莱又看碑文，里面也有一些难以辨识的生僻字，主要是说重修祐圣观的来由。落款写明：万历七年岁次己卯八月十五日之吉。何芳莱一算，说："一晃四百多年了。"不免摇头感叹，又对水三江说："你们村里那个霍岁，不知跟霍洛有没有关系，如果他是霍洛后人，算是个官几代呢？四百年，按二十年一代，该是个官二十代了。难怪他对做村主任这么执着，看来骨子里埋着当官的种子，一直想发芽。"水三江被何芳莱逗笑了，重复说："还官二十代！如果他要真是霍洛后人，也是给祖宗丢脸的后人。"

　　何芳莱看完碑文，直起腰来，说："这碑保存这么好，不容易。"问水三江："这碑你有没有印象，是不是'文革'时埋起来的？"水三江摇头道："'文革'时是毁了一些碑，埋了一些碑，有的丢进井里。这个碑真是没有印象。"何芳莱说："那可能埋得还要更早些。"

　　何芳莱盯住碑文揣摩霍洛前面一长溜前缀，断开之后，发现至少有四层意思修饰他：进士、通议大夫、兵部左郎、都察院右佥都御使。何芳莱心里一笑，发现当今一些人的名片喜好若干衔头加身,是有历史原因的。他蹲下身,抚摸碑身。他见识过不少传世石碑,无一不是帝王将相官吏留存。碑身清凉如水,隐隐散发百十年在地下积攒的漠漠阴气,这阴气自手指而通全身经络,自脚尖往地里去了,他见到那些官吏们俱欢蹦乱跳地活起来。一股白气缭绕着,笼罩着,化成一股精魂,这精魂的名字就叫"做官",一缕缕附到人们的身上去。那霍岁也是被这精魂所附体的一个,尽管他所魔怔的仅是梅庄村的主任这样一个小小的官位,但那来龙去脉却是如出一辙的。如此一想,何芳莱对霍岁反倒增了几分理解。想到此,那阴气仿佛瞬间激了他一下,他倏然收回手来,自己又何尝不是在为此所困呢,区别只在于获取的方式。

10

何芳莱的心情有点好。高书记刚走,他顺道到梅庄了解换届工作的进展。何芳莱把情况汇报了,有些做法得到高书记肯定,夸何芳莱是个有想法的人。何芳莱没有回避梅庄。梅庄是全镇的重点、难点,有忧先报,未必是坏事;一味报喜,问题出来,反倒被动。高书记听了梅庄的情况。高书记对水三江也有了解,开县人代会时,高书记参加梅庄团的讨论,还嘱咐过水三江。对于霍岁,高书记也有了解,先是因为那个0006号的车,各种途径得来一些消息,多为负面,对霍岁其人在心底有了评价。后来逢村委换届,高书记都会收到一个陌生号码发来的短信,反映水三江欺男霸女、祸村殃民,多是大而无当的诋毁之词,并没什么具体线索,打回电话去,总是关机。高书记把信息转发给何芳莱,何芳莱判定是霍岁。高书记问何芳莱怎么看水三江。何芳莱回答:"水三江有大成绩,小毛病。"高书记说:"那样,就要注意保护。毛病,要注意克服。"这次,高书记听了何芳莱对梅庄村事态的判断,指示两点:一是正确对待霍岁对水三江的反映,认真接待,依规处理;二是全力保证梅庄村的换届秩序,谁破坏就打击谁。这两点也是何芳莱的意思。听高书记这样说,何芳莱受到鼓舞。今天17号,后天就是梅庄的选举日。他把镇里的分管领导、包村干部、派出所所长叫来办公室开了碰头会,传达了高书记的指示精神,听了大家的汇报,把问题重新梳理一遍,逐条制定对策,叫大家坚定信心,只管放手工作,出了任何问题,他都会负责。何芳莱说:"我们只管程序合法依规,是水三江当选,还是霍岁当选,叫梅庄村百姓的选票说话。"

关于霍岁,何芳莱决定继续观察,他自己藏不住,忍不住会暴露自己,犹如潜水的人,本事再大,也要浮出水面来换气。选举日前,他会变换花样给自己施压,正像他已经做出的动作那样。离选举日越近,他就会愈加沉不住气。选举日一日不到,他的动作就会一日不断。何芳莱给下边干部交代时信心十足,内里却不敢稍有大意。但是他对霍岁有个基本判断,霍岁的把戏会在选举之前全部施展,他未必敢在选举日以身试法。何芳莱散出风去,对事不对人,谁敢以身试法,就依法严办。社会上有人关心何芳莱,说可以帮助做做霍岁的工作,何芳莱均婉言谢绝。何芳莱知道霍岁为人,说话的人越多,他就会越以为自己是个人物。何芳莱决定谁都不找,只让霍岁独自跳舞,并让他自己终场。他再次瞩目墙上的卫星扫描图,心里忽然生出一个比喻,那长方形的梅庄像一个老点心匣子,那十字街就像捆住匣子的纸绳。那十字结构处,该有个活结的,只要一抻,结就会打开。他应该找到那个结,然后抻开它。不管怎样,都要避免这个结成为一个打不开的死结。

何芳莱听到手机振动铃声响。手机埋在一摞报纸文件下,他翻开找。一个镇干部,案头上每天这么厚一摞报纸,根本看不过来,加上获取新闻的渠道又多,他一般都是翻个标题就摞到墙角的角几上去。他把手机翻出来,振铃已经停了。他翻开手机查看来电,是个未知号码,尾数是三个8。何芳莱的经验,这个号非官即商,自己没记着,嘀咕是谁,最后决定不回。片刻,手机又振起来。何芳莱再看,还是刚才的号。何芳莱盯着手机振了几声,举到耳边接通了。里面传出一个柔和到卑微的声音:"何书记您好,曹占生。"不用自报家门,从那个"您"字上,何芳莱已经听出来了。何芳莱意外道:"曹总? 你好。"何芳莱知道,霍岁的下一个花样上演了。何芳莱有一个作家朋友,有一次他对作家朋友说:"你想象不到,基层工作可有意思了,什么样的事你都会遇到,什么样的人你都会碰上,你要是有这样的生活,保准能写一部获茅奖的书。"那个作家朋友自然十分羡慕。何芳莱做了十几年乡镇工作,自认怀有那么一点职业精神,就是自得其乐。没有这点精神,烦也烦死了,气也气死了。曹占生说:"何书记,不敢叨扰您。不过,我手头确实有个重要情况给您反映。去您那里怕不方便,何书记能不能屈尊到售楼部一叙。"何芳莱说:"当然可以。"何芳莱应得很快,但并不是没过脑子。现在对方出的所有招数,他都不可回避,接招拆招而已。何芳莱说:"现在吧。"曹占生说:"好的,我等您。"

曹占生的楼房小区与镇院相距不远,何芳莱出门右拐,沿着省道往西,路过十数家门店便到。小区门前左右各蹲一尊曲阳雕刻的石狮子。这两尊石狮子在建楼前就蹲在这里,似乎没有如曹占生所期望能够镇住原来酒厂的风水,不仅亲弟兄反目,而且最终倒闭。曹占生已经等在门房里,见了何芳莱笑脸迎出来,说:"本该我去见何书记才对。"何芳莱说:"哪里有那么多事儿!"何芳莱第一次来,表现出兴趣,往里走去看楼房。曹占生便也陪同边走边介绍楼房的户型、水电暖气等情况,给何芳莱提出要求问能不能帮助协调天然气入户事宜。何芳莱说:"可以协调啊。你准备一下资料,改天我把天然气公司穆经理约来你们见个面。不便的是这里离天然气主管道远点,单引过来成本会高。"这么说着,两个人都感觉到言不由衷和缺乏诚意,有点没话找话。这对于何芳莱来说是极痛苦的,内心极度反感,却要假装热情,假装成相交多年的老友。这些是多年乡镇工作留下的印记。曹占生提出到他的办公室坐。何芳莱立即答应了,因为他急于结束这乏味到难以忍受的交流,也急于想知道曹占生所言重要情况的内幕。

11

何芳莱回外县老家去看了母亲。母亲便血,何芳莱带她去医院查了,是癌。母亲不识字,才六十六岁,儿女成人成家,生活刚有起色。这对何芳莱来说是巨大打击。母亲精神还好,她不知道自己病情的严重程度,见了何芳莱,还是轻声埋怨了一句:"我病着,这么长时间,你也不想着回来看看。"何芳莱心酸难忍,背过母亲,拭去眼泪。他陪母亲吃过午饭,嘱咐了母亲,又交代弟弟、弟妹紧急情况下的注意事项,下午便匆匆赶回镇里。明天是梅庄村的选举日,他需要盯在镇上。

回镇的车上,昨天跟曹占生见面的一幕再度浮现。

曹占生说:"霍岁说他有您一段录像,是您和别人打麻将的视频。"曹占生语调委婉,充满歉意,"他说,希望您中止梅庄村的选举,不然,他会把视频发到网上去。"这么说的时候,曹占生眼光盯着茶杯,没有看何芳莱。他跷着二郎腿,脚腕子露出一截雪白的袜子,脚尖点来点去。

何芳莱的脑子在一瞬间出现了短暂的空白。他端起茶杯,放在唇前,水微漾,茶轻抖。他轻拂了两下,热气冲上眼皮,他把嘴唇在水面上抿过,放下茶杯。其实,曹占生的话并不突兀。何芳莱记起,霍岁在他的办公室曾经提起过这个话头,但是他未在意。他觉得那可能就是霍岁信口之词,或有所指,可能指向水三江。没想到他指向自己。这几天,一直觉得内心里有一处不干净,不知何故,现在一下子明了了。

何芳莱并不意外地说:"噢,这个事,霍岁说起过。"然后一转,"霍岁是威胁吗?"曹占生没有正面回答,义愤道:"小人哪,小人!"何芳莱悠悠吐了一口气。曹占生说:"他说有,我也没看过。这事,何书记,还是信其有。万一要有呢,这种时期!对他,您又不是不了解,一个小人,什么下作事干不出来?咱不能以君子之心度他。"

何芳莱点点头,表示认可。业余时间,何芳莱有个打麻将的爱好,人员非常固定,从未和霍岁一起过。他的视频自何而来?还是他惯用的诈术?他思忖自语:"我从没跟霍岁一起打过,他从哪儿搞到的?"曹占生接道:"我也问他。他说是一次吃饭,桌上有个跟您一起打过牌的,拿出来看,霍岁有心,他觉得有一天可能会用上,便转到自己手机上来了。啥叫小人呢?"曹占生加重语气,"给咱一辈子也想不到这个!"

业余时间打个小牌无伤大雅,但是他们打牌,总要下个小注,见了输赢之后,几个人一起去吃个饭。问题在那个小注上,大小都叫赌。上了网,镇书记赌博,一旦失控,最终往哪个方向去,在这个网络时代有多种可能。曹占生似乎知道何芳莱此时在想什么,说:"这事要说不大,只是腻歪,何书记何必那么认真,为个工作上的事伤及自己的前途!"何芳莱十指交叉在一起揉捏,试探着说:"曹总说得有理。不过,霍岁就算真有视频,也应该是前几年的了,这几年上面抓得紧,我已经戒了。"曹占生深深点点头,说:"何书记,您放心,霍岁那里我会做工作,实在不行我会骂他王八蛋,说什么也不能害您!不过,那个王八蛋——"曹占生切齿道,"他妈真是个王八蛋,有的时候,真他妈不吃好粮食!"

何芳莱转移话题:"霍岁为啥这么坚持呢?"曹占生沉吟道:"何书记,你我都是男人,权力是个好东西,哪个男人不稀罕呢?"这样说着,曹占生握起左拳挥了一下,仿佛权力就握在手心里。何芳莱颔首,"是啊,权力!有叫人疯狂的魔力。"又说,"不管怎样,我都感谢曹总。"

当天晚上,何芳莱陷入一个无眠之夜。霍岁的视频是真是假呢?假如是真的,是谁录的?何芳莱一个一个过滤那些牌友。何芳莱的牌友,选择是谨慎的,也是固定的,绝无社会人等。众目睽睽之下在牌桌上录像,既不可能,也不现实,那么会有一个第三者来偷录吗?果真有,他一定是有备而来,那么他的目的是什么呢?偷录他人打牌,目的只会有一个,就是害哪一个人。谁是那个被人蓄意要害的人呢?两三年来没有任何蛛丝马迹。还有一种可能,就是为了取乐。何芳莱圈

274

子里的人对以这种方式取乐,是都抱有警惕性的,谁会冒天下之大不韪以此取乐呢?退一步说,真有人做了这般下作的勾当,那么,他又是在什么情况下转给霍岁的呢?按曹占生所说,是在酒桌上。在酒桌上,那么多人,那个人说我这儿有一段视频,是某某某、某某某在一起打牌的,你们看看。——无来由先搞个自我暴露,这得多么愚蠢!霍岁一看说这个我有用,转给我吧。那个人就说行啊,转给你吧。酒桌之上,就把视频转发过去了。——这又得多么愚蠢!简直不可想象。如果如此判断合理,那么结果只有一个:霍岁在使诈。诈是霍岁的做派,也是他的惯用伎俩。他挟上诈下,挟左诈右,挟外诈里,有收获,有心得,应该是使诈无疑!

何芳莱的心在天明前明朗起来。但是,"假如是真的"这个判断,时不时会如一股阴风从头顶划过。

回到镇上,何芳莱连夜听了梅庄村的情况,觉得基本上是万无一失了。"很安静啊。"何芳莱对朱鸣说。"不知道这是不是好兆头。"朱鸣答。"走,"何芳莱提议,"随我去梅庄街上走走。"朱鸣看表,说:"都十一点了,是不是有点晚了?"何芳莱将双臂向上举起,伸展,很转文地说:"我们往那梅庄街上走上一走,去看看这千年古村的选举前夜。"朱鸣被逗笑了,提议说:"何书记,要不要叫派出所跟个人?"何芳莱轻轻摇头,"咱又不是去抓贼。"朱鸣便找了一把手电筒,跟着何芳莱往梅庄街上去。

午夜的梅庄似已沉沉睡去,绝大部分庭院都熄了灯,就连路灯也熄灭了。夜色汹涌,只有风四下里乱窜,纸片、柴草、塑料袋在脚下纷飞缠绕。何芳莱对朱鸣说:"今夜可能会有人睡不好觉。"朱鸣说:"往往在选举前夜,是最容易出状况的,这安静叫人觉得不正常,我心里倒嘀咕。以前都是靠着这一宿做工作的。"何芳莱把眼光向夜色深处望去,他并未给朱鸣解释,他已经给派出所加了压力,多渠道布了力量,防范跑票行为。在梅庄的十字街头,何芳莱停下脚步,四下望了一下,一时不知道该往哪个方向去。朱鸣把手电筒的光柱打往村部二楼的琉璃檐子,光从窗玻璃上经过时反射到夜色里,弥漫出光晕。忽然何芳莱感觉手机在口袋里振,他心里意外,掏出手机,看见一个短信提示,短信来自一个陌生号码。何芳莱迟疑一下,将短信点开:"为了自己的前程,请不要组织梅庄选举,切记,不行就把你发到网上去!"

何芳莱把目光停留在短信上,反复把短信看了两遍。屏幕的光映照出他的五官,他的眉尖抖了一下,眉头皱起来,上齿咬住下唇陷入沉思。他向斜上方倾斜了一下头颅,望向夜幕垂闭之处,稍后,又侧耳,像在向夜色谛听什么,似乎这样就可以寻觅到那个陌生号码的藏身处。随后,他点点头,仿佛觅到了那个陌生号码的踪迹,眼神在瞬间变得坚定起来,说:"真行,还敢威胁老子!"朱鸣惊问:"何书记,谁威胁你?"何芳莱把手机递给朱鸣。朱鸣接了看过,说:"谁这么大胆!"他把手机还给何芳莱,做出判断,"这准是霍岁干的,下三烂!"何芳莱无语,沉吟片刻,直接摁动了拨出键,听了,是关机提示音。这个何芳莱料到了。何芳莱收起手机,叹道:"太过小儿科了!"朱鸣愤恨道:"回他条短信,骂他一顿。"何芳莱说:"那就高抬他了,不值。"朱鸣有些担心,提议:"何书记,夜深了,咱是不是往回走?"何芳莱感到夜的潮湿和寒凉,答应:"好吧,咱往回走。"这个朱鸣,是何芳莱要到梅庄镇里来,乡村工作极上手,软硬套路都有,是何芳莱的重要依靠,大凡难事都交给他,多能放心地完成。但类似与霍岁之流过往的这些事体,何芳莱虽谈及,却向来不跟属下做深度交流,怕大家受影响,自己内心再有斗争,表现出来的总是一副坚定不移的样子。何芳莱和朱鸣走在梅庄的夜色里,夜色填充了他们之间的空隙,他就把最近跟霍岁、曹占生交锋的来龙去脉说给朱鸣听。朱鸣跟在何芳莱身边,两个人的低语很快被夜色溶解。朱鸣担心何芳莱,他说:"何书记,这事你还得真要多想一些。霍岁这种人,不得不防,他要急了,可是什么事都干得出来。万一他真有录像,给你发到网上去,网民一炒,上面可不管三七二十一。其实这事也用不着那么认真,明天选举,找个理由就可以中止。选不了可以放一放的,哪个乡镇没几个难村呢?县上也强调稳定第一的。等县里调了干部,换了书记再选,新来书记白纸一张,他霍岁也要挟不住。你呢,落得个清净。何书记,你分析得可能都对,但霍岁这种人,总得把'没有'当'有'防。"

朱鸣的话,何芳莱是想过的,不仅一次,是这一个何芳莱对另一个何芳莱说,两个何芳莱不断上演争吵、纠缠,犹如站在梅庄村的十字街头,一个要往东,一个要往西,最终一个战胜了另一个,战胜的那一个也不过就是略占优势,只需一点点外力,都有可能使双方力量发生转变。这也是何芳莱担心的。为了确保不发生这种转变,他主动截断了和其他人交流的通道。但是此时,今夜,这个力量出现了。他是一个第三方,来对两个何芳莱做出评价,朱鸣的话在夜色里闪耀出凌厉之光,迫使他重新对自己的选择进行审视。但此时,他并不想把这个话题再深入下去,只是默默点点头,表示听到了朱鸣的话。

12

新的黎明像之前的任何一个那样如期来临。天光刚刚放白,梅庄十字街东南角竖着的水泥电线杆子上架着的八只高音大喇叭就开始一遍一遍地播出水三江公鸭嗓音的通知,提醒大家今天不要外出,打工的请个假,看病的拖一天,在外地的招呼回来,参加选举日的投票。高音喇叭的声音覆盖了梅庄被雾气笼罩的上空,唤醒了刚刚入睡不久的何芳莱。七点钟,食堂就开了饭。所有的人员安排在昨天就已全部到位,何芳莱未做新的调整。干部入村前,何芳莱只给了三个字:"要必胜!"

朱鸣带队入村,何芳莱给了他一个新的手机号,说:"有情况打这个,我常用的号要关掉。"他想躲掉干扰,平心静气地指挥这一场战役——如果它算是一场战役的话。他想起梅庄史上那场著名的战役,大辽的军队将梅城团团围住,久困的梅城岌岌可危。所幸冬至,气温大降,杨延昭命汲水浇城,城墙遂成冰墙,辽军久攻不下,只得偃旗息鼓而退。是为冰城之役。镇院北面二三百米处有一带土冈,高约十余米,传为宋梅城旧迹。何芳莱值班,早晚常有登临。土冈上有蒿草荆棘,登顶一望可俯瞰大半个梅庄。何芳莱信步至此,见梅庄上空的雾气正在被初冬的阳光驱散。西南不远处是曹占生的商品楼小区,是梅庄最高的建筑。正西能望见梅庄村部。楼顶上竖着一面旗子,在阳光下变得轻盈,招展着,像枝花开在梅庄的半空。小楼的下面就是梅庄的十字街。在高音喇叭的反复召唤下,梅庄的村民正在三三两两向十字街中心聚集。村部小院就是这次选举的投票之地。那里的好戏已经开演。何芳莱虽不在现场,那戏却全部呈现于眼前,耳边忽就响起马连良老先生的唱腔,口中便哼出"我正在城楼观山景,耳听得城外乱纷纷",惊得一只野雀从荆棘丛里往不远处一株枝叶稀疏的杨树上飞去了。

何芳莱在土冈上伫立良久,一时有联翩浮想。他何芳莱其实只是一个不入流的八品小吏,一只黄鹂鸟(明代八品文官服绣黄鹂),黄鹂鸟只能鸣鸣翠柳,上青天的是那些白鹭或者排云上的白鹤之类。但是他觉得自己所面临的纠结不比任何一只白鹭、白鹤少,所谓大有大的难处,小有小的难处。梅庄村的选举使何芳莱最近的日子变得密实而厚重了。缚住梅庄的那个十字结,何芳莱一直试图把它解开,巧妙地,不为外人所察觉地,可是他发现,那并不是一件轻松容易的事。前天傍晚,何芳莱因为肩颈难受,到梅庄街上走进一家按摩理疗诊所。诊所老板笑迎出来,亲手为他按摩。老板说:"何书记,你整天为梅庄辛苦,今天我好好给你揉揉。"这个老板何芳莱并不认识,听他这样说颇不自在,以为这个老板话藏讥讽。老板手法纯熟,力道精准。何芳莱问起梅庄的选举,老板欲言又止。何芳莱说:"你说。话到我这里为止,莫怕。"老板就说:"听说那个霍岁想进班子,想当村主任,何书记,这种人怎么配!"何芳莱问:"怎么就不配?"老板不细讲。何芳莱说:"那选举权在你们手里,选谁不选谁你们说了算。"老板说:"霍岁有神通,这年头事情真是说不准!"老板停住手,在何芳莱耳边低声神秘说:"何书记,这几天梅庄街上到处张扬,说霍岁捏着你的短处,他就是选不上村主任,也要主持村务工作的。"这话何芳莱早有所料,但真从一个陌生梅庄人嘴里听到,头脑中不禁还是一热。老板继续按摩,何芳莱忽然"呀"一声叫,老板说:"这是天宗穴。"何芳莱觉到那穴麻胀酥酸,却觉窍门齐开,一时气爽神清,眼前就幻出一个结,结上有个绳头跳啊跳的,等他去扯开。他头脑异常清醒起来,那个结之所以迟迟不得解开之道,既不在于梅庄,更不在于霍岁,而在于他的内心,其实,那是一个心结。做完,何芳莱感觉身心俱泰,连脚底下都觉得轻松。他要结账,老板坚辞不受,并说:"何书记为梅庄辛苦,我为何书记解乏,也算是给梅庄做事情。"此话叫何芳莱不好抵挡,看老板情态真挚,便在心内为刚进门对老板的怀疑道歉,一股暖流从丹田生发出来,觉得梅庄十年也有不虚之处。

他仰起头来,将双臂使劲向上举起,把眼光从梅庄的十字街望向梅庄的上空。阳光有些晃眼,一时间,他错觉自己周身镶了光——其实他的感觉并不错,在那些荆棘丛里的鸟雀、草窠里的甲虫、地穴里探出头的蚂蚁眼里,此时的他正是这样。

忽然,他产生一种冲动,有点想飞。

【作者简介】杨守知,保定市人,1967年10月生,河北省文学院签约作家。2008年开始业余创作,在《当代》《长城》等发表中篇小说《上访西施》《于道生的渔网》等,多部作品被《小说选刊》《中篇小说选刊》《作品与争鸣》《北京文学·中篇小说月报》等转载,两度获得河北省优秀作品奖。